PATRICK DUNNE

Das Maya-Ritual

Buch

Zur Betrachtung einer spektakulären Sonnenkonstellation über der alten Mayastadt Chitzen Itza im mexikanischen Urlaubsparadies Yukatan werden Tausende von Schaulustigen erwartet. Doch am Vorabend wird der amerikanische TV-Produzent Nick Goldberg, der darüber berichten sollte, tot in den Ruinen aufgefunden. Er wurde geköpft … Ist er einem grausamen Ritualmord zum Opfer gefallen? Oder wurde er Opfer einer politischen Verschwörung? Vor dem Hintergrund wachsender Spannungen zwischen Mexiko und den USA wird ein außergewöhnliches Ermittlerteam engagiert. Die Meeresbiologin Jessica Madison und ihr Kollegen Ken Arnold sollen Licht in das Dunkel bringen – doch ihr Nachforschungen werden zum Auslöser von erschreckenden Ereignissen …

Autor

Patrick Dunne, geboren in Dublin, studierte zwar Literatur, wollte jedoch ursprünglich Musiker werden. Heute blickt er auf über zwanzig Jahre als renommierter Regisseur und Produzent beim irischen Rundfunk und Fernsehen zurück. Außerdem gehört er mit Bestsellern wie »Die Keltennadel«, »Keltengrab« und »Die Opferstätte« zu den erfolgreichsten Autoren Irlands.

Bei Blanvalet von Patrick Dunne lieferbar:

Gottesgericht (37789)
Totenbild (37359)
Die Opferstätte (37360)
Die Pestglocke (37506)
Keltengrab (36635)

Patrick Dunne

Das Maya-Ritual

Thriller

Aus dem Englischen
von Fred Kinzel

blanvalet

MIX
Papier aus verantwortungsvollen Quellen
FSC® C014496

Verlagsgruppe Random House FSC® N001967
Das FSC®-zertifizierte Papier *Holmen Book Cream*
für dieses Buch liefert Holmen Paper, Hallstavik, Schweden

1. Auflage
Taschenbuchausgabe Dezember 2013 bei Blanvalet, einem Unternehmen
der Verlagsgruppe Random House GmbH, München.

Published by arrangement with Patrick Dunne
Dieses Buch wurde vermittelt durch die Literarische Agentur
Thomas Schlück GmbH, 30827 Garbsen
Originaltitel des Romans: »The Skull Rack«

Umschlaggestaltung und –illustration: © Johannes Wiebel | punchdesign,
unter Verwendung von Motiven von Shutterstock.com
ES · Herstellung: sam
Druck und Einband: GGP Media GmbH, Pößneck
Printed in Germany
ISBN: 978-3-442-38264-4
www.blanvalet.de

Die alten Kulturen Mittelamerikas gründeten auf der Angst, daß ihnen ihre beiden kostbarsten Rohstoffe ausgehen könnten – Blut und Wasser.

Rafael de Valdivia, Krankheit und der Verfall der postklassischen Mayazivilisation

1 Nick Goldberg lächelte, als sie ihm den Kopf abschlugen.

Sekunden bevor es geschieht, sieht man ihn im gleißenden Flutlicht auf der Spitze der Stufenpyramide. Er steht in weißem Hemd und Shorts vor dem Tempel und spricht in ein winziges Funkmikrofon seitlich von seinem Mund.

Der Kameramann witzelt irgend etwas in Goldbergs Knopfhörer und zoomt dann nahe an das Gesicht des Mannes heran, um seine Reaktion zu beobachten. Goldberg grinst von einem Ohr zum anderen.

Die Farben der Scheinwerfer wechseln. Die Pyramide erstrahlt nun blutrot, als würde sie von innen beleuchtet.

Die Kamera fährt zurück und gibt einen umfassenderen Blick auf das Gebäude frei, das sich prächtig vor dem Nachthimmel abhebt. Es ist leicht unscharf.

Goldberg dreht sich um und tritt ins Halbdunkel des Tempels.

Der Kameramann bekommt das Bild genau in dem Augenblick scharf, als Goldbergs Körper aus dem Tempel heraus und über den Rand der Pyramide katapultiert wird.

Auf halbem Weg nach unten prallt er von den steinernen Stufen ab, überschlägt sich und wirbelt durch die Luft, bis er aus dem Bild heraus in den unbeleuchteten Bereich am Fuß der Pyramide fällt.

Die Scheinwerfer schalten auf normales Licht und beleuchten den Platz, auf dem die Pyramide steht. Drei Meter von ihrem Sockel entfernt liegt ein roter Klumpen im Staub. Die Kamera zoomt heran und fährt an Goldbergs Hemd entlang, das von der Taille bis zu den Schultern blutgetränkt ist. Dann schwenkt sie langsam die Stufen hinauf und sucht nach dem Rest von ihm.

Wir sahen die Videoaufzeichnung im Hauptquartier der *Policia Judicial del Estado* in Mérida, im Beisein von Captain Ernesto Sanchez. Trotz der geschlossenen Fensterläden, die das Licht der Nachmittagssonne größtenteils aussperrten, war die Luft im Raum wie heißer Sirup. Und der Ventilator, der an der Decke mit der Drehzahl eines abhebenden Flugzeugs rotierte, schien den Dunst nur immer mehr zu verquirlen. Nicht zum ersten Mal kam ich mir in Mexiko wie ein Hähnchen im Umluftherd vor. Bei Sanchez zeigte die Hitze keine Wirkung, aber anders als Ken und ich war er hier aufgewachsen.

Und im Augenblick schien Ken sogar mehr zu leiden als ich. Das lange, grau werdende Haar klebte ihm am Schädel. Er beugte sich im Sessel vor und zog an dem schweißgetränkten T-Shirt, das ihm wie Frischhaltefolie am Rücken klebte. Dann lüftete er es einige Male, um sich Kühlung zu verschaffen. Die Erleichterung würde von kurzer Dauer sein.

Als Ken Arnold mich bat, mit ihm in einem Wasserloch auf der Halbinsel Yukatan zu tauchen, wunderte ich mich zunächst, warum ihn die Aussicht darauf so zu begeistern schien. Wir waren bereits viele Male in einem *cenote* getaucht. Diese Kalksteinbecken im Dschungel, von denen manche im Mittelpunkt von Mayaritualen standen, sind die einzige Frischwasserquelle auf dem Plateau. Und sie sind außerdem eine Attraktion für Taucher aus den USA und Europa.

»Es handelt sich nicht um irgendeinen Zenote«, sagte er, »sondern um den Heiligen Brunnen in Chichen Itza.«

»Wow.« Ich war beeindruckt. Und verwundert, denn abgesehen von selten genehmigten archäologischen Tauchgängen war der Zenote gesperrt.

»Worum geht es?« fragte ich.

»Um eine polizeiliche Ermittlung. Wir sollen ihnen etwas aus dem Brunnen heraufholen.«

Ich fragte mich kurz, warum sie nicht ihre eigenen Taucher einsetzten. Doch man braucht Spezialisten und eine besondere Ausrüstung, um einen Zenote zu erkunden und sich in den klaustrophobisch engen Durchgängen des Systems zurechtzufinden, den Portalen zu einer unterirdischen Wasserwelt aus Kammern und Höhlen. Und Ken Arnold hatte diesen Sport auf Yukatan beinahe im Alleingang etabliert.

»Was genau?«

»Warst du mal bei dem Spektakel zur Tagundnachtgleiche in Chichen?«

»Nein.«

»Aber du weißt, was es ist.«

Es wurde in jedem Reiseführer über Yukatan erwähnt. »Ja. Der Einfallwinkel der Sonne erzeugt die Illusion einer riesigen Schlange, die an der Pyramide hinabgleitet. Müßte demnächst passieren, glaub ich.«

»Heute nachmittag, um genau zu sein. Dreiundzwanzigster September. Normalerweise zieht es Tausende von Besuchern an, aber diesmal hätten es Millionen sehen sollen. Sie haben ein großes Medienereignis daraus gemacht, eine Neuinszenierung der Mayazeremonie mit Kostümen und allem Drum und Dran, gefolgt von einer großen Licht- und Tonshow, und das Ganze rund um den Globus gesendet. Nur wurde es leider abgesagt. Man hat den Typ, der das ganze Spektakel produziert, gestern abend ermordet.«

»Oh.«

»Er wurde auf der Pyramide getötet.«

»Dann suchen wir also nach der Tatwaffe?«

»Nein, Jessica. Wir sollen seinen Kopf finden.«

»Und Sie sind überzeugt, daß er sich im Zenote befindet«, sagte Ken zu Sanchez. »Wieso?«

Der Polizeibeamte war glattrasiert bis auf einen äußerst schmalen, fast wie mit dem Augenbrauenstift gezogenen Schnauzbart. Er war militärisch gekleidet, seine muskulöse Gestalt wirkte wie eine zusammengerollte Springfeder unter dem weißen Baumwollhemd mit dem steifen runden Kragen, das er über einer Hose im Landesstil trug. »Chichen war ein rituelles Zentrum, ein Zentrum von Menschenopfern. Haben Sie von dem rituellen Ballspiel gehört?«

Ken nickte.

Mir war bekannt, daß sich das Bild der Maya im Laufe der Jahre verändert hatte. In meiner Kindheit hielten wir sie für friedliebende Sterngucker mit einer Obsession für Kalender und astronomische Berechnungen. Im Gegensatz dazu galten die Azteken als die blutrünstige Bande, die ihren Opfern mit Vorliebe die noch schlagenden Herzen aus dem Leib rissen. Doch gegen Ende des zwanzigsten Jahrhunderts haben Archäologen den Mythos von den sanften Maya ins Wanken gebracht. Und bei den rituellen Ballspielen, die zwischen den Wänden ihrer monumentalen Spielfelder stattfanden, ging es um Leben und Tod.

»Die Experten behaupten, daß die Opfer dieser Rituale in den Zenote geworfen wurden«, fuhr Sanchez fort. »Deshalb ist er auch unter dem Namen ›Opferbrunnen‹ bekannt. Man hat viele Skelette in ihm gefunden.« Dann lächelte er. »Aber von all dem abgesehen haben wir auch Blutflecken auf einem

Stein nahe des Randes entdeckt.« Er hatte uns zum Narren gehalten.

Ken warf mir einen Blick zu, dann wandte er sich wieder an Sanchez. »Wann gehen wir rein?«

Goldberg war seit beinahe vierundzwanzig Stunden tot. Wollte man noch etwas finden, das an seine Gesichtszüge erinnerte, mußte es bald geschehen. Die unterirdischen Flüsse des Yukatan ernähren verschiedene Arten von Fischen und Krustentieren, manche davon blind, aber allesamt in der Lage, an einem Kadaver herumzunagen.

»Morgen früh, sobald es hell wird. So können Sie Ihre Arbeit erledigt haben, bevor die Touristen kommen.«

»So hätten Sie das gern.« Ken sah ihn skeptisch an. »Das Wasser im Zenote ist fünfundzwanzig Meter tief, die Hälfte davon Schlamm. Wir werden eine ganze Weile da unten herumstochern müssen.«

»Ich glaube, Sie verstehen nicht. Heute mußten Tausende von Besuchern weggeschickt werden. Aber das Phänomen ist auch morgen noch sichtbar, deshalb werden ganze Busladungen wieder zur Stelle sein.«

»Dann lassen Sie die Leute hinein und halten sie nur vom Zenote fern«, schlug ich vor.

»Wir haben bereits den Tempelbereich oben auf der Pyramide abgesperrt«, jammerte Sanchez, und er klang nicht mehr wie ein Polizeibeamter, sondern eher wie ein Fremdenführer, der an seine Trinkgelder denken muß. Andererseits war der Tourismus nun mal das große Geschäft in Yukatan. Und vielleicht hatte Sanchez ja ein persönliches Interesse an dessen Gedeihen.

Ken zuckte mit den Achseln. »Na und? Jedesmal, wenn ich in Europa bin, ist die Hälfte aller großen Sehenswürdigkeiten wegen Renovierung geschlossen.«

Ich warf Ken einen Blick zu, und er blinzelte zurück.

»Wir lassen bis Mittag niemanden auf das Gelände«, sagte Sanchez. »Damit schlagen wir noch einmal vier Stunden heraus.«

»Wie auch immer«, erwiderte Ken ohne großes Interesse. »Jessica hier wird mich begleiten, wie Sie wissen. Ich habe alles an Ausrüstung mitgebracht, was wir meiner Ansicht nach brauchen. Und Sie besorgen wie vereinbart den Rest.« Er zeigte auf ein Fax auf dem Schreibtisch, das dort zwischen einigen Fotografien von Goldberg lag. »Wer kommt von Ihrer Seite?«

»Ich werde persönlich dabeisein. Und ein Pathologe, Dr. Rafael de Valdivia. Er meldet sich heute abend bei Ihnen im Hotel.«

Ken zog nun an der Vorderseite seines T-Shirts und fächelte sich Luft zu. »Wenigstens wird es so früh am Morgen kühl sein.«

»Noch etwas«, sagte Sanchez, kam um den Schreibtisch herum und blickte uns abwechselnd mitten ins Gesicht. »Wenn Sie da unten noch etwas anderes sehen, lassen Sie's liegen.«

»Sie meinen historische Fundstücke?« fragte ich.

»Nein. Ich meine andere menschliche Überreste. Wir untersuchen einen Mordfall, nicht das Rätsel der Mayakultur.«

2 »Ein Kran?« Das war kein Gegenstand, den ich mit Tauchen in Verbindung brachte, aber er stand auf der Einkaufsliste, die Ken Arnold an Sanchez gefaxt hatte.

Wir saßen uns an einem Plastiktisch vor einer kleinen

taqueria gegenüber und löschten unseren Durst mit eisgekühltem *Dos-Equis*-Bier. Die einzigen anderen Gäste waren zwei junge mexikanische Verkäuferinnen, die gerade ihren Arbeitstag beendet hatten. Das Taco-Lokal lag drei Straßen von unserem Hotel entfernt und hatte soeben für den Abend geöffnet, als wir eintrafen.

»Der Zenote gehört zu der Sorte mit senkrechten Wänden«, erwiderte Ken. »Du hast ihn mal gesehen, oder?« Er begann in der Gesäßtasche seiner Jeans zu kramen.

Ich nickte. Ich hatte Chichen Itza zum ersten Mal mit meinem Vater besucht, als ich sechzehn war.

»Zwanzig Meter Steilwand bis zum Wasser«, sagte er und entfaltete eine Seite, die er offenbar aus einer Zeitschrift gerissen hatte. »Auch ohne Taucherausrüstung am Leib würde ich da nicht runterzuklettern versuchen.«

Er strich das Papier mit der Handkante glatt und drehte es herum, so daß ich die Abbildung sehen konnte. Es war ein grobkörniges Farbfoto von einem Gebilde, das aussah wie ein Boxring, der auf der Oberfläche eines großen grünen Teichs am Fuß einer Klippe trieb. Ein paar Leute standen auf der Plattform neben einer gelben Industriepumpe, von der eine Reihe Gummischläuche über den Rand der Plattform ins Wasser führten. Einige weitere Schläuche schlängelten sich hinter der Plattform aus dem Teich die Steilwand hinauf.

»Das war vor dreißig Jahren«, sagte Ken. »Damals haben sie ganze Berge von Schlamm abgesaugt, aber bis zum Grund sind sie trotzdem nicht vorgestoßen.«

»Das haben sie jetzt alles eingestellt.«

»Und genau deshalb ist das eine einzigartige Gelegenheit. Einfach, um es sich in den Lebenslauf zu schreiben. Der Heilige Brunnen von Chichen Itza, Mensch!«

Ken Arnold hatte mit fünfundfünfzig noch nichts von seinem jungenhaften Abenteuergeist verloren.

»Und Sanchez kann den Kran bis morgen früh hierherschaffen?« fragte ich skeptisch. So schnell bewegte sich in Mexiko normalerweise nichts.

»Ich tippte darauf, daß bereits einer zur Stelle ist. Für die Fernsehshow.« Er sah mich von der Seite an und setzte die Flasche an die Lippen. »Und ich lag richtig.«

Die Hitze ließ nun nach, da die Sonne unterging; ihre Strahlen wurden grell von den weißen, stuckverzierten Glockentürmen einer Kirche reflektiert, die sich einige Straßen weiter hinter den Häusern erhob. Leute fuhren in VW-Käfern und alten Pick-ups vorbei oder knatterten auf lauten Mopeds dahin.

Die winzig kleine Frau, die uns die Getränke serviert hatte, kam mit unserer Essensbestellung. Sie trug ein *huipil,* eine traditionelle Kleidung der Maya – schlichtes weißes Hemd mit leuchtenden Stickereien an Kragen und Saum. Seit ich in diesem Teil der Welt lebe, bewundere ich die Fähigkeit der einheimischen Frauen, stets in makellosem Weiß aufzutreten, egal, ob sie gerade mit einer Horde Kinder im Schlepptau aus dem Dschungel kommen, mit ihren Einkäufen aus einem schmuddeligen Bus steigen oder Essen servieren, so wie jetzt eben.

»Frijoles refritos?« fragte sie.

Ich hob die Hand. *»Gracias.«* Ken war unerbittlich in seiner Ablehnung von gebackenen Bohnen. Oder Guacamole. »Ich mach mir nichts aus Essen, das aussieht, als hätte ich's schon mal in mir gehabt«, wiederholte er immer aufs neue.

Ken Arnold steckte voller Widersprüche. Ein knallharter Texaner, der sein ergrauendes Haar gerne zum Zopf gebunden trug wie sein musikalischer Held Willie Nelson. Ein

Nicht-Akademiker, nach dem man eine in Höhlen wohnende Fischart benannt hatte. Einer, der Mexiko liebte, aber kaum einen Satz auf spanisch zusammenstöpseln konnte. Der eine riesige Sammlung psychedelischer Musik aus den Sechzigern besaß, aber schwor, niemals auch nur einen einzigen Joint geraucht zu haben. Ein Mann, der eine Taco-Bude jederzeit einem schicken Restaurant vorzog, andererseits aber Massenkost ablehnte.

»Ein paar von den Sachen sind gestrichen«, sagte ich, zeigte auf die Liste und biß in eine *empanada,* eine mit Käse gefüllte und dann zusammengeklappte und fritierte Maistortilla. Ken hatte *tacos al pastor* bestellt, eine Spezialität Yukatans, die aus dünnen Scheiben von am Spieß gebratenem, gewürztem Schweinefleisch bestand, serviert mit Cilantro, Zwiebeln und roter oder grüner Chilisauce nach Wahl.

»Ja. Ich wollte einen Schlammabsauger auf den Rand des Brunnens stellen lassen. So einen mit extra langen Saugschläuchen, wie auf dem Foto. Aber dafür hätten sie eine Sondergenehmigung gebraucht, was eine Woche dauern würde, und wahrscheinlich hätten wir sie sowieso nicht gekriegt. Könnte ja irgendwelche Fundgegenstände beschädigen.«

»Ich dachte, da sind nicht mehr viele übrig, die man beschädigen könnte.«

»Die Jungs, die damals diese Grabung gemacht haben ...«, er wies mit seinem Taco auf die Fotografie, bevor er es zum Mund führte, »haben jede Menge Zeug gefunden. Und Taucher später auch noch, unter strenger Überwachung, versteht sich.«

»Dann hat Thompson also nicht alles abgeräumt?«

»Auf keinen Fall ...« Ken biß ein Stück von seinem Taco ab und begann zu kauen.

Wir hatten auf dem Weg vom Hotel hierher darüber gesprochen, was wir von der Erforschung des Heiligen Brunnens wußten. Edward H. Thompson war zu Beginn des zwanzigsten Jahrhunderts amerikanischer Konsul in Yukatan gewesen. Er hatte die Ranch oder *hacienda* gekauft, auf der die Ruinen von Chichen Itza standen, und sich darangemacht, den Zenote auszubaggern. Nach einigen Jahren Baggern und Tauchen hatte er zahlreiche menschliche Skelette und einen riesigen Schatz von Kunstgegenständen heraufgeholt, die ins Peabody Museum von Harvard gebracht worden waren. Eine Hinweistafel in Chichen beklagt diesen ansehnlichen Beutezug – ein Beispiel für die schwierigen Beziehungen zwischen den beiden Ländern. Aber Thompson hatte seine Funde immerhin für die Nachwelt bewahrt. Andere Mayastätten sollten weniger Glück haben.

»Was haben die Taucher über die Verhältnisse dort unten berichtet?«

»Sehr schlechte Sicht. Die Wände sind unterhalb des Wasserspiegels unterhöhlt und auch wegen Thompsons Grabungsarbeiten instabil. Das Hauptproblem ist allerdings der Schlick. Keiner weiß, wie tief er ist, von sechs bis zwölf Meter ist alles drin. Eine Mischung aus Kompost, Fledermaus- und Vogelscheiße, menschlichem und tierischem Abfall von Jahrhunderten, Kadaver ... weiß der Himmel, was in der Pampe da unten noch alles steckt.«

Ich legte meine Tortilla kurz ab und bemühte mich dabei, den Berg brauner Bohnen auf dem Teller zu übersehen. Mein Appetit auf sie war plötzlich geschwunden.

»Für eine Biologin wie dich bestimmt sehr interessant«, fuhr Ken fort. »Dann wäre da noch das klebrige grüne Zeug auf der Oberfläche. Es ist stehendes Gewässer, deshalb ist der Algenbewuchs sehr dicht und schleimig. Stinkt auch ganz schön. Sollte man tunlichst umgehen.«

Ich hatte mir gerade eine Portion Guacamole auf meine Tortilla laden wollen. Ich ließ sie auf dem Teller. Vielleicht hatte Ken nicht ganz unrecht, was diese Speise anging.

»Aber wie umgehen wir die Guacamo –?«

Ken bemerkte meinen Lapsus und lachte laut. »Verstehst du jetzt, warum ich um diese Art Kost einen Bogen mache? Alles erbrochen, wenn du mich fragst.«

»Also nicht so gut wie das Essen in Europa?« fragte ich durchtrieben.

»Wie meinst du das?«

»Na, wenn dort immer so viele Sehenswürdigkeiten geschlossen sind, hast du doch bestimmt jede Menge Zeit gehabt, Essen zu gehen.«

Er schaute dumm. »Äh ... das ist mir gerade so eingefallen. Ich hab's mal in einer Zeitung gelesen.«

»Du liest keine Zeitungen.«

Er hob die Hände. »Okay, okay, Kleine, ich geb's ja zu. Ich hab das Gespräch von zwei Frauen auf dem Flughafen belauscht, als ich dich abgeholt habe. Jetzt laß uns essen.«

Er war ausnahmsweise verlegen, und ich hatte mich für seine boshaften Versuche revanchiert, mir das Essen zu verderben.

Die Kellnerin kam vorbei, und Ken gab ihr ein Zeichen, noch zwei Bier zu bringen.

Ich kam auf meine Frage zurück. »Wie gehen wir den Algen denn nun aus dem Weg?«

»Ich vermute, der Bewuchs wird am Rand des Brunnens am dichtesten sein. Wir lassen uns vom Kran in die Mitte schwenken.«

»Und dann? Wenn wir annehmen, daß ein menschlicher Kopf sinkt, dann ist er im Schlamm verschwunden. Und den können wir nicht aufwühlen, also was soll das Ganze?«

»Ich habe das Gefühl, es handelt sich um eine Art kosmetische Übung. Wegen der Witwe und der US-Regierung vielleicht, oder um …« Ken blickte mit schiefgelegtem Kopf zu einem hochgewachsenen Mann in weißem Leinenanzug und Panamahut, der plötzlich unmittelbar vor uns auf dem Bürgersteig stand.

»Vielleicht eine Möglichkeit für die neue Untersuchungsbehörde der Regierung, sich zu beweisen?« schlug der Mann vor. Ich bemerkte, daß er einen Gehstock benutzte. »Señor Arnold und Señorita Madison, nehme ich an?«

Er stützte sich auf den Stock, nahm seinen Hut ab und verbeugte sich vor mir, während ich sein nach hinten gestrichenes, silbernes Haar, den sorgsam geschnittenen Ziegenbart und den wallenden Schnauzer musterte. Er war zweifellos spanischer Abstammung und wäre auf einem Ölgemälde im glänzenden Brustpanzer eines *conquistador* keineswegs aufgefallen.

3 »Ja«, antwortete ich.

»Das sind wir«, fügte Ken überflüssigerweise hinzu.

»Sehr erfreut«, sagte der große Mann und verbeugte sich noch einmal. »Rafael Santiago de Valdivia. Sie haben mir eine Nachricht in Ihrem Hotel hinterlassen.«

»Ja, Captain Sanchez meinte, Sie würden vorbeischauen«, sagte ich. »Bitte setzen Sie sich doch zu uns.«

Er zögerte einen Augenblick. Sicherlich verwirrte es ihn ein wenig, daß diese beiden *norteamericanos* in einer Kolonialstadt, die für ihre vorzüglichen Restaurants bekannt war, in einer primitiven Taco-Bude aßen.

»Gerne«, erwiderte er und rückte einen Stuhl an unseren Tisch. Die Mayakellnerin kam herbeigehuscht.

»Möchten Sie etwas trinken oder essen?« fragte Ken.

Dr. de Valdivia nickte und sagte etwas zu der Frau. Aber nicht auf spanisch, wie mir auffiel. Vielleicht täuschte ich mich in ihm. Sie machte einen Knicks und eilte lächelnd davon. Dann wandte de Valdivia seine Aufmerksamkeit wieder uns zu. »Gestatten Sie, daß ich mich richtig vorstelle. Ich bin der oberste Gerichtsmediziner für den Staat Yukatan, inzwischen allerdings im Ruhestand.«

»Ich bin Ken, und das ist Jessica.«

»Darf ich Sie fragen, woher Sie kommen, Jessica?«

»Ursprünglich aus Florida, aber jetzt bin ich –«

»Jessicas Vater ist wie Sie pensionierter Mediziner«, warf Ken ein. Er benahm sich absichtlich boshaft. »Lebt in Tampa.« Die Beziehung zwischen meinem Vater und mir war, gelinde gesagt, angespannt.

»Ich verstehe«, sagte Dr. de Valdivia und versuchte, aus der Situation schlau zu werden, indem er sich höflich erkundigte, auf welchem medizinischen Gebiet mein Vater tätig gewesen war.

»Er arbeitete als Allgemeinarzt«, erwiderte ich knapp und fuhr rasch fort: »Aber ich lebe jetzt auf Cozumel.«

Florida und die Halbinsel Yukatan sind wie die beiden Scheren einer Krabbe, die im Begriff ist, Kuba in den Schwanz zu zwicken, und zwischen sich umschließen sie den Golf von Mexiko. Die Insel Cozumel liegt auf der anderen, der karibischen Seite der Yukatan-Schere, zwölf Meilen vor der Küste und genau südlich des Ferienortes Cancun.

»*Ah-Cuzamil-Peten*«, bezeichnete Dr. de Valdivia die Insel mit ihrem vollständigen Mayanamen, »das ›Land der Schwalben‹.«

Ich wartete darauf, daß er anfügen würde, Cozumel sei der Mayagöttin der Fruchtbarkeit geweiht, und einst habe jede Mayafrau eine Pilgerreise dorthin unternehmen müssen, und ob ich ebenfalls aus diesem Grund dort sei. Es handelte sich um eines der Lieblingsklischees nur allzu vieler mexikanischer Männer, denen ich begegnet war. Aber er sagte kein Wort davon.

»Und Sie, Señor Arnold, leben in … Cancun?« Er schien den Namen des Ferienparadieses an der Spitze der Halbinsel mit Mißfallen auszusprechen, aber ich war mir nicht ganz sicher. Man durfte jedoch davon ausgehen, daß ein alteingesessener Bürger von Mérida Vorbehalte gegen einen Ort hatte, der erst Mitte der Siebziger entstanden war.

»Ja. Mir gehört dort ein Tauchclub. Und ich habe noch einen kleineren auf Cozumel, den Jessica betreibt.«

»Aha. Dann werden Sie also *beide* tauchen?«

»So halten wir's für gewöhnlich«, sagte Ken.

»Wir arbeiten oft im Team«, ergänzte ich und fragte dann: »Warum haben Sie gerade die Bundespolizei erwähnt. Wird der Fall denn nicht von der PJE untersucht?«

»Ah, ich verstehe. Captain Sanchez hat Ihnen offensichtlich nichts erklärt.«

»Was erklärt?« fragte ich.

»Sie wissen wahrscheinlich, daß die mexikanische Polizei gerade umstrukturiert wird. Um die Zuständigkeiten der verschiedenen Dienste zu klären … und auch um gewisse, nennen wir es, zur Institution gewordene Gewohnheiten zu korrigieren …«

Ich nickte. Es war allgemein bekannt, daß vom schlecht bezahlten Verkehrspolizisten, der anstelle eines Bußgelds seine *mordida* erwartete, bis hinauf zum Comandante, der unerklärlicherweise in einem Luxuspalast wohnte, seit Generationen Korruption in Mexikos Polizeiapparat grassierte. Die Ermittlungsbehörde des Bundes war der neueste Versuch der Regierung, den notorisch korrupten Bereich der Strafverfolgung zu säubern, den man deshalb von der PJE übernahm, der Polizei der einzelnen Bundesstaaten. Aber das ging nicht über Nacht.

»Captain Sanchez ist im Auftrag der Bundespolizei tätig. Die PJE wurde aufgefordert, alles an nötiger Unterstützung zu leisten, aber Sanchez entschied, Sie beide hinzuzuziehen, statt sich auf seine früheren Kollegen zu verlassen, die nicht übermäßig glücklich waren, als er einen Werbefeldzug für Reformen begann.«

»Und daß wir beide Nordamerikaner sind, hat das irgend etwas damit zu tun?« fragte ich.

Dr. de Valdivia lächelte. Seine vom Alter schon ein wenig dunkel gewordenen Zähne waren in gutem Zustand, wenngleich sie sichtbare Silberfüllungen enthielten, was in dieser Region Tradition hatte.

»Si, Señorita Madison. Das FBI hat an der Ausbildung unserer Bundespolizei mitgewirkt, deshalb gibt es kein Problem hinsichtlich einer Zusammenarbeit mit *norteamericanos*. Und die Tatsache, daß Goldberg selbst Amerikaner war … vielleicht kam der Vorschlag von ganz oben, ich weiß es nicht.«

»Äh, Doktor …« Ken wollte unbedingt eine Frage loswerden.

»Ja, Señor Arnold?« Dr. de Valdivia blickte von mir weg, und erst jetzt wurde mir bewußt, daß er mir seine gesamte Aufmerksamkeit gewidmet hatte. Er besaß großen Charme, und ich spürte auch eine tiefe Lebenserfahrung.

»Wenn Sie bereits im Ruhestand sind, wieso arbeiten Sie dann an dem Fall?«

»Eine gute Frage –«

Die Bedienung war mit seinem Drink gekommen. Aber zu dem Glas mit dem strohfarbenen Likör brachte sie außerdem die ganze Flasche mit und ließ sie auf dem Tisch für ihn stehen. Er bedankte sich elegant für diese Geste, indem er das Glas in ihre Richtung hob, bevor er trank. Ich erkannte die Marke. Es war ein Mayalikör namens *xtabentun,* der aus Anis und vergorenem Honig hergestellt wurde.

»Ja, eine gute Frage, Señor Arnold. Ich vermute, der Grund dafür ist so ziemlich derselbe, warum auch Sie hier sind. Captain Sanchez konnte wahrscheinlich keinen Gerichtsmediziner ohne ausgeprägte Verbindungen zur PJE bekommen. Die hätten dann vielleicht versucht, ihn in Verlegenheit zu bringen. Einen diplomatischen Zwischenfall provoziert. Aber offiziell hat er mich hinzugezogen, weil ich so etwas wie ein Amateurgelehrter in Sachen Maya bin.«

Ken und ich waren erst einmal verdutzt.

»Weil doch Señor Goldberg in Chichen Itza ermordet wurde.« Er streckte die Arme aus und drehte die Handflächen nach oben, um anzuzeigen, daß es keiner weiteren Erklärung bedurfte.

»Ah ja«, murmelte Ken, dem, wie mir selbst, der Zusammenhang verborgen blieb. »Wie wurde er eigentlich getötet, da wir gerade dabei sind?«

»Machete. Ein einziger Schlag in den Hals.« Dr. de Valdivia ließ seinen langen Zeigefinger durch die Luft sausen. »Ich verstehe schon, warum die Polizei Mayafanatiker im Verdacht hat«, fügte er in skeptischem Tonfall an.

»Und was glauben Sie, wer es war?« fragte ich.

»Ich habe mir noch keine Meinung gebildet, Señorita.« Er ließ den Blick ein wenig schweifen, verschränkte die Hände und stützte sie auf den Griff seines Spazierstocks. Der Griff stellte den stilisierten Kopf eines Tiers mit offenem Rachen dar und war aus Silber, was in Mexiko nicht überraschte. Ich bemerkte außerdem, daß Dr. de Valdivias Fingernägel vorzüglich manikürt waren.

Ken beendete die Pause in unserem Gespräch. »Captain Sanchez zufolge sind die hiesigen Maya verärgert, weil sie keinen freien Zutritt zur Ausgrabungsstätte haben, um ihre Waren zu verkaufen.«

»Was wohl kaum ein Grund sein dürfte, jemanden zu enthaupten«, sagte der Doktor. Ich bemerkte, daß er sich abwehrend zu verhalten begann, wenn es um die Maya ging.

»Publicity für ihre Sache«, meinte Ken. »Sie suchen sich ein Großereignis wie dieses aus und machen den Kerl kalt, der es veranstaltet.«

»Aber das hat nicht funktioniert«, sagte ich. Goldberg hatte die Generalprobe am Vortag aufgezeichnet, falls bei der Live-Show etwas schiefgehen sollte, und diese Probe wurde nun gesendet.

»Die Maya haben gewichtigere Anliegen, als Nippes an Touristen zu verkaufen«, sagte Dr. de Valdivia in scharfem Ton. Das war es also. Offenbar hegte er große Sympathien für die Maya, die in der Vergangenheit starke Unterdrückung erlitten hatten und noch heute von der Bevölkerungsmehrheit, die selbst aus Mischlingen spanischen und indianischen Bluts bestand, häufig als Bürger zweiter Klasse behandelt wurden.

Ich wandte mich an Ken. »Du unterstellst außerdem, daß zwischen Goldberg und seinen Mördern vorher keine Beziehung bestand.« Dann fing ich Dr. de Valdivias Blick auf. »Aber das ist ungewöhnlich bei einem Mordfall, nicht wahr, Doktor?«

»Richtig, Señorita. Und darum möchte ich auch kein vorschnelles Urteil abgeben. Allerdings kann ich die Möglichkeit, daß es sich um eine rituelle Hinrichtung handelte, auch nicht ausschließen, und deshalb müssen wir uns über bestimmte Dinge unterhalten.« Er nippte an seinem Glas. »Selbst wenn es Ihnen gelingt, den Kopf zu finden, erwarte ich nicht, daß er uns in gerichtsmedizinischer Hinsicht eine große Hilfe ist. Es sei denn, nach der Enthauptung wurde eine weitere Greueltat begangen.«

»Was für eine Greueltat?« fragte Ken.

»Der menschliche Kopf übte auf die mittelamerikanischen Kulturen eine große Faszination aus«, entgegnete Dr. de Valdivia. »Und seine Rolle bei rituellen Opferungen ist in der Kunst, die wir in Mayastätten sehen, gut dargestellt. Nach der Enthauptung konnte der Kopf etwa in einen ausgehöhlten Gummiball gestopft werden, um im Ballspiel Verwendung zu finden, oder man hat ihm die Haut abgezogen und ihn dann zur Schau gestellt. Manchmal wurde Gefangenen sogar vor der Hinrichtung der Unterkiefer entfernt.«

»Eine sehr düstere Form der Faszination«, sagte ich.

»Zugegeben. Aber sie war mit der spanischen Eroberung nicht zu Ende, Señorita. Sie beeinflußt unsere Kunst und unsere Rituale hier in Mexiko bis auf den heutigen Tag – *El Dia de los Muertos*, zum Beispiel.«

»Der Tag der Toten«, sagte ich Ken zuliebe.

Ich dachte an die Bäckereien, die *pan de muerto*, eingelegte Knochen aus Teig, in der Auslage hatten, an das Klappern der hölzernen Skelettpuppen, die an Straßenecken tanzten, und an Kinder, die Totenköpfe aus Zucker und gefärbtem Marzipan mampften.

»Es könnte also sein, daß sie den Kopf verstümmelt haben«, sagte Ken, »und darauf wollten Sie uns vorbereiten.«

»Darauf und auf die Bedeutung des Ortes, in den Sie eintauchen werden.«

»Ah ja.« Ken nahm offenbar an, er würde nun gleich einige abergläubische Mayageschichten zu hören bekommen, und die Aussicht darauf sagte ihm nicht sehr zu.

Ich dagegen war interessiert. Dr. de Valdivia vermittelte einem den Eindruck, als sei der Zenote noch immer heilig.

»Für die Maya«, fuhr er fort, »waren alle Höhlen, alle Zenoten, alle Öffnungen in der Erde Eingänge zur Unterwelt Xibalba, in der schreckliche Wesen lebten. Tatsächlich bedeutet das Wort ›Ort des Schreckens‹. Aber die Eingänge zu Xibalba waren auch zeremonielle Stätten, und der Zenote von Chichen Itza blieb noch lange, nachdem die Stadt aufgegeben worden war, das Ziel von Pilgerreisen. Und seit der Eroberung durch die Spanier bewahrt er das Versprechen, daß die Maya einst wieder auf ihrem Gebiet an die Macht zurückkehren.«

»Tatsächlich?« fragte Ken mit geheucheltem Interesse.

Dr. de Valdivia wandte sich an mich. »Denn die Maya behaupten, als die Spanier hierherkamen, wurde die Nabelschnur der Welt durchtrennt – die Verbindung von der Menschheit zu den Göttern. Doch sie liegt unter dem großen Ballspielplatz in Chichen und wird durch den Heiligen Brunnen wiederauftauchen, wenn erneut ein Mayakönig herrscht.«

»Und wann wird das sein?« fragte Ken.

»In gar nicht so ferner Zukunft. Am 21. Dezember 2012, um genau zu sein.«

Ken wirkte eingeschnappt. Mit einer so deutlichen Antwort hatte er nicht gerechnet.

So faszinierend dieses Thema auch war, wollte ich doch mehr über die Ansichten des Doktors zu Goldbergs Tod erfahren. »Worin bestand also Ihrer Meinung nach der tiefere Sinn, jemanden auf der Pyramide zu enthaupten?«

»Da wäre einmal die Tagundnachtgleiche. Der gefiederte Schlangengott Kukulkan kommt aus dem Tempel, der die Pyramide krönt, und betritt den Boden, um sich dem Heiligen Brunnen zu nähern. Kukulkan ist das Pendant der Maya zu Quetzalcoatl, dessen von der Legende vorhergesagte Wiederkehr sich Cortez bei der Eroberung des Aztekenreichs so raffiniert zunutze machte. Ich kann nur vermuten, daß eine rituelle Handlung auf der Pyramide, die ihm geweiht ist, etwas über seine Wiederkehr aussagt, bei der er diesmal seine Anhänger verteidigen wird.«

»In diesem Fall würde Goldberg den Feind repräsentieren«, schlug ich vor.

»Hmm …« Dr. de Valdivia schien nur ungern zuzustimmen. Als hätte er nicht gewollt, daß ich zu dieser Schlußfolgerung gelangte.

Mein Handy läutete. Mit einer Entschuldigung entfernte ich mich ein paar Meter. Es war meine Freundin Deirdre O'Kelly; sie rief von Cozumel aus an, wo sie sich in meiner Abwesenheit um den Tauchclub kümmerte, zusammen mit einem Studenten namens Alfredo Yam, der schon seit Beendigung seiner Abschlußprüfungen zu Beginn des Sommers für mich arbeitete.

»Tut mir leid, daß ich dich störe, Jessica. Ich habe hier ein paar Taucher, die morgen früh rausfahren wollen. Aber ich weiß nicht, ob Alfredo hier sein wird, um sie rauszubringen.«

»Kannst du ihn nicht fragen? Ist er heute nicht erschienen?« Ich hatte Cozumel mit der Morgenmaschine nach Mérida auf der anderen Seite der Halbinsel Yukatan verlassen. Ken war frühmorgens in Cancun losgefahren und hatte mich am Flughafen abgeholt.

»Nein. Und ich erreiche ihn nicht auf dem Handy.«

Dann fiel mir ein, daß Alfredo zwei Tage Urlaub hatte.

»Herrje, Deirdre, das hab ich ganz vergessen. Alfredo hat heute auch noch frei. Tut mir leid, daß ich dich mit dem Laden allein gelassen habe. Aber morgen ist er mit Sicherheit wieder da.«

»Kein Problem. Was soll ich nun diesen Tauchern sagen?«

»Sag nein, es sei denn, sie wollen es riskieren, die Sache bis morgen früh offenzulassen.«

»Wird gemacht. Und vielleicht versuche ich es noch mal bei Alfredo. Ruf mich später an und erzähl mir, was es Neues an Klatsch gibt.«

»Mach ich. Bis dann.«

Als ich an meinen Platz zurückkam, fragte Ken gerade Dr. de Valdivia: »Warum war Captain Sanchez so besorgt wegen der Sperrung des Zenote für Besucher?«

»Es gibt auf dem Gelände eine Reihe von Ständen, die Snacks und Erfrischungsgetränke verkaufen«, erwiderte Dr. de Valdivia. »Sein Bruder ist an dem Unternehmen beteiligt, das die Konzession besitzt. Und der Stand neben dem Zenote macht das lebhafteste Geschäft.«

Ken pfiff durch die Zähne. »Und seit Beginn der Proben für die Fernsehübertragung ist er wahrscheinlich geschlossen. Wann war das, vor drei Tagen?«

Dr. de Valdivia nickte.

»Sagten Sie nicht, Captain Sanchez sei so eine Art guter Sheriff, der angetreten ist, um in Dodge City aufzuräumen?« warf ich ein. »Das klingt mir eher nach weiter wie gehabt.«

»Nicht ganz, Señorita. Was Sanchez betrifft, handelt es sich hier um eine Frage von familiärem Zusammenhalt – Korruption ist da nicht im Spiel. Damit ist es bei uns in Mexiko jetzt nämlich vorbei«, sagte Dr. de Valdivia und zwinkerte mir zu.

4 Ich war gerade im Begriff, die Nummer des Tauchclubs zu wählen, als mir der Gedanke kam: Es scheint im Leben eines jeden Menschen eine Phase zu geben, in der eine Reihe von Dingen geschehen, deren Wirkung lange anhält. Vielleicht liegt es daran, daß sie sich während der letzten Häutung zutragen, die wir durchmachen und die unsere endgültige Gestalt festlegt. Und wem immer wir in dieser Zeit nahe sind, wovon wir besessen sind, das behält einen Einfluß auf unser gesamtes Leben. Für mich gehörte Deirdre O'Kelly wesentlich zu dieser prägenden Erfahrung, genau wie Ken. Und Manfred Günter.

Deirdre und ich lernten uns auf der zweiten *Rainbow Warrior* kennen, als Greenpeace das Schiff von Miami aus in den Golf von Mexiko schickte; wir sollten die Behauptung von Dorfbewohnern der Anrainerstaaten untermauern, Pemex, die gigantische Ölkompanie, würde giftige Raffinerieabfälle in den Wäldern und Feuchtgebieten der Region entsorgen. Deirdre war bereits vor der Atlantiküberfahrt in Dublin zur Mannschaft gestoßen, doch während ich einen langweiligen Job gegen etwas Aufregenderes eintauschte, floh sie aus einem Leben am Rande des Müßiggangs, nachdem ihr verstorbener Vater Deirdre und ihrem Zwillingsbruder ein beträchtliches Erbe hinterlassen hatte, das ein sehr erfolgreiches Pub-Unternehmen mit einschloß. Trotz ihres familiären Hintergrunds war Deirdre das, was die Iren einen »Charakter« nennen, eine extrovertierte Persönlichkeit mit viel Humor, eine begnadete Sängerin und Entertainerin.

Meine Hoffnung auf aufregende Zeiten erfüllte sich bald, als wir an Bord einer aufgegebenen Ölplattform gingen, aus der Öl ins Meer lief, während eine Korvette der mexikanischen Marine sich die ganze Zeit zur Einschüchterung in der Nähe aufhielt. Anschließend zeigte uns die Landbevölkerung, wo Giftmüll in Teichen und Mangrovensümpfen entsorgt wurde, und wir beobachteten die Arbeitsbedingungen von ölverschmierten Jungen im Teenageralter, bekannt als *chaperos* – Teermenschen –, denen man ein paar Dollar dafür bezahlte, daß sie Rohölüberläufe säuberten, und die sich am Ende eines Arbeitstages mit Diesel wuschen.

Nach wie vor von der Marine beschattet, legte die *Rainbow Warrior* im Golfhafen Campeche an, und dort lernte ich Ken Arnold kennen, der als Gast an Bord kam und uns von den Schäden erzählte, die an Mexikos Korallenriffen angerichtet wurden, und von den Anstrengungen der Regierung, eine aufgeklärte Politik hinsichtlich des Problems zum Tragen zu bringen, was in schroffem Gegensatz zu den Sabotageakten an der Umwelt stand, die das staatliche Ölmonopol beging. Nach seinem Vortrag kam ich mit Ken ins Gespräch, und daraus resultierte eine Einladung, auf Cozumel für ihn zu arbeiten. Aber meine Berufung für Greenpeace war damals noch frisch. Ich würde auf ihn zurückkommen.

Nach dem Besuch in Yukatan nahmen wir Nahrung, Kleidung und Medikamente an Bord, um sie nach Nicaragua zu liefern, das von einem Hurrikan schwer getroffen worden war, und unterwegs festigte sich die Freundschaft zwischen Deirdre und mir. Wir beide waren auch die jüngsten Rekruten, ein weiterer Grund, zusammenzuhalten.

Für die älteren europäischen Helfer an Bord waren wir Agnetha und Annafrid, die beiden Frauen von Abba. Deirdre braunäugig, dunkelhaarig und klein, ich großknochiger, blauäugig und seinerzeit mit langen, blonden Haaren. Wir wurden so häufig damit aufgezogen, daß wir beschlossen, eine

Partynummer daraus zu machen, also sangen wir *Fernando*, mit Glitter im Haar und in seidenen Pyjamas, die wir über hautengen Tauchanzügen aus Lycra trugen.

Nach vier Monaten, der üblichen Verpflichtungsdauer von Freiwilligen, flogen wir beide kurz nach Hause, dann gingen wir erneut auf die *Warrior* und fuhren nach Australien. Auf dieser zweiten Reise lernte ich Manfred Günter kennen, einen Computerbastler aus Ratingen bei Düsseldorf, der Idealismus und praktisches Geschick zu gleichen Teilen zu verbinden wußte. Während wir in Sydney vor Anker lagen, blühte unsere Beziehung auf, und wir wurden ein Paar.

Deirdre. Ken. Manfred. Alle in dieser kurzen Zeit. Doch diese glücklichen Tage endeten abrupt. Nicht auf See, sondern im Eis und Schnee des Himalaja.

Mir war jetzt plötzlich kalt, und ich schauderte kurz. Dann streifte ich diese Empfindung ab, wählte die Nummer und streckte mich mit dem Telefon in der Hand auf dem Bett aus.

»Aquanauts, Cozumel, was kann ich für Sie tun?« meldete sich Deirdre mit heiserer Stimme. Unnötig zu erwähnen, daß *Aquanauts* Kens Idee war. Ich versuchte ihm gelegentlich zu erklären, daß die Zeit für einen solchen Namen längst abgelaufen war, aber er wollte nicht hören.

»Du klingst so sexy«, sagte ich. »Als würde ich in einem Nachtclub anrufen.«

»Schöner Nachtclub. Nicht mal ein anständiger Drink ist im Haus, und ich bin schon heiser vor Verlangen nach einem.«

»Ich hab dir Tequila besorgt. *Hornitos reposada* – vom Feinsten.«

»Aber den mag die kleine Deirdre nur in Margaritas«, sagte sie in schmollendem, mädchenhaftem Tonfall.

»Faule Schlampe!« gebrauchte ich einen ihrer eigenen Ausdrücke. »Dann quetsch dir eben ein paar Limonen aus. Eis findest du im Kühlschrank, und eine Flasche Cointreau steht obendrauf.«

»Und die Limonen? Wo krieg ich die her, Mami?«

»Von der Terrasse draußen. Dort wachsen sie am Baum, wie ich dir bereits erklärt habe. Aber sei vorsichtig – in dem Baum wohnen mexikanische Springspinnen.«

»Waas!?« Ein, zwei Sekunden lang hatte sie es geglaubt. »Oh, du Miststück.«

Deirdre hatte derart panische Angst vor Spinnen, daß man ihr jeden Unsinn darüber einreden konnte, egal wie lächerlich er war.

»Und, schon was von Alfredo gehört?« sagte ich, um das Gespräch in eine vernünftige Richtung zu lenken.

»Nein. Er wohnt in San Miguel, oder? Ich könnte bei ihm zu Hause vorbeischauen.«

San Miguel war die einzige Stadt auf der Insel, und vom Tauchclub in Dzulha aus, einem Erholungszentrum, das sieben Kilometer vom Ortskern entfernt aus dem Boden geschossen war, fuhr man keine zehn Minuten bis dorthin. Es hatte jedoch wenig Sinn, Deirdre auf die Suche nach Alfredo zu schicken. »Nicht nötig. Er wird morgen früh schon auftauchen.«

»Gut. Und wenn er nicht kommt, kann ich mich ja auch selbst um alle Anfragen kümmern. Und was gibt es bei dir Neues?«

Ich unterrichtete sie über einige Einzelheiten aus den Gesprächen mit Sanchez und Dr. de Valdivia.

»Ich beneide dich nicht darum, in diesem alten Tümpel zu tauchen«, sagte sie voller Überzeugung, als ich zu Ende erzählt hatte.

»Das liegt daran, daß du eben immer nur auf Vergnügen aus bist«, neckte ich sie. »Dir fehlt der wahre Abenteuergeist.«

»Und was ist falsch daran, auf Vergnügen aus zu sein, Mami?«

Sie sagte es mit so viel Doppeldeutigkeit in der Stimme, daß ich laut lachen mußte. »Deirdre O'Kelly, du bist durch und durch schlecht, ein ›schamloses Weibsstück‹, wie du selbst sagen würdest.«

»Ich gebe mir jedenfalls Mühe«, erwiderte sie lachend.

»Irgendwelche Neuigkeiten bei dir?« fragte ich.

»Nicht viel. Hast du von dem Grenzzwischenfall gehört?«

»Grenzzwischenfall? Nein.«

»Es ist die Hauptmeldung auf CNN. Du weißt ja, daß es gestern in Mexico City eine große Studentendemonstration gab ... wegen der Reisebeschränkungen für Hispanios zwischen Mexiko und Kalifornien.«

»Hm.« Ich wußte ungefähr Bescheid. In der Folge des freien Handels zwischen allen amerikanischen Staaten hatten die USA angefangen, sich Sorgen zu machen, sie könnten von illegalen Einwanderern überschwemmt werden, und deshalb eine Regelung eingeführt, die den Zustrom mexikanischer Arbeiter zwar erlaubte, aber streng regulierte. Und nun drängte die spanischstämmige Gemeinde in Kalifornien auf größere Flexibilität, was den Zugang zu diesem Staat betraf. Eine Forderung, die bei den Studenten auf der anderen Seite offensichtlich Widerhall fand.

»Ein Bus voll Studenten war zur Grenze aufgebrochen und hat sie dann am Nachmittag auf einer abgelegenen Wüstenstraße zu überqueren versucht. Eigentlich nur eine symbolische Aktion, aber sie wurden aus dem Hinterhalt angegriffen, und vier Studenten ließen dabei ihr Leben.«

»Das ist ja furchtbar.« Ich spürte, wie ich vor Scham rot wurde. »Wer hat sie denn angegriffen? Doch hoffentlich nicht die Grenzwachen.«

»Washington behauptet, es waren Mitglieder einer Bürgerwehr, und ihr Vorgehen wurde offiziell verurteilt. Aber die Überlebenden sagen aus, es seien Grenzsoldaten zugegen gewesen, und sie hätten weggeschaut.«

»Klingt, als würde sich da Ärger zusammenbrauen.« Dann sah ich eine mögliche Verbindung. »Vielleicht hat Goldbergs Tod etwas mit diesem Zwischenfall zu tun.«

»Da könntest du recht haben. Aber wenn es so wäre, würde die Polizei wohl kaum zwei Amerikaner bitten, sich an der Untersuchung zu beteiligen.«

»Stimmt. Aber ich habe es vielleicht nicht erklärt – es ist nicht direkt die Polizei, die den Fall bearbeitet. Es ist diese neue Bundesbehörde.«

»Ach so? Was ist das denn?«

Ich erklärte Deirdre, so gut ich konnte, Mexikos neue Strafverfolgungsstruktur.

»Hört sich an, als würde hinter diesem Mord mehr stecken, als du dachtest. Haben sie schon irgendwelche Verdächtigen im Sinn?«

»Einige Maya, die sonst immer Zugang zum Ausgrabungsgelände hatten, könnten ihrer Verärgerung Luft gemacht haben. Das ist alles, was sie uns gegenüber durchblicken lassen.«

»Hmm … Klingt unwahrscheinlich, oder?«

»Finde ich auch.«

»Ich wäre sehr vorsichtig an deiner Stelle. Laß dich von denen bloß nicht unnötig in Gefahr bringen.«

Deirdre und ich hatten in unserer Zeit bei Greenpeace persönliche »Linker-und-Zinker-Sensoren« entwickelt, wie wir es nannten, da wir uns damals routinemäßig mit Ausflüchten, Behinderungen und Einschüchterungsversuchen seitens der Regierungen und Ordnungsbehörden auseinandersetzen mußten.

Ich spürte, sie hatte da einen wichtigen Punkt berührt. Warum wollte man, daß wir diese Sache erledigten? Dr. de Valdivias Erklärung war zu dürftig. Und die Tatsache, daß man ihn selbst aus dem Ruhestand geholt hatte, ließ den Eindruck entstehen, als würde die gesamte Untersuchung an offiziellen Kanälen vorbei geführt. Aber warum?

5 Ken und ich standen im Dunkeln am Rand des Heiligen Brunnens. Hinter uns winkten zwei Arbeiter mit Schutzhelmen auf dem Kopf einen auf einem LKW montierten Kran in die richtige Position. Der Kranwagen manövrierte ächzend und knarrend um die Kalksteinfelsen am Brunnenrand herum. Hin und wieder schwenkten seine Scheinwerfer kurz über den Zenote; ihr Licht warf die flatternden Schatten aufgescheuchter Fledermäuse an die fünfundsechzig Meter entfernte Wand gegenüber und gewährte uns die ersten Blicke auf das große Loch in der Erde.

In den Bäumen rund um den Brunnen flirrte es von Insektengeräuschen; eines davon stach heraus, es war wie ein hartnäckiges Morsesignal, das von der Erde ausgesandt wird und keine andere Antwort erhält als das bedeutungslose statische Rauschen des Alls.

Wir gingen zurück zu Kens Toyota Land Cruiser, und er brachte eine Thermoskanne mit Kaffee zum Vorschein.

»Wo hast du denn die ausgegraben?« Es war noch zu früh für ein Frühstück gewesen, als wir das Hotel verlassen hatten. Außer Wasser hatte ich deshalb noch nichts zu mir genommen.

»Ich habe sie mir von einer Serviererin abfüllen lassen, die in der Hotelküche gerade frühstückte.« Er holte zwei Styroporbecher hervor. »Ich denke eben immer voraus.«

In dem akustischen Sperrfeuer der Insekten entstand eine plötzliche Pause, aber innerhalb von Sekunden, praktisch ohne Unterbrechung, fingen die Vögel an – die Tagschicht war da, um zu übernehmen. Die Dämmerung war erst ein Hauch von Rosa am Saum des Nachthimmels.

Zehn Minuten später gab es genügend Licht, daß wir die Umgebung besser in Augenschein nehmen konnten. Die Luft war bereits mild, erfüllt von jenem einzigartigen tropischen Versprechen von Wärme und Leben, von Wachstum und Erneuerung. In den gestrüppreichen Bäumen am Rand des Zenote mischten sich die einzelnen Rufe von Urwaldvögeln zu einem dissonanten Chor aus Zirpen, Trillern, Kreischen, Krächzen und Grunzen. Und mir war bewußt, daß diese morgendliche Kakophonie überall aus den Tausenden von Quadratkilometern der Halbinsel emporstieg.

Über Yukatan zu fliegen ist, wie auf eine grüne Wüste hinabzublicken, die mit glitzernden Wasserbecken gesprenkelt ist. Das sind die Zenoten – Stellen im dornenreichen Buschwald, wo die Decke über einem riesigen unterirdischen Flußnetz eingestürzt ist. Dieses Flußsystem wird von Regenwasser gespeist, mit dem sich der poröse Kalkstein vollsaugt. Es ist wie ein U-Bahnnetz, zu dem die Zenoten die Eingänge sind. Nicht alle Zenoten sind offene Becken; der Eingang zum System kann durch Höhlen oder sogar schmale Erdspalten erfolgen, von denen manche in riesige Grotten führen, gefüllt mit Wasser, das so klar ist, daß hindurchschwimmende Taucher in der Luft zu schweben scheinen.

Was sich jetzt meinem Blick darbot, sah aus wie ein Hohlraum, der entstanden war, nachdem eine riesige Maschine einen zylindrischen Kalksteinpfropf aus der Erde gebohrt hatte; anschließend war dieser Hohlraum bis zur Hälfte voll Wasser gelaufen. Die kreisrunde Wand zeigte horizontale Risse in parallelen Bändern entlang der Sedimentschichten und einen struppigen Bewuchs von Sträuchern und Ranken bis hinab zum Wasserrand.

An der Stelle, wo sich die Staubpiste von der einen halben Kilometer entfernten Pyramide um den Zenote herum öffnete, war der dünne Belag khakifarbener Erde, wie sie das nördliche Yukatan bedeckt, vollständig abgetragen und gab einen unebenen, brüchigen Kalksteinboden frei. Links von uns befand sich der geschlossene Kiosk, vor dem einige der Arbeiter auf verstreut herumstehenden Stühlen saßen und auf Anweisungen warteten.

Ich trat auf einer rechtwinkligen Felsplatte näher an den Rand und schaute auf eine olivgrüne Scheibe Wasser zwanzig Meter unter mir hinab, die von Büschen und Ranken gesäumt war. Ihre ruhige Oberfläche wurde nur durch ein mir unbekanntes Lebewesen gestört, das eine Furche durch das trübe Wasser zog. Gab es Wasserschlangen in Zenoten? Meine Phantasie ging plötzlich mit mir durch. Wahrscheinlich war es eine Ratte. Das Wasser sah abgestanden aus.

»Erinnert mich an einen alten, aufgelassenen Steinbruch, der voll Regenwasser gelaufen ist«, sagte Ken hinter mir und artikulierte damit meine noch ungeformten Gedanken.

Doch ich wußte, daß dieser Zenote, wie alle anderen, irgendwie mit dem Hydrosystem der Region verbunden war und von Wasserläufen gespeist wurde, die unter dem Kalksteinplateau flossen.

Anstelle der Fledermäuse flitzten inzwischen Mauersegler

von einer Seite des Heiligen Brunnens zur anderen. Als ich einen Schritt zurück neben Ken trat, bemerkte ich etwas, das wie ein türkisfarbenes Band aussah, das vom Zweig eines Strauchs in der Wand des Zenote direkt gegenüber von uns herabhing. Die aufgehende Sonne ließ die Farbe hervortreten, und nun sah ich, daß es ein langer Federschwanz war, der an zwei schlanken Bändern zu hängen schien, die ich zu dem halb im Busch verborgenen Vogel zurückverfolgte.

»Könnte das ein Quetzal sein?« fragte ich Ken und zeigte mit dem Finger darauf.

»Die kommen nicht so weit nach Norden«, sagte er.

Der Vogel kam nun ganz zum Vorschein, und ich sah, daß er rostbraun gefärbt war, mit einer türkisen Markierung auf dem Kopf, die zum Schweif paßte. »Das ist ein türkisstirniger Motmot«, sagte Ken gebieterisch und sprach die erste Silbe dabei mit einem langen O aus. Es war nicht das erste Mal, daß Ken Arnold mich überraschte, weder heute noch irgendwann. »Laß uns in die Gänge kommen«, nuschelte er und gab dem Kranführer ein Zeichen. Mit viel Gestikulieren und Deuten gab er seine Anweisungen, während ich zum Land Cruiser zurückging, um unser Equipment auszuladen.

Wir hatten uns am Abend zuvor auf die Ausrüstung geeinigt. Es war nicht nötig, eine vollständige Montur zum Höhlentauchen zu verwenden, wobei man bis zu sechs Sauerstoff- oder Preßluftflaschen mit sich führt, nicht auf dem Rücken befestigt, sondern in einem Gurt um den Körper herum, damit man durch enge Durchgänge schwimmen kann und genügend Luft zum Überleben hat – die Faustregel lautete: ein Drittel für den Hinweg, ein Drittel für den Rückweg und ein Drittel für Notfälle. Wir würden auf unserem ersten Tauchgang jedoch sehr wahrscheinlich keine unterirdischen Passagen erkunden, das Ganze würde eher freiem Tauchen in einem kleinen See ähneln. Deshalb entschieden wir uns für zwei auf dem Rücken montierte Flaschen, mit denen wir eine Stunde oder länger unten bleiben konnten. Ken hatte in seinem Geländewagen außerdem einen tragbaren Kompressor mitgebracht, mit dem wir die Flaschen im Lauf des Tages auffüllen konnten.

Während die Bauarbeiter zwei Ketten um eine Holzpalette wickelten, die sie von der Ladefläche des LKWs geholt hatten, begannen wir, unsere Ausrüstung anzulegen.

Wir schlüpften in drei Millimeter starke Neoprenanzüge, Kapuzen und Taucherstiefel, der von Ken nüchtern, männlich, schwarz mit gelben Schläuchen, meiner blaugrün mit einem orangefarbenen Tauchoverall darunter, eine Kombination, die mich an den Motmot erinnerte. Dann zogen wir unsere aufblasbaren Tarierwesten darüber, die als Auftriebsausgleich, Geschirr für die Atemlufttanks und Halterung für die Bleigewichte in einem dienten. So in der Schwebe zu bleiben, daß sich kaum ein Millimeter Bewegung nach oben oder unten feststellen läßt, ist eine lebenswichtige Fähigkeit, wenn man durch schlammbedeckte Gänge und Kammern schwimmt, weil es zu null Sicht führen kann, wenn man dagegenstößt. Und für mich war es äußerst nützlich, wenn ich nahe an zerbrechlichen Korallen arbeitete.

Da wir schlechte Sicht erwarteten, war jeder von uns mit zwei Hundert-Watt-Tauchlampen ausgerüstet, die Hauptlampe am Handrücken befestigt und von einer Batterie an der Hüfte mit Strom versorgt, die Ersatzlampe am Geschirr. Die Sonne über uns würde uns als dritte Lichtquelle dienen. Licht, oder vielmehr Mangel an Licht, ist eine häufige Todesursache beim Höhlentauchen, einer der gefährlichsten Sportarten der Welt. Unerfahrene Taucher werden davor gewarnt, eine Lichtquelle mit in Höhlen zu nehmen, da sie versucht sein könnten, weiter vorzudringen, während sie ohne Licht erst gar nicht in Schwierigkeiten geraten. Und Taucherneulinge setzt man an irgendeinem Punkt ihrer Ausbildung dem klaustrophobischen Schrecken aus, mit abgeschaltetem Licht tief in den wassergefüllten Eingeweiden der Erde zu schweben.

Wir trugen beide eine Konsole am Handgelenk, mit Tiefenmesser, Luftdruck- und Kompaßanzeige sowie einem Digitalrechner, um unseren Blutstickstoffgehalt und die relevanten Dekompressionszeiten zu überwachen – wobei wir uns wegen einer Stickstoffvergiftung natürlich keine Sorgen zu machen brauchten, da wir wahrscheinlich nicht längere Zeit tiefer als zehn Meter tauchen würden. Eine Spule mit mehr als dreihundert Meter verdrehter Führungsleine aus Nylon, die mit einem Karabinerhaken an unseren Westen befestigt war, und ein kurzes, an den Oberarm geschnalltes Messer komplettierten unsere Überlebensausrüstung.

Nachdem wir uns gegenseitig mit unseren Flaschen geholfen und Druckmesser, Schnellabwurfschließe und Lungenautomaten einschließlich des Zusatzgeräts für Notfälle überprüft hatten, kamen wir mit dem schweren, klirrenden Gang von Tauchern an Land hinter dem Fahrzeug hervor. Jeder von uns hatte ein Paar Flossen in der Hand und eine Silikonbrille mit eingekerbter Linse wie ein zweites Augenpaar auf der Stirn sitzen. Schnorchel und Atemschläuche ließen uns vollends wie frisch gelandete Außerirdische aussehen.

Der Kran war probehalber einmal über den Zenote geschwenkt und brachte unsere Plattform nun an den Rand zurück; die zwei Ketten bildeten ein umgedrehtes V im Griff des Hakens. Ich bemerkte, daß eine Reihe von Zementblökken in dem offenen Spalt zwischen den beiden Ebenen der Palette steckten und als Ballast dienten. Die Plattform kam anderthalb Meter über dem Boden zum Stehen, und einer der Arbeiter schraubte eine Metallklammer an die Front eines Bretts auf der Unterseite.

»Laß mich raten«, sagte ich zu Ken. »Wir beginnen die Suche von einem festgelegten Punkt aus?«

»Ja«, sagte er und trat an den Rand. »So, nun stell dir vor, du würdest von hier aus einen schweren Stein werfen – was meinst du, wo er versinken würde?«

»Wir könnten es einfach ausprobieren.«

»Das würde zuviel Schlamm aufwühlen. Was schätzt du?«

»Nicht weit – vielleicht drei Meter vom Rand.«

»Gut. Und genau da wirst du suchen, während ich von der Mitte her auswärts kreise.« Er gab dem Kranführer ein Zeichen, der senkte die Palette, und wir stiegen hinauf. Ken winkte noch einmal, wir hielten uns an je einer Kette fest, und die Plattform wurde angehoben, blieb jedoch stehen, als Ken erneut den Arm hob. Er zog ein wenig Leine von seiner Spule und bedeutete dem Mann, der die Klammer angeschraubt hatte, herzukommen. Ken gab ihm den Karabiner am Ende seiner Leine und deutete auf die Palette hinunter. Der Mann verstand und befestigte die Leine an der Klammer.

Wir begannen, uns erneut nach oben zu bewegen und gleichzeitig auf den Zenote hinaus, doch als wir gerade dessen Rand hinter uns gelassen hatten, hörten wir das Heulen einer Polizeisirene. Entlang der Piste, auf der wir heruntergekommen waren, stieg eine Staubwolke aus dem Dschungel auf und raste auf uns zu. Dann brach ein Streifenwagen der PJE aus dem Wald hervor und kam neben dem Kran zum Stehen, der uns inzwischen sanft zur Mitte hinschwenkte.

Sanchez sprang aus der Beifahrertür und gestikulierte dem Kranführer, er solle warten. Nach Sanchez stieg ein finster dreinblickender, uniformierter Fahrer aus und öffnete die hintere Tür des Streifenwagens. Langsam kletterte Dr. de Valdivia aus dem Fond und trat neben Sanchez, der die Hände um den Mund wölbte und rief: »Viel Glück, *amigos.*«

Wir winkten zurück, während Dr. de Valdivia aufmunternd seinen Spazierstock hob.

Dann setzten wir uns wieder in Bewegung. Aus unserer neuen Perspektive wirkte die Wasserfläche wesentlich größer, und der Kranarm mußte weiter ausfahren, um uns bis zu dem Punkt zu bringen, wo Ken dem Führer das Zeichen zum Anhalten gab.

Wir spähten beide nach unten.

»Sieht aus, als wäre die Mitte relativ frei von Algen«, sagte Ken und deutete mit gesenktem Daumen zum Kranführer.

Der Abstieg war, als würden wir in die Pupille eines riesigen Auges hinabgelassen, ein glänzendes schwarzes Loch, umgeben von einer trüben, grünen Iris.

»Es ist unheimlich«, sagte ich. »Außer uns beiden waren nicht viele Leute in diesem Wasser, die eine Chance hatten, lebend wieder herauszukommen.«

»Na, dann viel Spaß bei der Kopfjagd«, sagte Ken und grinste boshaft.

6 Wir nutzten die Zeit, in der wir hinabgesenkt wurden, um uns auf die Plattform zu setzen und unsere Flossen überzustreifen. Dann standen wir auf, und Ken wartete, bis die Plattform die Oberfläche durchbrach, ehe er ein Zeichen gab. Das grünliche Wasser umspülte unsere Knie, bevor die Palette zum Stillstand kam. Das war eine ideale Tiefe für den Einstieg, noch wichtiger aber war, daß wir damit auch leicht wieder zurück auf die Plattform kamen. Als das Wasser durch meinen Tauchanzug drang, spürte ich, daß es lauwarm war; der scharfe Geruch pflanzlicher Verwesung stieg von ihm auf.

»Wer als letzter drin ist, gibt eine Runde aus«, sagte Ken, spuckte auf die Innenseite seiner Maske und verschmierte den Speichel, ein Trick, mit dem Taucher verhindern, daß die Brille anläuft. Dann merkte er, daß er den Speichel nicht abwaschen konnte, es sei denn, er benutzte das faulige Wasser des Zenote.

»Tu's nicht«, warnte ich ihn. »Du kannst das hier haben, wenn ich fertig bin.« Ich hatte eine Sprühflasche aus Plastik aus einer Tasche meiner Weste geholt und spülte damit meine Taucherbrille aus.

»Sieht aus wie mein Anginaspray.«

Ich gab ihm die Flasche.

»Igitt, Parfum«, sagte er, als er das Etikett las.

»Nein, reines Wasser. Ich denke eben immer voraus.«

Er brummte etwas, besprühte einige Male seine Maske und gab mir die Flasche dann zurück. Als er den Riemen der Brille dehnte, um sie aufzusetzen, bemerkte ich, daß er an einer Stelle schon ganz dünn war. Ken trug eine altmodische Taucherbrille mit einer Neopreneinfassung anstatt einer aus Silikon.

»Ich glaube, deine Maske ist nicht mehr die jüngste«, sagte ich. »Zeit für eine neue.«

»Das Schusterkind geht in den ältesten Schuhen«, sagte er und spielte damit auf die Tatsache an, daß er einen Taucherladen besaß und jeden Tag eine neue Maske tragen konnte, wenn er wollte. Aber dieser Widerspruch war typisch für ihn.

»Du bist letzter«, rief ich, setzte mein Mundstück ein und

ließ mich ins Wasser gleiten. Dann holte ich Luft und tauchte unter.

Es war, als würde man in Gemüsebrühe getunkt. Ich sah mich um, konnte jedoch nur sehr wenig erkennen in dem düsteren Licht. Ich machte einen Flossenschlag und nahm einen Hauch von Schwefel durch meinen Atemregulator wahr. Als ich wieder nach oben, zum Licht blickte, sah ich, daß ich nun durch eine orangefarbene Flüssigkeit schwamm. Der Schwefelwasserstoffgeruch verriet mir, daß es sich um eine Schicht aus Bakterien handelte, die sich an dem Laub und Kot, den Insekten und Federn gütlich taten, die unablässig in den Teich rieselten und in den Algen hängenblieben.

Dann war Ken neben mir, und wir schalteten unsere Lampen an. Rings um den klaren Bereich in der Mitte hingen gelbgrüne Algen herab wie schleimiges Louisianamoos oder in knotigen Klumpen wie Goldregen, und in sie verwoben war die orangefarbene Bakterienschicht, wie Nebel auf einem Science-fiction-Filmplaneten. Wir befanden uns etwa zwei Meter unterhalb der Oberfläche, aber schon jetzt trug das Sonnenlicht so gut wie nichts mehr zur Sicht bei. Wir richteten unsere Lampen auf den Grund, und die Strahlen prallten von einem undurchdringlichen Schleier ein kurzes Stück vor unseren Masken zurück. Als wir abwärts schwammen, warf ich einen letzten Blick nach oben, wo unsere Plattform im Halo eines trüben Sonnenlichts auf Postkartengröße schrumpfte.

Wir kamen nun in beinahe völlige Dunkelheit. Ich schaute auf meinen Tiefenmesser. Wir waren erst sechs Meter unter der Oberfläche.

Plötzlich stießen wir in einen Bereich mit verblüffend klarem Wasser vor. Als wir unsere Lampen umherschwenkten, durchdrangen die Strahlen den Zenote bis zu den schlammbedeckten Wänden in dreißig Meter Entfernung. Sechs Meter tiefer trafen die Wände auf den Boden, der dann steil zur Mitte hin bis auf eine Tiefe von zwölf Metern unter uns abfiel, als würde er in ein Loch abfließen. Ken und ich waren wie zwei Stäubchen, die in einer Sanduhr schwebten und in den Ablauf hinabblickten. Die Vorstellung, ich befände mich in einer Eieruhr, brachte mich sofort auf zwei entmutigende Gedanken: zum einen, daß ich überhaupt nicht auf den Boden des Zenote schaute, sondern auf eine schwarze Schlammschicht mit glatter, nur leicht flockiger Oberfläche. Und zum anderen, daß weiter unten eine zweite Kammer existierte, eine Höhle von ähnlicher Größe wie der Auffangbehälter, in den wir getaucht waren. Das war zwar nicht erwiesen, aber die Form des Schlammbodens legte es doch sehr nahe.

In dieser Umgebung fehlte jedoch etwas, was mir als Biologin sofort auffiel: Es gab keinerlei Anzeichen von tierischem Leben. Man könnte meinen, ins Sonnenlicht getauchte Zenoten würden eine üppige Fauna beherbergen, aber überraschenderweise schwimmen Wassergeschöpfe nur in den finstersten Winkeln unterirdischer Höhlen umher.

Ken unterbrach meine Gedanken. Er signalisierte mir, daß er nun mit seiner systematischen Inspektion des Bodens beginnen würde, was auch bedeutete, daß er mit jeder Runde, die er vollendete, mehr Leine lassen würde, wie eine Spinne beim Netzbau. Da das Wasser klar war, würden wir einander im Auge behalten können, ich entfernte mich deshalb von ihm, um unterhalb der Steilwand nachzusehen, von der Goldbergs Mörder den abgetrennten Kopf geschleudert hatten.

Ich blickte auf meinen Kompaß und wandte mich nach Osten. Die Seite des Zenote war nur eine farblose Grenze in der Ferne. Ich schwenkte meine Lampe auf und ab, während ich auf die senkrechte Wand zuschwamm, die bald ein gelbbraunes Aussehen annahm, wie das Innere eines mit Kalkablagerungen bedeckten Kessels. Hier und dort war sie von tiefen, dunklen Nischen unterhöhlt, die ich bei diesem Tauchgang sicher nicht erkunden würde. Die glatte, konkave Schlammschicht unter mir war an manchen Stellen von Baumstümpfen und Ästen unterbrochen.

Ich blickte zu Ken zurück und sah seinen Lichtstrahl suchend über den Boden wandern; als er in Sicht kam, schwamm er praktisch senkrecht mit dem Kopf etwa zwei Meter über dem Schlick, und seine verbrauchte Atemluft stieg in Blasen an den Schwimmflossen vorbei, die sich beinahe unmerklich hoch über ihm bewegten.

Dann bemerkte ich rechts von mir ein unheimliches Schauspiel, es sah aus wie Menschenarme, die aus der Wand des Zenote ragten und mir die Finger flehend entgegenspreizten. Es waren die Wurzeln von Bäumen, die auf der Suche nach Wasser durch den Kalkstein gedrungen und in den Zenote eingebrochen waren. Ich schwamm auf sie zu, in der Absicht, meine Führungsleine an einer der Wurzeln festzumachen, um die Orientierung nicht zu verlieren, während ich diesen Abschnitt untersuchte.

Und dann sah ich ihn. Er hatte sich an einer Wurzel rund einen Meter unter mir verfangen – ein sich bauschender Sack. Ich warf einen Blick nach hinten, aber Ken befand sich gerade auf der anderen Seite des Zenote. Klopfenden Herzens langte ich nach unten und versuchte, den Sack von der Wurzel zu lösen. Er hing fest. Nach der Größe des Gegenstands darin mußte es sich um das handeln, wonach wir suchten.

Ich zerrte an der Wurzel, weil ich dachte, ich könnte sie freibekommen, brachte aber weiter nichts zuwege, als daß sich Schlammflocken von der Wand des Zenote zu lösen begannen. Schließlich zog ich mein Messer, um die Spitze der Wurzel abzuschneiden. Während ich daran herumsägte, lösten die Vibrationen weiteren Schlamm. Endlich hatte ich sie durchschnitten, aber nun begann mich ein Schauer aus gelbem Schlick einzuhüllen, und ich mußte rasch das Weite suchen, wobei ich meine schaurige Beute an dem verbliebenen Wurzelstück vor mir herbugsierte. Nachdem ich mein Messer weggesteckt hatte, fing ich an, das Tauchlicht an meinem Handgelenk in Kens Richtung zu schwenken. Sofort erwiderte er das Signal und kam auf mich zugeschwommen.

Während wir uns einander näherten, spürte ich, wie mir ein Schauder über die Haut lief. Wesentlich kälteres Wasser drang durch meinen Naßanzug. Als ich Ken fast erreicht hatte, sah ich, wie er hinter dem Sichtglas überrascht die Augen aufriß. Ich dachte, es sei wegen des Sacks, den ich ihm praktisch ins Gesicht stieß, aber er bedeutete mir, nach unten zu blicken.

Der gesamte Boden des Zenote schien uns entgegenzukommen.

Mein Herz blieb für Sekunden stehen.

Einen Moment lang dachte ich, ich hätte diese Störung ausgelöst, indem ich an der Wurzel gezerrt und so eine Kettenreaktion in Gang gesetzt hatte.

Aufwallend stieg der Schlamm höher, wie der Flügelschlag eines ungeheuerlichen Rochens, und nahe der Wände war er bereits höher im Wasser als wir. Das hatte nichts mit meinen kümmerlichen Aktionen zu tun. Hier atmete die Unterwelt aus, Xibalba.

Während wir aufwärts paddelten, sahen wir, wie sich eine gewaltige Kuppel aus Schlamm über dem – wie ich nun mit

Bestimmtheit wußte – Loch im Boden bildete. Dann brach die Kuppel auf und wurde zu einer rasenden Wolke aus schwarzem und gelbem Schlamm, die lautlos emporquoll, schneller, als wir an die Oberfläche schwimmen konnten.

Die Wucht der aufsteigenden Wassermassen wirbelte uns beide herum. Ich stieß mit Ken zusammen und sah, wie die Sichtscheibe seiner Maske herausfiel und kreiselnd irgendwo in der Wolke verschwand. Der Sack wurde von der Wurzel gerissen, die ich in der Hand hielt, und nach oben getragen von dem Wassergeysir, der aus einer Quelle unter dem Zenote kam.

Der Schlamm quoll rings um mich auf und machte mein Licht buchstäblich wertlos. Ohne seine Maske war Ken vollkommen blind, aber er hatte seine Führungsleine an der Plattform befestigt und konnte ihr an die Oberfläche folgen.

Als ich meine Lage stabilisiert hatte und mit der Strömung nach oben stieg, stieß etwas an meine Schulter. Der Schein der Tauchlampe erfaßte ein halb menschliches Gesicht, grauhäutig und mit implantierten elektronischen Geräten. Es war Goldbergs Kopf, der aus dem Sack gefallen war, Kopfhörer und Mikrophon befanden sich noch an Ort und Stelle.

Von unten kam eine zweite Woge und Goldberg stieg mit mir, seine Haut blähte sich bald vom Schädel weg wie Pizzateig, dann wurde sie wieder dicht darangedrückt wie Schweißfolie.

Ich brach ins Licht hinaus und entdeckte Ken, der sich in rund drei Metern Entfernung an unsere Plattform klammerte. Ein Wasserpilz brodelte um mich herum hoch und ließ Wellen über die Oberfläche des Zenote laufen. Goldbergs Kopf tauchte neben mir plötzlich auf und versank dann wieder. Ich griff zu und erwischte gerade noch das Ende des durchtrennten Kabels, das vom Kopfhörer weghing.

Als ich zur Plattform kam, rieb sich Ken die Augen. »Mann!« rief. »Das war ja unglaublich. Und du hast trotzdem ...« Er spähte mir über die Schulter, während ich mit der freien Hand nach der Kette griff.

»Tut mir leid ... hab unterwegs ... die Verpackung verloren«, keuchte ich. »Nimmst du die Lieferung trotzdem an?« Ich hielt entschlossen das Kabel umklammert.

Ken streckte beide Hände aus und hob vorsichtig den Kopf an, wobei er ihn auf Armeslänge hielt, wie Hamlet, wenn er zu Yoricks Schädel spricht. »Du hast ein bißchen abgenommen«, sagte er leicht nervös. Das stimmte zweifellos. Man hatte uns verschiedene Fotos von Goldberg gezeigt, und wir wußten daher, daß er ein pausbäckiger Mensch war.

Ich stellte mich auf die Plattform und gab dem Kranführer auf dem Rand des Zenote das Zeichen, uns nach oben zu holen. Als wir aus dem Wasser emporstiegen, kniete Ken nieder und legte das grausige Ding auf die Holzpalette. Fasziniert beobachteten wir, wie die schleimige graue Haut an dem Schädel hinabglitt wie geschmolzenes Kerzenwachs. Es war Goldbergs Gesicht, sicher, aber es war gräßlich entstellt. Etwas sehr Sonderbares mußte dort unten im Heiligen Brunnen mit ihm geschehen sein.

Dann fiel mir ein, was Dr. de Valdivia über Mayarituale erzählt hatte.

7 Als man uns zurück auf den Rand des Zenote hievte, wartete Dr. de Valdivia bereits mit einem Kühlbehälter voll Eis, anschließend fuhr ihn der finster blickende Polizist in die nahe gelegene Stadt Pisté, wo der Körper des Toten in der Lei-

chenhalle eines Krankenhauses aufbewahrt wurde. Von Sanchez war nichts zu sehen.

Ken ließ seine Ausrüstung auf den Boden fallen und ging zum Kranführer, um sich zu bedanken. Ich stellte mich hinter den Land Cruiser in den Schatten, und nachdem ich mich aus meinem Neoprenanzug gekämpft hatte, zog ich eben den Reißverschluß des Tauchoveralls auf, als ich merkte, daß mich jemand von hinten beobachtete.

Ich ließ den Overall absichtlich bis auf die Taille fallen, um zu zeigen, daß ich darunter noch einen einteiligen Badeanzug trug. Dann drehte ich mich um.

Sanchez stand glotzend da und hielt einen Pappkarton mit gekühltem Wasser und Coladosen in der Hand.

»Genug gesehen?« fragte ich, streifte die Lycrahaut ab und stieg in ein Paar Shorts.

Sanchez wurde verlegen. «Oh, tut mir leid … Ich wollte nicht … Ich habe Ihnen das hier vom Kiosk besorgt.«

»Hat Ihnen Ihr Bruder wohl den Schlüssel gegeben, hm?«

»Wie bitte? Ich weiß nicht, was Sie –«

»Legen Sie das Zeug einfach dort hin, ja?« unterbrach ich und zeigte auf einen Punkt auf dem Boden, um deutlich zu machen, daß ich ihn nicht näher kommen lassen wollte.

»Natürlich.« Er stellte den Karton ab. »Brauchen Sie sonst noch etwas?«

»Was ich wirklich gern hätte, wäre eine Dusche.«

»Ich auch«, sagte Ken und kam um das Fahrzeug herum. »Und ein kühles Bier. Und einen Burger.« Er bückte sich und nahm eine Dose Cola aus der Schachtel.

»Ich lasse im Hotel Itza Zimmer für Sie beide reservieren«, sagte Sanchez und holte ein Handy aus der Halterung an seinem Gürtel. »Ich werde sie bitten, das Tor zum Hotelgarten zu öffnen, dann müssen Sie das Gelände nicht verlassen. Das

Tor befindet sich etwa fünfhundert Meter auf der anderen Seite der Pyramide. Sie öffnen es nur abends für Gäste, die von der Ton- und Lichtshow zurückkommen. Ich selbst fahre zu Dr. de Valdivia nach Pisté, um dabeizusein, wenn er die Autopsie abschließt. Anschließend wird der Leichnam nach Mérida gebracht und an die Familie ausgehändigt ...«

Ich hatte den Eindruck, Sanchez wollte noch etwas sagen, aber Ken trank seine Cola aus und unterbrach ihn: »Sehr schön. Jetzt müssen wir uns aber ranhalten. War nett, mit Ihnen Geschäfte zu machen.« Er klopfte Sanchez auf die Schulter und fing an, den Land Cruiser zu beladen.

Im Hotel Itza bekamen wir jeder ein Zimmer, und ich verbrachte fast eine halbe Stunde unter der Dusche. Dann frottierte ich mir das Haar, stopfte meine alten Klamotten samt Unterwäsche in eine Sporttasche und zog mich von Kopf bis Fuß neu an. Auf Cozumel lief ich die meiste Zeit in Shorts, T-Shirt und Badelatschen herum. Nun, da wir uns im Hotel aufhielten, war ich froh, daß ich ein etwas kleidsameres Träger-Top, schicke Shorts und meine besten Ledersandalen mitgebracht hatte.

Ich traf Ken an der Bar, wo er Eis in ein ohnehin kaltes Bier gab. Er trug saubere Shorts und T-Shirt, aber selbst in diesem klimatisierten Hotel schwitzte er noch.

»Bestell mir ein *Dos Equis*«, sagte ich. »Ich bin gleich zurück.« Als wir ins Hotel kamen, hatte ich unweit der Eingangshalle einen Souvenirladen gesehen.

Ich traf wieder an der Bar ein, als auch mein Bier gerade kam, und stellte eine Geschenktasche vor Ken hin. Er öffnete sie äußerst argwöhnisch und entnahm ihr ein Paket in durchsichtiger Cellophanhülle.

»Ein Hemd!« rief er überrascht.

»Nicht einfach ein Hemd, sondern ein Guayabera aus Baumwolle. Das tragen die Einheimischen auf Yukatan gegen die Hitze. Zieh es an, bevor du nach Hause fährst.«

Ich hatte beschlossen, einen Aeromexico-Flug direkt von Pistés kleinem Flugplatz nach Cozumel zu nehmen, statt zwei Stunden lang bei Ken im Auto mitzufahren und dann in dasselbe Flugzeug zu steigen, wenn es in Cancun zwischenlandete. Und da wir schon einmal hier waren, wollte ich die Gelegenheit nutzen, das Phänomen zur Tagundnachtgleiche zu beobachten.

»Ich dachte, du würdest machen, daß du so schnell wie möglich hier wegkommst«, sagte Ken.

»Du meinst nach dem Erlebnis heute morgen? Ich gebe zu, es war gruselig. Aber ich habe schon soviel von diesem Sonnenspektakel gehört ... Nanu, ist das nicht der amerikanische Verteidigungsminister?« An einem Ende der Bar lief leise ein Fernsehgerät, und man sah eine Karte des Grenzgebiets zwischen Mexiko und Kalifornien im Hintergrund, während ein Interviewer Vertretern beider Seiten Fragen stellte. Gerade wandte er sich an den Verteidigungsminister.

»Schon möglich«, sagte Ken, der nicht die leiseste Ahnung hatte.

»Hör mal zu ... sie reden über diesen Grenzzwischenfall.«

»Welcher Zwischenfall? Ich habe nichts von einem –«

»Sei mal kurz still ...«

Interviewer: »... und der frühere US-Verteidigungsminister Caspar Weinberger hat in dem Buch *Der nächste Krieg*, dessen Co-Autor er ist, vorhergesagt, daß zu Beginn des einundzwanzigsten Jahrhunderts ernsthafte Konflikte zwischen Mexiko und den Vereinigten Staaten ausbrechen würden. Befinden wir uns am Rande solcher Geschehnisse?«

Verteidigungsminister: »Ich glaube nicht, daß es in dieser

Lage irgendwie hilfreich ist, darüber zu spekulieren, ob einer meiner Vorgänger die Fähigkeit besaß, zukünftige Ereignisse vorherzusagen.«

»Aber ich gebe zu bedenken, daß er ein Szenario beschrieb, bei dem unter anderem US-Truppen in Mexiko einmarschieren, um eine Flut von Millionen von Einwanderern am Überqueren der Grenze zu hindern und soziale Unruhen in diesem Gebiet zu ersticken ... und genau das liegt nun im Bereich des Möglichen, seit wir Aufrufe zu einer Masseninvasion Kaliforniens hören.«

Verteidigungsminister: »Diese Aufrufe kommen von einer extremistischen Minderheit ohne Mandat. Und die mexikanische Regierung weiß, daß wir jeden Versuch, auf amerikanischen Boden vorzudringen, entschlossen beantworten werden.«

Interviewer: »Aber hören die mexikanischen Militärs auf Sie? Es gibt Berichte, nach denen Armeeeinheiten angeblich die fortgesetzten Studentenunruhen in einigen Städten unterstützt haben. Lassen Sie mich diese Frage an Heeresminister Pablo Gutierrez richten – Herr Minister, was sagen Sie dazu?«

Heeresminister: »Kalifornien ist bereits dabei, in die Zuständigkeit Mexikos zurückzukehren, ohne daß wir einen einzigen Schuß abgeben mußten. Es sind die Vereinigten Staaten, die den Finger am Abzug haben.«

Verteidigungsminister: »Ich weise diese letzte Bemerkung zurück. Und die Andeutung, die spanischstämmigen Bürger Kaliforniens hätten vor, eine Art mexikanischen Superstaat zu schaffen.«

Heeresminister: »Ich bin überzeugt, die nichtspanische weiße Minderheit in Kalifornien wird jede demokratische Entscheidung hinsichtlich der Zukunft ihres Staates akzeptieren.«

Verteidigungsminister: »Das ist zu diesem Zeitpunkt eine höchst unverantwortliche Äußerung, Señor Gutierrez.«

Heeresminister: »Lassen Sie mich den geschätzten Staatsbibliothekar von Kalifornien zitieren: ›Die angelsächsische Hegemonie war nur eine Zwischenphase im Identitätsbogen Kaliforniens, der sich seit der Ankunft der Spanier spannt. Der spanische Charakter Kaliforniens war stets erkennbar und wurde zwischen 1880 und 1960 nur vorübergehend verschüttet, aber das war ein Irrweg.‹«

Verteidigungsminister: »Das ist schamlose Propaganda Ihrerseits und hat mit dieser Diskussion nichts ...«

Interviewer: »Und an dieser Stelle müssen wir abbrechen. Ich danke Ihnen beiden.«

»He, was ist bloß passiert, während ich da unten im Wunschbrunnen war?« fragte Ken und versuchte, interessiert zu klingen.

»Frag doch Alice«, erwiderte ich in Anspielung auf einen seiner psychedelischen Lieblingssongs. Ken – oder irgendein chemischer Wirkstoff – hatte schon vor langer Zeit jegliches Interesse an Politik aus seinem Denken gelöscht.

Er seufzte erleichtert und kippte den Rest seines Biers hinunter. »Du schaffst es allein zum Flughafen?«

»Ich nehme mir von hier ein Taxi. Der Flug geht um sechs.«

»Dann mach ich mich mal auf den Weg. Ich muß einen Trupp Leute abholen, die morgen gern in einem Zenote tauchen würden.«

»Sag ihnen, du hast für diese Woche genug von Zenoten.«

»Du weißt ja – *the show must go on.*«

»Ja, ich weiß«, sagte ich resigniert. »Denkst du, wir erfahren noch mal was über Goldbergs Tod?«

»Nur, wenn Sanchez einen faulen Scheck sendet und ich ihn noch mal anrufen muß!«

Ich lachte, während Ken sich von seinem Barhocker schwang und mich umarmte. Ich bemerkte, daß seine Augen rot gerändert waren. »Hat das Wasser deine Augen gereizt?«

»Nein, das muß das Shampoo gewesen sein. Ich hab garantiert noch nie soviel Zeit unter der Dusche verbracht.«

»Ich auch nicht«, sagte ich und küßte ihn auf die Wange.

»Bis bald, Kleine.«

Wir winkten einander zu, als er die Bar verließ.

8

Ein gelber Schmetterling erhob sich über die Köpfe der Menschenmenge, die in der brennenden Sonne stand. Während er auf und nieder flatterte, fragte ich mich, wie der zerbrechliche *mariposa* in dieser Hitze überleben konnte, warum er nicht aufloderte und abstürzte, die zarten Flügel zu Asche verbrannt.

Es ging auf vier Uhr nachmittags zu, Dr. de Valdivia und ich standen mit einigen Tausend weiteren Besuchern auf dem Platz und blickten zur Pyramide von Kukulkan. Die Eckstufe, die uns am nächsten lag, warf einen gezackten Schatten auf die Nordseite der Pyramide, und die Erregung der Menge war mit Händen zu greifen, als der Schatten langsam an der hochwandigen Steinrampe seitlich der steilen Treppe hinaufkroch, die in der Mitte des Gebäudes emporstieg – ebenjenes Gebäudes, von dem man Goldbergs Körper hinabgeworfen hatte.

»Die Maya glaubten, Schmetterlinge seien die Seelen der Geopferten«, sagte Dr. de Valdivia und folgte dem scheinbar ziellosen Flug des Falters.

Ich fand, das war ein untypisch feinfühliger Gedanke für

ein Volk, dessen Besessenheit von Blut und Tod mir in der vergangenen Stunde klargeworden war, in der wir verschiedene Teile der Ausgrabungsstätte besichtigt hatten. Aber vielleicht wollte mich auch nur mein Erlebnis im Wasser des Heiligen Brunnens nicht aus seinem klammen Griff entlassen.

»Vielleicht ist das hier Goldbergs Seele«, sagte ich.

Das der Öffentlichkeit zugängliche Gebiet von Chichen Itza umfaßt sechs Quadratkilometer. Die Nordhälfte, vom Heiligen Brunnen bis zum Gelände um die Pyramide herum, ist jüngeren Datums und in ihrer Architektur und den Steinreliefs aggressiver und kriegerischer.

Als ich mich der Pyramide eine Stunde zuvor vom Seiteneingang unweit des Hotels genähert hatte, empfand ich sie als anmaßend in ihrer Perfektion und in ihrer Dominanz des gesamten Geländes und des umliegenden flachen Landes. Sie zeugte von Feierlichkeit, als wäre das Gebäude selbst in ein starres Ritualgewand gehüllt, wie es ein Priester getragen haben mochte, die Stufen, die in der Mitte aller vier Seiten emporführten, waren wie eine plissierte Brustdekoration, und oben am Hals war das Kostüm zu einem steifen Kragen zusammengerafft – dem Tempel auf der Spitze.

Ich lauschte eine Weile dem Vortrag eines Führers darüber, wie besessen die Maya von Zeitmessung waren und wie sich diese Besessenheit in jedem Aspekt der Pyramide hinter ihm verbarg. Die vier Treppen, von denen man jeweils in eine Haupthimmelsrichtung blickte, umfaßten insgesamt dreihundertfünfundsechzig Stufen – die Anzahl der Tage im Jahr. Es gab achtzehn Querreihen auf jeder Seite der Pyramide – die Anzahl der Monate auf einer Sonnenuhr, die sie ebenfalls benutzten; zweiundfünfzig Felder in den Stufen – die Anzahl der Jahre in ihrem Kalenderzyklus, und so weiter. Ich entfernte mich, und die Stimme des Fremdenführers verebbte zu einem monotonen Brummen. Ich wurde an einen Sprechgesang erinnert, den mein Vater sehr liebte und der *Das Kartenspiel* hieß. Darin stellen sich die weltlichen, ja sogar gotteslästerlichen Spielkarten, die man zum Pokern verwendet, als eine Fundgrube von Bibelverweisen heraus.

Als ich am Rand der Plaza nahe des Ballspielplatzes ankam, blieb ich unter einem Baum stehen, holte eine Flasche Wasser aus meinem kleinen Rucksack und trank ein paar Schlucke. Die Hitze war unglaublich. Selbst wenn man sich nicht bewegte, spürte man die Feuchtigkeit aus jeder Pore dringen. Während ich eine khakifarbene Eidechse beobachtete, die einen Meter entfernt reglos auf einem Stein verharrte, griff ich zu meinem Handy und rief Deirdre im Tauchclub an.

»Ich bin's. Ich rufe aus Chichen Itza an.«

»Wie ist das Wetter bei euch?« fragte sie. Eine sehr irische Frage.

»Die Sonne sticht herunter wie ein Schweißbrenner. Ich kann's kaum erwarten, wieder nach Cozumel zu kommen.« Im Innern der Halbinsel gab es kein Entkommen vor der Hitze, aber draußen auf der Insel wurde sie von einer kühlenden Seebrise gemildert.

»Und, wie lief es?«

Ich erzählte ihr kurz, was am Morgen geschehen war.

»Ganz schön gruselig. Aber wenigstens ist es jetzt vorbei und erledigt.«

»Ist Alfredo aufgetaucht?«

»Nein. Er ist vielleicht krank.«

»Ich kümmere mich darum, wenn ich heute abend zurück bin. Sonst irgendwelche Anrufe?«

»Laß mich nachdenken ... Nein ... aber dein Wasserlieferant war da.«

»Ricardo?«

»Ja. Er hat deine Bestellung hiergelassen und das Leergut mitgenommen. Und er hat versucht, mir etwas mitzuteilen, aber dafür reichte mein Spanisch nicht. Er hat es dann für dich aufgeschrieben ... Augenblick mal, Jessica ...« Ich hörte eine männliche Stimme, die ihr eine Frage stellte. »*Momento*«, sagte sie zu dem Unbekannten. »Da ist jemand im Laden, Jessica. Ich mach mal lieber Schluß.«

»Danke, Deirdre. Bis später.«

In der Hoffnung auf mehr Schatten ging ich zum Ballspielplatz hinüber. Ich verbarg mich in den Überresten eines kleinen Tempels vor der Sonne und betrachtete einige Steinfiguren, die ich für Jaguare hielt. Hinter mir briet die Arena in der Hitze.

Ganz in der Nähe flüsterte jemand meinen Namen.

Ich drehte mich um. Da war niemand. Der Ballspielplatz erstreckte sich in der Länge eines Fußballfeldes vor mir, aber er war vollkommen menschenleer. Sämtliche Besucher hatten sich um die Pyramide herum versammelt.

»Jessica.«

Da war es wieder. Kaum ein Flüstern, doch niemand war in meiner Nähe.

9

»Señorita Madison«, ließ sich das Flüstern noch einmal vernehmen, und ich erkannte die Stimme von Dr. de Valdivia.

Ich blickte mit zusammengekniffenen Augen zum anderen Ende des Ballspielplatzes und sah ihn zwischen einigen Säulen stehen und seinen Stock schwenken; er war mehr als einhundertfünfzig Meter entfernt. Dann hustete er, und ich fuhr fast zusammen. Die Akustik dieses Ortes täuschte die Sinne, sie verstärkte selbst ein Flüstern und schickte es von einem Ende des Platzes zum andern.

»Ich komme zu Ihnen, wenn ich darf«, sagte er. Ich machte ihm ein Zeichen mit erhobenem Daumen und trat hinaus auf das grasbewachsene Feld, auf dem der kaum verstandene Blutsport zwischen Wänden gespielt wurde, die nach meiner Schätzung etwa acht Meter hoch und dreißig Meter voneinander entfernt waren.

»Ich muß zugeben ... als ich Sie dort hinaufgehen sah ... beschloß ich, mir einen kleinen Spaß zu machen«, sagte er ein wenig außer Atem, als wir uns trafen.

»Sie haben mich ganz schön erschreckt«, antwortete ich. »Wirklich ein irres Phänomen.«

»Außergewöhnlich, nicht wahr? In den zwanziger Jahren pflegte ein Forscher namens Sylvanus Morley in mondbeschienenen Nächten hier Grammophonkonzerte zu veranstalten. Er stellte das Gerät am Nordende auf, wo Sie mich stehen sahen, und die Gäste, die auf seiner Hazienda nahe der Ausgrabungsstätte wohnten, ließen sich auf Kissen auf einem Podium an Ihrem Ende nieder. Dann lauschten sie den Klängen von Brahms und Beethoven – er gestattete nur klassische Musik, um die Atmosphäre des Ortes nicht zu entweihen. Stellen Sie sich den glitzernden Nachthimmel vor, die Schatten dieser seltsamen Gebäude, die Musik, ein Glas Wein oder zwei ...«

»Eine wirklich bezaubernde Idee«, sagte ich und war ein wenig eifersüchtig auf jene eleganteren Zeiten.

»Kommen Sie hier entlang, ich möchte Ihnen etwas zeigen.« Dr. de Valdivia ging vor mir her und hielt seinen Stock in der Mitte des Schafts, so daß ich den silbernen Griff deutlich sehen konnte. Der Tierkopf stellte einen Jaguar dar, ähnlich denen, die ich gerade an den Wänden des Tempels eingehend betrachtet hatte; beide Kiefer wiesen zwei vorstehende Eckzähne auf.

»Das ist ein Jaguarkopf, nicht wahr?« sagte ich und zeigte auf seinen Stock, als ich an seine Seite getreten war.

»Ja, Señorita. Und wissen Sie, wieso? Weil die Maya den Jaguar für einen Mittler zwischen den Welten der Lebenden und der Toten ansahen. Ein ideales Symbol für einen Pathologen, finden Sie nicht?«

»Höchst angemessen.« Wir schienen in die Richtung eines der Steinkreise zu gehen, die zu beiden Seiten des Ballspielplatzes hoch in die Wände eingelassen waren. »Was hat Sie eigentlich hierher zurückgeführt, Doktor?«

»Zwei Gründe. Zum einen wollte ich mich vergewissern, daß Sie und Señor Arnold sich von Ihrem Tauchgang gut erholt haben.«

Ich nahm an, er meinte die Wirkung, die der Fund des Kopfes auf uns gehabt haben könnte.

»Woher wußten sie, daß ich hier bin?«

»Ich bat Captain Sanchez, Señor Arnold anzurufen, und er erzählte uns, Sie seien noch geblieben.« Er musterte mich mit einem professionellen Blick von Kopf bis Fuß und sah aus, als würde er gleich mein Handgelenk ergreifen, um mir den Puls zu messen.

»Mich beunruhigt viel mehr, was mit *ihm* passiert ist«, sagte ich und trat einen Schritt zurück.

Der Doktor sah besorgt aus. »Mit Señor Arnold, meinen Sie?«

Daß Ken in einem Wasserschwall herumgewirbelt wurde, der aus einer tieferen Ebene in den Zenote eindrang, war schwerlich ein Grund zur Besorgnis. Aber als erfahrene Taucher waren wir gegenüber unerwarteten Vorkommnissen wahrscheinlich ein bißchen abgestumpft.

»Nein. Ken hat sich schon in viel schlimmeren Situationen befunden. Ich meine Goldberg. Sein Gesicht …«

»Es kann seltsame Auswirkungen auf die Haut haben, wenn sie in Wasser getaucht wird«, sagte Dr. de Valdivia in geschäftsmäßigem Ton. »Es gab keine Eingriffe von Menschenhand an den sterblichen Resten des Mannes, keine Verstümmelungen, falls Sie daran dachten.«

»Hmm … Ich bin Meeresbiologin, Dr. de Valdivia. Und ich habe schon früher Leichen gesehen, die aus dem Wasser geborgen wurden. Die sahen völlig anders aus.«

»Ach, Salzwasser und Süßwasser. Das sind zwei ganz verschiedene Welten. Der Tod durch Ertrinken geschieht auf unterschiedliche Weise, verstehen Sie. Wenn Salzwasser in die Lunge eindringt, saugt es Blut in sie hinein, dagegen entweicht Süßwasser aus den Lungen ins Blut und verdünnt es.«

Er nahm wohl an, ich hätte keine Erfahrung mit in Süßwasser Ertrunkenen. Tatsächlich aber hatte ich mehr Wasserleichen gesehen, die aus Höhlen geborgen worden waren als aus dem Meer. Aber er wollte das Thema offensichtlich beenden, und ich hatte nicht vor, mit ihm zu streiten.

»Das stimmt«, sagte ich. »Und aus welchem anderen Grund sind Sie zurückgekommen?«

»Das Sonnenereignis an der Pyramide. Sicherlich derselbe Grund, aus dem auch Sie hier sind.«

»Ja. Ich hatte noch ein wenig Zeit totzuschlagen.«

»Ein merkwürdiger Ausdruck … *Zeit totschlagen*«, wiederholte er. »Und seltsam angemessen in dieser Umgebung. Die Maya hatten so viele Kalender und Zeitzyklen, daß ihre Berechnungen galaktischer Ereignisse noch auf Millionen

Jahre hinaus exakt stimmen. Und doch hatten diese Berechnungen viel mit Tod zu tun, mit dem richtigen Zeitpunkt für Opferungen oder Kriege. Selbst die Fruchtbarkeit der Erde wurde mit Blutvergießen und Menschenopfern an die Götter verknüpft.«

Er faßte mich leicht am Arm und führte mich zu einer Reihe von Reliefs, die unterhalb des Steinrings in die Mauer um den Ballspielplatz gemeißelt waren. »Schauen Sie hier«, sagte er und deutete auf eine der dargestellten Szenen.

Ein Fries aus Spielern in Schutzkleidung stand zu beiden Seiten eines enthaupteten Wettkämpfers, aus dessen Hals eine Blutfontäne spritzte, die zu einem Gewirr aus Schlangen und verästeltem Laubwerk stilisiert war. Ein Spieler hielt das Opfermesser in der rechten Hand, während er in der anderen den Kopf des Getöteten trug, auf dem noch immer der kunstvoll gefiederte Helm saß.

Dr. de Valdivia erläuterte mir seine Interpretation der Szene. »Der Spieler, der die Auszeichnung errang, das Opfer zu sein, sendet sein Blut aus, das die Fruchtbarkeit der Erde fördert – dargestellt durch die Laubranken. Und die Schlange ist natürlich für sich genommen bereits heilig, stellt aber außerdem die Nabelschnur dar, die alle mit der Urmutter verbindet.«

»Sie behaupten also, der Geopferte war in Wirklichkeit der Sieger des Spiels«, sagte ich. »Das ist nicht die übliche Ansicht.«

»Schauen Sie, wo der Ring befestigt ist«, antwortete er, und zeigte zu dem Steinkreis, der hoch über unseren Köpfen aus der Wand ragte. Er hatte die Größe eines Mühlsteins, und das Loch in der Mitte war groß genug, daß sich ein Mann durchwinden konnte. »Sie durften ihre Hände oder Füße nicht benutzen, nur Knie, Hüften und Ellenbogen, und der

Ball bestand aus massivem Kautschuk. Wer gewinnen wollte, benötigte also außerordentliches Geschick. Und war deshalb würdig, geopfert zu werden. Verlieren konnte jeder, welchen Sinn hätte es also, einen *Verlierer* zu opfern? Man spielte um den Preis des Todes – darin bestand dieser ultimative Wettkampf.«

Es hatte eine gewisse Logik, aber nur, wenn man eine Einstellung zum Leben zugrunde legte, die der unseren entgegengesetzt war. Während ich überlegte, ob Dr. de Valdivia tatsächlich eine Kultur bewunderte, die einen solchen Sport ersinnen konnte, schaute ich auf meine Uhr und befand, daß es an der Zeit war, aufzubrechen. Das Sonnenphänomen sollte in einer halben Stunde beginnen. »Ich glaube, wir gehen lieber zurück«, sagte ich.

Wir verließen den Ballspielplatz und kamen zu einer steinernen Plattform, etwa sechzig Meter lang und so hoch wie ein großwüchsiger Mann. Auf jedem der Blöcke, aus denen die Plattform bestand, war das Relief eines Schädels zu sehen, der auf eine Stange gespießt war, allesamt Fratzen im Profil, Reihe um Reihe.

»Die Azteken kannten dieses Gebilde ebenfalls«, sagte Dr. de Valdivia, als wir daran vorbeikamen. »Es ist ein *tzompantli.* Sie haben ein hölzernes Gerüst darauf gestellt, um die Schädel der Geopferten zur Schau zu stellen. Zu Tausenden, bei gewissen Gelegenheiten.«

»Was für Gelegenheiten waren das?«

»Das jeweilige Ende bestimmter astronomischer Zyklen. Dann herrschte für gewöhnlich große Furcht, die Erde würde ohne besondere Opfer nicht neu geboren werden. Aus ihrer Sicht retteten sie also die Welt.«

Mir fiel etwas auf an den Schnitzwerken, das ich nicht recht zu fassen bekam – irgend etwas an der Art, wie die Schädel dargestellt waren, ließ sie beunruhigender wirken, als es Abbildungen von Totenköpfen normalerweise sind.

»Sie waren natürlich rot angemalt«, sagte Dr. de Valdivia, unerschütterlich entschlossen, meinen persönlichen Fremdenführer zu spielen. »Und hier haben wir einen Chakmool.« Er zeigte mit seinem Stock auf die Skulptur einer menschlichen Gestalt, die unter den Bäumen ruhte, die Knie angezogen, der Kopf hoch erhoben und gebieterisch in unsere Richtung blickend. Vertraut von Touristenbroschüren und Miniaturversionen in Touristenläden, besaßen diese anderen Relikte aus Chichen Itzas dunkler Vergangenheit angeblich eine geschnitzte Aushöhlung im Bauch, um die noch schlagenden Herzen der Opfer aufzunehmen. Noch beunruhigender fand ich jetzt im Zusammenhang dessen, was wir gesehen hatten, daß das Gesicht des Chakmools nicht nur gebieterisch wirkte, sondern bar jeden menschlichen Mitgefühls war.

Ein überwältigendes Gefühl des Bedauerns wallte in mir auf. Bedauern für eine Kultur, die solcherart von ihrem düsteren Fatalismus niedergedrückt wurde, für ein Volk, dessen Beste und Tapferste an ein mörderisches Schicksal gefesselt waren, für eine Gesellschaft, in der Grausamkeit nicht zufällig geschah, sondern ritualisiert war und der Nachwelt in vorzüglichen Abbildungen überliefert wurde.

Ein kurzer Beifallssturm ließ uns zur Pyramide eilen. Als wir auf den Platz kamen, rückte der Schatten der Eckstufe langsam an der Seite der steinernen Rampe hinauf, die in der Mitte der Nordseite hinabführte. Die Schlange entstand, Rauten aus Licht, gebildet aus den Lücken zwischen den projizierten Schatten der Stufen, die den Eindruck erweckten, als sei ihr Rücken mit Diamanten besetzt.

Sekunden später schien die Schlange aus Licht und Schatten beinahe lebendig zu werden, ihr Schwanz tauchte aus dem Tempel an der Pyramidenspitze auf, während ihr Kopf als große Skulptur mit offenem Rachen am Sockel erschien – Kukulkan, die gefiederte Schlange.

Alle spürten, dies war der Höhepunkt des Ereignisses, und begannen zu applaudieren, ein Tribut an die Architekten, die vor tausend Jahren die Pyramide nach der Sonne ausgerichtet hatten.

Solches Raffinement und solche Barbarei zugleich an ein und demselben Ort. Doch dann fielen mir andere Orte ein, andere Zeiten.

Dr. de Valdivia berührte leicht meine Hand. »Ich muß mich auf den Weg machen, Señorita, die Polizei ist eingetroffen, um mich zurück nach Mérida zu bringen.« Er schüttelte mir fest die Hand. »Ich hoffe, Sie bleiben gesund.«

»Auf Wiedersehen, Doktor«, sagte ich und blickte zur Pyramide zurück, um ja nichts zu verpassen. Aber der Schatten hatte sich bereits weiter die Rampe hinauf bewegt, die Dreiecke aus Licht wurden kleiner, die Illusion verblaßte.

Als ich mich wieder umsah, ging Dr. de Valdivia bereits fort.

Die Menge begann sich zu zerstreuen. Auf dem Rückweg zum Hotel blickte ich noch einmal in Dr. de Valdivias Richtung. Er unterhielt sich mit einem jungen Mann, der neben ihm auf den Streifenwagen zusteuerte, der am Haupteingang zum Gelände parkte. Die Körpersprache des jungen Mannes kam mir bekannt vor, weckte meine Aufmerksamkeit und ließ mich genauer hinsehen. Es war Alfredo.

10 Denken Sie an das tiefe, leuchtende Königsblau, das man in Buntglasfenstern sieht. Nun stellen Sie sich vor, Sie würden eine Scherbe dieses Glases untersuchen und zu Ihrer Überraschung feststellen, daß es mit funkelnden Lichtpunkten gesprenkelt ist, wie Sterne am Abendhimmel, und sie glänzen wie blaue Diamanten.

Es handelt sich aber nicht um ein Stück Glas, sondern um einen winzigen Fisch, und er schwebt einen halben Meter vor Ihrer Tauchmaske im Meer. Er hält sich versteckt (nach seinem Dafürhalten) in einer verästelten grünen Koralle von der Form eines Geweihs, an deren Spitzen jeweils fluoreszierende Lichtpunkte strahlen. Und auf dem Riff unter dem blauen Fisch liegt ein konisch geformtes Schneckenhaus mit einer Oberfläche wie ein Mosaik aus cremefarbenen und leuchtendroten Porzellanfliesen.

Wir befinden uns jedoch in keiner Märchenwelt. Der kleine Fisch wartet darauf, daß ein größerer Fisch vorbeikommt, und er wird dem anderen Geschöpf gefällig sein, indem er dessen Parasiten zum Mittagessen verspeist. Und wenn ich an die Feuerkoralle streife, werde ich einen schmerzhaften Ausschlag von den haarigen Nesselkapseln bekommen, die aus ihren Ästen ragen. Noch Schlimmeres jedoch erwartet mich, wenn ich die Kegelschnecke aufhebe. Sie kann eine Harpune verschießen, die meinen Tauchanzug durchdringt, mit einem der wirksamsten aller bekannten Gifte überhaupt. Der Schmerz wäre unvorstellbar, und ich würde unausweichlich sterben.

Es heißt, so gut wie alles, was auf einem Korallenriff wächst, sei giftig, darunter einige seiner schönsten Bewohner – Anemonen, Seesterne, Seeigel, Schwämme, Meeresschnecken, Quallen und die Korallen selbst.

Schönheit und Scheußlichkeit. Die Natur. Die alten Maya. Die ewige Beschaffenheit des Menschen.

Dieser letzten Aussage würde mein Vater nicht zustimmen. Wir könnten unsere fehlerhafte Natur überwinden. Oder wenigstens danach streben. Und vermutlich würde ich diesem Gedanken selbst beipflichten, wenngleich ich in letzter Zeit nicht mehr viel darüber nachgedacht hatte.

Die religiösen Überzeugungen meines Vaters gehen mit einer fundamentalistisch christlichen Auffassung von Wissenschaft einher, insbesondere, was die Evolution betrifft. Er ist Christ in ethischer Hinsicht und Kreationist in wissenschaftlicher. Man kann das eine ohne das andere nicht sein. Als ich beschloß, Biologin zu werden, hatten wir deshalb ein Problem. Das war ein Zweig der Wissenschaft, der seiner Ansicht nach von Anhängern der Darwinschen Evolutionslehre dominiert wird, was kaum überrascht, da diese Lehre die einigende Theorie der Biologie darstellt.

Das Thema war auch mehr als ein Dreivierteljahrhundert nach dem berühmten »Affenprozeß« im amerikanischen Bildungswesen noch aktuell. Als der Staat Tennessee 1925 verlangte, John Scopes strafrechtlich verfolgen zu dürfen, weil er die Theorie von der Entwicklung der Arten im Naturkundeunterricht lehrte, trat der alte Kampf Wissenschaft gegen Religion in neuen Kleidern zutage – Genesis gegen Evolution. In der denkwürdigsten Szene des Prozesses wurde der Ankläger mit der Frage in die Mangel genommen, ob er jede Geschichte in der Bibel für die buchstäbliche Wahrheit halte. Mein Vater hätte zweifellos mit Ja geantwortet.

Als ich daher beschloß, Biologie nicht nach einem biblisch abgesegneten kreationistischen Lehrplan zu studieren, brachte dies das Faß zum Überlaufen. Der Vater, den ich als Kind angebetet hatte, begann einen totalen Krieg, um zu verhindern, daß ich tat, was ich für mein Leben gern tun wollte. Also ging ich bis zum bitteren Ende. Wenn ich der Evolutionstheorie anhing, mußte ich auch Atheist sein – na schön, Vater, dann bin ich eben Atheist. Und jetzt laß mich in Ruhe.

Aber er gab nicht auf. Er hat nie aufgegeben, nicht während und nach dem College und nicht, seit ich berufstätig bin. Erst vor einem Monat fand ich in meiner Post einen Artikel von ihm – über die Theorie des Intelligent Design. Weniger primitiv als der biblische Kreationismus, erkennt sie die gewaltige Zeitspanne an, die nötig war, um die Geschichte unseres Planeten zu erklären, behauptet jedoch, die natürliche Auslese könne nicht die Komplexität des Lebens auf der Erde begründet haben. Diese müsse das Werk Gottes sein – des intelligenten Gestalters – oder sei auf das Eingreifen außerirdischer Wesen oder einer Gaia-ähnlichen Lebenskraft zurückzuführen. Mein Vater, der Bibelfundamentalist, im revisionistischen Bunde mit UFO-Sichtern und Erdanbetern, es war zum Lachen.

Auf diese Weise vom eigenen Vater gepeinigt zu werden ließ mich aber bisweilen durchaus bedrückt sein. Dann fragte ich mich, ob er etwa weniger um meine unsterbliche Seele fürchtete, sondern sich vielmehr Sorgen machte, er könnte selbst verdammt werden, weil er zuließ, daß ich sie verlor.

Nun zerbrach ich mir hier den Kopf über die düsteren Seiten des Lebensraums, der mich am meisten faszinierte, als könnte ich ihn mit christlichen Prinzipien reformieren. War das ein Vermächtnis meiner Erziehung, oder lag es daran, daß ich das Erlebnis von Chichen Itza auch nach fünf Tagen noch nicht abgeschüttelt hatte?

Ich hob den Kopf über die Wasseroberfläche und winkte

Deirdre zu, die das stabile weiße Zodiac-Schlauchboot des Tauchclubs mit einer Hand steuerte, während sie den kleinen, orangefarbenen Wimpel im Auge behielt, der hinter dem Boot meine Position markierte.

Im Auftrag der weltumspannenden Organisation Reefguard überwachte ich eine Krankheit namens Korallenbleiche, die seit dem Ende der Neunziger überall auf der Welt vermehrt auftrat. Diese Krankheit konnte ein Korallenriff zu einem ausgebleichten Skelett verkümmern lassen und schien mit einem Temperaturanstieg zusammenzuhängen, der eine Massenabwanderung der in den Korallen lebenden Algen bewirkte. Diese *Zooxanthellen* bedienen sich der Photosynthese, was die Korallen mit Nahrung versorgt, und erhalten im Gegenzug eine Behausung. Nun aber war es, als klemmten die Thermostate in ihren Wohnungen bei hoher Temperatur fest, und sie müßten ausziehen.

Wir hatten soeben eine Inspektion durchgeführt, die so aussah, daß ich zehnmal für je zwei Minuten über eines der Riffe von Cozumel geschleppt wurde. Bei langsamer Geschwindigkeit und mit Zwischenstopps mußte ich die Art der dort wachsenden Korallen sowie ihren Gesundheitszustand festhalten, außerdem die Anzahl der Seesterne und Seeigel und verschiedene andere Merkmale, die von Zeit zu Zeit überprüft wurden, um Veränderungen im Riff feststellen zu können. An anderen Tagen entnahm ich etwa Wasserproben, führte eine Fischzählung durch oder fotografierte quadratmetergroße Flächen, die ich dauerhaft mit Stahlstangen markiert hatte. Dabei handelte es sich hauptsächlich um Gebiete, in denen die Korallen von der Bleiche geschädigt waren oder in denen es neues Wachstum gab; die Fotos von letzteren schickte ich per E-Mail an Reefguard, damit man ihre Erholung und Entwicklung beurteilen konnte. Alle Wasserproben, die ich entnahm, wurden im Marine Center von Cancun analysiert.

Ich kletterte zurück in den Zodiac, und Deirdre legte den Leerlauf des Bootes ein, bevor sie mir aus meiner Tauchermontur half.

»Du hast Kurs gehalten wie ein alter Hase«, sagte ich und holte eine Kühltasche aus dem Bugkasten.

»Ich *bin* ein alter Hase, schon vergessen?« antwortete sie und nahm im Heck Platz.

Wir hatten bei Greenpeace Zodiac-Schlauchboote benutzt. Ich fand es immer ironisch, daß ein in Frankreich hergestelltes Beiboot, das beim Versenken der ersten *Rainbow Warrior* vor Neuseeland zum Einsatz kam, später selbst stets mit Greenpeace assoziiert wurde. Deirdre und ich waren in unserer Zeit bei Greenpeace erfahrene Seeleute und Taucher geworden, wenn auch die Gewässer, in denen wir seinerzeit tauchten, häufig trübe und verschmutzte Häfen und Flußmündungen oder eisgraue Ozeantiefen waren.

»Wenn ich daran denke, wie wir die Dinger mitten auf dem Ozean einsetzten«, seufzte ich. »Wenigstens hat das Baby hier einen festen Rumpf und kann schwerer See standhalten.«

»Und es eignet sich für euer Geschäft, nehme ich an.«

»Ja. Ken besaß ursprünglich ein Fiberglasboot, das bei jeder Fahrt bis zu dreißig Taucher aufnehmen konnte, von denen viele über wenig bis gar kein Training verfügten. Er entschied aber, ich solle nur erfahrene Taucher mit rausnehmen und nicht mehr als sechs auf einmal. Sein Beitrag zum Überleben der Korallen, nehme ich an.«

»Wir Menschen versauen aber auch wirklich alles, oder? Als ich mit Alfredo in Chankanaab war, habe ich Leute von einem Kreuzfahrtschiff beim Schnorcheln gesehen, die mit ihren Flossen die Köpfe der Korallen abschlugen.«

An Deirdres erstem Tag auf Cozumel hatte ich sie mit Alfredo hinausgeschickt, damit sie sich mit Maske und Schnorchel vertraut machen konnte, bevor wir zum ersten Mal richtig tauchten, was sie seit zwei Jahren nicht mehr getan hatte. Die beiden waren zu einem Meerespark ein Stück südlich des Tauchclubs hinuntergeschwommen.

»Für Leute, die schnorcheln, gibt es unglücklicherweise weder Richtlinien noch wird eine Ausbildung verlangt«, sagte ich. »Also darf eine Horde Tagesausflügler in Korallen herumplanschen, die in tausend Jahren gewachsen sind, und peng! – weg sind sie. Die küstennahen Korallen werden wohl wirklich nicht überleben.«

»Du kennst ja meine Meinung dazu.«

Sie würde die Riffe einfach komplett sperren, das wußte ich.

Ich öffnete den Deckel der Kühlbox. »Iß eine Banane«, sagte ich und gab ihr eine, wobei ich darauf setzte, daß die Unterbrechung zu einem Themenwechsel führte.

»Danke. Die schmecken wirklich gut hier, muß ich sagen. Obwohl ich gegen eine Tüte *Tayto Crisps* auch nichts hätte.«

Ich lachte. *Crisps* nennt man Kartoffelchips in Irland. Als ich sie letzte Weihnachten besuchte, hatte ich ihre Lieblingsmarke im familieneigenen Pub gekostet.

Ich holte zwei Flaschen *Dos Equis* aus der Box und öffnete sie. »Auf die alten Zeiten«, sagte ich und reichte ihr eine. Ich saß auf dem drehbaren Pilotensessel neben dem Steuerruder und der Konsole mit den Navigationsinstrumenten, schaltete den Außenbordmotor ab und schwenkte den Sitz zu Deirdre herum. »Laß uns hier einfach eine Weile ruhig vor uns hin schaukeln.«

»Klingt gut«, sagte sie und streckte ihre Beine in die Sonne. Sie trug einen aquamarinblauen Bikini.

»Sei vorsichtig mit der Sonne hier«, sagte ich, wenngleich ich bemerkte, daß sie bereits gut vorgebräunt war. »Hast du dich nach dem Tauchen eingecremt?«

»Nein. Falls ich noch mal ins Wasser gehe.«

»Rücksicht aufs Riff, ich bin beeindruckt. Ich glaube allerdings nicht, daß wir dafür Zeit haben werden.«

»Cremst du mir dann den Rücken ein?«

»Klar.« Ich drückte ein wenig *Banana Boat* aus der Tube und fing an, ihr Rücken und Schultern einzuschmieren.

»Mhm, das tut gut. Allerdings nicht so gut wie Alfredos Hände.«

»Wie bitte?« Für einen Moment hatte ich ihre Bemerkung falsch aufgefaßt.

»Die Sonne brannte letzte Woche in Chankanaab glühend, was hätte ich tun sollen?« sagte sie mit gespielter Unschuld.

»Er hält es mit Sicherheit für einen Annäherungsversuch. Immerhin ist er Mexikaner.«

»Die haben bestimmt auch ihre Fähigkeiten.«

»Bis sie hören, daß du Mutter einer Tochter bist.«

»Aber *alleinerziehende* Mutter, bitte.«

Ich war fertig mit dem Auftragen der Lotion, und wir plauderten weiter, während ich mich wieder hinsetzte und von meinem Bier trank.

»Findest du ihn nicht ein bißchen zu jung?« fragte ich.

»Er ist ein gutaussehender Bursche.«

»Aber unzuverlässig, wie wir festgestellt haben.«

Als Alfredo am Tag, nachdem ich ihn in Chichen Itza gesehen hatte, wieder erschien, erklärte er seine Abwesenheit am dritten Tag mit Krankheit. Am ersten Tag hatte er sich an einem Studentenprotest an seiner Universität in Mérida beteiligt, war bei Freunden dort über Nacht geblieben und am nächsten Tag zur Tagundnachtgleiche nach Chichen Itza gefahren. Am Tag darauf ging es ihm dann so schlecht, daß er nicht zur Arbeit kommen konnte.

Als ich sagte, ich wüßte, daß die Ausgrabungsstätte am 23. geschlossen gewesen sei, behauptete er unverfroren, da er an diesem Tag nicht hinein konnte, sei er einen trinken gegangen, sei schließlich ziemlich blau gewesen und habe sich ein Zimmer in Pisté genommen und am nächsten Tag auf das Spektakel gewartet.

»Dann warst du also nicht krank?«

»Doch. Ich hatte einen fürchterlichen Kater.«

Er wollte nicht zugeben, daß er es mit der Wahrheit nicht so genau genommen hatte. »Sei beim nächsten Mal doch so freundlich und ruf an«, sagte ich. »Nein – anders. Es darf kein nächstes Mal geben.«

Ich erwähnte nicht, daß ich ihn mit Dr. de Valdivia sprechen gesehen hatte, und ich hatte es auch Deirdre nicht erzählt. Sie hatte in der kurzen Zeit ihrer Bekanntschaft aufrichtig Gefallen an Alfredo gefunden und würde sich womöglich unbehaglich fühlen, wenn sie glaubte, ich mißtraute ihm. Die Sache konnte warten, bis sie in ein paar Tagen wieder nach Irland abgereist war.

11

Das Boot schaukelte sanft auf der azurblauen See. Kaum ein Lüftchen regte sich.

»Ich beneide dich, ehrlich«, sagte Deirdre.

Ich wußte nicht recht, was sie meinte. Es war ja nicht so, daß ich eine befriedigende Liebesbeziehung hatte.

»Die Insel. Die Art von Arbeit, die du machst.«

»Ja, es gefällt mir ... es ist –« Ich bemerkte einen harten, beinahe bitteren Ausdruck auf ihrem Gesicht.

»Auch wenn es letzten Endes umsonst ist«, sagte sie.

Das traf mich im ersten Moment. Aber bei Deirdre durfte man solche Dinge nicht persönlich nehmen. Wie viele extrovertierte Menschen besaß sie auch eine Kehrseite – eine pessimistische Ader, die hin und wieder an die Oberfläche trat und sie mürrisch und fatalistisch sein ließ. Sie konnte auch egozentrisch sein und ging dann häufig davon aus, andere würden ihre Ansichten teilen, ohne daß sie sich die Mühe machte, nachzufragen. Einmal in Irland, als wir ein paar Leuten im Pub fröhlich erzählten, wie schlecht wir zueinander paßten, weil sie eine Zynikerin sei und ich eine naive Optimistin, legte sie plötzlich los: »Amerikaner sind zu Zynismus nicht fähig, weil es ihnen an Phantasie fehlt, und ohne Phantasie haben sie kein Gefühl für das Absurde, und deshalb haben sie auch keine Ahnung, wie absolut lächerlich dieses ganze Unterfangen namens Leben ist.« Es kam ihr überhaupt nicht in den Sinn, ich könnte das beleidigend finden. Sie nahm einfach an, ich sei ihrer Meinung.

»Ach, sei nicht so negativ«, sagte ich nun. »Ich hab dich gesehen, als du heute morgen vom Tauchen heraufkamst – du warst begeistert. Das Leben war schön, die Natur stand in voller Pracht und hat sich schwer ins Zeug gelegt für dich, und du hast es genossen. Gib's ruhig zu.«

Wir waren mit Alfredo am Steuer zum Riff von Punta Sur hinausgefahren, einem der vielen Riffe, die auf der Festlandseite parallel zu Cozumel verlaufen. Umgeben von farbenfrohen Fischen und Korallen, waren wir durch einen halb senkrechten Tunnel im Riff getaucht, genannt *Garganta del Diabolo* – das Teufelsmaul. Diesen Nervenkitzel ließen wir in einer Tiefe von vierzig Metern hinter uns, um ein Geschwader Flügelrochen vorbeiziehen zu sehen. Dann trieben wir eine Weile in der starken Strömung, begleitet von einem Schwarm Sardellen, eine Million quecksilbrige Streifen, zu einem schwebenden Korb von der Größe eines Hauses verflochten. Die ganze Zeit über behielt Alfredo unsere Atemluftblasen im Auge, um zur Stelle zu sein, wenn wir auftauchten.

»Du hast recht, das war gemein von mir, Jessica. Es war wundervoll heute morgen. Vor allem die Fische, einfach unglaublich!«

»Mich faszinieren sie auch immer noch, egal wie oft ich tauche.« Ich beugte mich über den Schwimmkörper des Boots und blickte in das klare Wasser. »Du weißt, warum die Fische in einem Riff so bunt sind, oder?«

»Nein. Aber bestimmt weißt *du* es.«

»Zufällig ja. Das war nämlich so: Am sechsten Tag der Schöpfung legte Gott mit Hilfe seines Malkastens letzte Hand an jenes phantastische Unterwassergebilde, das man Korallenriff nennt ...«

Deirdre, die mit einem Vortrag über evolutionsbedingte Anpassung gerechnet hatte, schaute leicht verwirrt.

»Er hatte einen Aufruf an alle Fische erlassen, die sich sozusagen gern ein bißchen produzieren wollten, Showtalente, Schauspieler und so weiter. Zu dieser Zeit waren Fische nämlich im üblichen Grau und Weiß gehalten, und Gott dachte sich, das Riff würde ein wenig Farbe in ihr Leben bringen.

Als die Fische zum Vorsprechen erscheinen, erhaschen sie einen Blick auf den phantastischen Hintergrund, vor dem sie bald agieren werden, und es dauert nicht lange, dann macht sich zunehmend Gemurmel unter ihnen breit.

Es ist, wie gesagt, der sechste Tag, und Gott wird im Laufe des Vorsprechens ein bißchen schläfrig. Und dann passiert es – er nickt ein.

Und schon hört man einen Ruf: ›Los, Freunde, ran an den Malkasten!‹

Eine Stunde später wacht Gott auf und reibt sich ungläubig die Augen, denn vor ihm paradiert die grellste, glitzerndste, verrückteste Unterwasserrevue, die man sich nur vorstellen kann. Sie wird angeführt von einem Zug Clowns und Harlekine in bunteren Kostümen, als man sie beim Karneval von Rio oder Venedig zu sehen bekommt, dahinter ein Bataillon prächtiger Militäruniformen und am Ende eine Zirkustruppe in einem Kaleidoskop von Formen und Farben, die nicht zusammenpassen, durchsichtig, Pastell- und Neonfarben, Kreise, Punkte, Zickzacklinien, Winkel, Quer- und Längsstreifen und manchmal alles zusammen in einem Kostüm.

Gott wußte nicht, ob er lachen oder weinen sollte, deshalb klatschte er einfach und rief: ›Bravo! Bravo!‹ Und so kommt es, daß Korallenfische bis heute ihre exotische Aufmachung tragen dürfen.«

Deirdre kicherte. »Ich wette, deinem Vater würde die Geschichte gefallen.«

»Mit Sicherheit. Er hat sie mir schließlich erzählt.«

»Mir gefällt sie, und ich werde sie Bonnie als Gutenachtgeschichte erzählen. Sie steht gerade schwer auf Gott, dafür sorgt ihre Großmutter.« Deirdre wohnte bei ihrer verwitweten Mutter, die das Pub der Familie in Trim führte, einer kleinen Stadt rund dreißig Meilen von Dublin entfernt.

»Hat es Bonnie nichts ausgemacht, daß du dir ein paar Wochen freigenommen hast?«

»Nein. Sie vergöttert ihre Großmutter.«

»Und Dermot, wie geht es dem?« Deirdre hatte einige Tage bei ihrem Bruder und dessen Frau in Miami verbracht, bevor sie nach Cozumel weitergeflogen war. Als ein Beispiel für beschleunigte Evolutionsprozesse hatte Dermot die Metamorphose vom Globalisierungsgegner zum Reiseveranstalter vollzogen, wenngleich er seine Glaubwürdigkeit zu bewahren suchte, indem er nur sanften Tourismus propagierte.

»Dermot geht's gut. Komisch, ihn in einem normalen Job zu erleben. Aber so ändert man sich eben, wenn man heiratet.«

»Es stört dich aber nicht ernsthaft, oder?«

»Sagen wir, unsere Auffassungen darüber, was sanfter Tourismus bedeutet, gehen auseinander.«

Eine plötzliche Dünung hob das Boot an. Ich blickte in Richtung Norden aufs Meer hinaus. Am Horizont ballten sich schiefergraue Wolken.

»Sieht nach Regen aus«, sagte ich. »Und Wind kommt auch auf. Laß uns zurückfahren.«

Ich startete den Motor und nahm Kurs auf die Insel.

Wir hatten zwar Hurrikansaison, aber in der Wettervorhersage am Morgen war keiner gemeldet worden.

Dann ertönte das statische Knistern des tragbaren Funkgeräts im Boot, gefolgt von einer Stimme. »Sind Sie auf Empfang, Señoritas? Hier spricht Alfredo. Ich habe eine Unwetterwarnung für Sie – over.«

Ich drückte auf die Sendetaste. »Ja, wir hören, Alfredo – over.«

Alfredo las eine Wettervorhersage des meteorologischen Dienstes in Cancun vor.

»Danke für die Warnung, Alfredo. Wir sind auf dem Heimweg zum Tauchclub. Over und Ende.«

Deirdre sah besorgt aus.

»Sie heißen *nortes*, diese plötzlichen Unwetter«, erklärte ich und versuchte beruhigend zu klingen. Aber in einem heftigen Tropenregen kann die Sichtweite auf Null sinken. Und der Seegang kann rapide wechseln. Wir hatten zwar nur sechs Kilometer zurückzulegen, aber ich wollte schnell zurück.

»Leg deine Schwimmweste an«, sagte ich.

Ich brachte den Außenborder auf Touren, der Bug erhob sich steil aus dem Wasser, und wir rasten in Richtung Cozumel.

Es erwischte uns, als wir zur Anfahrt an die weißgetünchte Mole hinter dem Tauchclub abbremsten. Der Himmel verdunkelte sich, ein paar dicke Warntropfen klatschten auf die Windschutzscheibe, und dann kam die Flut. Schlagartig war die Anlegestelle ebenso verschwunden wie ganz San Miguel. Es gab kein Ufer mehr. Ich verlangsamte das Boot auf Kriechtempo.

»Was zum Teufel machen wir jetzt?« Deirdre wirkte ein bißchen aufgeregt. Wir hatten nur unsere Badeanzüge und Schwimmwesten an und waren gründlich durchnäßt, das Haar klebte uns am Schädel, und Wasser lief uns übers Gesicht.

Im Grunde gab es kein Problem. Das GPS an Bord würde uns an Land leiten, die Position der Anlegestelle war eingespeichert. Aber ich spielte die Sache nur so zum Spaß hoch, während der Regen das Wasser ringsum peitschte und der Temperaturunterschied einen Dunst entstehen ließ, der in Wirbeln um das Boot herum aufstieg. »Halt die Augen nach alten Seebären offen, die aus dem *Nebel des Grauens* auftauchen!«

In diesem Moment ertönte von fern eine Schiffsglocke, und Deirdre riß in gespieltem Entsetzen die Augen auf, wie eine Figur in dem Film von John Carpenter.

Ich mußte über sie lachen, und dann brach auch sie in brüllendes Gelächter aus. Der Regen fühlte sich warm an auf unserer Haut.

Und dann hörte ich jemanden meinen Namen rufen. »Señorita Madison!« Es war Alfredo. Er war offenbar herausgekommen, um uns an Land zu helfen.

»Ahoi, Aquanaut Alfredo!« rief ich, leicht benommen von unserer rasenden Flucht vor dem Unwetter.

Der Regen begann nachzulassen. Die Anlegestelle wurde wieder sichtbar, und an ihrem Ende stand Alfredo. Als wir längsseits kamen, warf ihm Deirdre ein Seil zu. Aber er rief weiter meinen Namen. »Señorita Madison!«

»Ja, ja, was gibt es denn, Alfredo?«

»Ihr Freund, der Boß, Señor Arnold.« Alfredo wußte nie, wie er Ken bezeichnen sollte.

»Ja, was ist mit ihm?«

»Er ist tot, Señorita.«

12 »Gerade, als es zu regnen anfing, hat die Klinik von Cancun angerufen. Sie baten mich, Ihnen die schlechte Neuigkeit auszurichten.«

Deirdre und ich kletterten auf die Mole.

Nach dem ersten Schock hatte ich die Mitteilung rasch als einen grotesken Irrtum abgetan. Wahrscheinlich ein Mißverständnis seitens Alfredos.

»Komm, mach dich nicht lächerlich, Alfredo«, sagte ich, als wir zum Gebäude gingen.

»Es stimmt, glauben Sie mir.«

Ich warf ihm einen vernichtenden Blick zu. Seine Glaubwürdigkeit schätzte ich nicht mehr sehr hoch ein. Dann bemerkte ich, wie er und Deirdre Blicke tauschten.

»Wir sollten es einfach überprüfen«, sagte sie und führte mich in den Laden. »Haben sie eine Nummer hinterlassen?«

»Ja. Hier ... und einen Namen.« Alfredo gab Deirdre einen Zettel. Mir begann zu dämmern, daß Ken tatsächlich etwas zugestoßen war.

»Clinica Cancun?« las Deirdre und griff nach dem Telefonhörer auf der Ladentheke. »*La médica* ... Flores? Heißt das *Doktor* Flores?«

»Halt, Deirdre!« sagte ich schroff. »Ich erledige das. Dein Spanisch ist nicht gerade das beste.« Ich mußte es selbst hören. Mußte die richtigen Fragen stellen. Und vielleicht, auch wenn mich die Hoffnung allmählich verließ, herausfinden, daß alles nur ein Irrtum war.

»Doktor Flores, *por favor*«, sagte ich, als eine weibliche Stimme am Empfang antwortete. »Hier ist Jessica Madison, ich rufe aus Cozumel an.«

Ein kurzer Ausschnitt aus dem *Concierto de Aranjuez* erklang, dann war erneut eine weibliche Stimme in der Leitung.

»Señorita Madison. Hier Pilar Flores. Es tut mir leid wegen Ihres Kollegen, Señor Arnold.«

»Dann ist es also wahr? Was ist passiert? Ein Unfall?«

»Nein. Er starb eines natürlichen Todes.«

»Eines natürlichen ... Woran genau?«

»Sein Herz. Herzmuskelinfarkt, um genau zu sein.«

»Oh ...« Möglich war es durchaus. Ken litt an Angina pectoris, ein Umstand, den er vermutlich vor Versicherungen und anderen Tauchern geheimgehalten hatte. Er trug stets ein Röhrchen Nitroglyzerinlösung bei sich und riß Witze darüber, wie er es fertigbringen würde, sich das Zeug unter Wasser auf die Zunge zu sprühen, wenn er einen Anfall bekam.

Und jetzt fiel mir auch ein, wie sehr er auf unserem letzten Ausflug unter der Hitze gelitten hatte.

»Er wurde vor zwei Tagen nach einem Schlaganfall bewußtlos in seinem Haus aufgefunden und auf die Intensivstation eingeliefert. Bei einer Vorgeschichte von mangelhafter Herzdurchblutung und nun den Anzeichen für einen Gefäßverschluß standen seine Aussichten von Beginn an schlecht, und heute morgen bekam er Kammerflimmern. Wir taten unser Möglichstes, um ihn wiederzubeleben, aber er hat leider nicht mehr reagiert.«

»Hat er nach seiner Einlieferung irgendwann das Bewußtsein wiedererlangt?«

»Nein. War das alles, Señorita Madison?« Dr. Flores schien es eilig zu haben, das Gespräch mit mir zu beenden.

»Wie kamen Sie darauf, mich zu benachrichtigen?«

»Die Polizei fand Ihren Namen und die Adresse heute morgen auf der Rückseite seines Passes. Im Notfall zu verständigen. Außerdem sollte noch eine Anwaltskanzlei informiert werden. Diese Kanzlei trifft die Vorkehrungen für das Begräbnis, und Señor Arnolds Leichnam wurde bereits an sie überstellt.«

»Haben Sie einen Namen und eine Nummer, wo ich anrufen kann?«

»Ja. Es handelt sich um einen Señor Marrufo ...« Ich schrieb mir alles auf und dankte der Ärztin. Dann legte ich den Hörer weg, ich war wie betäubt. Schließlich schlug eine Woge von Gefühlen über mir zusammen, und ich begann zu weinen.

Deirdre nahm mich in die Arme. »Dann stimmt es also. Was ist passiert?«

»Sein Herz«, schluchzte ich. »Er wurde bei sich zu Hause bewußtlos gefunden ... sie haben ihn ins Krankenhaus gebracht ... und heute morgen ist er gestorben.«

»Wie wird die Beerdigung aussehen?«

»Keine Ahnung. Ein Anwaltsbüro kümmert sich darum.« Ich ließ den Zettel aus den Fingern gleiten.

Deirdre rief Alfredo zu sich. Er drückte sich im Hintergrund herum und wußte nicht, was er tun oder sagen sollte. »Bring uns einen Drink. Am besten etwas mit Alkohol.« Sie hob den Zettel vom Boden auf. »Was hältst du davon, wenn du dich nach draußen setzt, Jessica, und ich rufe diese Leute an. Alfredo kann oben über die andere Leitung aushelfen, falls es ein Sprachproblem gibt.«

Der Taucherladen nahm das Erdgeschoß des Gebäudes ein. Darüber lagen meine Wohnung und eine Terrasse, die aufs Meer hinausging. Der Eingang zum Laden ging nicht zur Straße hin, sondern befand sich an der Seite des Gebäudes, und die gepflasterte Fläche davor führte zu einer Bootsrutsche und der Mole hinab. Ein Raum hinter dem Laden, auf der Seeseite, war in ein kleines Bootshaus umgewandelt worden, wo wir bei rauhen Wetterverhältnissen das Zodiac-Schlauchboot unterbrachten.

In meine Wohnung gelangte man über eine Treppe im Laden, hinter der Theke, oder von der Straße her, wo Stufen zur Terrasse hinaufführten.

Wenn man die Treppe vom Laden hinaufstieg, lagen rechts zwei Schlafzimmer zur Straße hinaus, mit einem Bad dazwischen. Links vom Treppenabsatz war das Wohnzimmer, mit einer Tür, die rechter Hand auf die Terrasse ging. Ein Tresen teilte den Raum, hinter ihm befand sich die Küche, die ich allerdings mehr als Labor benutzte. Durch ein kleines Hochfenster in der Rückwand, die frontal zum Meer lag, kam etwas Licht herein.

Ich ging durch das Wohnzimmer auf die Terrasse, unter einem Baldachin von Bougainvilleen hindurch, der den Eingang rahmte. Dann setzte ich mich an einen Tisch unter der *palapa*, einem kegelförmigen Grasdach, das von vier hohen, im Quadrat stehenden Pfosten getragen wurde. Von dort hatte ich einen Blick auf das Meer zwischen Cozumel und dem Festland, das nur achtzehn Kilometer entfernt und noch in Sichtweite lag.

Dreißig Jahre zuvor gab es in diesem Abschnitt der Karibikküste Yukatans nichts außer einem Fischerdorf namens Puerto Juarez. Dann gründeten die mexikanische Regierung und eine Gruppe Unternehmer den Ort Cancun: auf einem Inselstreifen in der Form einer Sieben, mit einer Lagune zwischen den beiden Schenkeln und einem Pulverstrand auf der Ozeanseite. Danach begann sich das, was die Reisebroschüren als Maya-Riviera bezeichnen, entlang der Küste nach Süden auszudehnen.

Ken Arnold war schon auf Yukatan gewesen, als Cancun noch gar nicht existierte, und er hatte sich mit noch nicht dreißig Jahren als einer der Pioniere in der Erforschung der Wasserwelt unter dem Kreidekarst der Halbinsel hervorgetan.

Wie viele Taucher hatte ihn Jacques Cousteaus begeisterte Schilderung der Riffe von Cozumel Mitte der sechziger Jahre in diesen Teil Mexikos gelockt. Bis dahin war die Insel nur ein Anlaufhafen für Kreuzfahrtschiffe gewesen, die die Karibik befuhren. Als Ken dann entdeckte, daß es auch auf Cozumel Zenoten gab, beschloß er zu bleiben und bekräftigte sein Interesse, indem er einen Laden für Taucher auf der Insel eröffnete, der, den ich zur Zeit führte. Als in den Siebzigern jedoch die Entwicklung Cancuns begann, bot ihm die dortige Handelskammer an, ein weiteres Tauchzentrum zu eröffnen, und gewährte ihm zu diesem Zweck steuerliche Anreize.

Alfredo erschien mit einem Glas Tequila für mich und stellte es auf den Tisch. »Ihre Freundin telefoniert«, sagte er und ging zurück in die Wohnung, »und ich höre auf der anderen Leitung mit.«

»Danke«, sagte ich und trank einen Schluck. Es schüttelte mich, wie stets bei Tequila.

Als ich Ken bei seinem Greenpeacebesuch kennenlernte, machte er sich keine Illusionen mehr über die Veränderungen, die man der Landschaft sowie der Tier- und Pflanzenwelt der Yukatanhalbinsel im Laufe von dreißig Jahren angetan hatte, doch er wußte, er war Teil ihrer Infrastruktur und kaum qualifiziert, etwas anderes zu tun. Nach seinem Vortrag auf der *Rainbow Warrior* erzählte ich ihm in einer Kaffeepause, ich sei in einigen Quellen und Höhlen in Nordflorida getaucht, und wir sprachen über die Unterschiede zwischen diesen und den Zenoten von Yukatan. Als er fragte, welche Beschäftigung ich nach meiner Zeit bei Greenpeace anstrebte, erwiderte ich, ich hätte noch keine konkreten Pläne. Darauf erzählte er mir, im Lauf des Jahres würde eine Stelle in seinem Laden auf Cozumel frei, viel würde nicht dabei herausspringen, aber falls ich Interesse hätte, solle ich ihm Bescheid geben. Aus seiner Sicht wäre jemand, der aus der Ecke der Wissenschaft und des Naturschutzes kam, eine willkommene Bereicherung für sein Team.

Fast ein ganzes Jahr verging, bevor ich mich wieder meldete und fragte, ob die Stelle noch zu haben sei. Ich hatte mich um einen Teilzeitjob bei Reefguard beworben, für den ein Stützpunkt auf Cozumel nötig war. Wie sich herausstellte, hatte ich genau zur richtigen Zeit angerufen, denn Ken hatte sein großes Tauchboot verkauft und überlegte gerade, ob er den Laden auf der Insel schließen sollte. Statt dessen kaufte er nun den Zodiac, angeblich damit ich mit kleinen Gruppen von Tauchern hinausfahren konnte, in Wirklichkeit aber handelte es sich um seinen Beitrag zu meiner Umweltschutztätigkeit. Das war vor knapp drei Jahren gewesen.

Ich probierte noch einen Schluck Tequila. Er lief schon leichter hinunter.

Deirdre tauchte unter der Bougainvillea auf und kam mit einem besorgten Stirnrunzeln auf mich zu. »Ich sag dir das nur sehr ungern …«, begann sie, »aber das Begräbnis deines Freundes hat sozusagen bereits stattgefunden.«

Ich starrte sie nur verständnislos an.

»Anscheinend hatte er für den Fall seines Todes sofortiges Verbrennen verfügt – die Anwälte nahmen es sehr wörtlich. Sein Leichnam wurde heute morgen in der Klinik in einen Sarg gelegt und zum Krematorium gebracht. Die Zeremonie fand um drei Uhr nachmittags statt, anschließend wurde seine Asche in die Lagune gestreut. In der Nähe seines Hauses, glaube ich.«

Etwa um diese Zeit war der Regen von Norden herabgefegt, überlegte ich. Aus derselben Wolke, die über Cancun hinweggezogen war, bevor er über uns hereinbrach.

Ich hatte noch nie gehört, daß jemand so schnell beigesetzt worden war. Andererseits hatte ich mit Ken auch nie über das Thema gesprochen. Ich wußte nur, daß er keinem religiösen Bekenntnis angehörte. Vielleicht hatte mir meine christliche Herkunft einen Widerwillen gegen solch unziemliche Hast eingeflößt – als handle es sich um die Entsorgung eines toten Tieres. Und ich empfand auch eine Spur Verärgerung über ihn, weil er mich um die Gelegenheit gebracht hatte, mich offiziell von ihm zu verabschieden. Öffentlich zu trauern.

Aber so wie ich ihn kannte, hätte er wahrscheinlich argumentiert, daß Begräbnisrituale im Grunde um der Lebenden willen stattfinden.

»Wir konnten keine Totenwache für ihn halten«, sagte Deirdre und hob ihr Glas. »Also sollten wir sie jetzt nachholen.« Mit ihrem irischen Sinn für rituelles Trauern würde sie sich die Gelegenheit nicht entgehen lassen. »Alfredo nimmt auch daran teil.« Sie hatte die Tequilaflasche mit auf die Terrasse genommen und mein Glas aufgefüllt. »Fällt dir irgendein Lied oder Gedicht ein?«

Ich überlegte, ob ich einen Song von Willie Nelson kannte, der zu dem Anlaß paßte, aber mir fiel kein geeigneter ein.

»Wenn nicht Willie Nelson, wie sieht's dann mit Willie Shakespeare aus?« schlug Deirdre vor.

Während eines kurzen Intermezzos bei der Theatergesellschaft der University of South Florida hatte ich die Rolle der Miranda in Shakespeares *Sturm* gespielt. Wie lauteten Prosperos berühmte Zeilen noch? »›Das Fest ist jetzt zu Ende‹«, begann ich.

»Weiter«, ermutigte Deirdre.

»›Unsre Spieler ... waren Geister und sind aufgelöst in Luft, in dünne Luft.‹«

»Oh, das ist gut, sehr gut.«

Nur noch ein kurzer Ausschnitt fiel mir ein. »›Wir sind solcher Stoff wie der zu Träumen; und dies kleine Leben umfaßt ein Schlaf.‹«

Deirdre blickte wehmütig aufs Meer hinaus, wo die untergehende Sonne einen Mantel aus schimmerndem rotbraunem Tuch über den Kanal breitete.

Wir sind solcher Stoff wie der zu Träumen. Wie Luftblasen stiegen die Worte unablässig an die Oberfläche meines vom Tequila benebelten Hirns.

13 Ich erwachte mit trockenem Mund und hämmerndem Kopfweh. Es war vier Uhr früh. Ich mühte mich aus dem Bett und ging in die Küche, um Wasser zu trinken. Die auf dem Kopf stehende Flasche im Spender war leer, ich stand mit dem Glas in der Hand da und war einen Augenblick lang versucht, es aus dem Wasserhahn zu füllen. Ein abwegiger Gedanke. In Mexiko trinkt kein Mensch aus der Wasserleitung. Ich sah im Kühlschrank nach und fand eine große Flasche klares *agua*.

Ich lehnte mich an die Spüle und goß noch mehr Wasser ein. Dann stellte ich das Glas weg, setzte die Flasche an den Mund und trank gierig. Ich versuchte, klar im Kopf zu werden, indem ich einige Male tief Luft holte.

Der vorangegangene Abend erschien mir wie eine Halluzination, wie ein schlechter Trip, hervorgerufen durch eine mexikanische Kaktusdroge, vor allem der Teil, *bevor* wir zu trinken angefangen hatten: ein junger Mann, der im Nebel herumspringt, um mir den Tod meines Freundes und Mentors anzuzeigen; eine Medizinerin, die mir sein Ableben mit all dem Bedauern beschreibt, das sie beim Hinscheiden eines Goldfisches empfinden mochte; eine unbekannte Anwaltskanzlei, die sich seines Leichnams binnen Stunden entledigt.

Und dann das schwarze Loch eines Saufabends, von dem nur einzelne entstellte Bilder den Weg in meine Erinnerung fanden: Alfredo beim Tanzen mit Deirdre, den Kopf auf ihrer Brust … sie und ich, wie wir eine tränenreiche Version von *Fernando* singen … ich selbst, wie ich mit dem Kopf auf dem Tisch einschlafe. Ich versuchte es mit einem Achselzucken abzutun. Es gab wichtigere Dinge, wichtigere Fragen.

Ich ging nach unten in den Laden und machte Licht. Auf der Theke neben dem Telefon lagen ein Notizblock und einige Blatt Papier. Auf einer herausgerissenen Seite des Notizblocks sah ich den Namen und die Nummer der Klinik in Alfredos Handschrift, und auf dem Block selbst fand sich in meiner eigenen Schrift eine ziemlich zittrige Übertragung dessen, was mir Dr. Flores erzählt hatte. Jetzt erst nahm ich den Namen des Anwalts wahr – Jorgé Marrufo. Wer war der Mann? Ken hatte mit einem Minimum an Papierkram alles so geregelt, daß ich den Laden führen konnte, und dabei war kein Anwalt eingeschaltet gewesen.

Auf einem extra Blatt sah ich Deirdres Notizen von ihrem Gespräch mit Marrufo. Das Papier stammte nicht aus dem Notizblock. Es mußte von ihrem eigenen Spiralblock sein. Ich sah einen Namen, bei dem es sich wahrscheinlich um den Bestattungsunternehmer handelte, der die Verbrennung besorgt hatte, sowie einige andere Wörter und kurze Sätze. Am oberen Rand der Seite standen ein Name und eine Nummer, die erkennbar nichts mit Deirdres Telefongespräch zu tun hatten – der Name ihres Bruders, Dermot, gefolgt von einer Handynummer, wie es schien, und einem Gekritzel, das um das Wort *crabfish* kreiste. Offenbar hatte sie die Notiz neben dem Telefon liegenlassen, nachdem sie Dermot irgendwann während ihres Aufenthalts angerufen hatte.

Ich hörte Schritte auf der Treppe und drehte mich um.

»Was ist denn los? Alles in Ordnung mit dir?« fragte Deirdre, die im Eingang zum Laden stand.

»Soweit man nach dem Besäufnis von gestern abend eben in Ordnung sein kann.«

»Uuhh«, stöhnte sie. »Ich brauche Wasser, sofort.« Sie ging zum Wasserspender im Laden. »Leer, verflucht. Genau wie der oben.«

»Ricardo scheint diese Woche nicht gekommen zu sein.«

»Das ist der Wassertyp, oder? Ich hab dir doch gesagt, er hat eine Nachricht hinterlassen. An dem Tag, als du in Chichen Itza warst. Ich muß den Zettel irgendwo in der Wohnung liegengelassen haben.«

»Im Kühlschrank ist noch Wasser«, sagte ich und machte das Licht aus. »Laß uns wieder nach oben gehen.« Die Erwähnung von Chichen hatte eine gedankliche Kettenreaktion in meinem Kopf in Gang gesetzt, und bis wir oben in der Küche ankamen, hatte sie sich zu einer Theorie ausgewachsen.

Ich hockte mich auf die Anrichte, während Deirdre die Flasche an den Mund setzte und sich das Wasser die Kehle hinunterlaufen ließ.

»Hör mal«, sagte ich, »dieser Goldberg wurde doch in Chichen Itza ermordet, richtig?«

Sie nickte und warf die Flasche in einen Treteimer.

»Nicht mal eine Woche später ist Ken tot.«

Sie nickte wieder.

Ich sprach nicht weiter und wartete darauf, daß sie den Zusammenhang bemerkte.

»Und?« sagte sie und lehnte sich an die Spüle. Offenbar war es für sie nicht ganz so klar.

»Die Verbindung ist Chichen Itza.«

»Was soll denn *das* bedeuten? Der eine wird ermordet, der andere stirbt im Krankenhaus an einem Herzanfall. Aber – haltet euch fest, Leute – beide waren in Chichen Itza! Unglaublich! Ein Mysterium, das einen Vergleich mit dem Fluch des Tutenchamun nicht zu scheuen braucht.«

»Ich weiß, es klingt weit hergeholt ...« Ich begann bereits wieder zu zweifeln. Das Ganze grenzte an Paranoia. Und Deirdres Sarkasmus half mir, das zu sehen.

»Ich mach dir keinen Vorwurf daraus, daß du alles ein

bißchen seltsam findest«, sagte sie. »Ich meine, es war alles vorbei und erledigt, ohne daß auch nur jemand angerufen und Bescheid gesagt hätte. Und was ist mit seiner Familie, wie werden die sich fühlen?«

»Seine Eltern sind beide tot. Ich glaube, er hatte eine Schwester, aber mit der verstand er sich nicht sehr gut. Soviel ich weiß, hatten sie in den letzten zwanzig Jahren keinen Kontakt.«

»Das wäre natürlich eine Erklärung dafür, daß er es ohne viel Aufhebens erledigt haben wollte. Aber du könntest ja diesen Anwalt aufsuchen, damit du zufrieden bist. Es gibt bestimmt ein Testament, und du mußt sowieso herausfinden, was deine Position hier ist – im Tauchladen, meine ich.«

Sie hatte natürlich recht. Nun, da Ken tot war, mußten sein Besitz und das Geschäft abgewickelt werden, und wahrscheinlich wurde der Laden geschlossen.

»Ja, du hast recht. Und du wolltest in Cancun noch Einkäufe machen, bevor du nach Hause fliegst. Laß uns morgen hinfahren.«

»Ja, gute Idee.«

»Für heute morgen haben ein paar Taucher gebucht. Alfredo kann sie rausbringen. Wir schließen den Laden und fahren mit dem Pick-up zur Anlegestelle der Fähre. Dann nehmen wir die Zehn-Uhr-Fähre nach Playa del Carmen und von dort den Bus nach Cancun.«

Wir kehrten in unsere Zimmer zurück, aber ich konnte nicht schlafen. Nach etwa einer halben Stunde zog ich mich an, ging in die Küche und machte eine Kanne Kaffee. Dann setzte ich mich auf einen Hocker, schaltete den Computer an und schaute in der Online-Version des *Diario del Yucatan* die Berichterstattung über Goldbergs Tod in der Woche nach, die seither vergangen war.

Zunächst wurde er als das unglückliche Opfer einer lokalen Fehde um historische Zugangsrechte zur Ausgrabungsstätte von Chichen Itza angesehen. Doch innerhalb weniger Tage war daraus eine Verschwörung gewisser Elemente gegen die Entwicklung des modernen Yukatan und seines Mayaerbes geworden, was bedrohlicher, aber keineswegs erhellender klang. Es gab einen kurzen Hinweis darauf, daß man den Kopf des enthaupteten Opfers aus dem Heiligen Brunnen geborgen habe. Dann verschwand die Geschichte aus den Meldungen, da die Spannungen zwischen den USA und Mexiko wegen des Grenzzwischenfalls zunahmen.

Ich goß mir einen Becher Kaffee ein und setzte mich wieder vor den Computer.

Der *Miami Herald* ging auf keinen dieser beiden Aspekte als mögliches Tatmotiv ein. Statt dessen stellte der Reporter vor dem Hintergrund verbreiteter Studentenproteste am Tag von Goldbergs Ermordung Überlegungen hinsichtlich einer möglichen Verbindung zwischen diesen Ereignissen an. Die Zeitung brachte auch einige Einzelheiten über Goldbergs Karriere als ein moderner Cecil B. de Mille des Fernsehens, der eine Reihe von historischen Stücken produziert hatte, bevor er sich Festspielen an altertümlichen Stätten rund um die Welt zuwandte, von Angkor Wat in Kambodscha bis zu den Osterinseln im Pazifik, darunter auch Sonnwendfeiern im englischen Stonehenge und – für Deirdre interessant – an einer jungsteinzeitlichen Kultstätte namens Newgrange bei Dublin. Sein Vorschlag, dasselbe an den Pyramiden von Gizeh zu veranstalten, war von der ägyptischen Regierung jedoch abgelehnt worden, weil man dort eher bestrebt war, die Zahl der Touristen, die in den Sehenswürdigkeiten herumtrampelten, zu beschränken, als sie zu erhöhen.

In den folgenden Ausgaben wurde die Geschichte allmählich

mit der Auseinandersetzung zwischen Mexiko und den Vereinigten Staaten verflochten, zweifellos, um die amerikanische Behauptung zu stützen, daß auf beiden Seiten schmutzige Dinge geschahen.

Mittlerweile hatte der anhaltende Propagandakrieg zwischen den beiden Ländern meine Aufmerksamkeit geweckt. Eine Schlagzeile lautete: VERSTÄRKTE MEXIKANISCHE ARMEE AUGE IN AUGE MIT DER GRENZPOLIZEI.

Eine andere: PRÄSIDENT KÜNDIGT STATIONIERUNG VON KAMPFHUBSCHRAUBERN ENTLANG DER GRENZE AN. FLUGZEUGTRÄGER VOR DER MEXIKANISCHEN KÜSTE.

Es schien, als stünden *norteamericanos*, die in Mexiko lebten, rauhe Zeiten bevor.

14 Jorgé Marrufo war ein Mann in den Vierzigern, mit gewelltem Haar und einem birnenförmigen Gesicht, das in ein breites Kinn ausfloß. Letzteres versuchte er mit Hilfe eines dünnen schwarzen Barts, der einen anderen Umriß zeichnete, schmaler erscheinen zu lassen.

»Ich kannte Señor Arnold nicht persönlich«, waren die ersten Worte, die er hinter dem Schreibtisch in seinem Büro an mich richtete. Seine Stimme klang, als hätte man ihm die Kehle mit Sandpapier geschmirgelt. »Er führte seit vielen Jahren keine Korrespondenz mehr mit der Kanzlei, und natürlich gab es Personalwechsel ...«

»Aber Sie konnten die Anweisungen für seine Beisetzung auf der Stelle finden – fast schon beunruhigend schnell für ein Anwaltsbüro.« Und gar für ein mexikanisches, dachte ich im stillen.

»Nun ja, die Polizei, verstehen Sie ... Man bat uns, sagen wir, die Sache zu beschleunigen, seine Akte rasch ausfindig zu machen. Da Señor Arnold Amerikaner war, mußten wir möglicherweise seine nächsten Verwandten benachrichtigen oder Vorbereitungen dafür treffen, seinen Leichnam außer Landes zu fliegen. Und, äh, Sie wissen ja, wie die Dinge im Augenblick stehen.«

»Wieso war die Polizei eingeschaltet?«

»Weil das Krankenhaus keine Angehörigen verständigen konnte, als er starb. Außerdem mußte die Polizei den konsularischen Vertreter der USA unterrichten, das ist die übliche Praxis, wenn ein Bürger Ihres Staates in unserem Land stirbt ...«

»Wie wurde er ins Krankenhaus befördert?«

»Mit der Ambulanz. Das Dienstmädchen, das ihn gefunden hat, hat den Notdienst angerufen.«

»Wo wohnt sie? Ich möchte mit ihr reden.«

»Ich weiß es nicht.«

»Vielleicht wird sie in Señor Arnolds Akte erwähnt. Soviel ich weiß, war ihr Vorname Maria, und sie hat für ihn gearbeitet, seit er sich in Cancun niederließ. Vielleicht hat er ihr in seinem Testament etwas vermacht.«

»Ach ja, das Testament. Ich darf den Inhalt eines Testaments nicht offenlegen, bevor der Rechtsanspruch auf bestimmte Besitztümer geklärt ist. Sie müssen verstehen, daß nach mexikanischem Recht ein fremder Staatsbürger Besitz in einem Küstengebiet nur mit Hilfe eines juristischen Instruments namens *fidei comiso* erwerben darf, und wir müssen nun sicherstellen, daß –«

»Ich will nicht wissen, was in dem Testament steht«, unterbrach ich ihn. »Ich will nur sehen, ob sich Name und Adresse des Dienstmädchens darin finden. Sie haben es fertiggebracht, ihn in Rekordzeit zu verbrennen, vielleicht können Sie mir noch einmal beweisen, wie eine flotte Anwaltskanzlei arbeitet … das heißt, falls Sie Señor Arnold tatsächlich vertreten.«

Marrufo hüstelte nervös, dann drückte er einen Knopf der Sprechanlage auf seinem Schreibtisch und bat eine Sekretärin auf spanisch und in schroffem Ton um die Information. Er schrieb alles in einen Notizblock, riß die Seite heraus und reichte sie mir über die Tischplatte. »Maria Kuyoc«, sagte er. »Sie wohnt ein kurzes Stück außerhalb der Stadt. An der Straße nach Playa del Carmen.«

»Gracias, Señor Marrufo.«

»Ich kenne mich in der Gegend ungefähr aus. Hinter der Universität sind gerade Rodungsarbeiten im Gang, dann sehen Sie ein paar Reklametafeln – und nach denen biegen Sie links ab.«

Draußen auf der Straße rief ich vom Handy des Tauchclubs Deirdre an, die mein eigenes bei sich hatte. Ich hatte ihr vorgeschlagen, mit dem Bus ins Hotelviertel von Cancun hinauszufahren, damit sie einen Eindruck davon bekam, und dann wieder in die weniger gut betuchte, aber auch nicht so teure Stadtmitte zu kommen, wo sie ihre Einkäufe erledigen konnte. Dort war wenigstens ein Hauch von Mexiko zu spüren.

»Hallo, Deirdre. Ich habe herausgefunden, wo das Dienstmädchen wohnt. Es liegt auf unserem Weg zur Fähre. Aber wir müssen ein Taxi nehmen. Wo bist du gerade?«

»Ich schaue gerade auf ein Hotel hinaus, das wie eine komplette Mayastadt aussieht. Ich verstehe einfach nicht, wieso Leute eine weite Reise unternehmen, um sich dann die ganze Zeit in so einer Anlage zu verschanzen.«

»Und ich verstehe nicht, wieso jemand die weite Reise macht und sich dann keine *echte* Mayastadt ansieht.« Aus irgendeinem Grund zeigte Deirdre keine Neigung, eine der Ruinenstädte auf der Halbinsel zu besichtigen.

»*Touché*«, sagte sie. »Aber wir haben ja noch ein paar Tage.«

»Du mußt nur was sagen. Und jetzt – Lust auf Shopping?«

»Eigentlich nicht. Es ist zu heiß, und ich habe immer noch einen leichten Kater. Macht es dir etwas aus?«

»Kein Problem. Wir gehen einfach etwas essen, und dann fahren wir zu Maria hinaus.«

»Wo treffen wir uns?«

»Nimm den Bus zu McDonald's am oberen Ende der Hauptstraße, in der Nähe des Bahnhofs, wo wir ankamen.«

»Hmm ... Ich esse nicht bei McDonald's. Als ich das letzte Mal in der Nähe von einem war, habe ich einen Stein ins Fenster geschmissen. Wahrscheinlich haben sie mein Bild im Computer.«

»Wann war das?«

»Bei den Protesten gegen die Globalisierung in Prag vor ein paar Jahren.«

Ich erinnerte mich undeutlich, daß sie bei meinem Besuch in Irland zu Weihnachten davon gesprochen hatte. In diesem Moment wurde mir klar, daß wir seit Deirdres Ankunft herzlich wenig miteinander gesprochen hatten. Ich wollte eigentlich, daß sie mich auf den neuesten Stand brachte, mir mehr von Bonnie und ihren Plänen für die Zukunft erzählte. Aber der Aufenthalt in Chichen Itza und jetzt Kens Tod waren dazwischengekommen. Und nun war ich dabei, sie auf meiner Informationssuche in einer persönlichen Angelegenheit zum Haus einer Fremden zu schleifen. Ich beschloß an Ort und Stelle, am Abend mit ihr in ein gutes Restaurant in San

Miguel zu gehen, damit wir uns in Ruhe unterhalten konnten.

»Hör mal, Jessica, es würde dir doch nichts ausmachen, wenn ich direkt weiter nach Playa del Carmen fahre und die Fähre nehme, oder?«

Ich war froh, daß sie es ausgesprochen hatte. »Nein, das verstehe ich vollkommen. Aber heute abend gehen wir zusammen aus, und du bist eingeladen, ja?«

»Ich freue mich schon darauf«, sagte sie und klang erleichtert.

Das Taxi bog in eine Schotterstraße ein und hielt nach rund hundert Metern inmitten eines Haufens gackernder Hühner vor einer Hütte. Als ich ausgestiegen war, bemerkte ich einen Truthahn, der behutsam durch das dschungelartige Gestrüpp stolzierte, irgendwo weiter hinten unter den Bäumen grunzten Schweine, und eine Schar Kinder spielte Verstecken zwischen der Kleidung, die zum Trocknen neben der Hütte hing.

Kurz vor dem Rodungsgebiet, das Marrufo beschrieben hatte, hatten wir Cancun verlassen, aber als wir von der Hauptstraße abbogen, säumten in den Buschwald gesetzte Hütten und Eingeborenenbehausungen den Weg, manche mit den traditionellen schrägen Strohdächern aus Gräsern und Palmenblättern, andere mit Flachdächern, alle zur Vorderseite hin offen, so daß ich beim Vorüberfahren hineinsehen konnte. Fernsehgeräte flackerten, Hängematten spannten sich quer durch den Raum, in ihnen lagen oder saßen Leute, und auf Altären für die Jungfrau von Guadeloupe brannten Andachtslichter.

Während die Kinder in einer Reihe dastanden und mich anstarrten, kam aus der Hütte eine junge Frau, die ein Baby in einem Tuch auf Hüfthöhe trug. Sie war mit einem knappen schwarzen Minirock und einer enganliegenden weißen Bluse bekleidet. Ihr Lippenstift hatte dieselbe Farbe wie die leuchtendrote Hibiskusblüte in ihrem schwarz glänzenden Haar.

»Maria?« fragte ich, wußte aber, daß sie zu jung war. Das Baby, ein kleines Mädchen mit dunklen Augen, war so wunderschön, daß ich den Blick nicht von ihm wenden konnte.

»Ah ... si«, sagte die junge Mutter, und rief dann: »Mama!«

Eine grauhaarige Frau kam aus der Hütte. Sie trug ein *huipil*, frisch, weiß und mit einem bunten Blumenmuster bestickt. Ihre Füße steckten in roten Plastiksandalen. Sie war sehr klein, mit einer hohen Taille und einem Gesicht, das ein bißchen zu groß für den Körper zu sein schien, was durch den kurzen Hals noch verstärkt wurde – ein keineswegs ungewöhnliches Aussehen unter den Maya.

Die junge Frau sagte in der Mayasprache etwas zu ihrer Mutter und ging mit ihrem Baby wieder nach drinnen.

»Me llamo Jessica«, sagte ich. »Señor Arnold –«

»Ah, Jessica.« Ihr Gesicht hellte sich auf. Sie machte Schwimmbewegungen mit Händen und Armen. Ken hatte ihr offenkundig von mir erzählt. Hieß das, er hatte Maya mit ihr gesprochen, ohne mir je zu verraten, daß er die Sprache beherrschte? Denn wie sich bei meinem Versuch einer Unterhaltung mit Maria herausstellte, verstand sie kaum Spanisch.

Mit einer Mischung aus Worten und Gesten gelang es mir schließlich, ihr den Grund meines Besuchs begreifbar zu machen: Sie sollte mir beschreiben, in welchem Zustand sie Ken vorgefunden hatte.

Als erstes erfuhr ich, daß sie drei Vormittage in der Woche zu Ken nach Hause kam, um sauberzumachen. Am Morgen nach seiner Rückkehr aus Chichen Itza lag er im Bett, fühlte sich äußerst unwohl und zeigte auf Schwellungen in seinem Gesicht, die er offenbar mit einem bestimmten Wort bezeichnete.

»*Boro*«, wiederholte Maria, was sie gehört hatte.

»*Boro?*« Das Wort sagte mir nichts.

Sie legte die Daumen aneinander und machte mit den Fingern eine Flatterbewegung. Dann deutete sie mit dem Zeigefinger auf ihre Wange, machte mit der anderen Hand eine Faust und schlängelte den Finger zwischen Daumen und Zeigefinger heraus. Ich hatte keine Ahnung, was sie ausdrücken wollte.

Als sie zwei Tage später wieder erschien, lag er ausgestreckt auf dem Bett, und im ersten Moment dachte sie, er sei tot.

Ich fragte, warum sie das geglaubt habe. Sie schnitt ein Gesicht, zog den Mund nach unten und drückte ihre Wangen ein. »*Flaco?*« riet ich und meinte dünn.

Maria suchte stirnrunzelnd nach dem spanischen Wort, das sie brauchte. »*Calaca*«, sagte sie schließlich.

»*El Dia de los Muertos?*« erwiderte ich.

»*Si, si*«, entgegnete sie begeistert und stand mit angelegten Armen da, den Hals steif wie ein Zombie.

Calaca war der Begriff, der bei den Ritualen am Totentag benutzt wurde, um ein Bild des Sensenmannes, des Todes selbst, zu beschreiben.

Dann stieß sie mir ein paarmal den Zeigefinger in Wangen und Stirn, um auf irgend etwas hinzuweisen, was die Male oder Schwellungen betraf, und verwandte dazu Worte, die ich nicht begriff. Sie überlegte einen Moment, ging dann zurück in ihr Haus und kam kurz darauf mit dem grellroten Lippenstift ihrer Tochter wieder heraus. Sie malte sich mit dem Stift runde Flecken auf Wangen, Hals und Stirn.

Binnen zwei Tagen war Ken Arnold also fast zum Skelett abgemagert, die Haut von blutigen Wunden entstellt.

15 Um fünf Uhr begann es heftig zu regnen, und als wir uns drei Stunden später anschickten, die Wohnung zu verlassen, goß es immer noch. An mehreren Stellen im Haus tropfte Wasser von der Decke, darunter an einem Beleuchtungskörper im Wohnzimmer, was Deirdre beunruhigend fand. »Du könntest durch einen Stromschlag umkommen, du mußt das reparieren lassen.«

Ich lachte. Ich lebte lange genug auf Cozumel, um zu wissen, daß man undichte Häuser hier einfach hinnahm; nach Ansicht der Leute regnete es nicht so häufig oder anhaltend, daß es sich gelohnt hätte, Gebäude dagegen zu sichern. Als ich andererseits zu Weihnachten in Irland war, schien es die ganze Zeit zu regnen. Aber dort war das Klima natürlich feucht, und man baute entsprechend.

Den nächsten Kulturschock erlebte Deirdre, als wir im Taxi zum Restaurant fuhren und mehrere überflutete Straßen durchpflügen mußten, wobei Wasser unter den Türen eindrang; damit nicht genug, tropfte es vom Dach auch noch auf ihren Platz auf dem Rücksitz. Sie versuchte dem Wasserfluß mit Papiertaschentüchern Einhalt zu gebieten, die sich prompt vollsaugten und ihr klatschend in den Schoß fielen. Deirdres Reaktion war typisch für ihren sarkastischen Humor – sie bat mich, den Fahrer zu fragen, ob er die Spezialeffekte extra berechnete.

Während wir einen weiteren Tümpel umfuhren, fragte sie: »Wenn es an einem verregneten Abend schon so aussieht, was passiert dann bei einem Hurrikan?«

»Bei einem Hurrikan geht man einfach nicht raus, weil die Gefahr besteht, von umherfliegenden Trümmern verletzt zu werden. Deshalb bringen wir auch sturmfeste Läden an den Fenstern an. Und ... ach ja, wir kaufen massenhaft Moskitoabwehrmittel.«

»Wieso das?«

»Das größte Problem ist, daß der elektrische Strom ausfällt, und damit auch die Klimaanlagen. Dann lassen wir die Fenster Tag und Nacht offen, und so kommen jede Menge Fliegen und Insekten ins Haus. Der letzte große Stromausfall dauerte eine ganze Woche.«

»Aha, das erklärt die vielen Kerzen in der unteren Schublade.«

»Und die Reservedosen mit Thunfisch, die getrockneten Bohnen und Cracker – wenn ein schlimmer Sturm im Anmarsch ist, räumen sie in den Läden die Regale leer.«

»Hmpf.« Deirdre gab auf dem Rücksitz ein abfälliges Geräusch von sich.

Ich drehte mich um. »Was hast du?«

»Thunfisch? Nicht zu fassen, daß du den fortgesetzten Raubbau an den Thunfischbeständen unterstützt.«

Ich krümmte mich innerlich. Sollte ich den Versuch einer Verteidigung machen, indem ich darauf hinwies, daß es sich nicht um Blauflossenthunfisch handelte? Lieber nicht. »Na ja ... äh ...«

»Es widert mich an, wenn ich sehe, wie sie auf dem Tokioter Fischmarkt für riesige Summen versteigert werden. Diese wunderschönen Fische. Aber eines Tages, Jessica ...« Sie sah mich wissend an.

Ich hatte keine Ahnung, worauf sie hinauswollte. »Was wird eines Tages sein?«

»Eines Tages wird es keinen Thunfisch mehr geben.«

»Ja, du hast ja recht ... ah, wir sind da.«

Ich war ein wenig verlegen. Das Thema geplünderter Fischbestände tauchte zur Unzeit auf, da sich das *La Isla,* in dem ich einen Tisch für uns reserviert hatte, eines umfangreichen Fischangebots rühmte.

Ich hatte um einen Tisch auf der rückwärtig gelegenen Terrasse gebeten, weil die zur altmodischen Atmosphäre des Lokals beitrug. Wegen des Regens fragte man uns jedoch, ob wir tatsächlich dort sitzen wollten. Ich war geneigt, einen Platz im Innern vorzuziehen, aber Deirdre sah sich rasch draußen um, kam zurück und sagte: »Es ist tadellos.«

Ich verstand, daß es ihr gefiel, auch wenn es sie theoretisch hätte abstoßen müssen. Trotz des Regens war der Abend mild, die Terrasse lag gut geschützt, und der beleuchtete Garten erinnerte mit seinem üppigen Laubwerk und den im Regen schwankenden Blumen an den Blick von einer kolonialen Hazienda.

Ein Kellner half uns in Rattansessel an einem schmiedeeisernen Tisch mit weißer Stoffdecke. Hinter uns schimmerte es durch puderblaue Jalousienfenster gelblich von den Kerzen, die auf den Tischen im Restaurant brannten.

Als wir die Speisekarten gereicht bekamen, hielt ich es für angeraten, das Gespräch vom Thema Thunfisch wegzulenken.

»Na, und in welcher Phase ist Bonnie gerade?« An ihrem dreißigsten Geburtstag hatte Deirdre beschlossen, vor Ablauf des nächsten Jahres ein Kind zu bekommen. Die Frage, wer der Vater sein sollte, war als nebensächlich abgetan worden. Tatsache war, daß sie ihr Ziel erreicht hatte, und nach meinem Eindruck wünschte sie keine weiteren Fragen nach dem Samenspender.

»Wie alle Zweijährigen, würde ich sagen«, erwiderte sie ohne große Begeisterung und ließ den Blick über die Speisekarte wandern.

Der Kellner brachte Wasser an unseren Tisch, und während

Deirdre ihn nach dem Tagesfang ausfragte, bei dem es sich hoffentlich nicht um Thunfisch handelte, versuchte ich, die Speisekarte zu lesen. Ich hatte schon lange vermutet, ein Baby zu bekommen sei Deirdres Art gewesen, einzugestehen, daß sie ihre Selbstbezogenheit überwinden müsse. Und bei meinem Besuch in Irland sah ich tatsächlich Anzeichen dafür, daß sie in einem Leben aufging, das nicht nur aus ihr selbst und ihrem Zwillingsbruder bestand. Aber vielleicht hatte sich die Neuheit bereits abgenutzt.

Welcher Art der Tagesfang auch war, Deirdre bestellte ihn und dieselbe Vorspeise wie ich. Während der Kellner meine Bestellung aufnahm, sah ich, daß meine Freundin auf der Unterlippe kaute und offenbar mit einer Gefühlsregung kämpfte. Als er gegangen war, sagte sie: »Wie alle Zweijährigen hält Bonnie die Welt für einen wundervollen Ort. Aber ich weiß, daß sie das nicht ist, und wenn wir nichts unternehmen, wird es sie nicht einmal mehr *geben*, bis Bonnie so alt ist, wie wir jetzt sind.«

»Aber wenn du davon überzeugt bist, wieso hast du das Kind dann bekommen?«

»Weil ich glaube, daß sich tatsächlich alles ändern wird.«

»Ich bin froh, daß du das immerhin auch sagst. Aber denkst du wirklich, die Anti-Globalisierungsbewegung wird etwas erreichen?«

Sie nickte. »Allerdings haben wir nichts mehr damit zu tun.« Nach Greenpeace hatte Deirdre sich mit Dermot zusammengetan, um in verschiedene Weltstädte zu reisen, in denen Wirtschaftsgipfel stattfanden.

»Ich weiß, daß du deine Protestaktivitäten eingestellt hast, als du Bonnie bekamst, aber wann ist Dermot von Bord gegangen? Ich kam Weihnachten gar nicht dazu, mich mit ihm zu unterhalten.«

»Er war noch aktiv bis zu der Zeit, als die Zapatisten nach Mexico City marschierten. Das hat ihn wirklich beeindruckt.« Sie bezog sich darauf, daß man die Führer verschiedener ethnischer Gruppen, die ihre Grundrechte einforderten, in die Hauptstadt eingeladen hatte, damit sie ihre Sache direkt dem Kongreß vortragen konnten.

»So sehr, daß er seinen Protest aufgab?« Ich vermochte der Logik nicht zu folgen.

»Er sah es als Beweis dafür, daß die Protestbewegung tatsächlich auch zu einer Sache der Eingeborenen geworden war, und er war überzeugt, ihre Stimme besaß mehr Gewicht.«

»Das verstehe ich irgendwie. Interessant, daß ihn ausgerechnet Mexiko bekehrt hat.«

»Bekehrung ist nicht ganz das Wort, das ich benutzen würde. Obwohl es vermutlich eine Parallele zum heiligen Paulus gibt, wenn ich darüber nachdenke. Beim Zug der Zapatisten hat er nämlich Tracy kennengelernt.«

»Dann kam er damals sogar nach Mexiko?«

»Ja, wie Tausende andere, die den Subcomandante Marcos bewunderten.«

»Und war Tracy da bereits in der Reisebranche?«

»Ja, sie hatte ihre eigene Agentur. Trekkingurlaub in Bolivien, Tauchen im Blue Hole auf den Bahamas und so weiter.«

»Ich bin nie auf den Bahamas getaucht.«

»Ich auch nicht.«

»Blaue Höhlen hören sich interessant an – ein bißchen wie Zenoten, aber mit Öffnungen zum Meer.«

»Ja? Wenn es dich interessiert, kannst du ja etwas mit Dermot vereinbaren.«

Unser Kellner brachte einen Korb Brot und legte das Besteck bereit.

»Wie ging es dann weiter – mit Dermot und Tracy, meine ich.«

»Ungefähr ein Jahr lang haben sie einander täglich E-Mails geschrieben. Und dann, eh man sich's versah, waren sie verheiratet und haben als Partner im Familienunternehmen in Miami gearbeitet.«

Ich hörte einen mißbilligenden Tonfall heraus, den Widerhall einer negativen Bemerkung, die sie am Tag zuvor über die Tätigkeit ihres Bruders fallengelassen hatte. Jetzt fragte ich mich, ob Deirdre vielleicht seine Partnerin nicht mochte oder ob es sogar Eifersucht war.

Während ich darüber nachdachte, wurden unsere Vorspeisen serviert. Ich hatte für uns *ceviche* bestellt, marinierte Meeresfrüchte mit Zwiebeln, Chilis und Cilantro.

»Was hast du als Hauptgang?« fragte Deirdre.

»Shrimps, und du?«

»Einen Fisch namens Mani-mani, nie gehört, aber ich dachte, ich probier ihn mal.«

Vielleicht handelt es sich um eine gefährdete Art, und der Gedanke ist dir gar nicht in den Sinn gekommen, dachte ich bösartigerweise.

Nachdem sie ihre erste Gabel voll *ceviche* in den Mund geschoben hatte, lehnte sich Deirdre zurück und holte tief Luft. Ich wußte, sie kämpfte innerlich mit einer Frage an mich. Und da ich spürte, worum es ging, zeigte ich auf ein Sommerhaus, das so beleuchtet war, daß es den Anschein hatte, als hinge es in den Bäumen am Grund des Gartens. »Hübsch, was?« sagte ich.

16 »Der Tod deines Freundes hat bestimmt Erinnerungen wachgerufen«, drängte Deirdre unbeeindruckt weiter. »Ist es sehr schlimm für dich?«

Sie hätte pflichtschuldig nachfragen können, anstatt echte Sorge auszudrücken. Aber Deirdre hatte ein feines Gespür für mein Gefühl, was Manfred betraf, und das lag teilweise daran, daß er in ihren Augen ein namenloser Held war, jemand, so konnte man behaupten, der in einer der kleinen Schlachten im laufenden Kampf um die Rettung unseres Planeten gefallen war.

»Du meinst Manfred? Ja, ich habe auch an ihn gedacht.« Aber in dieser Sache war ich so durcheinander, daß ich nicht einmal mit ihr darüber sprechen konnte. »Schmeckt gut, nicht?« sagte ich und hob eine Gabel voll *ceviche* hoch.

In diesem Augenblick kam ein Quartett älterer Herrschaften, die an einem Tisch direkt bei der Tür gespeist hatten, nach draußen, um sich den Garten anzusehen, bevor sie gingen.

»Werft noch einen letzten Blick auf festes Land, ihr werdet einen ganzen Tag lang keines sehen«, sagte einer der Männer laut zu seinen Kollegen.

»Ich fürchte, die Drinks an Deck fallen heute aus«, steuerte eine der Frauen mit sanfter Stimme bei. »Es regnet immer noch.«

Sie gingen wieder nach drinnen.

»Kreuzfahrtpassagiere«, sagte ich. »Sie kommen für einen halben Tag oder vielleicht eine Übernachtung nach San Miguel.«

»Ich habe die Schmuck- und Souvenirläden überall an der

Hafenfront gesehen«, erwiderte Deirdre, »und mich gewundert, warum sie an der Front so breit sind. Offenbar sind sie darauf ausgerichtet, den plötzlichen Kundenstrom zu befriedigen, wenn ein Schiff anlegt.«

»Das stimmt. Es erinnert mich immer an eine Filmkulisse – eine lange Reihe von protzigen Läden und Hotels, aber das ist nur Fassade. Dahinter ist der Ort eine richtige mexikanische Stadt mit echten mexikanischen Menschen, die ihren täglichen Aufgaben nachgehen.«

»Auf mich wirkt er wie eine sonnigere Version von Irland in der Zeit, als meine Mutter groß wurde – Fahrräder und alte Klapperkästen von Autos in den Straßen, Telegrafenmasten, an denen Stromleitungen hinaufführen, Statuen von Christus und der Heiligen Jungfrau in den Häusern. Habe ich dir erzählt, daß ich mit Alfredo in Chankanaab war –«

»Um dir den Rücken massieren zu lassen«, warf ich ein.

»Eifersüchtig, was?« sagte sie lachend. »Jedenfalls fand ich es lustig, wie sie dort alle möglichen Statuen auf dem Meeresgrund versenkt haben.«

»Mal sehen, ob ich sie alle zusammenbekomme: eine Christusfigur mit ausgestreckten Armen, eine sehr beeindruckende Skulptur, von Jacques Cousteau gestiftet … dann noch eine Marienstatue, die Muttergottes von Guadeloupe, glaube ich, und dann gibt es noch eine dritte, und zwar …« Sie fiel mir nicht mehr ein.

»Eine von diesen liegenden Skulpturen. Eine Mayagottheit, glaube ich.«

»Ah ja, ein Chakmool, du hast recht.« Ich schauderte, als ich an meine Reaktion auf den Chakmool in Chichen Itza dachte.

»Es war ein verrückter Anblick, wie sie da unten standen und überall Fische um sie herumschwammen«, sagte Deirdre. »Woher diese Tradition wohl kommt?«

»Es gibt auch eine Christusstatue auf dem Meeresgrund bei Key Largo.«

Deirdre fuhr zusammen, als hätte ihr jemand einen Eiswürfel in den Kragen gesteckt.

»In Florida«, fügte ich hinzu.

»O ja, natürlich ... Tut mir leid, gerade ist jemand über mein Grab gelaufen.« Sie bemerkte meinen verwirrten Gesichtsausdruck. »Das sagt man bei mir zu Hause, wenn einen ohne Grund ein Schauder überfällt.«

»Wie unheimlich. Jedenfalls ist die Statue in Florida, soviel ich weiß, die Kopie von einer, die sich bei Genua in Italien befand. Vielleicht geht der Brauch auf die Römer zurück ... Statuen im Meer zu versenken, meine ich.«

»Mhm.« Deirdre hatte das Interesse an dem Thema verloren.

Mir fiel noch etwas ein, das mit Florida zu tun hatte. »Übrigens habe ich im *Miami Herald* eine Notiz gelesen, die dich interessieren dürfte. Über Goldberg. Anscheinend hat er eine Fernsehsendung über eine Sonnwendveranstaltung auf einer jungsteinzeitlichen Grabstätte bei Dublin gemacht.«

»Newgrange, oder?«

»Genau.«

»Stand drin, wann das war?«

»Nein, nur daß es sich um eine Veranstaltung zur Sonnenwende handelte.«

»Hmmm ... Wahrscheinlich Sommersonnenwende. Die aufgehende Sonne erleuchtet die Kammer im Innern. Fruchtbarkeitszeug. Kann mich allerdings nicht erinnern, daß Goldberg je dort war.«

»Vielleicht bist du zu der Zeit gerade in Prag auf das M von McDonald's geklettert«, scherzte ich.

»Die Sache war gar nicht lustig«, erwiderte sie knapp.

»Denn nach dem, was sie 99 mit den Demonstranten in Seattle gemacht hatten, wußten wir, daß es von nun an kein Honigschlecken mehr sein würde. Die andere Seite langte hart zu, wir aber auch.«

Die O'Kellys hatten ihre Familientradition in Sachen Radikalismus von einem Großvater geerbt, der beim Osteraufstand von 1916 gekämpft hatte. Zu ihrer lebenden Verwandtschaft zählte ein Onkel, der Priester und ein früher Verfechter der Befreiungstheologie war und ein Jahr lang in Pinochets Chile im Gefängnis gesessen hatte. Von dort war er nach Kolumbien gegangen, wo er von Aktivisten beider Seiten häufig bedroht und geschlagen wurde, bevor er nach Irland heimkehrte und sich zur Ruhe setzte. Und ein Cousin der beiden war ein ehemaliger Kommandant der IRA, der eine große Rolle bei der Unterstützung des Karfreitagsabkommens für Nordirland durch die IRA gespielt hatte. Dieser Hintergrund, zusammen mit einer Erziehung, die ihr gestattete, ihren Launen nachzugeben, ohne hart für ihr Auskommen arbeiten zu müssen, begründeten Deirdres gelegentlich wirre Ideologie.

Unser Hauptgang wurde serviert, während sie ein wenig abschweifte und von ihren Beobachtungen bei den Busfahrten von und nach Cancun erzählte, wobei sie sich über die Diskrepanz zwischen dem Lebensstil ausließ, der sich eine Spielwiese wie Cancun leisten konnte, und den Lebensbedingungen der Menschen, deren billige Arbeit ihn erst ermöglichte. Zu meiner Erleichterung schien sie Manfred vergessen zu haben.

»... wie das Dienstmädchen, von dem du mir erzählt hast, wie hieß es gleich noch? Maria. Können sich ihre Enkelkinder nur auf dasselbe Leben freuen?« Deirdre sah mich eindringlich an, und ich begriff, daß ich den vorausgegangenen Teil ihrer Tirade überhört hatte. Ich mußte sie ohnehin davon abbringen, ein Paar am Nachbartisch schaute uns bereits komisch an.

»Ich glaube, da wird etwas vertuscht«, sagte ich.

»Was? Du meinst die Sache mit deinem Freund Ken?« Ihre vorherige Frage war offenbar rein rhetorisch gewesen, denn sie schwenkte rasch auf das neue Thema ein. »Weil die Beisetzung so ruckzuck stattfand?«

»Nicht nur das. Sie lassen auch alles so normal aussehen. Die Klinik, das Anwaltsbüro. Es ist wie eine Fassade. Wie das San Miguel, das die Kreuzfahrtpassagiere zu sehen bekommen.«

»Aber was könnte dahinterstecken?«

»Vielleicht hat er sich beim Tauchen in Chichen Itza mit etwas angesteckt, und sie wollen nicht, daß es publik wird.«

»Du meinst eine Art Verseuchung? Aber du warst auch drin.«

»Er hatte ein Problem mit seiner Taucherbrille. Das heißt, seine Augen waren dem Wasser direkt ausgesetzt, meine nicht. Aber das ist noch nicht alles. Dr. de Valdivia erkundigte sich hinterher nach unserem Befinden. Ich dachte damals, er meint etwas völlig anderes.«

»Hmm ... das klingt wirklich verdächtig.«

»Ich würde gern ein paar Nachforschungen anstellen. Nur um meine Neugier zu befriedigen. Kann ich auf deine Hilfe zählen?«

»Ganz zu deiner Verfügung. Wo willst du anfangen?«

»In der Klinik. Mal angenommen, Kens Schwester würde aus den Staaten eintreffen und dort auftauchen?«

»Kens Schwester?«

Ich blinzelte Deirdre zu.

Sie verstand sofort. »Du meinst Eleanora Greenspan?«

Ich nickte und lächelte. Es war eine Rolle, die sie einmal

gespielt hatte, als wir bei Greenpeace arbeiteten und uns in eine Konferenz über genmanipulierte Nahrungsmittel hineinschwindeln mußten. Zu der Rolle gehörte, daß sie ihr Haar hochsteckte, ein Kostüm trug und einen nasalen, aristokratischen Quengelton annahm, der an Katharine Hepburn erinnerte. Und daß die Wahrheit dem Interesse der Gerechtigkeit ein wenig angepaßt wurde.

Ein Gecko auf Fliegenjagd lief ins Innere eines kugelförmigen Lampenschirms auf der Verandatreppe, und sein übergroßer Schatten fiel auf die riesigen Blätter eines nahen Baumes.

»Das ist eine neuerliche Unterbrechung deines Urlaubs«, sagte ich, »aber ich verspreche, ich mache es wieder gut.«

»Ach was, das wird ein Spaß. Und ich tue es nur unter der Bedingung, daß du dich gänzlich aus der Sache heraushältst. Ich fahre morgen zur Klinik nach Cancun, stelle sie zur Rede und verlange jede kleinste Information, die sie haben. Und ich rühre mich nicht vom Fleck, ehe sie mir alles gesagt haben.«

In der Klinik würden sie feststellen, was ich bereits wußte – daß Deirdre manchmal sehr einschüchternd wirken konnte.

Im restlichen Verlauf des Mahls entwickelten wir eine Strategie für den Umgang mit Dr. Flores. Dazu rief ich mir möglichst viel über Kens Aussehen, Gewohnheiten und über seine Krankengeschichte ins Gedächtnis, damit Deirdre die Ärztin mit wissenschaftlichen Details blenden konnte, falls sie von Eleanoras Referenzen überzeugt werden mußte.

17 Kathy Lavernes Bananen-Nuß-Brot war so gut, daß ich lange Pausen zwischen meinen Besuchen bei ihr einlegen mußte, um nicht dick davon zu werden. Und ich verließ sie nie ohne ein paar Laibe für die Tiefkühltruhe. Die Bananenbäume wuchsen hinter ihrem Haus und schienen unablässig Früchte hervorzubringen.

Ich saß unter dem Sonnendach ihrer Terrasse, vor mir eine Tasse dampfenden schwarzen Kaffees und einen Teller mit ihrem frischgebackenen Brot. Kathy war im Haus und telefonierte mit einem Interessenten für die Ferienhäuser, die sie vermietete. Am Ende des Gartens glitzerte ein kleiner Swimmingpool in der Morgensonne. Die Wand dahinter schmückte roter Hibiskus, in dem ein blaugrün schillernder Kolibri schwebte oder hin und her sauste. Am Rand des Pools zankten sich zwei große Stärlinge lärmend um ein Stück Brot.

Aus der Tatsache, daß es noch nicht von Ameisen verspeist worden war, folgerte ich, daß das Brot erst vor kurzem dorthin gefallen war. Ich schien nun alles mit einem detektivischen Blick für die kleinste Einzelheit zu betrachten. Ich lächelte bei dem Gedanken, wie Deirdre und ich uns in ein Detektiv-Team verwandelten.

Sie hatte um 8.30 Uhr in der Clinica Cancun angerufen und auf einem Termin mit Frau Dr. Flores noch am selben Tag bestanden. Flores' Sekretärin kapitulierte vor Eleanora Greenspans überlegener Feuerkraft und schob sie für zwei Uhr nachmittags in den Terminplan ein. Damit Deirdre ihrer Rolle entsprechend aussah, hatte ich mir von Kathy ein zweiteiliges Kostüm geborgt, nachdem ich sie angerufen und ihr von Kens Tod und unserem Vorhaben erzählt hatte. Als ich bei ihr vorbeischaute, um die Sachen zu holen, bekundete sie noch einmal ihre Anteilnahme an Kens Ableben und schlug vor, ich solle Alfredo auf den Tauchclub aufpassen lassen und zum Plaudern wiederkommen, wenn ich Deirdre an der Fähre abgesetzt hatte.

Als dann das Telefon läutete, entschuldigte sie sich. »Das könnte ein Weilchen dauern ... ein neuer Kunde. Es macht dir doch nichts aus?«

Die Unterbrechung durch das Telefon bot mir die Gelegenheit, in relativer Einsamkeit über die Geschehnisse der letzten Tage nachzudenken. Und ich fühlte, Kathy hatte diese Pause für mich absolut eingeplant.

Es war nicht meine erste Erfahrung mit dem Tod einer Person, die mir nahestand. Meine Großeltern beiderseits waren verstorben, als ich noch ein Kind war. Aber als Erwachsene war mir der Verlust eines geliebten Menschen bis zu meinem fünfundzwanzigsten Geburtstag erspart geblieben. An diesem Tag erwartete ich einen Anruf via Satellit von den Hängen des Mount Everest, mit einem Geburtstagsgruß vom »Dach der Welt«. Der Anruf kam, aber es war nicht Manfred, der sich am anderen Ende meldete.

Mein ernster, komischer, gewissenhafter und doch unbeschwerter Manfred hatte sich einer Expedition angeschlossen, die den Müll wegräumte, den Bergsteiger in Jahrzehnten am Everest hinterlassen hatten – hauptsächlich verbrauchte Sauerstoffflaschen, alte Kocher und Generatoren und weggeworfene Kletterausrüstung. Der abgelegenste und unverfälschteste Ort der Erde war langsam zu einer riesigen Müllhalde geworden.

Es handelte sich um keine Greenpeace-Expedition, sie war jedoch aus Diskussionen entstanden, an denen wir beide als Mitglieder teilgenommen hatten. Die nötigen Mittel trieb

Manfred hauptsächlich in Deutschland auf. Und die sich da auf den Weg nach Nepal machten, waren nicht einfach ein Haufen wohlmeinender Abfallsammler. Es waren ernsthafte Bergsteiger, die sich der Gefahr bewußt waren – einige hatten zuvor bereits selbst den Gipfel bestiegen. Aber diesmal besuchten sie vor allem die Standorte von Basislagern zwischen fünf- und sechstausend Höhenmetern, um die krassesten Schandflecke entlang der Route zu beseitigen. Es war eine mühsame Arbeit, in Gruppen schleppten sie schwere Lasten die Hänge hinab zu Schlitten, mit denen sie das Zeug dann zu einer in die eisenharte Erde gegrabenen, vorübergehenden Müllhalde beförderten. Die nepalesischen Behörden hatten ihnen zugesichert, daß das Metall dem Recycling zugeführt würde, wenn nach einer Reihe von Jahren genügend Schrott gesammelt sei. Und Manfred hoffte, daß sie eines Tages in der Lage sein würden, die weggeworfenen Sauerstoffflaschen zu entfernen, mit denen der South Col übersät war, in achttausend Metern die höchstgelegene Müllkippe der Erde.

An ihrem dritten Tag am Everest gerieten Manfred und drei andere auf dem Rückweg von einem höher gelegenen Lagerplatz in einen Schneesturm. Bei zunehmend schlechteren Bedingungen verloren sie einander aus den Augen. Zwei kamen heil zurück, aber Manfred wurde nie mehr gesehen, vom Berg verschluckt, um in ewiger Jugend erstarrt zu bleiben.

Ich hatte keinen Leichnam, den ich halten, keine Stirn, die ich küssen, kein Grab, vor dem ich stehen konnte. Das verband mich mit all den Fischerfamilien, deren Söhne und Männer die See geraubt hatte, mit den Kriegswitwen, deren Partner nie mehr nach Hause kamen.

Und nun war mir Ken Arnolds Leichnam entrissen worden, und sei es auch unter vollkommen anderen Umständen –

aber die Wirkung auf mich war ähnlich. Und ich war überzeugt, er hatte das nicht beabsichtigt. Er wußte, daß ich ihn liebte wie den Bruder, den ich nie hatte, wie den Vater, als den ich mir meinen eigenen gewünscht hätte.

Ich hatte meine Eltern an dem Morgen angerufen, als ich von Kens Tod erfahren hatte, aber es hatte sich nur der Anrufbeantworter gemeldet. Da ich seither nichts von ihnen gehört hatte, waren sie wahrscheinlich nach West Virginia gefahren, um sich die Pracht des Herbstlaubs anzusehen. Seit sich Dr. Jack Madison vor fünf Jahren vorzeitig zur Ruhe gesetzt hatte, machten er und seine Frau Ruth daraus eine alljährliche Pilgerfahrt, wenngleich ich mich bisweilen fragte, wozu. Ich sah sie förmlich irgendwo in den Appalachen abseits der Straße parken, meine Mutter auf dem Fahrersitz, voller Begeisterung über die Landschaft, während mein Vater ein Kreuzworträtsel löste und gelegentlich ein »Ja, Schatz, sehr hübsch« einstreute. Von dieser Art nämlich war ihre Beziehung.

»Tut mir leid wegen der Störung, Jessica.« Kathy kam auf die Terrasse heraus. Rufus, ihr Labrador, rannte an ihr vorbei zum Pool hinab und bellte die Stärlinge an, die empört aufflogen und ihre typischen heiseren Rufe ausstießen.

Kathy war eine Frau Ende Fünfzig, mit dunklen Haaren und weichen Zügen; ihre Kinder waren erwachsen, ihr Mann vor fünf Jahren gestorben. »Ich habe eben mit ein paar Leuten gesprochen, die meine Anzeige im Internet gesehen haben. Sie sind sehr interessiert, aber auch nervös. Waren noch nie außerhalb der Staaten. Und die Nachricht von heute morgen hat sie nicht gerade beruhigt. Deshalb mußte ich mich etwas länger mit ihnen unterhalten.«

»Welche Nachricht?«

»Hast du es nicht gehört? Ein Bus voll amerikanischer

Studenten ist heute früh in der Nähe von Cancun entführt worden.«

Ich fuhr auf. »O mein Gott! Deirdre ist nach Cancun gefahren!«

»Mit der Fähre? Kein Grund zur Sorge. Das war auf dem Highway 180. Sie dürfte kaum in der Nähe gewesen sein.«

»Wahrscheinlich nicht. Du lieber Himmel! Was weißt du sonst über die Sache – wurden sie wegen Lösegeld entführt?«

»Davon sind sie in den Nachrichten ausgegangen, aber bis jetzt gibt es keine Lösegeldforderung und auch sonst kein Wort von der Bande, die den Bus gestürmt hat. Nach Aussage von Zeugen waren sie wie Paramilitärs gekleidet.« Das hatte in Mexiko oder Zentralamerika allerdings wenig zu bedeuten, wo sich Kidnapperbanden häufig als Freiheitskämpfer maskierten.

»Woher kamen die Studenten?«

»University of Houston. Anscheinend ist die Basketballmannschaft mit ein paar Anhängern zu einer kurzen Demonstrationstour an Colleges in Mérida und Valladolid herübergekommen. Sie waren gerade auf einem Tagesausflug nach Cancun, danach wollten sie zurückfliegen.«

Mein Handy läutete, und ich griff sofort danach.

»Hallo, ich bin's«, sagte Deirdre. »Ich komme gerade nach Cancun hinein –«

»Hast du von der Entführung dort gehört?«

»Entführung? Nein, ich bin noch im Bus. Soll ich aussteigen?«

»Nein, schon gut. Ich war nur beunruhigt, als ich es gehört habe. Aber wahrscheinlich handelt es sich um einen einzelnen Zwischenfall.«

»Ich werde die Augen offenhalten. Außerdem wollte ich dich etwas fragen …«

»Schieß los.«

»Ich wollte nur wissen, ob die Fähren zur vollen oder zur halben Stunde zurückfahren.«

Im Umfeld all der ernsten Dinge, über die ich die ganze Zeit nachgedacht hatte, war diese Frage so trivial, daß ich lächeln mußte.

»Zur vollen in beide Richtungen«, entgegnete ich. »Komm gesund und munter wieder.«

»Das werde ich, keine Angst.«

Ich legte das Telefon weg, während Kathy den Tisch abräumte.

»Diese Entführung wird die Spannungen noch verstärken, nicht?« sagte sie.

»Ich fürchte, ja«, antwortete ich. »Und das ist wahrscheinlich sogar beabsichtigt.« Die politischen Auswirkungen, die ein Anschlag auf einen Bus mit amerikanischen Studenten haben mußte, waren beängstigend.

Rufus kam von seiner Jagd auf die Vögel zurück, setzte sich schwer hechelnd vor mich und blickte zu mir herauf.

»Aber schau dich an, Rufus«, sagte ich, »dir ist es völlig egal, was passiert. Und vielleicht hast du recht.« Ich steckte ihm ein Stück Bananenbrot zu, als Kathy nicht hinsah.

Als ich im Pick-up zum Tauchclub zurückfuhr, schaltete ich einen lokalen Radiosender wegen Neuigkeiten von der Entführung ein. Die Dinge hatten sich vermeintlich positiv entwickelt, indem die Mehrzahl der Entführten, darunter der Trainer, wieder aufgetaucht waren: auf einem Dschungelpfad ein Stück abseits des Highway 180, nachdem die Bande sie freigelassen hatte. Weiter festgehalten blieben die fünf Spieler der Basketballmannschaft und drei Ersatzspieler. Die Kommentatoren folgerten daraus, daß sich die Bande auf

Preisverhandlungen für das ganze Team – die »Pumas«, wie sie hießen – vorbereitete, vielleicht mit dem College direkt. Ich interpretierte es jedoch anders. Vier mexikanische Studenten waren an der Grenze erschossen worden. Acht amerikanische Studenten befanden sich nun in Gefangenschaft. Wie du mir, so ich dir, und der Einsatz hatte sich verdoppelt.

Zwei Stunden später läutete im Laden das Telefon, als ich gerade einem Kunden bei der Auswahl eines neuen Tauchanzugs half.

»Deirdre für Sie«, sagte Alfredo, der soeben von einem Ausflug mit einer Gruppe Taucher zurückgekommen war.

Ich entschuldigte mich und bat Alfredo, sich um den Mann zu kümmern, der vorhatte, zum ersten Mal in einem von Cozumels Zenoten zu tauchen.

»Hallo, Jessica. Ich war gerade bei Dr. Flores, dem Ekel.«

»Und?«

»Soweit ich feststellen kann, sagt sie die Wahrheit.«

»Ach ja?«

»Ich erklär dir alles, wenn ich zurück bin. Mit der Fünf-Uhr-Fähre, wenn alles gutgeht. Holst du mich ab?«

»Klar. Ich bin da, wenn du ankommst.«

Ich legte das Telefon auf die Theke und empfand ... war es Enttäuschung? Nach einigem Nachdenken erkannte ich, daß es Erleichterung war. Eine Last fiel von mir ab. Und dafür war ich Deirdre dankbar.

18 Ich war mit ein paar Kunden beschäftigt, deshalb bat ich Alfredo, Deirdre mit dem Nissan Pick-up von der Fähre abzuholen.

Als sie etwa eine halbe Stunde später zurückkamen, war ich gerade im Eingang des Ladens und holte ein selbststehendes Schild herein, das eine Karte von Cozumels Riffen zeigte, und ich hörte die beiden reden, als sie an der Straße aus dem Pick-up stiegen. Deirdre hatte Alfredo offensichtlich von ihrem Onkel, dem Priester, erzählt, und wie er in den Händen des Pinochet-Regimes gelitten hatte.

»Ich glaube, dieser Onkel von dir war Marxist«, sagte Alfredo gerade, »aber ich bin mexikanischer *Nationalist*, verstehst du.«

»Aber du bist ein Maya. Warum solltest du loyal gegenüber Mexiko sein?«

»Weil die Völker Mexikos untereinander mehr gemeinsam hatten, als du denkst, einschließlich jener, die in den Gebieten lebten, die uns die Vereinigten Staaten weggenommen haben.«

Sie kamen durch den Torbogen und den asphaltierten Gehweg entlang, als ich das Schild in den Laden schleppte. Deirdre trug noch immer das marineblaue Kostüm, das ich von Kathy geborgt hatte.

»Mit genau diesem Argument haben uns die Briten früher dazu gebracht, in ihren Kriegen zu kämpfen«, sagte Deirdre mit Nachdruck. »Daß wir mehr mit ihnen gemeinsam hätten als mit ihren Feinden. Aber wichtiger ist in deinem Fall doch sicherlich, daß du reinrassiger Maya bist, aus einer Familie, in der es keine Mischehen gab.«

»Das stimmt. Deshalb können sie uns nicht ein Etikett wie Hispanio, Latino oder Mestize aufkleben, oder was sie sich als nächstes ausdenken. Tatsächlich haben sie uns bis vor kurzem einfach ›Indianer‹ genannt.«

»Und warum? Damit ihr euch unterlegen fühlt. Und zwar genau den Mexikanern, für die du kämpfen willst. So wie man uns als Paddys abgetan hat. Verstehst du, worauf ich hinauswill?«

Alfredo rang noch um eine Erwiderung, als ich wieder aus dem Laden kam.

»Hallo, Leute«, sagte ich fröhlich. »Das reicht erst mal. Die Welt spielt schon verrückt genug, auf euren Beitrag kann sie verzichten.«

»Du hast recht, Jessica«, sagte Deirdre, löste ihr Haar und schüttelte es aus. »Und ich bin so verschwitzt und klebrig, daß ich auf der Stelle eine Dusche brauche.« Sie verabschiedete sich von Alfredo und ging ins Haus.

»Hier wartet inzwischen ein kaltes Bier auf dich«, rief ich ihr nach, während sie die Treppe zur Wohnung hinaufging. »Wie steht's mit dir, Alfredo. Willst du ein Bier?«

»Nein, danke. Ich bin heute abend verabredet und habe mir überlegt ...«

»Ob du den Pick-up nehmen kannst? Sicher. Die Schlüssel hast du ja bereits. Bis morgen.«

Ich war froh, daß er sich wieder verabredete. Wenigstens blieb er nicht an Deirdre hängen.

»Wie sah sie aus, diese Frau Dr. Flores?«

Wir saßen auf der Terrasse, tranken Bier und schauten zu, wie die Sonne unterging. Deirde trug nur einen Bademantel.

»Ach, schwarzes Haar, das schon grau wird, straff nach hinten gebunden, ernstes Gesicht, frostiges Benehmen, kein Lächeln. Du kennst den Typ. Sie sind auf der ganzen Welt gleich.«

»Wie hat sie auf Eleanora reagiert?«

»Am Anfang gab sie sich gereizt. Dann erzählte ich ihr, wie wir es besprochen hatten, daß mein Mann und ich auf eine Bitte von Ken hin einen großen Betrag für das Herz-Reha-

Programm der Klinik spendeten. Darauf wurde sie die Freundlichkeit in Person, kann ich dir sagen.«

Ich lächelte über Deirdres Wagemut. »Und was hat sie über Kens Tod gesagt?«

»Daß es sich um gewöhnliches Herzversagen handelte. Sie sagte, die medizinischen Unterlagen meines Bruders würden ihnen vorliegen. Er hatte Ischämie am Herzen, und letztes Jahr wurde eine Angiographie bei ihm gemacht, die zeigte, daß sich die Gefäße rund um das Herz zunehmend verengten; man riet ihm, das Rauchen aufzugeben und sich gesünder zu ernähren. Sein Tod überraschte sie nicht im geringsten, wie Dr. Flores voller Mitgefühl meinte.«

»Haben sie eine Autopsie durchgeführt?«

»Sie sagte, dafür bestand kein Anlaß, da die Umstände, unter denen er aufgefunden wurde, nicht ungewöhnlich waren. Genauso wenig wie seine äußere Erscheinung.«

»Obwohl er wie ein Skelett aussah? Das Gesicht von blutigen Wunden übersät? Wem will sie das einreden?«

»Sie war eisenhart. Sie sagte, bei einem Schlaganfall können die Gesichtszüge verzerrt, der Mund zu einer Grimasse nach unten gezogen werden. Und die Haut wird sehr blaß, was jede Unreinheit überdeutlich hervortreten läßt.«

»Unsinn! Ich glaube, Maria hätte den Unterschied bemerkt.«

»An diesem Punkt wollte ich schon die medizinischen Kenntnisse von Dr. Flores in Frage stellen. Aber dann zog sie ihr As aus dem Ärmel – den Totenschein.«

»Hast du ihn gelesen? Oder noch besser, hast du eine Kopie davon bekommen?«

»So ähnlich. Sie sagte, sie brauche einen juristischen Beweis, daß ich die nächste Verwandte sei, und ob es mir etwas ausmache, wenn sie den Anwalt Marrufo anriefe, um es über ihn laufen zu lassen. An diesem Punkt fand ich, es sei an der Zeit, mich aus der Sache herauszuwinden, deshalb antwortete ich, ich wäre vollauf zufrieden, wenn ich den Totenschein lesen und mir seinen Inhalt notieren dürfe.« Deirdre reichte mir ein Blatt aus ihrem Notizbuch: CAUSA DE MUERTE – PARO CARDIACO.

Todesursache – Herzversagen. Klar und einfach. Unkompliziert. Überzeugend.

»Tja, sieht so aus, als hätte ich mich getäuscht«, sagte ich seufzend. »Und weißt du was, ich bin sogar irgendwie erleichtert. Danke, daß du das für mich getan hat, Deirdre. Mir wird jetzt erst klar, daß ich das nicht durchgestanden hätte.«

»Kein Problem. Und auch wenn es schwerfällt, du mußt diese Sache jetzt abschließen.«

»Ist mir klar.«

»Und um das gewissermaßen zu begießen, gehen wir jetzt in der Stadt aus. Kein schickes Essen, nur jede Menge Drinks und wir zwei wilde Weiber.«

»Ich dachte, du hättest vorgestern abend schon genug getrunken.«

Aber Deirdre war in Partylaune. »Das war damals. Heute ist heute. Auf geht's, Schwester.«

19 Ungefähr zehn Minuten lang hörte ich schon Knallfrösche losgehen, bevor mir dämmerte, daß in San Miguel ein Fest stattfand. Das erklärte außerdem, warum Alfredo den Pick-up haben wollte – er fuhr wahrscheinlich mit seinen Freunden auf der Ladefläche kreuz und quer durch die Stadt. Ein Veranstaltungskalender, der mit einem Magnet am Kühlschrank befestigt war, enthüllte, daß es sich um die Fiesta de San Miguel handelte, den Festtag des heiligen Michael persönlich, des Schutzheiligen der Insel. Ich war derart mit anderen Dingen beschäftigt gewesen, daß ich alle Hinweise auf das Nahen des Festes übersehen hatte.

Als ich Deirdre erklärte, es sei Fiesta, jauchzte sie und bestand darauf, daß wir uns herausputzten. »Jetzt, da ich dank Eleanoras Kostüm aus Shorts und T-Shirt herausgewachsen bin, gibt es kein Zurück mehr«, scherzte sie und verschwand in ihr Zimmer.

Eine halbe Stunde später tauchte sie in einem knappen schwarzen Partykleid wieder auf, sie trug Make-up und Lippenstift, hatte das Haar hochgesteckt und protzte mit einer Perlenkette und dazu passenden Ohrringen.

Ich selbst hatte mich für ein lose sitzendes rotes Sommerkleid entschieden und stellte erfreut aufs neue fest, wie kühl und leicht sich das Material auf meiner Haut anfühlte. Als Schmuck hatte ich ein goldenes Halsband und ein Armband aus dünnen, ineinander verschlungenen Schnüren ausgesucht. Ohrringe trug ich schon lange keine mehr, da ich immer in den Riemen von Taucherbrillen und den Tauchkapuzen damit hängenblieb.

Wir ließen uns von einem Taxi so weit wie möglich in die Stadtmitte bringen, bis Massen von Einheimischen und Touristen die Straßen verstopften und wir nicht weiterkamen. Dann gingen wir in Richtung Hauptplatz, zur *Plaza del Sol,* den Einheimischen als *zocalo* bekannt. Sie lag nur hundert Meter vom Fährhafen entfernt, auf halber Höhe der linken Seite des Schachbretts, als das sich die Karte von San Miguel nach Norden hin darstellt.

Schon aus einer Entfernung von mehreren Straßen drang der Klang einer Reihe von Musikkapellen, die alle gleichzeitig spielten, an unsere Ohren. Schrille Bläser, Gitarrengeklimper, kreischende Akkordeons, Trompetenstöße, Stimmen in voller Lautstärke aus einer übersteuerten Verstärkeranlage – alles auf der Plaza oder in den angrenzenden Straßen. Dann zischte es über unseren Köpfen, und Feuerwerkskörper explodierten in einem goldenen Sternenregen. Wie die übrige Menge stießen wir kurze Freudenschreie aus und reckten den Hals nach der nächsten Rakete. Einer Salve in Rot, Grün und Weiß, den Farben der mexikanischen Flagge, folgte rasch ein blendendes, türkises Schauspiel, das in Smaragdgrün überging, während es glitzernd vom Himmel fiel. Ich war mir nicht sicher, aber ich glaubte, es stellte den Quetzal dar, den heiligen Vogel der Maya.

»Gehen wir was trinken«, sagte Deirdre, während uns die immer ausgelassenere Menge hin und her stieß.

»Gute Idee, hier entlang.« Ich führte sie in eine Seitenstraße. Mein Ziel war eine Bar, die einfach *Jazz* hieß, aber auf unserem Weg durch die verwinkelten und mit bunten Wimpeln geschmückten Straßen stießen wir wiederholt auf Hindernisse aus geparkten Autos und Zuschauermengen. Irgendwann überquerten wir eine Kreuzung, die höher lag als der Platz, und konnten ihn über die Köpfe der Menge hinweg gerade so überblicken.

Wir sahen für einen Moment, wie die Statue des heiligen Michael auf ihrer Bahre getragen wurde, sie schwankte auf den Schultern einer Gruppe von Männern, die sie von der Ladefläche eines niedrigen LKWs gehoben hatten, wie ein Boot auf See. Dann entschwand sie in Richtung der katholischen Kirche unseren Blicken, und wir wollten uns gerade wieder auf den Weg machen, als mich Deirdre zurückhielt.

»Schau«, sagte sie, mit einem gewissen Maß an Ehrfurcht in der Stimme.

Sie zeigte auf eine der Gruppen, aus denen sich die Prozession hinter der Statue zusammensetzte. Langsam tauchten sie in Viererreihen aus einem Weihrauchnebel auf, der von den kleinen Fässern aufstieg, die wie synchrone Pendel von den vorneweg Marschierenden geschwenkt wurden. Die Gruppe zählte etwa vierzig Männer und Frauen, die Frauen in *huipils*, die Männer in schwarzen Hosen und weißen Guayaberahemden, und alle hielten sie ein Holzkreuz auf Brusthöhe.

Als sich dieser Abschnitt der Prozession über den Platz schlängelte, senkte sich respektvolle Stille über die Cozumeleños, die sich schon frühzeitig in Massen zu den Feierlichkeiten auf der Plaza versammelt hatten. Und dann bemerkten wir in der Mitte der Gruppe einen Mann mit langen, ungekämmten Haaren, er trug ein Gewand, das eher an eine Decke erinnerte, und hielt einen federgeschmückten Stab in der Hand. Unmittelbar hinter ihm trug eine Person, deren Gesicht ich nicht sah, ein offenes Buch, das augenscheinlich Gegenstand großer Verehrung war. Sechs mit Skimützen vermummte Paramilitärs flankierten diese beiden. Sie hielten Automatikgewehre steif von sich gestreckt, und bei wenigstens zweien von ihnen erkannte ich leuchtendrot lackierte Fingernägel.

»Muß irgendeine politische Organisation sein«, sagte ich im Weitergehen.

»Eindrucksvoll«, bemerkte Deirdre und riß sich von dem Anblick los.

Nachdem wir um eine Ecke gebogen und noch eine Straße entlanggegangen waren, kamen wir zu dem Jazzlokal. Rechts vom Eingang gab es eine kleine Bühne, auf der bereits Instrumente aufgebaut waren. Links war eine winzige Tanzfläche, dahinter standen auf einer erhöhten Ebene einige niedrige Hocker und Tische. Noch einmal eine Stufe höher reihten sich weitere Tische vor einer Bank, die sich an der Wand entlang erstreckte. Weiter unten rechts befand sich die Bar, sie setzte sich bis auf eine Terrasse auf der Rückseite des Gebäudes fort, wo es noch mehr Sitzgelegenheiten gab. Nur wenige Gäste verteilten sich über das Lokal.

»Laß uns auf der Terrasse etwas trinken«, sagte ich. »Wir können wieder nach drinnen gehen, wenn die Musik anfängt.«

Deirdre war einverstanden, und wir machten uns zum rückwärtigen Teil der Bar auf und bestellten unterwegs unsere Margaritas. Draußen befanden sich mehr Leute, als wir dachten – sie hatten sich dort versammelt, um das Feuerwerk zu beobachten, das inzwischen offenbar zu Ende war. Aber die Nacht war warm, und eine Blaskapelle, die in einer nahen Straße spielte, verbreitete eine festliche Stimmung und ermunterte die Leute dazu, an ihren Tischen zu bleiben.

»Auf welche Geschichte geht die Fiesta zurück?« fragte Deirdre.

»Vor etwa hundert Jahren haben einige Arbeiter auf der Nordseite der Insel die Statue ausgegraben, die du gesehen hast – sie stellt den Erzengel Michael dar. Offenbar wurde sie aus Elfenbein geschnitzt, das Schwert und die Krone sind massives Gold, und man nimmt an, daß sie mit den Konquistadoren aus Europa kam. Steht alles in meinem Kalender.«

Deirdre lächelte. »Die Mexikaner feiern gerne, stimmt's? Selbst wenn der Anlaß mit ihren Eroberern zu tun hat. Ich wünschte, wir hätten manchmal eine so reife Einstellung, was die Briten angeht.«

Ich dachte daran, die republikanisch gefärbten Gedanken zu erwähnen, die sie vorhin gegenüber Alfredo zum Ausdruck gebracht hatte, ließ es aber. »Das stimmt. Im Mai gibt es ein anderes Fest, mit dem sie die erste katholische Messe feiern, die in ganz Amerika gelesen wurde, und zwar auf Cozumel. Es findet in dem einzigen anderen Ort auf der Insel statt, einem Dorf namens El Cedral. Aus irgendeinem Grund werden bei diesem Fest auch Stierkämpfe veranstaltet.«

»Igitt, Stierkampf. Wie schrecklich.«

In diesem Augenblick kam mir das entführte Basketballteam in den Sinn. Ich überlegte, ob es schon neue Entwicklungen gab, und wollte Deirdre eben fragen, ob sie etwas gehört hatte, als im Lokal die Jazzband zu spielen begann, und wir beschlossen, hineinzugehen.

Drinnen war das Publikum zahlreicher geworden, aber es gab noch einen freien Tisch mit Blick auf die Bühne vor der Bank an der Wand. Eine junge Frau kam und nahm unsere Bestellung entgegen, während wir uns zurücklehnten und die Band genossen. Sie spielten eine Mischung aus Salsa mit Jazzeinflüssen sowie anderen lateinamerikanischen und karibischen Rhythmen, und sie hatten ein paar gute Sänger, einen großen, dunkelhäutigen Mann in einem Hemd mit grellem Blumenmuster, der hauptsächlich Calypso- und Reggaestücke knurrte, und eine winzige Lateinamerikanerin in einem hautengen rosa Kleid, die aus kräftigen Lungen die restlichen Nummern schmetterte.

Bei jedem Durchgang wurde es enger auf der Tanzfläche, und mit der Zeit bemerkten wir, daß ein älteres Paar, solange wir da waren, noch keinen Tanz ausgelassen hatte. Sie wirkten eher afro-karibisch als mexikanisch, und sie tanzten so geschmeidig und rhythmisch, daß sie alle anderen unbeholfen aussehen ließen. Deirdre und ich tauschten einen Blick, als sie an uns vorüberschwebten.

»Die haben's drauf«, bemerkte ich.

»Ich würde sagen, das sind Kubaner«, ergänzte sie, während ihr Kopf im Takt der Musik nickte.

Als die Runde zu Ende ging, fielen mir ein paar Männer auf, die zusammen in die Bar kamen und an der Bühne vorbeigingen. Sie wurden angeführt von einem Mann mit öligen, schulterlangen Ringellocken, einem weiten, am Kragen offenen, weißen Hemd und einer Lederhose – der Latino, wie er im Buche stand. Ich stieß Deirdre in die Rippen.

»Wow, da ist Zorro«, rief sie aus.

Als er hereinkam, war uns sein Gesicht halb zugewandt gewesen, jetzt sah ich es im Profil. »Pinocchio«, verbesserte ich sie. Er hatte eine schmale, spitze Nase, die waagrecht aus seinem Gesicht ragte.

Wir sahen zu, wie er zur Theke strebte, dann traf eine neue Runde Drinks für uns ein, und die Band kündigte eine kurze Pause an.

»Entschuldigung, ich geh mal zur Toilette«, sagte Deirdre.

Ich spielte eine Weile mit dem Rührstäbchen in meinem Margarita und dachte über die Studenten aus Houston nach. Zwischenfälle an der mexikanisch-amerikanischen Grenze so weit im Norden wirkten sich nur selten auf unser Leben in Yukatan aus, und es war, soweit ich mich erinnerte, das erste Mal, daß es hier zu einer Art Vergeltung gekommen war, falls es sich tatsächlich um eine solche handelte. Sollte den Studenten etwas zustoßen, war mindestens eine Verschärfung des verbalen Krieges zwischen den beiden Ländern wahrscheinlich, wenn nicht Schlimmeres. Und dann gab es ja auch noch dieses ungeklärte Verbrechen, das in den letzten Tagen scheinbar in Vergessenheit geraten war, den Mord an Nick Goldberg.

Nach etwa zehn Minuten fiel mir auf, daß Deirdre nicht wieder zurückgekommen war. Ich blickte in Richtung Bar und sah sie dort im Gespräch mit einem hochgewachsenen Mann mit fliehender Stirn, in die eine Matte aus glattem, schwarzem Haar hing. Die kräftige Adlernase setzte sich ohne

Bruch von der Stirn fort, wie ein normannischer Helm, und seine untere Gesichtshälfte prägte ein markantes Kinn unter vollen Lippen, die von weitem zornig geschürzt aussahen. Von seiner Körpergröße und der hellen Haut abgesehen, hätte ich ihn ohne weiteres als Maya eingestuft. Neben ihm und Deirdre stand ein zweiter Mann, kleiner und breiter, aber ebenfalls mit Mayaabstammung, seine Augen huschten jedesmal zur Tür, wenn jemand in das Lokal kam. Beide Männer trugen weiße Guayaberas.

Die Band stieg wieder auf die Bühne, und Deirdre trennte sich von den beiden Maya.

»Du fraternisierst mit den Eingeborenen!?« sagte ich in gespieltem Entsetzen, als sie sich wieder setzte.

»Sie sind in der Prozession mitgegangen. Das Kreuz, das sie alle trugen, steht offenbar für den Kapokbaum, der den Maya heilig ist.«

»Dann sind es also keine christlichen Kreuze?«

»Nein, aber sie haben die Maya oft vor Verfolgung bewahrt, weil die Spanier sie für welche hielten.«

»Wie bist du mit ihm ins Gespräch gekommen?«

»Als ich an ihm vorbeiging, hörte ich ihn mit dem anderen Kerl reden, vermutlich in Mayasprache, den paar Worten nach, die ich von Alfredo kannte. Deshalb habe ich ihn auf dem Rückweg gefragt, und er sagte, ja, sie würden den yukatanischen Mayadialekt sprechen. Ich erzählte ihm, ich sei Irin und gab ein paar Sätze Gälisch zum Besten. Dann begann er mich nach dessen schriftlicher Form zu fragen, und ich sagte, erst als es in den Klöstern übertragen wurde, sei aus der rein mündlichen Form auch eine schriftliche entstanden. Er meinte, wenigstens hätten die christlichen Mönche für die keltische Kultur etwas Nützliches geleistet. Hier hätten sie die alten Mayabücher verbrannt.«

»Und er scheint immer noch verbittert darüber zu sein.« Ich schaute in die Richtung der beiden Männer an der Bar, aber sie waren nicht mehr da. Auch bei der Tür war nichts von ihnen zu sehen, nur die Rückenansicht von einem Begleiter Zorros, der eben hinausging.

»Ich kann es ihm nicht verübeln. Er sagte, von den vier verbliebenen Büchern ihrer gesamten Kultur befänden sich drei in Europa und eines in den Vereinigten Staaten. Nicht einmal dieses Vermächtnis können sie ihr eigen nennen.«

»Was für ein Buch hatten sie dann in der Prozession dabei?«

»Einen heiligen Mayatext, aber nach der Eroberung in Spanisch verfaßt. Diese Bruderschaft, in der er ist, bewahrt ein paar davon auf.«

Die Band begann wieder zu spielen. Ich wandte den Kopf und sah Zorro persönlich auf uns zukommen.

»Ich bin jedenfalls froh, daß du mit einem echten Maya sprechen konntest«, sagte ich. »Damit kannst du Alfredo beeindrucken ... Andererseits, vergiß es ... er ist schon beeindruckt genug von dir.«

»Ach, komm, Jessica, du klingst ja richtig eifersüchtig.«

»Ich? Eifersüchtig auf dich?« sagte ich mit einem Blick über ihre Schulter. »Nicht wenn ich die Sorte Männer sehe, die du in Wirklichkeit anziehst.«

»Was?« Deirdre fuhr herum, und im gleichen Moment traf Zorro an unserem Tisch ein.

»Meine schönen Damen«, legte er los, und sein Charme war so ölig wie sein Haar, »Sie erinnern mich an die beiden wunderbaren Abba-Sängerinnen, die ich als Junge so liebte. Aber welche war meine Favoritin? Das müssen Sie erraten. Der Preis geht natürlich an die Siegerin.« Er sah sich nach seinen Kumpels um und blinzelte, dann stieß er sein Becken anzüglich nach vorn.

Deirdre sah mich an. Ich sah Deirdre an. Die Situation war nicht neu.

Zorro wartete, lüstern grinsend.

Deirdre und ich umarmten uns und küßten uns auf den Mund.

Zorros lüsterner Blick verwandelte sich in ein Zähnefletschen. »Verfluchte *Gringa*lesben«, knurrte er und stürmte unter dem höhnischen Gejohle seiner Freunde davon.

20 Zorro und seine Kumpane gingen kurz darauf, was wie ein Stichwort für Deirdre wirkte, denn sie tanzte den ganzen restlichen Abend mit zahlreichen Männern, die sie aufforderten. Ich selbst drehte ebenfalls ein paar Runden auf dem Parkett, mit Männern, die nicht viel zu sagen hatten – aus meiner Sicht kein Problem, denn ich wollte ohnehin nur die Musik genießen. Aber für jeden Durchgang, den ich tanzte, tanzte Deirdre zwei. Sie war in einer Weise ausgelassen und hemmungslos, die Aufmerksamkeit erregte. Gegen zwei Uhr morgens wurde sie jedoch ziemlich betrunken, und als ich einmal gerade auf der Toilette war, erstarrte ich, denn ich hörte eine verzerrte Ankündigung über die PA draußen, daß nun eine Gastsängerin aus Irland auf die Bühne kommen würde.

Ich rührte mich nicht vom Fleck, da ich sonst sehr wahrscheinlich zu einem Duett von *Fernando* nach oben geschleift worden wäre. Dann folgte elektrisch verstärktes Gemurmel, als Deirdre der Band erklärte, was sie singen wollte. Es begann unschlüssig, entwickelte sich dann aber zur Reggaeversion einer Ballade namens *The Spanish Lady*, die Deirdre wohl irgendwie passend erschienen war.

As I roved out through Dublin City
At the hour of twelve at night
Who should I see but a Spanish Lady
Washing her feet by candlelight …

Ich wartete, bis der Song fortgeschritten war, dann ging ich an unseren Tisch zurück und stimmte jedesmal in das »*Tooraladdy*« des Refrains mit ein. Während der letzten Strophe ging ich vor zur Bühne und fing Deirdres Blick ein.

As I roved out through Dublin City
When the sun began to set
Who should I see but a Spanish Lady
Catching a moth in a golden net …

Ich blinzelte ihr zu, um anzuzeigen, daß es Zeit war, nach Hause zu gehen. Ihre Stimme wurde allmählich rauh und unmelodisch. Als sie zu Ende gesungen hatte, gab es lediglich höflichen Applaus, wofür ich dankbar war – bei nur ein wenig mehr Begeisterung hätte sie vermutlich mit einem neuen Lied losgelegt.

Und ich irrte mich nicht. Auf dem Weg nach draußen begann sie ein rührseliges, patriotisches Klagelied zu singen.

In Mountjoy jail one Monday morning high upon the gallows tree
Kevin Barry gave his young life for the cause of liberty.
Just a lad of eighteen summers –

»Komm«, sagte ich, »heb dir das für Alfredo auf.«

Als wir durch die Tür gingen, legte sie die Hand auf die Stirn. »Autsch!« rief sie aus.

»Alles in Ordnung?«

»Ich muß mir da drinnen irgendwo den Kopf angeschlagen haben, ohne es zu merken.«

Ich untersuchte sie, und als ich ihr das Haar zurückstrich, entdeckte ich eine glänzende, rosa Hautschwellung. »Ja, du hast dir eine hübsche Beule geholt«, sagte ich, und ich dachte: Wenn es jetzt schon weh tut, wird es noch viel schlimmer werden, sobald die Wirkung des Alkohols nachläßt.

»Wenigstens stammt sie nicht von Zorros Nase«, kicherte sie.

Gegen vier Uhr früh klopfte es an meiner Schlafzimmertür.

»Darf ich hereinkommen?« Deirdre klang beunruhigt.

»Sicher, was ist los?«

Ich schaltete die Nachttischlampe an. Sie war leichenblaß und hatte eine Hand an den Kopf gelegt, die Fingerspitzen an den Schläfen.

»Ein schlimmer Kater?« fragte ich.

»Nein. Die Beule auf meiner Stirn ... sie bewegt sich.«

Die Sache hatte ich völlig vergessen. »Was? Laß mich mal sehen.«

Sie neigte den Kopf zur Lampe, und ich strich ihr wie zuvor das Haar zurück. Bei hellem Licht betrachtet, sah die Schwellung eher wie ein Furunkel aus. Aber ich wußte, es handelte sich weder um eine Schramme noch um ein Geschwür.

»Setz dich mal kurz hier aufs Bett«, sagte ich und sprang auf. Ich ging in die Küche und fand in einer Schublade ein Vergrößerungsglas, das ich zur Untersuchung von Proben benutzte. Als ich wiederkam, schob ich ihren Kopf erneut unter das Licht und prüfte die Schwellung.

In der Mitte war ein verräterisches, stecknadelgroßes Loch

zu sehen, und daraus hing etwas, das wie ein kurzes Stück weißer Faden aussah. »Hmm …«, murmelte ich unwillkürlich.

»Was heißt hier ›Hmm‹ – mir gefällt nicht, wie du das sagst.«

»Tut es im Augenblick weh?«

»Nur wenn es – verdammt – es bewegt sich wieder, au!«

Ich sah, wie sich Deirdres Kopfhaut wellte, als sich die fette Made darunter rührte.

»Du hast einen subkutanen Parasiten. *Dermatobia hominis*, um genau zu sein.«

»Oh, Scheiße, was ist das?«

»Die Larve der Pferdebremse. Eine der ekelhafteren Erfindungen der Natur. Aber nicht lebensbedrohlich.«

»Na toll, da bin ich aber erleichtert. Und wie zum Teufel kriegen wir das Ding wieder raus?«

»Ich könnte dir zum Beispiel eine Scheibe Schinken auf die Stirn klatschen.«

Deirdres Augen traten leicht hervor. »Wozu? Um es herauszulocken? Hier, mein Larvchen, komm und hol's dir … Sei verdammt noch mal ernst, Jessica.«

»Ob du es glaubst oder nicht, ich meine es ernst. Die Larve atmet mit ihrem Hinterende durch das kleine Loch in deiner Haut. Sie müßte sich durch den Schinken graben, und dann könnten wir sie uns schnappen.«

»Sie schnappen? Jessica, können wir nicht einfach in ein Krankenhaus fahren? Das hört sich ja an, als würde ich *Alien* da drin ausbrüten. Und woher willst du überhaupt so genau wissen, was es ist?«

»Für ein Diplom in Meeresbiologie studiert man nicht nur Fische. Und der Lebenszyklus der Pferdebremse ist so faszinierend, daß er einem im Kopf bleibt.«

»So wie dieses Exemplar in meinem. Können wir jetzt fahren?«

»Die Unfallstation im Krankenhaus würde es nicht als Notfall einstufen. Sie würden sagen, du sollst morgen wieder kommen oder zu deinem Hausarzt gehen. Und es ist fast vier Uhr früh.«

»Aua ... es tut wirklich weh.«

»Das liegt an diesen harten Borsten, mit denen sie das Gewebe unter deiner Haut aufrührt, wenn sie sich bewegt.«

Deirdre wurde noch blasser. »Du kannst ein verdammt grausames Miststück sein, Jessica.«

»Tut mir leid, es ist nur so, daß ich selbst in solchen Dingen nicht zimperlich bin, und manchmal denke ich nicht daran. Hör zu, ich kann die Schwellung ohne weiteres öffnen und die Larve entfernen. Ich verfüge über die nötige Ausrüstung, einschließlich Anästhetikum, du wirst also nichts spüren.«

»Bist du dir sicher, daß du das kannst?«

»Klar bin ich mir sicher. Du wirst eine kleine Narbe behalten, aber die liegt unter dem Haaransatz. Komm mit.«

»Wieso hast du überhaupt Betäubungsmittel im Haus?« fragte sie auf dem Weg in die Küche.

»Gegen den Schmerz, wenn ich die Stacheln von Seeigeln entferne, die auch schon ziemlich weh tun.«

»Äh, ja.«

»Siehst du, eine Pferdebremse ist gar nicht so schlimm.«

Eine halbe Stunde später betrachteten wir beide die zwei Zentimeter lange Larve, die in einem Glas Wasser schwamm. Sie sah wie eine Art gedrungene Nudel aus, mit konzentrischen Ringen aus winzigen schwarzen Dornen um den spitz zulaufenden Körper. Eine perfekt konstruierte Bohrspitze, um sich in menschliches Gewebe zu fressen.

»In diesem Stadium sind sie noch nicht voll entwickelt«, erklärte ich, »es dauert etwa sechs Wochen, bis sie volle Größe erreicht haben.«

»Wie ist dieses scheußliche kleine Biest in meine Stirn gekommen?«

Trotz des Ablebens der Pferdebremse war Deirdre noch keineswegs versöhnlich gestimmt.

»Die ausgewachsene weibliche Fliege fängt sich ein Moskito und klebt ihre Eier an dessen Körper. Wenn das Moskito auf einem Menschen landet, brütet die Körperwärme die Eier aus, und die Larve, manchmal auch mehrere davon, kriecht in die Bißwunde. Dort ernährt sie sich dann von weichem Gewebe und Lymphe. Der Larvenbefall ist in Zentralamerika weit verbreitet, wo er als *boro* bekannt ist ...« Das Wort war mir einfach so über die Lippen gekommen, wie die anderen Einzelheiten stammte es offenbar aus einer Quelle, die ich irgendwann auswendig gelernt hatte, die meinem bewußten Verstand aber nicht zugänglich war, als Maria Kuyoc das Wort benutzte.

»Okay, okay ... wie habe ich mir dann ...?« Deirdre sah meinen verwirrten Gesichtsausdruck.

Ich würde noch einmal überlegen müssen, ob ich den Befund der Klinik tatsächlich akzeptieren wollte.

»Äh ... es ist in diesem Teil Mexikos nicht so verbreitet. Und die Larve könnte sich auch noch gar nicht bis zu diesem Stadium entwickelt haben – du bist ja erst seit anderthalb Wochen hier.«

»Vergiß nicht, daß ich in Miami war.«

»Damit hätte sie auch nur eine Woche mehr Zeit gehabt ... aber es könnte wohl möglich sein ... Erinnerst du dich an einen Biß oder Stich, von dem dir für ein, zwei Tage eine kleine Beule, ähnlich wie ein Pickel, blieb?«

»Nein. Aber wenn ich darüber nachdenke – am ersten Morgen nach meiner Ankunft haben wir einen Ausflug in die Everglades gemacht, und dort haben sich so viele Moskitos auf mein Gesicht gestürzt, daß ich einen Hut tragen mußte.«

»Hmm ... dort ist *Dermatobia* allerdings nicht heimisch. Auf Kuba vielleicht. Andererseits überrascht mich heutzutage gar nichts mehr, was die Verbreitung von Arten angeht. Gerade in Florida wimmelt es von ursprünglich dort nicht heimischen Tieren und Pflanzen.« Ich gab ihr einen neuen, mit Antiseptikum getränkten Wattebausch, den sie sich an die Stirn drückte. Ich hatte ihr den Skalpelleinschnitt mit einem Stich genäht.

Deirdre wirkte erschöpft von dem unangenehmen Erlebnis. Noch wirkte das Novocain, und bevor es nachließ, wollte ich sie mit einem Schmerzmittel im Bett wissen. »Komm, wir legen uns wieder hin und schlafen noch ein paar Stunden. Ich steh um sieben auf, aber dich laß ich ein bißchen länger schlafen.«

Aber ich konnte nicht schlafen, da ich immer wieder an Marias Bericht dachte und immer wieder auf dieselben Fragen kam.

Wie konnte Ken um einen Parasitenangriff auf seinen Körper wissen und drei Tage lang offenbar nichts dagegen unternehmen?

Als er zu Maria sprach, hatte er da wirklich über Befall mit *Dermatobia* geklagt oder das, was ihm widerfuhr, nur damit verglichen?

Denn falls es *Dermatobia* war, dann bestand kein Zusammenhang mit dem Ausflug nach Chichen Itza, wenn man den Reifeprozeß der Larve berücksichtigte. Und damit er am Ende so zugerichtet war, wie ihn Maria beschrieben hatte, hätte es sich ohnehin um einen großen Befall mit vielen Einstichstellen handeln müssen, etwas, das man vielleicht bekommt, wenn man sich wochenlang ohne jeden Schutz gegen Insektenstiche im Dschungel aufhält. Und das war ein unwahrscheinliches Szenario.

Er war also nicht von Pferdebremsenlarven durchlöchert gewesen. Aber wenn es nicht *Dermatobia* war, was war es dann? Und war es in Chichen Itza in seinen Körper gelangt?

21 Deirdres Made im Glas stand am Nachmittag in der Dzulha Bar im Mittelpunkt des Interesses. Inhaber und Geschäftsführer der Bar war Ruben Tomacelli, ein schnauzbärtiger Mann mittleren Alters aus Mexico City, das bei seinen Bürgern einfach »Mexico« heißt, während sie ihr Land gern »La Republica« nennen. Das Lokal lag nur etwa einen halben Kilometer vom Aquanauts Tauchclub entfernt und zog Sonnenanbeter mit einer großzügigen Terrasse an, während für Taucher und Schnorchler eine Treppe zum Meer hinabführte, und bei ihrer Rückkehr standen ihnen Duschen und Becken zum Ausspülen zur Verfügung.

Die offene, von einer *palapa* geschützte Bar selbst war auf Stützen ins Meer hinaus gebaut worden, so daß sie einen ungetrübten Blick entlang der Küste bot. Ruben verlangte gesalzene Touristenpreise für Drinks und Snacks, aber seine Bar über dem türkisblauen Meer war ein attraktiver Platz, wo man gern einen Vormittag oder Nachmittag verbrachte, und selbst wenn es ein Besucher ablehnte, vom Speiseangebot zu kosten oder auch nur ein Bier zu trinken, berechnete er nur einen Dollar für die Benutzung der sanitären Einrichtungen. Und wir Aquanauten erhielten Essen und Trinken zu ermäßigten Preisen. Deirdre, Alfredo und ich saßen an der vierseitigen Theke und aßen *chimichangas* – köstliche, mit Huhn oder Shrimps gefüllte und anschließend gebratene Tortillas.

»Ich hab weiter südlich von den Dingern gehört, in Belize vielleicht, aber nicht hier oben«, sagte Phil, ein sehniger Australier mit lederartigem Gesicht, der sich bei einem Bier entspannte, nachdem er gerade einen Konvoi von Jeeps aus San Miguel hierhergeführt hatte – Kreuzfahrtpassagiere auf Tagesausflug, inklusive Schnorcheln, einer Fahrt durch den Dschungel und einem Bootstrip zu einer winzigen Insel in einer Lagune auf der Nordseite Cozumels. Phil arbeitete für den Jeepverleih und verdiente genug, daß er es sich leisten konnte, tagsüber zu tauchen und abends Bier zu trinken. »Und du hast noch Glück gehabt, Süße. Es hat schon Leute gegeben, die saßen mit einer Schwellung am Bein zu Hause, und plötzlich platzt sie auf, und eine fette Fliege, so groß wie ein Kolibri, kommt herausgeschwirrt.«

»Mann, es war so schon schlimm genug«, sagte Deirdre. »Ich frage mich nur, was die Insel noch auf Lager hat.« Sie war zu der Ansicht zurückgekehrt, daß sie sich die Larve auf Cozumel geholt hatte.

»Jede Menge, wenn du dich mal umsiehst«, erwiderte Phil.

»Skorpione«, schlug Alfredo vor.

»Skorpione?« Deirdres Augen wurden groß.

»Red Rumps«, warf Ruben hinter der Theke ein.

»Was ist das denn?« wollte Deirdre wissen.

»Auch bekannt als Mexikanischer Schwarzsamt«, sagte Phil.

»*Brachypelma vagans*«, meldete ich mich zu Wort, um

darauf hinzuweisen, daß wissenschaftliche Klassifizierung dazu diente, Verwirrungen dieser Art zu klären.

»Eine riesige Tarantel aus dieser Gegend«, erklärte Phil. »Verglichen mit anderen großen, haarigen Biestern ist sie so eine Art Speedy Gonzales.«

»Igitt!« Deirdre flatterte mit den Händen, als hätte sich gerade eins der Dinger vor ihren Augen materialisiert.

»Sie lassen ihre abgestoßenen Häute zurück«, wußte Alfredo, »ich finde manchmal welche, wenn ich morgens mit dem Rad zur Arbeit fahre.«

»Häute?«

»Ihre Außenskelette«, erklärte ich. »Wenn sie wachsen, müssen sie sich aus ihren alten Hüllen befreien.« Was ich ihr nicht verriet, war, daß ich am Morgen, als sie noch schlief, eine solche Hülle auf der Terrasse gefunden hatte. Das bedeutete, daß wahrscheinlich eine große *Brachypelma* im Gebüsch ums Haus wohnte.

»Bäh! Je mehr ich über Spinnen erfahre, desto mehr verabscheue ich sie, falls das überhaupt möglich ist.«

»Wie sieht es mit Reptilien aus … Leguane?« setzte Phil nach, um zu testen, wie zimperlich sie tatsächlich war.

»Die machen mir nicht soviel aus«, antwortete Deirdre, froh, vom Thema Spinnentiere wegzukommen. »Ich hab sie massenhaft im Meerespark von Chankanaab gesehen. Braungelbe Kerlchen. Da gab es auch eine Skulptur von so einem grünen Exemplar, mit dicken Lappen unter dem Kinn und einer Irokesenfrisur. Ich nahm an, er war aus Kupfer oder Bronze, weil so viel … wie heißt das … Grünspan darauf war. Ich stand davor und hab mich gewundert, warum sie eine Figur von einem Leguan an einem Ort aufstellen, wo die Dinger in rauhen Mengen herumlaufen. Gleichzeitig war ich beeindruckt, wie realistisch er gemacht war, und ich bückte mich, um ihn genauer zu untersuchen. Und da ist er plötzlich davonspaziert.«

Wir lachten alle.

»Ich bin ganz schön zusammengefahren, das kann ich euch sagen.«

»He, weißt du, woran mich deine Made erinnert?« sagte Ruben. Er knallte eine halbvolle Flasche grünlichen Meskal neben Deirdres Glas auf die Theke. »Schau.« Er neigte die Flasche zur Seite. In der Flüssigkeit schwamm die eingelegte weiße Raupe, die Meskal traditionell beigegeben ist. Sie war der Larve der Pferdebremse nicht unähnlich.

»Die ist aus Mehl«, sagte Phil verächtlich.

»Das ist der Agavenwurm«, entgegnete Ruben aufgebracht und benahm sich, als hätte man seine Männlichkeit in Frage gestellt, »aus demselben Kaktus, aus dem der Meskal gebrannt wird.«

»Quatsch«, sagte Phil. »Das ist nur ein Märchen.«

Ruben kam mit der Flasche und einem Glas um die Theke herum und setzte sich neben Phil. »Gut«, sagte er und schraubte den Deckel ab. »Dann iß sie.«

»Ja, und nicht einfach schlucken – richtig kauen«, forderte Alfredo und freute sich schon.

»Niemals. Nicht wenn ich diesen Meskaldreck dazu trinken muß«, sagte Phil.

Deirdre stieg von ihrem Hocker. »Nichts für ungut, Leute, aber ich setz mich zum Lesen in die Sonne.« Sie hatte endlich einen Führer über die Mayaruinen von Yukatan zur Hand genommen, mit der Absicht, einige der Stätten zu besichtigen.

Ich verlor an diesem Punkt ebenfalls das Interesse an der Auseinandersetzung und griff nach einer Ausgabe der *Novedades Quintana Roo*, die Ruben bei unserer Ankunft gelesen hatte. Auf der Titelseite waren die acht Mitglieder der Basketballmannschaft aus Houston abgebildet, die man noch immer nicht freigelassen hatte.

Der Bericht brachte Interviews mit den verängstigten Eltern – »Bitte laßt unseren Sohn frei«, »Wir wollten ihn morgen besuchen – es ist sein Geburtstag«, »Der Großvater unseres Jungen hat für die Bürgerrechte gestritten, diese Leute wissen doch sicherlich um unseren Kampf«. Es gab auch unbestätigte Berichte, nach denen ein Privatflugzeug mit vom College aufgebrachtem Lösegeld Houston verlassen habe, aber dabei konnte es sich durchaus um den verzweifelten Versuch von Eltern und Universitätsleitung handeln, den Entführern zu signalisieren, daß eine Lösegeldzahlung möglich sei, wenn sie nur welches fordern würden.

Ich betrachtete noch einmal die Fotos. Die jungen Männer waren verschiedener ethnischer Abstammung, wenn man ihre Namen las, enthielten sie eine Gewöhnlichkeit, die schwer damit in Einklang zu bringen war, daß die Rebellen, Banditen oder wer immer ihre Entführer waren sie aus irgendeinem besonderen Grund ausgewählt haben sollten:

Lucas Albright
Paul Atkins
Kevin Carthy
Edwin Ledbetter
Lyle Rassman
Todd Snider
Tommy Torres
Jerome Washington

Acht sogenannte Pumas, die einfach nur jung und verletzlich aussahen. Ich warf einen Blick zu Alfredo hinüber, der etwa im selben Alter war wie sie. Er stand nun zwischen Phil und Ruben und goß fröhlich gleiche Mengen Meskal in zwei Gläser; offenbar ging es nun darum, daß die beiden Männer den restlichen Schnaps in der Flasche trinken würden, und in wessen Glas der Wurm fiel, der mußte ihn essen.

Alfredo trug nichts als ein Paar ausgewaschene, kurze Jeans. Wenn ich mir seinen geschmeidigen Körper, das strahlende Lächeln und die Haut ansah, die in Farbe und Struktur wie Milchschokolade war, konnte ich verstehen, daß Deirdre seine Aufmerksamkeiten nicht unangenehm fand. Er war in diesem Stadium, in dem bei manchen Männern ein athletischer Körperbau bereits das Ungelenke des Heranwachsenden ersetzt hat, und das Gesicht schon jene fein gemeißelten Züge aufweist, die mit der vollen Reife vertieft und markanter werden.

Ich drehte mich auf dem Barhocker herum und blickte aufs Meer hinaus. Eine sanfte Brise wehte durch das Lokal, und ich spürte, wie sie sinnlich durch die feinen Haare auf meinen Armen und in meinem Nacken strich.

Ich liebte diese Insel, das Meer und das Klima. Und ich liebte auch die Cozumeleños, ein sanftmütiges, zuvorkommendes Volk, bei dem ich mich wie zu Hause fühlte. Ich wünschte, mein Vater könnte sehen, wie glücklich ich war, ich wünschte, wir könnten einen Waffenstillstand vereinbaren, so daß es ihm irgendwann möglich sein würde, die Insel besuchen zu kommen. In der studentischen Aufführung von *Der Sturm* hatte ich die Rolle der Miranda gespielt, deren Vater Prospero dafür sorgt, daß diejenigen, die ihn auf einer abgelegenen Insel aussetzen ließen, ihre Missetaten bereuen. Was Jack Madison und seine Tochter betraf, waren die Rollen ein wenig durcheinander geraten, aber das Grundthema von Vergebung und Versöhnung paßte genau.

In diesem Moment wurde meine Idylle zerstört, da ich Ruben hinter mir rufen hörte: »Verdammte *yanquis*!«

22 Ich dachte, er und Phil würden noch immer über den Meskalwurm streiten, aber als ich mich umdrehte, hatten sie jeweils den Arm um den anderen gelegt wie alte Freunde bei einem Wiedersehen.

»Nur zu wahr«, stimmte Phil zu, seinen australischen Akzent betonend.

Darauf ließ sich Ruben weiter über einen Punkt aus, auf den sie sich offenbar gerade geeinigt hatten. »Letzte Woche hatte ich einen Gringo hier, der sich beschwerte, daß das Meerwasser zu salzig sei – ist das zu fassen?«

»Weißt du, daß Amerikaner auf diesen Kreuzfahrten ihr Trinkgeld im voraus bezahlen müssen?« sagte Phil. »Andernfalls würden sie keinen Peso lockermachen.«

»Meistens weigern sie sich, mir einen Dollar dafür zu zahlen, daß sie hier alles benutzen dürfen.«

»Knickrige Scheißtypen.«

»Das reicht jetzt aber, Leute«, sagte ich und wunderte mich, wieso die Amerikaner plötzlich zum gemeinsamen Feind geworden waren. Die beiden Männer schienen verblüfft zu sein, daß ich ihre Tirade unterbrach.

»Vielleicht bin ich zur Zeit ja ein bißchen empfindlich bei diesem Thema«, ich hielt die Zeitung hoch, damit die zwei sie sehen konnten, »falls ihr wißt, was ich meine.«

»Aber nein, Señorita Madison«, sagte Ruben und löste sich aus Phils Umarmung. »Sie waren doch nicht gemeint, Sie sind ja nicht typisch.«

»Typisch für was?«

»Es geht um Touristen, oder?« meldete sich Deirdre, die mit ihrem Buch wieder unter die *palapa* zurückgekehrt war. »Die sind überall auf der Welt gleich.«

»Ja, Sie haben recht«, sagte Ruben. »Und nicht nur *norteamericanos*, auch Japaner, Deutsche ...«

»Die verdammten Briten«, vervollständigte Phil die Litanei.

Ich war sprachlos vor Bestürzung. Zwar bezweifelte ich nicht, daß diejenigen unter uns, die in der Tourismusbranche arbeiteten, gelegentlich Grund zur Klage über die Fehler der Besucher hatten, aber das hier war hemmungslose Fremdenfeindlichkeit. Und was man auch von Deirdres Ansichten halten mochte, sowohl Ruben als auch Phil verdienten ihr Geld mit dem Tourismus. Ich sah zu Alfredo, um dessen Reaktion zu beobachten.

»Die mexikanische Regierung will weitere Cancuns schaffen«, sagte er bedrückt.

An diesem Punkt wurde mir klar, daß Deirdre und die anderen wahrscheinlich nicht ahnten, daß Alfredo an der Universidad Mayab Tourismus studiert hatte und hoffte, seinen Lebensunterhalt mit genau den Leuten zu verdienen, über die sie soviel ätzende Kritik ausgossen.

»Aber ist es nicht besser, sie alle an Orten wie Cancun zusammenzupferchen, als sie über euer ganzes Land krabbeln zu lassen«, sagte Deirdre, als beschriebe sie Ungeziefer.

»Als eine Form von Schadensbegrenzung«, ergänzte Phil.

»So könnte man es nennen«, bestätigte Deirdre. »Wußtet ihr, daß durch den Petersdom in Rom so viele Touristen laufen, daß als Folge davon ein bestimmter Typ Pilz an den Wänden wächst?«

»Ganz schön ekelhaft«, sagte Phil. »Aber nicht nur europäische Bauwerke sind betroffen. Was ist mit Machu Picchu in Peru? Noch abgelegener geht's wohl nicht, und doch ist es bedroht, weil jetzt Seilbahnen Tausende mehr Touristen dort abladen, als der Ort verträgt.«

»Das stimmt«, sagte Deirdre. »Ich glaube, dieser sogenannte Ökotourismus ist der schlimmste von allen – die Leute trampeln in Weltgegenden herum, die man in Ruhe lassen sollte.« Unverhohlen zeigte sie ihre Verachtung für das Geschäft, auf das sich ihr Bruder mit seiner amerikanischen Frau eingelassen hatte. »Und ich sage euch, der Tag ist nicht mehr fern, an dem Kriege deswegen geführt werden.«

»So etwas wie ... Ökokriege?« fragte Alfredo. »Aber wer wird sie führen?«

»Viva la Republica!« rief Ruben, der von seinem eigenen Schnaps betrunken wurde und dem Ganzen nicht mehr folgen konnte.

»Ich weiß nicht. Vielleicht werden kleine Gruppen Sabotageakte durchführen, wie es die Franzosen in Neuseeland gegen Greenpeace versucht haben. Versenk ein Schiff, und du versenkst die Bewegung. Und bekenne dich nicht dazu.«

»Wieso nicht?«

»Weil es auf die Botschaft ankommt, nicht auf die Unterschrift. Und die Leute, die es angeht, werden die Botschaft ziemlich schnell kapieren.« Es klang, als würde sie Slogans für Globalisierungsgegner texten.

Ich hatte genau zugehört und rief von der anderen Seite der Bar hinüber. »Mein Gott, Leute, ihr solltet euch reden hören. Wie haltet ihr das nur aus? Ruben und Phil – ihr verdient beide euren Lebensunterhalt mit Touristen, richtig? Alfredo hofft auf eine Karriere in der Branche, und Deirdres Bruder arbeitet ebenfalls in dem Geschäft. Aber der Gipfel deiner

Scheinheiligkeit, Deirdre, ist, daß du selbst als eine verdammte Touristin hier auf Cozumel bist.«

Es wurde absolut still.

Als erste sprach Deirdre. »Du hast recht, Jessica«, sagte sie. Sie wußte, ich war ernstlich wütend auf sie. »Ein sehr berechtigtes Argument.«

»Wie wahr«, stimmte Phil zu und schaute dumm aus der Wäsche. »Wir haben uns wohl ein bißchen hinreißen lassen.«

»Kommt, wir trinken einen«, schlug Ruben vor. »Geht aufs Haus.«

»Nein, danke, nicht für mich«, sagte ich.

Deirdre kam zu mir herüber. »Es tut mir wirklich leid«, sagte sie. »Das war daneben von mir, vor allem, wenn man bedenkt, was sich zur Zeit abspielt.«

»Hey, hört euch das an, Freunde«, rief Phil aus. Er hielt Deirdres Führer in der Hand und hatte offenkundig etwas entdeckt, um uns vom vorherigen Thema abzulenken. Er formte mit der anderen Hand einen Trichter, legte sie an den Mund und begann hineinzuschreien, wobei er seine Stimme verstellte, als käme sie aus einem Megaphon. »*Und hier ist die Startaufstellung – Jaguarpfote, Sturmhimmel, Rauchender Frosch und Lady Zoc. Sie sind gestartet – Rauchender Frosch übernimmt die Führung, vor Sturmhimmel und Jaguarpfote ... und die phantastische kleine Stute Lady Zoc ist an die vierte Stelle vorgerückt, jetzt, wo es auf die erste Hürde zugeht ...*« Phil brach ab und sagte: »Vielleicht haben wir hier das Rätsel der Mayakultur.« Er ließ eine Pause entstehen. »Wer gewann das fünfte Rennen in Chichen Itza?«

Wir lachten alle. Die gute Laune kehrte zurück.

»Worin besteht das doofe Rätsel eigentlich?« fragte Deirdre.

Phil gab die Antwort. »Ich glaube, es geht um die Frage, warum die Maya, die tausend Jahre lang großartige Städte bauten, irgendwann einfach aufhörten und alles vom Dschungel überwuchern ließen. Die Namen, die ich vorgelesen habe, waren übrigens die Herrscher von einigen dieser Städte. Aber fragt mich nicht, wie man sie in der Mayasprache ausspricht.«

»He, Alfredo«, sagte Deirdre und nahm Phil das Buch weg, »gib uns doch eine Vorstellung davon, wie die Herrschernamen in Wirklichkeit klangen.« Sie blickte auf die Seite hinab, die sie mit dem Daumen offengehalten hatte. »Hier sind ein paar – Yax Moch Xoc, Yik'in Chan K'awil ...« Es war schwer zu sagen, ob sie die Namen verstümmelte oder nicht, ehe wir sie von Alfredo hören würden. Ich bemerkte, daß er nun Alkohol trank, was mir nicht gefiel, da er eigentlich später noch arbeiten sollte.

»Ihr wißt, wie es die Maya machen, wenn sie einen Namen für ein neugeborenes Kind brauchen?« fragte Ruben, während Deirdre Alfredo den Reiseführer gab.

»Nein.«

»Der Vater wirft einen Stein einen Abhang hinab, und das Geräusch, das der Stein macht, das wird der Name des Kindes, ha, ha, ha.«

»Ha, ha«, wiederholte Alfredo, alles andere als belustigt.

»Ach, natürlich, du bist ja ein Maya«, sagte Ruben. »Deinem Namen hört man das aber nicht an.«

»Mein Nachname ist Yam, klingt das genügend nach Maya für dich? Findet das deinen Beifall?«

»Und wie kam es wohl zu diesem Namen? Hört sich an, als hätte dein Vater statt eines Steins die Nachgeburt den Hang hinabgeworfen, hä, hä.« Irgendwie waren wir wieder in Vorurteile und Beleidigungen gestolpert.

»Siehst du, was ich meine«, flüsterte Deirdre Alfredo zu. »Diese Mexikaner haben keinen Respekt vor dir.«

»Wenigstens wußte meine Mutter, wer mein Vater war«, sagte Alfredo gekränkt zu Ruben.

»Viva la Republica!« tönte Ruben und starrte Alfredo in die Augen.

»Viva le mundo Maya«, konterte Alfredo, jedoch ohne Überzeugung.

»Viva la Patria!« plärrte Ruben die Version seines Vaterlands, die in patriotischen Reden gebräuchlich war.

»Viva Aztlan!« rief Alfredo triumphierend, als wüßte er, daß Ruben sein Pulver verschossen hatte, und er hätte soeben eine tödliche Salve zurückgefeuert.

Aber alle, einschließlich Ruben, sahen verwirrt aus.

»Aztlan?« fragte Phil. »Wo ist das denn?«

»Das ist das Mexiko, wie es sein wird, wenn wir uns die Territorien zurückholen, die wir 1848 dummerweise den Amerikanern überließen«, erwiderte Alfredo.

»Viva Aztlan!« schrie Ruben aus vollem Hals.

Wir waren wieder bei den Sünden der USA. Ich beschloß, zum Laden zurückzugehen, bevor sich Ruben und Alfredo in einem Anfall brüderlicher Vaterlandsliebe in die Arme fielen. Ich hatte für die kommende Nacht etwas vor.

23 Es war dunkel, als das Taxi, das ich mir am Fährhafen von Playa del Carmen genommen hatte, vor einem schmiedeeisernen Tor hielt, das von roten Rosen umrankt war. Kens Haus lag nahe der Lagune, zwischen bescheideneren Hotels und Restaurants als jenen, die zum Strand auf der Seeseite hin lagen. Ich hatte Marias Hausschlüssel und einen Reserveschlüssel für den Land Cruiser, den Ken bei mir hinterlegt hatte, falls ich in Cancun Einkäufe machen mußte.

Das Schloß klapperte im Tor, als ich verschiedene Schlüssel ausprobierte. Meine Hände zitterten, und ich blickte mich nervös um, obwohl ich gar keinen Grund für ein schlechtes Gewissen hatte. Schließlich fand ich den richtigen Schlüssel und drückte das Tor auf. Nachdem ich es hinter mir wieder geschlossen hatte, ging ich um die Rückseite des Hauses herum, wobei ich eine schlanke Maglite-Taschenlampe benutzte, die ich zusammen mit anderen Dingen in einem kleinen Rucksack mitgebracht hatte.

Als ich zur Giebelseite kam, richtete ich den Lichtstrahl auf die Wand um das Ausspülbecken herum, wo normalerweise die Tauchausrüstung zum Trocknen an Haken aufgehängt wurde. Dort hing tatsächlich ein Taucheranzug – weiter nichts –, und ich stellte erleichtert fest, daß es nicht der war, den Ken in Chichen Itza getragen hatte.

Ich öffnete die Hintertür und schaltete das Licht im Haus an. Alles sah sauber und ordentlich aus, wofür vermutlich Maria verantwortlich war. Das bedeutete, sie hatte wahrscheinlich einiges an Tauchausrüstung weggeräumt.

Ich suchte an einer Reihe von Orten, wie etwa dem Badezimmer, wo ein Taucher seine Ausrüstung zum Trocknen aufhängen könnte, wenn es draußen regnete. Aber selbst der Wäschekorb, in dem ich Kens Handtuch zu finden gehofft hatte, brachte kein Ergebnis. Dann bemerkte ich, daß seine Schlafzimmertür einen Spalt offenstand.

Ich holte tief Luft, stieß sie auf und schaltete das Deckenlicht ein. Der Raum war so ordentlich wie der Rest des Hauses, das Bett abgezogen und alle Kleidung im Schrank verstaut. Ich warf einen raschen Blick in den Schrank, nur für den Fall, daß Maria seinen Taucheranzug gefunden und dort aufgehängt hatte, doch er enthielt überhaupt keine Tauchsachen.

Als ich schon wieder hinausgehen wollte, sah ich Kens ramponierte alte Gitarre in einer Ecke nahe der Tür stehen. Er beherrschte ein paar Akkorde, aber sein Gesang war abscheulich. Als ich sie hochhob, um darauf zu klimpern, gab es in ihrem Innern einen dumpfen Laut. Ich setzte mich auf den Bettrand, drehte die Gitarre um und schüttelte sie. Ein kleines Päckchen in durchsichtiger Plastikverpackung fiel aus dem Schalloch, klirrte gegen die Saiten und fiel auf den Boden. Ich hob es auf, wußte aber bereits vom Hinsehen, was es war – ein Tütchen Gras. Dann hatte Ken also doch gelegentlich ein, zwei Joints geraucht. Ich lächelte bei der Vorstellung, wie er auf seinem Bett saß, auf der Gitarre klimperte und *Crazy* sang; in seinen Ohren hörte es sich wahrscheinlich genau wie bei Willie an.

Ich steckte seinen Geheimvorrat in die Gitarre zurück und erhob mich gerade vom Bett, als ich ein Päckchen in einem Fach seines Bettkastens liegen sah. Ich zog es heraus, und mein Herz krampfte sich zusammen – es war das Guayaberahemd, das ich ihm im Hotel Itza geschenkt hatte. Er hatte es nie getragen.

Ich hatte die Meerenge im Zodiac durchquert, als es dunkel wurde, und das Schlauchboot im Yachthafen von Playa del Carmen vertäut. Von dort hatte ich ein Taxi nach Cancun genommen und von unterwegs Maria Kuyoc angerufen, die dankbar mein Kuvert mit ein paar hundert Dollar darin annahm.

Als ich gerade wieder ins Taxi steigen wollte, hielt sie mich am Arm fest. »Señor Arnold …« Sie furchte wieder die Stirn, als sie versuchte, ihrer Beschreibung, wie sie ihn vorgefunden hatte, noch etwas hinzuzufügen. »*El no estabo … dormido.*«

Er schlief nicht? »*Si … él fue paralizado*«, bestätigte ich in der Annahme, sie meinte, er sei gelähmt gewesen.

»*Si … no …*« Sie fuchtelte frustriert herum, dann ließ sie die Hände langsam vor ihren Augen vorbeiwandern und betonte überdeutlich, daß sie nicht blinzelte. Sie zeichnete eine Sprechblase in die Luft, die aus ihrem Mund kam, schüttelte dazu aber verneinend den Kopf.

Ken war offenbar nicht in der Lage gewesen, seine Augenlider zu bewegen oder zu sprechen.

Ich nickte zum Zeichen, daß ich verstanden hatte, und setzte mich ins Taxi.

Darauf spannte sie ihre Glieder, ihren Kiefer, ihren ganzen Körper. Sie streckte die Arme aus und verformte die Hände zu Klauen.

Ich fragte mich, weshalb sie mit ihrer Pantomime so hartnäckig fortfuhr.

Der Taxifahrer legte den ersten Gang ein.

Nun legte Maria den Zeigefinger an die Schläfe und ließ ihn immer wieder kreisen.

»*Un momentito*«, sagte ich zum Fahrer.

Ich fing endlich an zu begreifen, was sie mir mitteilen wollte. »*Consciente?*« tippte ich.

Maria seufzte erleichtert und nickte langsam und nachdrücklich.

Ich ließ den Taxifahrer starten und winkte ihr zum Abschied. Was Ken durchgemacht hatte, war noch schlimmer, als ich es mir vorgestellt hatte.

Der Land Cruiser stand in der Garage, die ich durch eine Seitentür von der Küche her betreten konnte. Sobald Licht auf ihn fiel, bemerkte ich das Kondenswasser an den Scheiben. Das war schon mal vielversprechend. Ich ging um das Fahrzeug herum und spähte durch klare Stellen hier und dort, und dabei sah ich, daß Ken seine gesamte Ausrüstung einschließlich des tragbaren Kompressors im Heck liegenlassen hatte. Ich folgerte daraus, daß es ihm bereits bei seiner Rückkehr an jenem Tag sehr schlecht gegangen war.

Ich löste die Zentralverriegelung und öffnete die Heckklappe. Dann holte ich eine Probenflasche aus Kunststoff und einen kleinen Trichter aus dem Rucksack und legte sie neben dem Fahrzeug ab, ehe ich vorsichtig jedes einzelne Teil der Tauchapparaturen prüfte, um festzustellen, ob wenigstens einige Tropfen übrig waren. Alles schien verdunstet zu sein und sich als Kondensat niedergeschlagen zu haben.

Ein Teil der Ausrüstung war in einer Supermarktplastikkiste über unseren Taucheranzügen verstaut. Kens Anzug lag über meinem und war getrocknet, aber als ich meinen anhob, fühlte er sich leicht feucht an. Die Tatsache, daß sich soviel Zeug über ihm häufte, sowie die hohe Luftfeuchtigkeit der letzten Tage hatten dazu beigetragen, daß sich eine Spur Nässe in ihm hielt. Genau darauf hatte ich gehofft.

Ich neigte die Kiste und wurde mit ein paar Tropfen Wasser belohnt, die sich am Boden sammelten. Ich lud die Tauchsachen aus, öffnete die Probenflasche und setzte den Trichter auf. Dann hob ich die Kiste behutsam heraus, neigte sie steiler und sammelte das Wasser in einer Ecke. Schließlich goß ich die Flüssigkeit, etwa einen Fingerhut voll, in die Flasche, zog den Trichter heraus und setzte den Deckel wieder auf.

Ich ging zurück in die Küche, öffnete den Kühlschrank und holte eine Packung Eiswürfel aus dem Gefrierfach, außerdem einen vorgefrorenen Behälter mit *Rubbermaid Blue Ice-Kühlmittel.* Plötzlich hörte ich, wie ein Fahrzeug vor dem Haus hielt.

Ich riß hektisch die Türen verschiedener Küchenschränke auf, bis ich endlich eine isolierte Kühlbox fand. Dann hörte ich das schmiedeeiserne Tor klappern und dachte daran, daß ich es nicht abgesperrt hatte. Ich stellte das *Blue Ice* auf den Boden der Box, die Wasserprobe obendrauf und packte die Eiswürfel um die Flasche herum.

Nun versuchte jemand, die Vordertür zu öffnen, die ich zum Glück versperrt gelassen hatte. Doch als ich aus der Küche lief, hörte ich die Tür über die Fliesen in der Diele kratzen. »*Hola?*« rief eine Männerstimme.

In der Garage drückte ich den Knopf neben der Rolltür und betete, der Öffnungsmechanismus möge schnell und lautlos arbeiten. Statt dessen knatterte und krachte die Tür stockend nach oben.

Ich hatte keine Zeit, deswegen zu fluchen. Ich stieg in den Land Cruiser, steckte den Schlüssel ins Zündschloß und drehte ihn um. Das Gefährt sprang dröhnend an, und ich setzte rückwärts aus der Garage, bevor das Tor vollständig hochgezogen war.

Auf der gegenüberliegenden Straßenseite stieß ich mit einem mißtönenden Schlag gegen den Bordstein, nachdem ich beinahe mit einer dunklen Limousine kollidiert wäre, die vor dem Haus parkte. Als ich mit kreischenden Reifen davonbrauste, blickte ich in den Rückspiegel und sah einen Mann auf die Straße rennen, der in ein Handy sprach.

24 Ich durchquerte die Eingangshalle des Hotel Itza, als es auf Mitternacht zuging. Noch immer saßen einige Gäste hier und unterhielten sich, was mich weniger auffallen ließ. Ich trug ein dschungelgrünes Hemd über T-Shirt und Tarnhose, wodurch ich in Verbindung mit meinem Rucksack und den Wanderstiefeln wirkte, als käme ich eben von einer Tagestour in die Umgebung zurück.

Es war eine Bemerkung von Sanchez über den Zugang zu den Ruinen gewesen, die mich zum Hotel zurückgeführt hatte. Zwar wußte ich, wie man zu den Gärten auf der Rückseite des Hotels gelangte, aber der Eingang zum historischen Gelände würde sicherlich verschlossen sein. Doch darum wollte ich mich kümmern, wenn es soweit wäre. Während ich unter einem Baldachin aus Bougainvilleen einen schmalen, gewundenen Pfad entlangging, hörte ich Gelächter, das mir entgegenkam, und schlüpfte rasch hinter einen Baum. Eine Gruppe von etwa sechs Touristen schlenderte um die Biegung, alle trugen leichte Windjacken, Hüte und Halstücher. Sie kehrten verspätet von der nächtlichen Ton- und Lichtshow an der Pyramide Kukulkans zurück. Ich roch das Moskitospray, als sie vorübergingen.

»Dieser Wachtyp war ganz schön sauer, was, Carter?«

»Wir haben es auch wirklich ein bißchen übertrieben, Schatz.«

»Was, wenn wir tatsächlich den Zeitpunkt verpaßt hätten, zu dem sie die Zugbrücke herunterlassen?« fragte eine der anderen Frauen, unbekümmert Kulturen und Kontinente durcheinanderwerfend.

»Am Tor gibt es eine Glocke«, antwortete eine neue Männerstimme. »Früher oder später wäre jemand gekommen und hätte aufgemacht.«

Danke für den Tip, dachte ich. Ich kehrte auf den Gehweg zurück, und als ich um die Kurve bog, sah ich, wie der Wachmann auf seine Armbanduhr schaute und gleichzeitig das Tor berührte. Dann zögerte er und löste eine große Taschenlampe von seinem Gürtel. Er ging ein paar Meter in das Ausgrabungsgelände hinein und schwenkte seine Lampe, um ein letztes Mal nach säumigen Hotelgästen Ausschau zu halten. Ich rannte hin, schlüpfte durch das Tor und schlich zu einem meterhohen Rest alten Gemäuers, hinter das ich mich kauerte. Die Schritte des Wachmanns knirschten auf dem Kies, als er auf das Hotelgelände zurückging, dann war das Quietschen der Angeln zu hören, das metallische Klicken, als das Tor zufiel, und das Klappern des Schlosses.

Ich war allein in Chichen Itza!

Aber das war unwahrscheinlich. Da nur ein Drahtzaun den größten Teil des Geländes umgab, patrouillierten vermutlich Aufseher darin, um Plünderungen zu verhindern. Ich studierte mit Hilfe der Taschenlampe einige Minuten lang die Karte der Anlage in Deirdres Reiseführer, bevor ich mich für eine Richtung entschied.

Der Mond stand hoch und leuchtete hell. Links von meinem Pfad konnte ich oberhalb der Bäume die Silhouette des Tempels ausmachen, der die Pyramide krönte. Zikaden hämmerten ihr tropisches Stakkato. Ein Nachtvogel machte ein regelmäßiges, tickendes Geräusch, wie eine alte Uhr. Dichtere Schatten kauerten entlang des Wegs, bald wie ein stachliger Leguan geformt, bald glatt und geschmeidig wie ein Leopard. Hieroglyphen und Schnitzereien auf Steinen und Gebäuden traten im Widerschein des Mondlichts deutlich hervor. Rechts von mir wartete eine Armee von geisterhaften Kriegern auf

Steinsäulen in Reihen auf ihren Befehl zum Vorrücken. Die nächtlichen Bewohner der verfallenen Stadt waren auf den Beinen, wie in jeder Nacht der tausend Jahre seit dem Auszug ihrer menschlichen Insassen.

Was ich nun sah, dürfte jedoch dem Anblick ähnlich gewesen sein, den die Stadt damals nachts bot, denn die Maya benutzten keinerlei Straßenbeleuchtung, nicht einmal Fackeln. Nur eine antike Morgendämmerung würde die ganze Fremdartigkeit und den Glanz dieses Ortes enthüllen, der in seiner Zeit das wichtigste Zentrum im Gebiet der Maya gewesen war.

Denn wie ich unterwegs auf der Fähre in dem Reiseführer gelesen hatte, waren die Strahlen der aufgehenden Sonne damals auf Gebäude gefallen, die vollständig mit rotem Putz verkleidet und mit blauem und weißem Stuck verziert waren. Und dem modernen Betrachter würde sofort das Fehlen von Straßen auffallen; da diese Menschen keine Räderfahrzeuge, keine Lastentiere oder von Tieren gezogene Fuhrwerke kannten, gab es keine Notwendigkeit, Verkehr auf befestigten Wegen durch die Metropole zu schleusen. Vielmehr verdankten die großen Gebäude, die sie bauten, ihre Lage auf Erden der Sonne und den Sternen, und sie waren von freien Flächen umgeben, auf denen sich die Bürger, die im Alltag an den Rändern der Stadt lebten, häufig versammelten, um einer fortwährenden Folge von Zeremonien beizuwohnen.

Wie oft hatte ich in Science-fiction- oder Fantasyfilmen die Erdlinge an Orten eintreffen sehen, denen das Erscheinungsbild der Mayastädte zugrunde lag – das Äußerste an geheimnisvoller Zivilisation. Ohne Metallwerkzeuge errichteten sie ihre Steinbauten und verzierten sie mit komplizierten Details. Einmal hatte ich im Fernsehen einen Bildhauer gesehen, der mit ihren Werkzeugen zu arbeiten versuchte und kläglich scheiterte, kaum eine Spur in den Stein zu ritzen vermochte.

Den Maya galt Schokolade als das Getränk der Edlen, und Jade war ihr Schmuckstein – sie besaßen kein Gold, und das Ideal menschlicher Schönheit bestand in einem künstlich verflachten Schädel und schielenden Augen.

Ich war inzwischen an der Pyramide angelangt und blickte an der gewaltigen Masse des Gebäudes empor, während ich den Platz davor überquerte. Mein Ziel war die höher gelegene Schotterstraße in der direkten Linie der nördlichen Treppe, auf der ich die gefiederte Schlange hatte hinabkriechen sehen, bis sie in Richtung des Zenote in der Erde verschwunden war.

Auf den Stufen von Gebäuden wie der Pyramide sahen die Menschenmengen, die sich zu zeremoniellen Anlässen versammelten, ihre weltlichen und geistlichen Führer in ausgefallenen Kostümen Rituale von oft bizarrer Symbolik vollziehen – ein Häuptling, der sich den Stachel eines Rochen in den Penis stach, um Blut abzuzapfen, während sich seine Frau eine dornenbesetzte Schnur durch die Zunge zog. Bei anderen Gelegenheiten sahen sie, wie Gefangene enthauptet oder wie ihnen das Herz herausgerissen wurde, oder man bog ihnen das Rückgrat nach hinten, band sie und rollte sie die beinahe senkrechten Stufen der Pyramide hinab.

Ich kam an der Stelle vorbei, wo Goldbergs Torso in der Nacht seiner Ermordung gelandet war, der erste Mensch in tausend Jahren, der ein solches Schicksal erlitt.

Es war so warm, daß ich reichlich schwitzte und Moskitos anlockte, die wie Miniaturausgaben von Kamikazefliegern in mein Gesicht schwirrten. Aber wenigstens waren meine Beine bedeckt, und ich hatte die Enden der Hose als zusätzlichen Schutz noch in die Socken gestopft. Ich blieb stehen, um aus der Wasserflasche zu trinken, die ich in eine Seitentasche meines Rucksacks gesteckt hatte. Die Moskitos erinnerten mich wieder an das Madengeschwür, das sich so offenkundig schnell bei Deirdre entwickelt hatte. War eine Mutation der *Dermatobia* aufgetreten? Eine sich schneller entwickelnde Spezies, die auch Ken befallen hatte? Das war wilde Spekulation. Und es erklärte die Lähmung nicht, wie sie Maria beschrieb. Irgendein wissenschaftlicher Beweis mußte her, und mein Ziel war es, mit einer Wasserprobe aus dem Zenote zu beginnen.

Der Tzompantli, die Schädelplattform, befand sich nun zu meiner Linken, und dahinter der Ballspielplatz. In der Ferne, irgendwo in der Umgebung des Platzes, hörte ich Stimmen. Ich hielt an und versuchte einzuschätzen, ob sie auf mich zukamen oder sich entfernten. Es waren tiefe, männliche Stimmen, und sie schienen zu meiner Erleichterung an Ort und Stelle zu bleiben. Ich entschied, daß es sich wahrscheinlich um Aufseher handelte, die an der Arenamauer rauchten und ein Schwätzchen hielten. Und für den Fall, daß sie plötzlich ausschwärmten, hielt ich mich auf der im Schatten liegenden Seite des Schotterwegs, der zum Heiligen Brunnen führte. Die Stimmen wurden leiser, die nächtlichen Geräusche des Urwalds gewannen die Oberhand, und bald fühlte ich mich vollkommen allein auf meinem Weg zu der uralten Wunde in der Haut der Erde.

Dann verbreiterte sich der Weg vor mir, und ich war nahe am Rand eines gähnenden Schlundes der Finsternis. Ringsum herrschte Stille in den Bäumen. Die Insekten, die ohne Unterlaß gelärmt hatten, seit ich das Hotel verlassen hatte, blieben in der näheren Umgebung des Brunnens stumm.

Ängstlich darauf bedacht, nicht auszugleiten, näherte ich mich dem Rand und blickte hinab. Tief unten spiegelte sich der Mond im vollkommen reglosen Wasser. Ich hatte bislang kaum Gebrauch von meiner Taschenlampe gemacht, aber nun knipste ich sie an, und im selben Moment erhob sich in der Ferne Jubel, gefolgt von Applaus.

Als ich mich in die Richtung des Ballspielplatzes umwandte, sah ich Lichtschein am Himmel über den Bäumen. Mir kam der Gedanke, daß die Aufseher wohl Fußball spielten und daß ich mich beeilen sollte, weil das Spiel jeden Moment zu Ende sein konnte, und den Geräuschen nach würde es dann nur so von ihnen wimmeln auf dem Gelände.

Ich fand einen Felsvorsprung, an den ich mich von unserem Tauchgang noch erinnerte und der ein Stück weit vom Rand des Brunnens über das Wasser ragte. Von dort richtete ich die Maglite nach unten, und der Strahl dehnte sich zu einem Kreis von rund drei Metern Durchmesser aus, wo er auf die Oberfläche traf. Dieses Mal flitzten jedoch keine Silhouetten von Fledermäusen über den Zenote.

Ich legte die Taschenlampe zur Seite, schnallte den Rucksack ab und entnahm ihm mein Tauchmesser, ein Paar Latexhandschuhe, eine Rolle Nylonleine und zwei Literflaschen aus Kunststoff. Ich hatte absichtlich welche mit Griff ausgesucht, ähnlich geformt wie Behälter für Milch oder Speiseöl. Sie verfügten außerdem über einen extra dicken, schweren Boden aus massivem Plastik. Ich band die Leine um den Griff der ersten Flasche, zog die Handschuhe an und schraubte die Kappe ab, die ich anschließend vorsichtig so auf den Boden legte, daß nur die Oberseite mit dem Boden in Berührung kam.

Dann nahm ich die Taschenlampe zur Hand, stellte mich an den Rand des Vorsprungs und ließ die Flasche langsam hinab.

Wieder ertönten in der Ferne Schreie und Jubel, während

ich mit der Taschenlampe verfolgte, wie sich die Flasche dem Wasser näherte. Sie erreichte die Oberfläche und versank, beinahe ohne auch nur ein Kräuseln zu erzeugen. Ich ließ sie um geschätzte weitere zwei Meter sinken und begann, die Leine einzuholen. Ich spürte, daß die Flasche nun schwerer war, sie hatte sich zu meiner Zufriedenheit mit Wasser gefüllt. Ich zog sie herauf und hielt sie ins Licht. Sie war randvoll mit grünlichem Wasser. Ich schnitt die Leine mit dem Tauchermesser ab und schraubte den Deckel wieder auf die Flasche. Dann wischte ich sie von außen mit einem Papiertaschentuch ab und steckte sie zusammen mit dem Tuch in eine Plastiktüte. Nun mußte ich die Prozedur wiederholen. Diesmal spulte ich rund dreißig Meter Leine ab, ehe ich die Flasche wieder einholte. Mit diesen beiden Proben hatte ich eine realistische Chance, das Wasser des Zenote wissenschaftlich zu testen.

Als ich gerade die zweite Flasche sauberwischte, sah ich, wie in der Ferne die Scheinwerfer eines Fahrzeugs über die Bäume strichen, und dann blieben sie zu meiner Bestürzung stehen und zeigten genau den Weg entlang, den ich gekommen war. Ich war überzeugt, das Fahrzeug würde im nächsten Moment zum Zenote herunterkommen, doch es blieb, wo es war. Ich hörte einen Dieselmotor im Leerlauf tuckern und nahm an, daß es sich um eine Art Lastwagen handelte. Der Fahrer blendete die Scheinwerfer ab, ließ den Motor aber laufen. Solange das Gefährt am anderen Ende der Piste stand, saß ich hier fest. Dann glaubte ich durch das Klopfen des Motors hindurch einen Mann schreien zu hören und kurz darauf noch einen. Es waren klagende, herzzerreißende Laute. Aber es klang so sonderbar, daß ich zu dem Schluß kam, es müsse sich um ein Urwaldgeschöpf handeln, einen Vogel wahrscheinlich. Und dann hörte ich ein Hämmern. Da wurden wohl ein paar Aufbauten für die Ton- und Lichtshow abmontiert, dachte ich.

Ich war nun müde. Ich ging hinter einige größere Felsen, holte die Flasche mit dem Trinkwasser aus dem Rucksack und trank ein paar Schlucke. Dann setzte ich mich auf den Boden, lehnte mich an einen Fels und bettete den Kopf auf den zusammengefalteten Rucksack.

25 Der hohe Quengelton eines Moskitos an meinem Ohr weckte mich. Ich knipste die Taschenlampe an und sah auf die Uhr. Es waren nur wenige Minuten vergangen. Doch eine Veränderung war eingetreten – das Motorengeräusch hatte aufgehört.

Ich rappelte mich auf und ging die erhöhte Piste zurück. Der Mond stand nun tiefer und warf längere Schatten. Ich mußte die Taschenlampe benutzen, hielt sie aber auf den Boden gesenkt, knapp vor meine Füße. Falls mich die Aufseher anhielten, würde ich erzählen, ich hätte am Abend zu viel getrunken, sei nach der Show auf dem Gelände umhergeirrt und schließlich eingeschlafen.

Über dem Ballspielplatz, der rechts vor mir lag, war noch immer Lichtschein zu sehen, als ich mich dem Ende der Piste näherte. Ich kam etwa dreißig Meter vom Tempel am Nordende des Spielfeldes auf die große Plaza hinaus, und mir war in diesem Augenblick, als hörte ich ein Weinen. Ich blieb stehen und lauschte. Es schien nahe zu sein, nur wenige Meter entfernt, aber ich wußte, es kam vom Ballspielplatz selbst – die seltsame Akustik dieses Ortes trug den Ton nach außen.

Ich durchquerte eine lichte Baumgruppe auf dem Weg zum Ballspielplatz. Als ich den Nordtempel erreicht hatte, drückte ich mich flach an ihn, dann beugte ich mich vor, um einen Blick in die grasbewachsene Arena zu werfen, die sich zwischen den parallelen Mauern erstreckte.

Einige Scheinwerfer, die während der Show am Abend die Arena beleuchtet hatten, brannten noch; sie waren auf die beiden senkrechten Ringe hoch oben an jeder Wand gerichtet. Nichts regte sich, außer Schwärmen von Insekten, die um die Lichter schwirrten. Aber ich hatte eine Ahnung, daß zwischen diesen Mauern etwas vorgefallen war, und es jagte mir einen kalten Schauer über den Rücken.

Ich wandte mich zum Gehen, aber da hörte ich das Geräusch wieder, viel näher jetzt, fast neben mir, und es klang wie ein verängstigtes Tier. Doch dann erkannte ich, daß es vom anderen Ende der Arena kam. Und von einem Menschen.

Ich zog das Tauchermesser aus einer Seitentasche des Rucksacks und schlich, immer dicht an der Mauer entlang, langsam die Arena hinauf bis unter einen der mächtigen Steinringe und in das Dunkel, das im letzten Viertel des Platzes herrschte. Das Wimmern hatte ganz aufgehört und wurde nun von gelegentlichem Stöhnen ersetzt. Dann Stille.

Als sich meine Augen an die Dunkelheit gewöhnt hatten, bemerkte ich eine Unebenheit im Boden, auf halbem Weg zwischen mir und der Wand auf der anderen Seite. Ich knipste die Maglite an und richtete sie auf etwas, das zunächst wie ein Erdhügel aussah. Es war der Körper eines Mannes.

Er lag ausgestreckt auf dem Rücken, sein Oberkörper war nackt, und sein Kopf steckte in einer grünen Plastiktüte. Als ich näher kam, bemerkte ich, daß sein nackter Rumpf mit einer Art schwarzer Flecken oder Male gesprenkelt war.

Als ich nur noch zwei Meter entfernt war, erhoben sich die Male auf dem Körper plötzlich schwirrend in die Luft: Hunderte von Insekten, die sich an ihm gütlich getan hatten, flogen auf. Aber der Mann rührte sich nicht. Ich sah nun, daß seine Fuß- und Handgelenke an kurzen, in die Erde geschlagenen Pflöcken festgebunden waren. Als ich neben ihm niederkauerte, die Taschenlampe zwischen die Knie geklemmt, hörte ich ein schwaches Ausatmen. Er lebte noch.

Die Plastiktüte schien am Hals zugebunden zu sein. Es lag nahe, sie einfach mit dem Messer aufzuschneiden.

Erst als ich die Tüte vom Gesicht des Mannes hochhob und der Strahl der Lampe darauf fiel, bemerkte ich, daß sie von zahlreichen, stecknadelgroßen Löchern durchbohrt war. Im selben Moment schnitt ich durch das Plastik, und als die Tüte auseinanderklappte, tasteten sich zu meinem Entsetzen ein Paar pelzige Spinnenfühler um den Rand direkt vor mir, sie klopften erst versuchsweise auf den Untergrund, bevor die ganze Spinne erschien, die schwarzen, gegliederten Beine so lang wie meine Finger, der knollenförmige Unterleib mit langen, rötlichen Haaren besetzt. Ich schrie auf und schnippte sie mit der Flachseite des Messers fort, zog die beiden Plastiklappen auseinander und sah mehrere andere Taranteln in die Nacht hinauskrabbeln, eine mit nur dem halben Kontingent Beine.

Das Gesicht, in das ich nun leuchtete, war zerschlagen und zerbissen, die Haut wund und geschwollen von den Nesselhärchen, die von den Spinnen zur Verteidigung ausgestoßen wurden. Unter dem Kopf des Opfers sah ich die Überreste von mindestens zwei weiteren herausragen, die zermalmt worden waren. Einen Moment lang dachte ich, es handle sich hier um einen aus dem Ruder gelaufenen, dummen Streich. Eine Mutprobe. Eine Wette.

Doch tief in meinem Innern wußte ich, daß die Sache sehr viel düsterer war. Ich wußte es, noch bevor ich das Gesicht von Dr. de Valdivia erkannte.

26 Dr. de Valdivias Kopf lag in meinen Schoß gebettet. Ich hatte ihn auf die von den Scheinwerfern beleuchtete Fläche gezerrt und die Flasche mit dem Trinkwasser aus dem Rucksack geholt. Ein wenig davon spritzte ich auf ein Papiertaschentuch, das ich in meiner Brusttasche fand, und tupfte ihm vorsichtig das Gesicht ab. Er hielt die Augen unverwandt offen, die geschwollenen Lider ließen wenig mehr als Schlitze erkennen. Ich fühlte seinen Puls am Handgelenk, er war kaum wahrnehmbar.

»Señorita Madison …«

Ich konnte gerade noch ein heiseres Flüstern ausmachen, da sich seine Lippen nicht bewegten und seine Zunge zu groß für den Mund zu sein schien.

»Ganz ruhig, Dr. de Valdivia. Versuchen Sie, etwas Wasser zu trinken.« Ich setzte die Flasche an seine Lippen und neigte sie leicht.

»Ich habe versucht, ihn aufzuhalten … sie … Ich …« Er schien sich mit aller Willenskraft aufsetzen zu wollen, und ein verstörter Ausdruck trat in seine Augen, weil er es nicht fertigbrachte. Das Wasser lief ihm seitlich aus dem Mund. Er war beinahe vollständig gelähmt. Ich wußte, daß das Nervengift einer einzigen *Brachypelma* nicht stark genug war, um einen Menschen bewegungsunfähig zu machen, doch wiederholte Bisse einer Anzahl von ihnen konnten einen älteren Mann durchaus töten, indem sie sein Atmungssystem lähmten.

»Strengen Sie sich nicht an. Ich hole Hilfe.« Ich verfluchte mich, weil ich das Handy im Land Cruiser gelassen hatte. Ich zog mein Hemd aus, faltete es zusammen und legte es unter seinen Kopf.

»Sie haben gegen die Collegejungs gespielt …« Er blinzelte zu dem Steinring über uns hinauf. »Die Amerikaner haben die meisten Punkte gemacht … dann haben sie sie weggebracht … einen nach dem andern …«

Ich dachte an die Jubelschreie.

»Wer hat sie weggebracht?«

Er murmelte ein Wort. Es klang wie *Kruzo*.

»Wer hat Ihnen das angetan?«

»Kruzo …«, flüsterte er wieder und versank tiefer in einen fast tranceartigen Zustand.

»Ich muß Hilfe holen. Ich bin in ein paar Minuten wieder da«, sagte ich und bettete seinen starren Körper vorsichtig wieder auf den Boden, bevor ich aufstand.

Dr. de Valdivia begann zu zittern, als würde er von innen heraus geschüttelt. Eine Zuckung wölbte seinen Rücken plötzlich nach oben, und die Gliedmaßen schlugen unkontrolliert, da das Spinnengift einen neuen Angriff auf sein Nervensystem unternahm. Dann lag er still, schien aber nicht mehr zu atmen.

Ich beugte mich hinab, um sicher zu sein, und er stieß noch einmal keuchend einige Worte hervor. »Mein Sohn … reden Sie mit …« Seine Stimme verlor sich. Dann mobilisierte er eine letzte Kraftreserve. »Reden Sie mit Bartolomé … über Krater … und … Kru –« Er brach mitten im Wort ab.

Es gab kein Ausatmen mehr. Seine paralysierten Lungen arbeiteten nicht mehr. Dr. de Valdivia war tot.

Ich sank neben ihm auf die Knie. Jeder Versuch einer Wiederbelebung war sinnlos. Ich breitete mein Hemd über Brust und Gesicht des Toten und fragte mich, was in einem Menschen vorgehen mochte, der eine solche Grausamkeit an einem alten Mann verübte.

Wieso war Dr. de Valdivia in Chichen Itza gewesen? So wie es sich anhörte, hatte er versucht, zugunsten des entführten Collegeteams einzugreifen, das man zu einem Basketballspiel auf dem Ballspielplatz gezwungen hatte. Aber warum hatte man ihm so übel mitgespielt, wenn sein einziges Verbrechen darin bestand, sich für die Freilassung der Geiseln einzusetzen?

Und was war aus *ihnen* geworden? Es hatte Punkte gegeben und Jubel. Die Entführer hatten den Wettkampf gegen die äußerst gewandte Collegemannschaft offenbar verloren. Und dann hatte ich wohl gehört, wie sie weggefahren wurden. Ich versuchte, Dr. de Valdivias Version des Ballspiels aus meinen Gedanken zu verbannen. Die Version, in der die Sieger starben.

Ich weiß nicht, was mich den Kopf wenden und zurückblikken ließ, als ich den Ballspielplatz am südlichen Ende verließ und der Pyramide zustrebte.

Das Gebäude direkt hinter mir war der Tzompantli, die steinerne Plattform, deren Blöcke Schnitzereien von Schädeln zierten; ihre rechteckige Masse zeichnete sich als Silhouette vor dem tiefstehenden Mond ab.

Ich drehte mich wieder um, machte ein paar Schritte und blieb stehen. Meine Augen hatten ein Signal an das konfuse Gehirn gesandt, das dieses erst jetzt interpretierte. Die Plattform wurde von einer Art Gerüst überragt, das sich noch nicht dort befunden hatte, als ich vorhin daran vorbeigekommen war.

Mit wachsendem Entsetzen ging ich auf die Steinplattform

zu. Vor dem mondbeschienenen Himmel wirkte das Gebilde darauf wie ein riesenhafter Abakus. Ich schätzte ihn auf drei Meter Höhe und vier Meter Breite, mit drei Querstreben, auf denen jeweils eine Anzahl von fußballgroßen Zählperlen aufgereiht waren.

Während ich mich der Plattform näherte, knipste ich die Taschenlampe an und schwenkte sie über die Steinblöcke mit ihren Schädelprofilen. Dann ließ ich den Strahl nach oben wandern.

Acht menschliche Köpfe waren auf himmelwärts gerichtete Spitzen gepflanzt und in Pyramidenform auf den Querstreben angeordnet worden – eins, drei, vier. Wie in einer Fleischereiauslage starrten mir ihre ausdruckslosen Augäpfel entgegen, Münder ohne Lippen grinsten entstellt mit Zähnen und freiliegendem Zahnfleisch, und aus den Hälsen tropfte Blut. Selbst als ich die Maglite ausschaltete, um dem grauenhaften Anblick zu entgehen, glitzerten die hölzernen Querbalken noch im Mondlicht.

27 »Ich kann einfach nicht fassen, daß du allein dorthin gegangen bist, und das auch noch nachts.«

Dasselbe hatte Deirdre inzwischen vielleicht fünf- oder sechsmal gesagt. Sie lief in der Küche auf und ab, während ich darauf wartete, daß mein Toast heraussprang. Obwohl die Morgensonne das Haus langsam erwärmte, bat ich sie, die Klimaanlage nicht anzustellen, da ich vor Kälte, Hunger und möglicherweise auch verspätetem Schock bibberte. Sie hatte mich bereits mit heißer Schokolade versorgt, die mich ein wenig schläfrig machte.

»Das war die einzige Zeit, in der ich dem Zenote nahe kommen konnte, ohne Aufsehen zu erregen«, wiederholte ich.

»Mir hast du erzählt, du holst den Hausschlüssel von Maria und schnüffelst ein bißchen herum. Sonst nichts.« Sie war aufrichtig wütend auf mich, wie eine Mutter, deren minderjährige Tochter ohne Erlaubnis bei einem Freund übernachtet hat. Sie trug sogar einen alten Morgenmantel, den meine Mutter hiergelassen hatte, was diesen Eindruck noch verstärkte.

»Okay, okay, ich hätte dir Bescheid sagen sollen. Aber damit können wir's dann gut sein lassen.« Da war auch noch der Umstand, daß ich mich am Tag zuvor über sie geärgert hatte, und somit waren wir nun quitt. Der Toaster klickte, und ich nahm die zwei heißen Brotscheiben heraus und jonglierte sie zu einem Teller. »Ich nehme das hier mit hinüber ins Bett«, sagte ich, bestrich den Toast mit Erdnußbutter und schnitt Bananenscheiben darauf.

»Komm, ich trag es für dich«, sagte sie mürrisch.

Auf dem Weg in mein Schlafzimmer überlegte ich, daß wir beide unsere Rolle spielten, um so die Wirkung der Greueltat, deren Zeugin ich geworden war, irgendwie zu entschärfen. Und ich hatte nichts dagegen – ich mußte mich wenigstens für ein paar Stunden aus der Realität zurückziehen, und das ließ sich mit ein wenig Schlaf erreichen.

Den Wachmann des Hotel Itza hatte mein Bericht derart in Schrecken versetzt, daß er nicht daran dachte, mich festzuhalten, bis die Polizei eintraf, sondern ins Hotel rannte, um ein paar Kollegen zu alarmieren. Ich ging durch das Gebäude und hinaus auf den Parkplatz, ohne daß mich jemand aufhielt, stieg in den Land Cruiser und startete in Richtung

Cancun. Während ich fuhr, klappte ich das Handschuhfach auf und tastete mit einer Hand nach dem Handy. Wie so oft, wenn man blind sucht, kam nichts dabei heraus, und ich mußte an den Straßenrand fahren und richtig nachsehen. Erst in diesem Augenblick merkte ich, daß ich am ganzen Körper zitterte.

Ich ging in Gedanken noch einmal den Ausflug vom Hotel zum Heiligen Brunnen durch, hörte all die nächtlichen Geräusche wieder, sah die mondbeschienenen Gebäude und vermerkte das Fehlen von patrouillierenden Aufsehern, die offenbar bereits im Besucherzentrum eingesperrt waren. Dann die Rufe und Jubelschreie sowohl der Studenten als auch ihrer zynischen Mörder, wenn der Ball durch den Steinring geworfen wurde, die wachsende Hoffnung der Basketballspieler auf Freilassung, da sie diesen augenscheinlichen Test so erfolgreich bestanden. Vielleicht sahen sie Dr. de Valdivia im Gespräch mit ihren Entführern und fragten sich, was dieser alte Mann hier tat, nicht ahnend, daß er um ihr Leben flehte. Dann das Motorengeräusch, das wohl von dem Bus stammte, der sie abholen kam, wie die Studenten meinten, der in Wirklichkeit aber nur ein Finte war, um sie abzulenken, während die Bande die schauerlichen Hinrichtungen plante. Und war es einer von ihnen gewesen, den ich hatte schreien hören?

Ich versuchte, diese Gedanken zu verbannen, und wühlte weiter im Handschuhfach. Als ich auf meiner Suche nach dem Handy, das irgendwie ganz nach unten gerutscht war, verschiedene Papiere herauszog, stieß ich auf die Bedarfsliste, die Ken Arnold an Captain Sanchez gefaxt hatte. Am oberen Rand der Seite hatte Ken neben den Namen des Bundespolizisten eine Mobiltelefonnummer gekritzelt. Ich hatte mich nur bei Deirdre melden wollen, aber nun zögerte ich. Ich würde unerwünschte Aufmerksamkeit auf mich ziehen, aber ich fand, um des alten Mannes willen sollte ich Sanchez anrufen. Wahrscheinlich würde die Polizei, die man nach Chichen Itza geholt hatte, ohnehin mit ihm Kontakt aufnehmen, aber ich hatte einen Vorsprung, der ihm bei der Untersuchung von Dr. de Valdivias Tod und der Entführung und Ermordung der Studenten helfen konnte.

Es war 4.30 Uhr, und es meldete sich nur Sanchez' Mailbox, auf der ich eine äußerst knappe Mitteilung hinterließ. »Dr. de Valdivia und die amerikanischen Geiseln wurden in Chichen Itza ermordet. Dafür verantwortlich ist eine Organisation oder Person namens Kruzo. Als Gegenleistung für diese Information dürfen Sie meine Identität gegenüber den Medien nicht preisgeben.«

Dann läutete ich Deirdre bei mir zu Hause aus dem Bett und erklärte ihr rasch, was passiert war. Erst war sie fast zu verdattert, um etwas zu sagen, aber dann fragte sie nach weiteren Einzelheiten. Ich sagte, ich würde wahrscheinlich gegen acht auf Cozumel eintreffen und ihr dann alles erzählen. Und falls in der Zwischenzeit die Polizei auftauchte und wissen wollte, was ich in Chichen getan habe, solle sie sagen, ich wäre hingefahren, um die Tauchausrüstung abzuholen, die Ken im Hotel gelassen hatte. Ich schaltete das Telefon aus und fuhr den restlichen Weg in Stille, während ich beobachtete, wie der Himmel direkt vor mir langsam hell wurde. Hin und wieder öffnete ich sämtliche Fenster, damit ich nicht einnickte, und hörte die an- und abschwellenden Vogelrufe, mit denen der Dschungel zum Leben erwachte.

Nicht lange, nachdem ich eingeschlafen war, hörte ich Stimmen aus dem Wohnzimmer. Zunächst dachte ich, Deirdre würde telefonieren, aber dann vernahm ich auch eine männliche Stimme. Widerwillig schleppte ich mich aus dem Bett, schlüpfte in ein Paar Plastiksandalen und schlurfte den dunklen Flur entlang. Es war schon wieder Nacht, ich hatte den ganzen Tag verschlafen. Die Stimmen verstummten, als hätte man mich gehört, aber ich sah einen Lichtschein unter der Tür. Aus irgendeinem Grund wurde ich plötzlich nervös. Aber ich bin doch hier in meinem eigenen Haus, dachte ich, das ist lächerlich.

Dann ging die Tür auf, und Deirdre lächelte mich an. Hinter ihr war jemand, den ich nicht sehen konnte. Sie machte eine Art Knicks und trat zur Seite, die Arme ausgestreckt, um den Gast zu mir nach vorn zu bitten.

Es war Manfred.

Er trug eine blaue, wattierte Uniformjacke und eine gemusterte Wollmütze, beide mit Schnee bestäubt. Sein blonder Vollbart war von Rauhreif bedeckt, winzige Eiszapfen hingen in ihm. Er versuchte, auf mich zuzugehen, aber irgend etwas hielt ihn zurück. Dann bemerkte ich, daß seine Beine in einem Eisblock zusammengefroren waren. Voller Angst wollte ich ihm zurufen, er solle nicht näher kommen, aber kein Laut drang aus meiner Kehle. Er versuchte erneut, sich zu bewegen. Jetzt wußte ich, daß ich nicht verhindern konnte, was gleich geschehen würde. Hätte er doch nur warten können, bis ihn die Wärme frei taute, aber nein, es mußte nach seinem Willen gehen. Manfred begann zu fallen. Während Deirdre noch immer lächelte, sah ich, wie er vornüber auf den Fliesenboden stürzte und in gefriergetrocknete Stücke zersprang – Beine, Arme, Becken und Oberkörper gingen entzwei, und der Kopf zerbrach krachend in Scherben, die über den Boden schlitterten.

Ich erwachte mit einer Stinkwut auf Manfred.

Als ich dann langsam zu mir kam, war ich zuerst entsetzt von den Bildern, die ich soeben heraufbeschworen hatte. Dann überflutete mich eine Woge von Traurigkeit.

Mit Tränen in den Augen sank ich zurück auf das Kissen. Aber nun hörte ich tatsächlich Stimmen aus dem Wohnzimmer. Ich lauschte eine Weile, um sicherzugehen ... Deirdre und ein Mann im Gespräch ... sie zornig, er insistierend. Ich sah auf die Uhr. Ich hatte weniger als eine Stunde geschlafen.

Die beiden gingen hinaus auf die Terrasse, wo ich sie nicht mehr hören konnte. Aber der Traum von Manfred hatte mich aufgewühlt, und ich würde wahrscheinlich sowieso nicht wieder einschlafen können. Ich kroch aus dem Bett und duschte rasch. Dann zog ich einen Bademantel über und trat mit noch nassen Haaren auf die Terrasse hinaus.

28 Captain Sanchez saß unter der *palapa*, ihm gegenüber hatte Deirdre in einem Stuhl Platz genommen und sagte gerade etwas zu Alfredo, der offenbar aus dem Laden heraufgekommen war. Als ich die Terrasse betrat, blickten alle drei in meine Richtung und begannen gleichzeitig zu reden.

»Ich habe dem Captain gesagt, daß du Schlaf brauchst –«

»Ihr Vater kommt –«

»Señorita Madison, wo waren Sie letzte –«

»Halt, halt«, protestierte ich. »einer nach dem anderen, bitte. Du zuerst, Alfredo.«

Alfredo warf sich in die Brust, stolz, daß er als erster zum Reden aufgefordert wurde. »Ihre Mutter hat angerufen, als Sie gerade unter der Dusche waren. Sie sagte, es täte ihr leid wegen Ihrem Boß. Ihr Vater fliegt heute nach Cancun.«

»Cancun, nicht Cozumel?«

»Ich bin mir sicher, sie sagte Cancun.«

Es klang, als wolle mein Vater in der Bekundung seines Mitgefühls nicht ganz bis ans Ende gehen und mir zu verstehen geben, daß ich den letzten Schritt tun müsse – auf ihn zu.

»Danke, Alfredo«, sagte ich. Er ging wieder in den Laden hinunter. »So, und worum ging es bei euch beiden?«

»Ich habe ihm erklärt, daß du Schlaf nachholen mußt«, sagte Deirdre. »Nachdem wir eine Weile darüber gestritten hatten, meinte er, dann würde er eben warten. Also wollte ich ihn überreden, am Nachmittag wiederzukommen.«

»So eilig, Captain Sanchez?«

Sanchez verschwendete keine Zeit mit Höflichkeiten. »Wir wissen aufgrund der Beschreibung des Wachmanns, daß Sie tatsächlich heute morgen auf dem Gelände waren. Was haben Sie dort gemacht?«

»Ein *Danke* könnte nicht schaden. Immerhin habe ich mich mit wichtigen Informationen bei Ihnen gemeldet.«

»Also gut – danke. Aber warum waren Sie nun heute in den frühen Morgenstunden in Chichen Itza?«

»Ich …« Ich zögerte. »Weil …« Die Geschichte, daß wir einen Teil der Tauchausrüstung im Hotel zurückgelassen hatten, klang inzwischen nicht mehr so überzeugend wie heute früh, als ich sie auf der Rückfahrt von Cancun eingeübt hatte. Aber ich mußte vorläufig lügen. Ich brauchte Zeit, um die Proben analysieren zu lassen.

»Ich hab's Ihnen doch schon erklärt«, unterbrach Deirdre. »Jessica mußte sich mit ein paar Tauchern treffen, die im Hotel wohnen.« Sie forderte mich mit einem Blick auf, sie zu Ende reden zu lassen. »Sie warteten auf Ken, der in einem Zenote mit ihnen tauchen wollte.«

Danke, Deirdre, sagte ich im stillen. Das klang sehr viel plausibler.

»Das stimmt«, ergänzte ich. »Im Zenote Dzitnup.« Der Name dieser bekannten Touristenattraktion, rund vierzig Kilometer von Chichen Itza entfernt, war Sanchez sicherlich geläufig.

Er sah Deirdre mit einem leidenden Gesichtausdruck an. »Eigentlich will ich Señorita Madison befragen, und zwar vertraulich«, sagte er.

»Kommen Sie mir nicht mit so einem Quatsch«, erwiderte Deirdre. »Sie hat nichts getan, und es gibt keinen Grund, warum nicht ganz Cozumel hier bei ihr sitzen könnte.«

Sanchez seufzte. »Also gut, ich geb's auf. Kann man hier eventuell eine Tasse Kaffee bekommen?«

Ich duckte mich innerlich, weil ich erwartete, daß Deirdre eine Bemerkung vom Stapel lassen würde. Aber das geschah nicht. Vielmehr zeigte der gutaussehende Sanchez ein derart breites Lächeln, daß es seinen unverblümten und noch dazu frauenfeindlichen Versuch, Deirdre loszuwerden, anscheinend entschuldigte, denn sie war bereits auf den Beinen.

»Laßt euch nicht stören«, sagte sie laut, als sie hinter meinem Stuhl vorbeistrich. »Ich geh nur ein bißchen Kaffee vergiften.«

Sanchez schien sich zu entspannen. »Zenote Dzitnup, sagten Sie? Sehr interessant, fahren Sie fort.«

Ich hatte keine Zeit, darüber nachzudenken, warum er das so interessant fand, sondern nahm meine Geschichte wieder auf, die zumindest teilweise stimmte. »Ich habe sie bei der Ton- und Lichtshow getroffen, vier Amerikaner, einer von ihnen heißt Carter, Sie können den Wachmann fragen. Er ließ uns um zwölf durch das Tor wieder herein. Ich lief nur zurück, um meine Jacke zu holen, die ich in der Nähe der Pyramide liegengelassen hatte, und da hörte ich drüben beim Ballspielplatz etwas.« Der zeitliche Ablauf paßte nicht, aber für den Augenblick würde die Geschichte ihren Zweck erfüllen.

»Hmm ...« Sanchez klang nicht überzeugt. »Es gab gestern abend auch einen Einbruch in Señor Arnolds Haus. Wissen Sie darüber was?«

Da ich eine Rückkehr zu Kens Haus nicht riskieren wollte, hatte ich den Land Cruiser zur Anlegestelle der Passagierfähre in Playa del Carmen gefahren und dort abgestellt. Sie konnten nicht mit Bestimmtheit wissen, daß ich die Person im Haus gewesen war, aber ich dachte mir, wenn ich das zugab, würde Sanchez die andere Sache vielleicht übersehen. Deshalb spielte ich die Beleidigte.

»Wollen Sie etwa sagen, *Sie* sind dort herumgeschlichen und haben mich erschreckt? Ist ja wohl nicht ganz Ihr Revier, oder?«

»Ich war es nicht, sondern der Anwalt, Marrufo. Er schaute zufällig vorbei, um ein Inventarverzeichnis des Hauses zu vervollständigen. Das Entfernen des Geländewagens war unrechtmäßig.«

»Ken und ich hatten eine diesbezügliche Abmachung. Und ich habe ihn geschäftlich benutzt.«

»Sie haben ihn nicht wieder abgeliefert.«

»Das werde ich noch tun. Aber jetzt Schluß mit diesen Nebensächlichkeiten. Kommen wir lieber zu dem, was Sie mich eigentlich fragen sollten.«

»Sie meinen, was Sie in Chichen Itza gesehen haben? Ich nehme an, Sie betraten den Schauplatz, nachdem die Greueltat verübt worden war. Andernfalls wären Sie jetzt auch tot. Verwirrend finde ich allerdings, wie Sie zu Ihrer Andeutung hinsichtlich der möglichen Täter kommen.«

»Dr. de Valdivia lebte noch, als ich ihn auf dem Ballspielplatz fand.«

»Was?« Sanchez war vollkommen überrascht. »Dann waren Sie es, die ihn von der Stelle wegzog, wo er angepflockt war?«

»Ja. Aber zu diesem Zeitpunkt war er noch bei Bewußtsein. Und er hat mit mir gesprochen.«

»Er hat mit Ihnen *gesprochen*?« Sanchez wirkte jetzt beinahe beunruhigt. »Was hat er gesagt?«

»Er war sehr schwach und nur schwer zu verstehen. Soviel ich mir zusammenreimen konnte, hat er vergeblich versucht, sich für die Geiseln einzusetzen. Dann mußte er zusehen, wie die Entführer gegen die Mannschaft spielten – wobei er die ganze Zeit wußte, daß sie sterben würden.«

Sanchez schloß die Augen wie beim Gebet. »Warum hat er mich nicht eingeweiht«, flüsterte er, mehr zu sich selbst. Dann öffnete er die Augen wieder und sah mich an. »Ich wußte nichts von seinen Plänen«, sagte er flehentlich, als hielte ich ihn für mitverantwortlich.

»Das glaube ich Ihnen«, erwiderte ich.

Sofort schaltete er wieder auf Vernehmung um. »Was hat Ihnen Dr. de Valdivia sonst noch erzählt?«

»Daß es dieser ›Kruzo‹ war, der ihn gefoltert hat. Wissen Sie, was man mit ihm gemacht hat?«

»Es gab genügend Hinweise, um den Hergang zu rekonstruieren. Außerdem ist es eine traditionelle Bestrafung für Verräter. Die Mayarebellen des neunzehnten Jahrhunderts pflegten Informanten in Säcke voller giftiger Skorpione und Spinnen zu nähen.«

»Dann sind die Entführer also eine Mayaorganisation?«

»Ja. Die Cruzob.« Er buchstabierte es. »C-r-u-z-o-b. Der Plural des spanischen Wortes für Kreuz in der Mayasprache, wenn Sie mir folgen können. Das ›b‹ wird nicht gesprochen. Bedeutet grob übersetzt ›das Volk des Kreuzes‹.«

»Sie wußten bereits, daß sie es waren?«

»Wir haben Hinweise darauf, daß sie an terroristischen Aktivitäten der letzten Zeit beteiligt waren«, leierte er herunter, als würde er fürs Fernsehen interviewt.

»Sie meinen den Mord an Goldberg?«

Er antwortete nicht.

»Steht die Sache irgendwie in Zusammenhang mit den Spannungen zwischen unseren beiden Ländern?«

»Das weiß ich nicht. Aber sie ist bestimmt nicht hilfreich.«

»Warum betrachten die Cruzob Dr. de Valdivia als Verräter?«

»In den Fünfzigern arbeitete Rafael de Valdivia als Freiwilligenarzt bei den Maya von Quintana Roo. Das Gebiet war das ärmste in ganz Mexiko, es herrschte sogar Hungersnot. Das war ein paar Jahre nach Unterzeichnung eines Vertrags zwischen den Maya von Yukatan und Mexiko. Viele der Cruzob wollten die Vereinbarung nicht anerkennen und einen unabhängigen Staat gründen, wie Quintana Roo fast ein Jahrhundert lang praktisch einer gewesen war. De Valdivia wurde ihr Anführer. Sie lieferten sich ein paar Jahre lang Scharmützel mit der Armee, bevor er der Gewalt abschwor und die Guerillaverbände auflöste.«

»Aber er selbst war kein Maya.«

»Nein. Ironischerweise stammte er von Konquistadoren ab. Aber er wurde ein Volksheld der Maya in Yukatan. Inzwischen gibt es jedoch eine neue Generation von Rebellen, die mit den älteren Cruzob gebrochen und sich wieder der Gewalt verschrieben haben. Und die verdächtigen wir dieser Greueltaten. Sie wußten, wer Dr. de Valdivia war, aber sie müssen herausgefunden haben, daß er bei der Untersuchung im Fall Goldberg mit den Behörden zusammenarbeitet. Er dachte wohl immer noch, er könnte mit ihnen diskutieren, aber das war naiv. Die heutigen Terroristen verabscheuen Gemäßigte, die sich in ihre Sache einmischen, sogar noch mehr, als sie Verräter hassen.«

Dr. de Valdivia war also ein Revolutionär gewesen. Und einer mit beträchtlichem Charisma, konnte ich mir vorstellen. Dann mußte es wohl Heldenverehrung gewesen sein, die Alfredo veranlaßt hatte, in Chichen Itza auf ihn zuzugehen. Oder steckte ein finstereres Motiv dahinter? Ich sah aus dem Augenwinkel, wie Deirdre mit einem Tablett aus der Wohnung kam.

Sanchez sah sie ebenfalls kommen und fragte rasch: »Hat Dr. de Valdivia sonst noch etwas gesagt?«

»Ja … eines noch. Er bat mich, mit seinem Sohn Bartolomé zu sprechen.«

»Worüber?«

»Über die Cruzob.«

»Und das war alles, was er sagte?«

Deirdre näherte sich dem Tisch.

»Er war sehr schwach, wie ich schon erklärt habe.«

»Sie sind sicher, Sie haben ihn sonst nichts sagen hören?«

»Ja«, log ich.

Deirdre setzte das Tablett ab. »Wen wollen wir heute vergiften, Majestät?« fragte sie, ein Auge geschlossen und den Mund zur Seite verzerrt. Ich vermutete, sie wollte Sanchez ablenken, weil sie wußte, was für eine schlechte Lügnerin ich war.

»Captain Sanchez hat sehr mein Mißfallen erregt«, erwiderte ich mit einer Stimme wie Porzellan. Ich sah die Werbeslogans förmlich vor mir: *Deirdre und Jessica – ernsthaft komisch.*

»Danke«, sagte Sanchez, der unsere kleine Vorstellung erkennbar nicht zu schätzen wußte, und rührte mürrisch in seinem Kaffee.

Deirdre nahm wieder am Tisch Platz. »Ich habe eine Frage, Captain Sanchez. Warum wird in den Medien keine Terrororganisation für diese Greuel verantwortlich gemacht?«

Er rührte eine Weile weiter, ehe er antwortete. »Aus Gründen, die wir nicht genau kennen, hat niemand die Verantwortung übernommen oder eine Erklärung verbreitet. Vielleicht der Versuch, den Terror langsam einsickern zu lassen. Uns ist es ganz recht, weil sich niemand einer Sache anschließt, von der man noch nichts gehört hat.«

»Schöne Sache, die es nötig hat, gerade mal zwanzigjährige Sportler zu ermorden und ihre sterblichen Reste zu verstümmeln«, sagte ich.

»Das waren immerhin Universitätsstudenten. Von islamischen Rebellen auf den Philippinen weiß man, daß sie zwölfjährige Kinder entführt haben.«

»Wollen Sie damit sagen, es ist nicht so schlimm?« fragte Deirdre ungläubig.

»Ich will nur sagen, es könnte schlimmer sein.«

»Wurden sie als Vergeltung für die Todesfälle an der Grenze ermordet?« fragte ich.

»Es sieht natürlich erst mal nach Auge um Auge aus. Erst mal, sagte ich. Man muß den Blick darauf richten, was das Endergebnis einer solchen Tat sein könnte.«

»Die Destabilisierung der Beziehungen zwischen Mexiko und Amerika?« schlug ich vor.

»Das könnte nur ein Schritt auf dem Weg sein. Wenn Sie jetzt noch die Ermordung Goldbergs in die Gleichung einsetzen, was kommt dann heraus?«

»Was? Keine Ahnung.« Ich war nichtsdestoweniger neugierig. Sanchez hatte den Mord an dem Impresario jedenfalls nicht unter »Fehde zwischen Einheimischen« abgeheftet.

»Wenn man von Vergeltung für den Zwischenfall an der Grenze absieht, ist es schwer zu sagen«, meinte Deirdre.

Sanchez schaute blasiert wie der noch nicht bekanntgegebene Gewinner einer Lotterie, der weiß, daß er das Gewinnlos in der Tasche hat. »Aus Sicht dieser radikalen Maya ist in Yukatan ein Prozeß im Gange, der ihre Kultur schneller auslöscht, als es Jahrhunderte der Eroberung und Versklavung vermochten ...« An dieser Stelle ließ er den Köder erst mal baumeln.

»Und das wäre?« schnappte ich danach.

»Der Tourismus.«

»Im Ernst?« Es war naheliegend und seltsam harmlos zugleich für mein Gefühl.

»Tourismus – klar«, sagte Deirdre. Das war natürlich Wasser auf ihre Mühlen.

»Jawohl, Tourismus. Aber es wäre so einfach, das Blatt zu wenden. All diese unerwünschten Leute zu verjagen und dafür zu sorgen, daß sie nicht wiederkommen. Die ägyptische Regierung mußte damals in den Neunzigern Unsummen aufwenden, nachdem eine Gruppe Touristen ermordet wurde. Und in Algerien hat die regelmäßige Tötung von Touristen den Fremdenverkehr fast zum Erliegen gebracht.«

»Dann könnte es also sein, daß diese Morde überhaupt nichts mit dem Grenzzwischenfall zu tun haben?« sagte ich.

»Ich sage nicht, daß es wirklich so ist. Ich spekuliere nur.«

Sanchez blickte aus irgendeinem Grund zu Deirdre hinüber. Dann schritt er zur Rückseite der Terrasse, beugte sich über die Umrandung und rief zu jemandem hinab. Ich hatte gar nicht gefragt, wie er nach Cozumel gekommen war. Ich stand auf und sah die Peitschenschnurantenne einer Motorbarkasse der Polizei. Sanchez sprach auf spanisch über Dr. de Valdivia und die Cruzob. Er drehte sich kurz um und sagte: »Ich bitte jemanden zu uns herauf.«

»Wer es auch ist, er soll vorn herum und die Treppe hinaufgehen«, sagte ich. »Das Tor ist nicht versperrt.« Auf diese Weise mußte niemand den Laden und das Haus durchqueren, um die Terrasse zu erreichen.

Sanchez übermittelte meine Nachricht und kam wieder an den Tisch. »Ich habe Ihre Bitte um Vertraulichkeit respektiert, Señorita Madison. Ich nehme an, Sie wurden nicht von den Medien belästigt.«

Darauf hatte ich kaum geachtet. »Es gab keinen einzigen Anruf, danke.«

»Ich habe unserem Pressebüro erzählt, ich hätte einen anonymen Tip bekommen. Und das war auch gut so, denn sonst wäre die erste Fähre aus Playa heute morgen unter dem Gewicht von Journalisten und Fotografen gesunken, die alle nach der Amerikanerin gesucht hätten, die rein zufällig letzte Nacht in Chichen Itza war.« Er glaubte nicht an die Erklärung, die ich für meine Anwesenheit dort abgegeben hatte.

Wir hörten das Tor unten in den Angeln knarren.

Ohne auf mich zu achten, starrte Sanchez nun Deirdre durchdringend an. »Señora O'Kelly, hier ist jemand, den ich Ihnen gern vorstellen möchte.« Es war merkwürdig, Deirdre als »Señora« angesprochen zu hören. Bei Zweifeln hinsichtlich des Familienstandes einer Frau galt in Mexiko die Faustregel, daß man sie jünger machte, indem man sie als »Señorita« ansprach. Deirdre war nicht verheiratet, obwohl sie Mutter war – eine Tatsache, die Sanchez wohl kaum bekannt sein durfte.

Deirdre spielte ein wenig nervös mit den Fingern, sie zwickte und drückte sie, als wären sie kalt und als müßte sie ihre Durchblutung wieder in Gang bringen.

Ein Mann kam unter dem Hibiskusbogen die Treppe herauf und betrat die Terrasse. Mit dem im Nacken zusammengebundenen Haar, dem bunten Hemd und der weißen Hose, die er nun trug, brauchte ich ein, zwei Augenblicke, bis ich ihn wiedererkannte. Aber die Nase war unverwechselbar.

28

»Das ist mein Kollege, Hector Zedillo«, sagte Sanchez. »Ich glaube, Sie sind sich schon begegnet.«

Ich warf einen Blick zu Deirdre. Ihre Reaktion war eher Erleichterung als Überraschung.

»Ich wollte Sie neulich nicht beleidigen«, sagte Zedillo und nahm am Tisch Platz. »Hab nur meine Rolle gespielt.«

Irgend etwas sagte mir, daß die Rolle, die er gespielt hatte, seinem Wesen sehr nahe kam. »Dasselbe gilt für uns, wir haben auch nur eine Rolle gespielt«, antwortete ich. »War nicht persönlich gemeint.«

»Schön, daß das geklärt ist«, sagte Sanchez sarkastisch. »Und ich bewundere, wie Sie, meine Damen, dazu neigen, für die jeweils andere zu antworten. In diesem Fall würde ich jedoch gern von Señora O'Kelly persönlich hören, welche Rolle sie denn spielt.«

Deirdre und ich tauschten verdutzte Blicke. Wollte er zu verstehen geben, sie sei lesbisch und solle es zugeben?

Zedillo setzte nach. »Wir reden von der Rolle, die sie hier auf Cozumel spielt. Ist die echt?«

Nun platzte Deirdre endlich der Kragen. »Wovon zum Teufel reden Sie?«

Sanchez beugte sich über den Tisch und blickte ihr forschend in die Augen. »Davon, daß Sie angeblich hier sind, um bei Ihrer Freundin Urlaub zu machen, und aus keinem anderen Grund.«

Deirdre furchte die Stirn. »Welchen anderen Grund könnte ich haben?«

»Sie wurden in der Jazzkneipe im Gespräch mit Cruzob-Extremisten gesehen, von denen wir vermuten, daß sie Cozumel als Operationsbasis benutzen. Wir wissen, daß mexikanische Rebellengruppen in der Vergangenheit Unterstützung aus Irland erhielten ... von IRA-Veteranen ... und militanten Priestern.« Er hielt den Blick weiter auf Deirdre gerichtet, um ihre Reaktion zu beobachten. Hätte er mich angesehen, er hätte Fassungslosigkeit über diese lächerliche Richtung der Befragung in meinem Gesicht lesen können.

Deirdre seufzte geduldig. »Ich habe mich in einer Bar kurz mit zwei Fremden über Sprache und Literatur der Maya unterhalten. Mehr habe ich mir nicht zuschulden kommen lassen. Und falls Sie auf meinen Onkel anspielen, der hat in Mittelamerika gearbeitet, nicht in Mexiko.«

»Haben Sie irgendwann seit Ihrer Ankunft hier das Festland besucht?« fragte Zedillo.

Wieder tauschten Deirdre und ich kurze Blicke.

»Ja, äh, einmal«, erwiderte sie. »Wir waren zusammen in Cancun, um uns die Sehenswürdigkeiten anzuschauen.«

»Und nur bei dieser Gelegenheit haben Sie die Insel verlassen?« sagte Zedillo.

»Von Ausflügen zu den Riffen abgesehen, ja«, entgegnete Deirdre.

Ich konnte jetzt schon hören, wie sie später sagen würde: *Großer Gott, Jessica, für all diese Lügen werden wir in der Hölle braten.*

»War's das dann?« Deirdre stand von ihrem Stuhl auf.

»Bitte setzen Sie sich, Señora«, sagte Zedillo. Sie waren noch nicht fertig.

Sanchez: »Wo waren Sie, bevor Sie nach Cozumel kamen?«

»In Florida.«

Zedillo: »Was haben Sie dort gemacht?«

»Meinen Bruder besucht.«

Sanchez: »Wie heißt Ihr Bruder?«

»Dermot O'Kelly.«

Zedillo: »Was treibt er dort?«

»Er ist in der Reisebranche tätig.«

Sanchez: »Was tut er – bringt er Touristen nach Miami?«

»Nein, er bringt sie von dort weg.«

Zedillo: »Schwer zu glauben.«

»Wieso, auch die Bewohner Floridas fahren in Urlaub.«

Sanchez: »Wie lange waren Sie bei ihm?«

»Eine Woche.«

Zedillo: »Wie lautet seine Adresse in Miami?«

Und so ging es weiter wie bei einem Tennisspiel zwischen zwei hart schlagenden Männern und einer Frau, die allein die andere Netzseite verteidigt.

Aber Deirdre und ich waren schon in anderen Ländern von der Polizei vernommen worden, meist für etwas, das wir tatsächlich getan hatten. Deshalb grenzte die Situation ans Surreale. Aus berechtigten, aber kurzen Fragen an mich hatte sich eine gründliche Vernehmung meiner Freundin entwickelt, die lediglich hier Ferien machte. Dann fielen mir plötzlich die Wasserproben ein. Ich hatte noch einen Grund, mich einzumischen.

»Das reicht!« sagte ich lauter als beabsichtigt. Sanchez und Zedillo sahen mich an, als wäre ich vor ihren Augen aus dem Nichts entstanden. »Sie sind bereits zu weit gegangen.

Meine Freundin fährt in ein paar Tagen nach Hause, und ich möchte, daß sie angenehme Erinnerungen an ihren Urlaub mitnimmt – statt sich an Schikanen und Einschüchterung zu erinnern.«

Zu meinem Erstaunen funktionierte es. Die beiden Männer schauten verlegen wie zwei Jungs, die auf dem Schulhof dabei ertappt werden, wie sie sich gegen einen Kleineren verschwören.

»Wir tun nur, was man von uns verlangt«, sagte Sanchez. »Aber wir werden es fürs erste dabei belassen.«

Die beiden Beamten standen auf.

»Sie werden es ein für allemal dabei belassen«, sagte Deirdre. »Andernfalls werde ich über die irische Botschaft offiziell Beschwerde gegen Sie einlegen.«

»Ich dachte, Sie wollten Mexiko verlassen«, gab Zedillo zurück, während er und Sanchez auf die Treppe zur Straße zugingen.

Deirdre antwortete nicht.

Die beiden duckten sich unter den Hibiskuszweigen hindurch und gingen die Stufen hinunter.

Mir fiel ein, daß ich noch eine Frage hatte, deshalb stand ich auf und rief Sanchez' Namen.

Sein Kopf tauchte wieder unter dem Bogengang auf.

»Ich habe vergessen, Sie zu fragen: Wissen Sie, wo ich Bartolomé de Valdivia finden könnte?«

Sanchez runzelte die Stirn. »Wozu müssen Sie ihn noch treffen? Ich habe Ihnen bereits von den Cruzob erzählt.«

»Ich möchte ihm mein Bedauern aussprechen. Und ihm sagen, wie sein Vater trotz der Art seines Todes bis zuletzt seine Würde bewahrt hat.«

Sanchez stöhnte. Der Grund, aus dem ich Bartolomé treffen wollte, würde ihm noch zu schaffen machen, aber er konnte wenig dagegen tun. »Ich glaube, er wohnt in Mexico City. Aber er kommt bestimmt morgen zur Beerdigung nach Mérida. Ich stelle Sie einander vor.«

30 Wir sahen zu, wie die Barkasse aufs Meer hinauspflügte, nach Nordosten, in Richtung Cancun.

»Ich könnte einen Drink vertragen«, sagte Deirdre.

»Bedien dich. Ich brauch nur noch einen Kaffee.«

»Bin sofort zurück«, sagte sie und verschwand in der Wohnung.

Ich ging nun davon aus, daß ich überwacht wurde, seit Ken und ich im Heiligen Brunnen getaucht waren. Es spielte keine Rolle, ob Sanchez' Geschichte, Marrufo sei bei Ken gewesen, um eine Inventarliste zu vervollständigen, zutraf oder nicht. Ich vermutete, daß das Anwaltsbüro irgendwie mit der Bundespolizei gemeinsame Sache machte.

Deirdre in die Nähe einer Rebellenorganisation der Maya zu rücken war ein matter Versuch, von der Tatsache abzulenken, daß sie in Wahrheit mich im Auge behielten. Mit dieser Aufgabe hatten sie Zedillo betraut, dessen Vorstellung von einem Undercoveragenten so aussah, daß er einen reichen, von Lakaien umgebenen Playboy mimte.

Aber warum beschatteten sie mich? Höchstwahrscheinlich um zu sehen, ob ich derselben Krankheit erlag, die meinen Kollegen getötet hatte. Oder um mich abzufangen, falls ich herauszufinden versuchte, was ihm wirklich zugestoßen war. Mein Besuch in Chichen Itza beunruhigte Sanchez natürlich. Ein Grund mehr, die Wasserproben analysieren zu lassen.

Wußten sie, daß Deirdre bei Dr. Flores in der Clinica

Cancun gewesen war? Zweifellos. Aber vielleicht wirkte das Krankenhaus ebenso wie die Anwaltskanzlei daran mit, uns die Wahrheit vorzuenthalten.

Ich hatte meine Verschwörungstheorie reaktiviert. Und zwar in großem Maßstab.

Deirdre kam wieder heraus in die Sonne, in ihrem Glas klirrte Eis, und für mich hatte sie einen frischen Becher Kaffee mitgebracht. »Hoch die Tassen«, sagte sie und hob ihren Drink. »Was für ein Haufen Unsinn. Ich und Mayarebellen.«

»Ja. Ich glaube, in Wahrheit beunruhigt sie mehr die Frage, warum ich noch einmal in Chichen Itza war.«

»Du glaubst immer noch, daß die Erklärung für Kens Tod dort zu finden ist, oder? Du kommst nicht davon los.«

»Ich hatte vorhin einen fürchterlichen Traum über Manfred. Ich war wütend auf ihn. Ich glaube, weil ich ihm nie Lebewohl sagen konnte. Aber bei Ken kommt noch etwas hinzu – es ist noch nicht ganz geklärt, wie er starb.«

»Aber Dr. Flores hatte alle Antworten parat.«

»Ja. Alles so sauber und ordentlich. Nur daß der Schein, den sie dir zeigte, lediglich die ›Todesursache‹ angibt. Ich bin mir sicher, rein technisch gesehen, stirbt mindestens die Hälfte aller Menschen an Herzversagen.«

»Aber was ist mit dem Schlaganfall … der Lähmung?«

»Maria gab sich große Mühe, seinen geistigen Zustand zu erklären, als sie ihn fand. Und weißt du was? Er war bei vollem Bewußtsein.«

»Hmm … Aber das ist nach einem Schlaganfall immer noch möglich, glaube ich.«

»Mag sein. Aber laut Dr. Flores wurde Ken ›bewußtlos zu Hause vorgefunden‹. Das waren ihre Worte.«

»Ich seh schon, du mußt dir einfach Klarheit verschaffen. Den Finger in die Wunde legen, sozusagen.«

»Das stimmt – ich muß der Sache auf den Grund gehen.« Ich stand auf, um ins Haus zu gehen. »Und wenn es dir recht ist, werde ich die nächsten paar Stunden an diesen Wasserproben arbeiten.«

»Ja, das paßt mir gut. Ich will einfach nur ausspannen. Vielleicht fahr ich ein bißchen mit dem Boot raus zum Sonnenbaden. Wär das in Ordnung?«

»Ja, gut. Wir haben heute keine Buchungen.«

Auf dem Weg in die Küche fiel mir Alfredos Nachricht über meine Eltern wieder ein.

Als ich das Telefon zur Hand nahm, überlegte ich, wie ich einen Besuch bei meinem Vater in Cancun einschieben konnte, falls das sein Plan war. Ich hatte nicht nur die Proben zu analysieren, was möglichst bald geschehen mußte, sondern wollte es auch noch irgendwie zu Dr. de Valdivias Beerdigung am nächsten Vormittag in Mérida schaffen.

Meine Mutter war am Apparat. »Jessica, Kind. Wir waren in West Virginia, als du angerufen hast. Tut mir so leid wegen Ken. Wie geht es dir?«

»Mir geht's gut, danke. Ich höre, Dad kommt hier runter?«

»Ja, er müßte gegen vier in Cancun sein. Er und einige andere Mitglieder des Missionsausschusses der Kirche wollten unseren mexikanischen Brüdern in dieser schwierigen Zeit für unsere beiden Länder ihre Verbundenheit bekunden. Und natürlich an deinem Verlust teilhaben.«

»Verstehe.« Meiner Mutter fehlte die Raffinesse, es geschickter zu verkleiden. Ich war nur eine Art nachträglicher Einfall. Reiner Zufall, daß ich in der Nähe von Cancun lebte, wo der Missionsausschuß einen Versammlungsraum hatte. »Na, er wird sich ja sicher melden, wenn er da ist.« Nach ein paar belanglosen Worten über ihren Ausflug in die Appalachen verabschiedeten wir uns, und ich legte auf.

Was immer geschehen mochte, wenn mein Vater eintraf, es würde keine Versöhnung zwischen uns werden.

Als ich nach unten ging, war Deirdre im Laden und unterhielt sich auf ihrem Weg zur Anlegestelle mit Alfredo. Ich hörte, wie sie ihre Vernehmung durch die Bundespolizisten dramatisierte. Unten angekommen, sagte ich: »Warum macht ihr beiden Freizeitpatrioten nicht hier dicht und fahrt mit dem Boot raus. Ich brauche eine Weile meine Ruhe.«

Alfredo wirkte verlegen, als hätte ich gerade seine tiefsten Geheimnisse durchschaut. Dann wurde mir klar, daß er tatsachlich in Deirdre verknallt war und daß ich mich benommen hatte wie eine Mutter, die unwissentlich die Sehnsüchte ihres Sohnes fördert, indem sie einen Kontakt zwischen ihm und ihrer besten Freundin arrangiert. Und dabei hatte ich immer noch mit meiner Rolle als Tochter zu kämpfen – welche Ironie.

Mein erster Schritt bestand darin, Herbert Kastner anzurufen, den Leiter der Meeresmikrobiologie am Florida Marine Research Institute in St. Petersburg. Da ich nicht genau wußte, wonach ich suchte, konnte ich den Streuwinkel verringern, indem ich einen Mikrobiologen zu Rate zog, der mehr über krankheitserregende Süß- und Salzwasserorganismen wußte als irgendwer sonst.

»FMRI, Bayboro Harbor«, meldete sich eine weibliche Stimme am Empfang.

»Professor Kastner, bitte. Sagen Sie ihm, es ist Jessica Madison.« Ich mußte warten, während sie verschiedene Abteilungen anrief, um den rührigen Sechzigjährigen aufzustöbern, der selten in seinem Büro blieb, sondern gern die Forscher und Techniker besuchte, damit er bei ihren verschiedenen Projekten auf dem laufenden blieb.

»Ich stelle Sie durch«, sagte die Empfangsdame.

Herbie kam in die Leitung. »Jessica, schön, von dir zu hören. Ich nehme an, du hast ein Problem?« Auf diese direkte Art drückte er seine Erwartung aus, einen Bericht über bedrohte Tiere und Pflanzen zu hören.

»Ein Problem ja, aber nicht von der Art, mit der du es sonst zu tun hast. Ein Todesfall bei einem Menschen, der möglicherweise auf eine durch Wasser übertragene Infektion zurückzuführen ist.«

»Himmel, Jessica. Dafür ist eigentlich die Seuchenbehörde zuständig, das Center for Desease Control in Atlanta. Vor allem, wenn du Gewebe oder Körpersekrete hast, die untersucht werden müssen.«

Ich erklärte ihm, daß ich mich außerhalb der Zuständigkeit der US-Behörden befand und daß man das CDC wahrscheinlich nicht einschalten würde. Und zweitens verfügte ich über kein Material für eine pathologische Analyse. »Ich wollte dich nur um Rat fragen, welche Tests ich mit diesen Wasserproben anstellen soll. Außerdem will ich die Sache vorläufig aus den Medien raushalten, deshalb würde ich lieber jemanden konsultieren, dem ich trauen kann.«

»Hmm ... Darüber muß ich erst nachdenken.«

Es gab jede Menge Gründe, warum Herbie vorsichtig sein mußte, wenn er das Institut offiziell einschaltete.

»Also gut, Jessica. Am besten fängst du ganz von vorn an.« Er hatte angebissen. »Ich suche mir nur eben einen Platz, wo ich mich setzen und Notizen machen kann.« Er legte die Hand auf die Muschel, und dann hörte ich ihn mit gedämpfter Stimme fragen, ob er den Schreibtisch benutzen könne. »So, schieß los.«

Als ich zu Ende erzählt hatte, pfiff er ins Telefon. »Du warst immer schon eigensinnig, Jessica, deshalb spare ich mir eine

Belehrung darüber, ob du dich im Hinblick auf deine persönliche Sicherheit auf die ganze Sache hättest einlassen dürfen. Aber da du es nun mal getan hast, laß uns ein paar Dinge klären. Ich bin kein Facharzt, aber es scheint mir zunächst einmal, daß die Sache nicht ansteckend ist, jedenfalls nicht sehr. Diese Maria hat es sich nicht zugezogen, und sie war deinem Freund bei einigen Gelegenheiten ausgesetzt.«

Das war mir gar nicht in den Sinn gekommen.

»Zweitens können wir einen starken Larvenbefall als höchst unwahrscheinlich verwerfen. Aber falls Ken eine Wunde an seinem Körper gefunden haben sollte, die einer Madeneiterung ähnelte, dann dürfte es sich angesichts der Beschreibung, die er dem Dienstmädchen gab, eher um eine von Leishmanien hervorgerufene Verletzung gehandelt haben.«

»Davon habe ich gehört. Man bekommt es von Sandfliegen, oder?«

»Ja. Eine von infizierten Fliegen übertragene Parasitenkrankheit, und auf Yukatan gibt es eine kutane Form davon, die ein Geschwür namens *chiclero* verursacht. Es hat erhöhte Ränder – wie ein Minivulkan. Das wäre also eine Möglichkeit.«

»Und es stimmt damit überein, daß Ken versucht hat, Maria zu erklären, er sei von Parasiten befallen worden.«

»Es gibt auch eine Form von Leishmanie, die zu schwerer Auszehrung führt ...«

Es klang, als rückten wir dem Übeltäter näher. Doch Herbie druckste eine Weile herum und sagte dann: »Ich glaube aber nicht, daß es das war ... nein, die Zeitspanne ist viel zu kurz. Und das heißt, wir sollten nun die Möglichkeit einer durch Wasser übertragenen Infektion ins Auge fassen. Und da stellt sich als erstes die Frage, warum du sie dir nicht auch geholt hast.«

»Ken hat in der aufwallenden Strömung die Sichtscheibe seiner Taucherbrille verloren. Vielleicht hat er es sich auf diese Weise eingefangen.«

»Hmm ... das läßt an Leptospirosen denken, wovor du als Taucherin sicher oft gewarnt wurdest.«

»Ja.« Leptospirosen waren eine Gefahr für Schwimmer und Taucher in Lateinamerika, wo sie verbreitet in Seen und Flüssen auftraten, die mit infiziertem Rattenurin verseucht waren.

»Das stehende Wasser im Zenote wäre eine ideale Umgebung dafür, und die Bakterien dringen über die Schleimhäute in den Körper ein, besonders über die Bindehaut der Augen. Aber die offenen Wunden und der Gewichtsverlust passen nicht zu den Symptomen.«

»Löst irgendeine dieser Infektionskrankheiten Lähmung aus?«

»Nein, das gehört bei allem, was ich bisher in Erwägung gezogen habe, nicht zu den Symptomen. Aber ich denke, es ist auch nicht ganz auszuschließen, daß er tatsächlich einen Schlaganfall hatte.«

Das mußte ich einräumen. »Was soll ich also nun mit den Proben machen?«

»Am besten, du präparierst sie erst einmal für die Analyse. Es hat allerdings nicht viel Sinn, wenn du die Flüssigkeit mitverwendest, die du aus der Kiste im Wagen abgefüllt hast. Die Menge ist sehr klein für Tests, und das Verfallsdatum ist abgelaufen. Ich denke inzwischen darüber nach, welche Untersuchungen du ausführen kannst. Ich nehme an, du hast nur in beschränktem Umfang Testgeräte und Ausrüstung zur Verfügung.«

»Da könntest du recht haben.«

»Ich wälze mit dem Personal hier ein paar Ideen und rufe

dich in einigen Stunden wieder an. Denk dran, daß das Zeug wahrscheinlich deinen Freund getötet hat, also halt dir die Proben beim Präparieren gut vom Leib. Laminarströmungsschrank, falls du weißt, was ich meine.«

»Klar, Herbie.« Ich lächelte und legte auf. Herbie hatte keine Ahnung, *wie* beschränkt meine Mittel waren. Ich führte nur gelegentlich selbst Tests durch, und das geschah einfach, indem ich Indikatorlösung in ein Reagenzglas mit Wasser träufelte und die resultierende Farbe mit einer Tabelle verglich. Alles, was eine kompliziertere Analyse erforderte, lieferte ich ans Meeresforschungszentrum in Cancun. Von wegen Laminarströmungsschrank!

31 Das Wasser, das ich aus dem Zenote entnommen hatte, war von grünlicher Farbe, die kleine Probe aus der Kiste im Land Cruiser dagegen war wesentlich dunkler, da sie zusätzlich Schlammpartikel vom Boden des Brunnens enthielt. Ich stellte sie zur Seite und begann, einen Teil der Anrichte für das Präparieren der Proben vorzubereiten.

Zuerst wischte ich die Oberfläche mit reinem Alkohol sauber, dann plazierte ich zu meiner Rechten eine Plastikpipette mit verstellbarem Volumen und ein Gestell mit dazu passenden Einwegspitzen. Direkt daneben stand die erste Flasche mit Zenotewasser und einige Zentimeter dahinter ein Bunsenbrenner. Zu meiner Linken stellte ich eine Schachtel mit 50-ml-Zentrifugenröhrchen mit blauen Verschlüssen auf. Ich war nun im Begriff, eine Übung auszuführen, die ich seit dem ersten Jahr meiner Tätigkeit am Institut nicht mehr gemacht hatte.

Wenn man in einem Labor potentiell gefährliches Material präpariert, schützt ein sogenannter Laminarströmungsschrank die Laboranten wie auch die Proben. Er besteht aus einem Luftstrom von der Decke, der auf den Bereich zwischen der Person und einem Schrank mit offener Front gerichtet ist, in dem er oder sie auf Armeslänge an der Probe arbeitet. Ich hoffte, diese Bedingungen mit Hilfe des Bunsenbrenners herzustellen, den ich nun anzündete, um einen nach unten gerichteten Luftstrom von rund einem halben Meter Breite zu erzeugen. Dieser Strom würde jede Verdunstung der Proben von meinen Augen oder der Nase fernhalten, während ich die Röhrchen füllte, und er würde ebenso verhindern, daß irgendwelche Partikel, die ich durch Husten oder Niesen freisetzte, die Proben verfälschten.

Ich hatte als Studentin so häufig Proben vorbereitet, daß die Technik in meiner DNA festgeschrieben war. Auf einem Hocker sitzend und mit Latexhandschuhen an den Händen, nahm ich den Verschluß von der Probenflasche, dann holte ich von links ein Reagenzglas heraus, hielt es zwischen den letzten drei Fingern und schraubte mit Daumen und Zeigefinger derselben Hand den Deckel ab. Fast gleichzeitig griff ich zu der Tauchkolbenpipette, die ich durch Drehen an der roten Spitze des Kolbens auf 50 ml eingestellt hatte, senkte sie in das Gestell mit den Plastikaufsätzen und zog sie mit einem davon wieder zurück. Ich drückte den Kolben nach unten, führte die Pipette in den Flaschenhals ein, ließ den Kolben los, beförderte die gezogene Probe zum Reagenzglas und drückte wieder auf den Kolben, wodurch die 50 ml in das Röhrchen flossen, das ich anschließend verschraubte, bevor ich es zurück in die Schachtel stellte. Bei einer Gesamtmenge von zwei Litern Wasser mußte ich diese Prozedur also vierzigmal wiederholen!

Während der Tauchkolben rhythmisch schnaubte, stellte ich Mutmaßungen darüber an, weshalb Herbie Kastner das FMRI nur ungern in kontroverse Angelegenheiten verwikkelte. Zu der Zeit, da ich als eine seiner Assistentinnen ans Institut kam, war gerade eine kleine Wolke über seine Karriere gezogen. Herbie hatte die Auswirkungen biologischer Verschmutzung auf die Tier- und Pflanzenwelt der Everglades studiert, jenes Sumpfgebiet, das sich dem Wasser verdankt, das aus dem Kreideplateau Floridas fließt. Im Zuge dieser Studien hatte er sich in den Kopf gesetzt, festzustellen, ob die zig Millionen Liter Abwässer, die von den Städten im südlichen Florida unter den Grundwasserspiegel gepumpt wurden, eine mögliche Gefahr darstellten. Das lag, strenggenommen, außerhalb der Richtlinien seines Projekts und führte ihn schließlich in einen offenen Konflikt mit dem Gouverneur des Staates. Nach diskreten Verhandlungen überredete man Herbie, sich aus der praktischen Forschungsarbeit zurückzuziehen, und beförderte ihn zum Abteilungsleiter in der Zentrale in St. Petersburg. Deshalb mußte ihn eine mögliche Verstrickung in die inoffizielle Untersuchung des Todes eines Amerikaners in Mexiko natürlich nervös machen, denn daraus konnten sich politische Erschütterungen ergeben.

Ich hatte gerade mit der zweiten Flasche begonnen, die ich im Heiligen Brunnen abgefüllt hatte, und war wieder in meinem Rhythmus, als ich bemerkte, daß die blaue Flamme des Bunsenbrenners kleiner wurde. Ich legte die Pipette beiseite und beugte mich vor, um den Strahl höher zu stellen, aber statt dessen ging er aus. Ich weiß noch, daß ich mich über mich selbst ärgerte, weil ich vor Beginn der Arbeit nicht überprüft hatte, wieviel Gas noch im Behälter war.

Das nächste, woran ich mich erinnere, ist, daß ich mit rasenden Kopfschmerzen wieder zu mir kam. Ich lag auf dem Boden, eins meiner Beine steckte verdreht in den Querstreben des Hockers.

Ich war wahrscheinlich nur wenige Sekunden ohnmächtig gewesen, aber als ich mich wieder aufrappelte, fiel mir nicht sofort ein, was ich gerade getan hatte. Ich nahm an, ich hätte mir den Kopf angeschlagen und eine Gehirnerschütterung erlitten. Ich starrte auf die Probenflasche, die auf der Seite lag, offenbar hatte ich sie bei meinem Sturz umgeworfen. Ein dünnes Rinnsal Wasser lief über die Oberfläche der Anrichte und tropfte auf den Boden. Ich wußte nichts damit anzufangen. Dann ging die Tür auf, und eine Person, die über die Treppe von der Straße auf die Terrasse gelangt sein mußte, stand im Raum. Es war meine Freundin Kathy Laverne, aber ich war mir nicht sicher, und sie sprach, aber ich hörte nicht, was sie sagte. Ich fühlte mich wie in Watte verpackt, Tastsinn und Gehör waren deutlich beeinträchtigt. Ich machte einen taumelnden Schritt vorwärts, und Kathy, die meine Schwäche erkannte, fing mich in den Armen auf und führte mich zu einer Couch im Wohnzimmer. Dort angekommen, blickte ich zurück und sah wie in einer Zeitlupenaufnahme, daß Kathys Hund Rufus von der Terrasse hereinkam und stehenblieb, um das Wasser aufzuschlabbern, das von der Küchenanrichte getropft war.

Mit plötzlicher Klarheit strömte die Erinnerung zurück, und ich schrie den Hund an, um ihn zum Weggehen zu bewegen. Kathy begriff, daß er in Gefahr war, stürzte zu Rufus, packte ihn am Kragen und zerrte ihn auf die Terrasse hinaus.

Als ich die beiden erreicht hatte, kratzte sich Rufus bereits mit den Pfoten hinter den Ohren, rieb den Kopf an der Wand und winselte.

Kathy war verständlicherweise besorgt. »Was ist los mit

ihm?« fragte sie, kniete nieder und versuchte ihn zu beruhigen.

»Irgendwas im Wasser«, murmelte ich.

Rufus, mit Wildheit im Blick, wich Kathys ausgestreckter Hand aus und setzte zu einer Flucht nach Hause an, um so den Teufeln in seinem Leib zu entkommen. Doch als er die oberste Treppenstufe erreichte, knickten ihm die Hinterbeine weg.

»Komm, wir bringen ihn schnell zu einem Tierarzt«, sagte ich und griff nach den Schlüsseln für den Pick-up.

Zwei Stunden später rief mich Kathy an. Sie war in der Klinik geblieben, wo man Rufus weiter beobachtete, nachdem der Tierarzt eine erste Untersuchung durchgeführt hatte. Eine totale Lähmung hatte den Hund erfaßt, und das Atmen fiel ihm zunehmend schwerer. Auf Maul und Zunge waren Wundmale erschienen. Das Tier litt große Qualen. Kathy hatte die schwierige Entscheidung getroffen, ihn einschläfern zu lassen.

»Das tut mir so leid, Kathy.«

»Ich weiß. Du hast den guten alten Köter ja auch sehr gemocht.« Sie weinte. »Aber wenn wir nicht zur Tür hereingekommen wären, dann wärst du jetzt vielleicht tot, sieh es mal so.« Es war typisch für Kathy, daß sie diejenige war, die mich zu trösten versuchte. »Übrigens hat der Tierarzt gefragt, ob ich eine Autopsie will, und ich sagte ja. Ich dachte mir, das könnte helfen, das Gift zu bestimmen.«

Das war keine gute Nachricht. Ich hatte dem Tierarzt auf spanisch zu erklären versucht, daß der Hund augenscheinlich einen hochwirksamen Giftstoff aufgenommen hatte und daß er im Umgang mit dem Tier extreme Vorsicht walten lassen solle.

»Wenn es dir nichts ausmacht, Kathy, dann rufe ich ihn an und sag ihm, er soll lieber keine machen. Ich glaube nicht, daß es ratsam ist, sich dem Kadaver zu nähern, solange wir nicht wissen, womit wir es zu tun haben.« Ich würde dem Veterinär vorschlagen, den Hundekörper fürs erste in einem Kühlraum zu lagern.

»Natürlich, wenn du meinst«, schniefte sie. »Tu, was getan werden muß.«

Ich rief sofort in der Klinik an. Zu spät. Die Assistentin des Tierarztes erklärte, ihr Chef habe aufgrund einer gestrichenen Operation Zeit übrig gehabt und die Autopsie vorgezogen. Doch kaum habe er einen ersten Schnitt in den Magen des Tiers gemacht, sei er in Ohnmacht gefallen, und als er wieder zu sich kam, sei er so beunruhigt gewesen, daß er den Kadaver hatte verbrennen lassen.

Wieder gab es keine Leiche, die man untersuchen konnte.

»Du glaubst also, du hast entdeckt, woran dein Freund gestorben ist«, sagte Deirdre, die kurz nach meinem Gespräch mit der Tierarzthelferin zusammen mit Alfredo zurückkam.

»Ja und nein. Wenn das Gift so stark gewesen wäre wie dieses Zeug, hätten Ken und ich auf der Stelle Symptome erkennen lassen. Das ist es ja, was mich so verblüfft. Mir kommt es vor, als hätte ich mich darangemacht, ein Rätsel zu lösen und dabei ein zweites zutage gefördert.«

»Könnte es sich um eine chemische Verseuchung handeln?«

»Das wäre wohl möglich, aber ich –« Das Telefon läutete.

Deirdre nahm ab. »Ein Professor Kastner für dich.«

Ich hatte ihn eben anrufen wollen, als Deirdre zurückkam.

»Herbie, seit wir telefoniert haben, ist etwas passiert.«

Nachdem ich ihm alles erzählt hatte, sagte er: »Die Sache hat uns hier alle verblüfft, deshalb habe ich schon überlegt, dich zu bitten, uns die Proben zu schicken. Jetzt bin ich definitiv der Ansicht, wir sollten sie bekommen, aber von dir persönlich abgeliefert. Das Zeug darf auf keinen Fall verlorengehen.«

»Hast du eine Ahnung, was es sein könnte?«

»Da nun bewiesen ist, daß es zu Lähmung führen kann, werden wir uns den ganzen Bereich der Algengifte ansehen.«

»Und du brauchst die Proben so schnell wie möglich, oder?«

»Spätestens morgen. Ach ja, und ich würde vorschlagen, du bringst auch die Flüssigkeit aus der Kiste mit, falls du sie nicht bereits weggeschüttet hast.«

Ich legte auf. Deirdre wartete darauf, daß ich ihr berichtete, was ich mit Herbie besprochen hatte.

»Er glaubt, es handelt sich möglicherweise um ein natürliches Gift. Ein Nebenprodukt dessen, was wir ›Algenpest‹ nennen.«

Das Telefon läutete, und wieder ging Deirdre an den Apparat. »Dein Vater«, sagte sie. »Er ist in Cancun.«

32 Seit meiner Kindheit hatte sich die Tampa Port Baptist Association mit Evangelisierungsprojekten in Yukatan beschäftigt. Mein Vater arbeitete in einem Ausschuß zur Finanzierung dessen, was sie Kirchenpflanzung nannten, die Einrichtung von Missionskirchen im Gebiet von Cancun. Die Missionstätigkeit zielte auf zwei unterschiedliche Gruppen – die arme Bevölkerung der Gegend, hauptsächlich Maya, und die Schicht der Angestellten und Geschäftsleute, die mit der Tourismusindustrie zu tun hatten.

Als Teenager hatte ich ihn auf einer seiner Reisen nach Yukatan begleitet und damals auch zum ersten Mal Chichen Itza besucht. In Cancun hatten wir in einem kleineren Hotel an der Lagune gewohnt, auf Kosten des Managers, der gerade erst Mitglied der Baptistengemeinde am Ort geworden war. Und in genau dieses Hotel, das Laguna Caribe, kehrte ich nun mit einiger Beklommenheit zurück, um meinen Vater zum ersten Mal seit drei Jahren wiederzutreffen.

Ich fuhr mit dem Land Cruiser, den ich vom Fährhafen abgeholt hatte. Die Reagenzgläser lagerten in Styropor verpackt in einer Kühlbox auf dem Boden vor dem Beifahrersitz. Während der Fahrt grübelte ich darüber nach, wie traurig es war, daß mein Vater sich nur mit mir traf, weil er ohnehin hier war, um fremden Leuten seine Verbundenheit zu zeigen, während ich meinerseits lediglich hoffte, ihn als Kurier benutzen zu können.

Ich ging am Eingang des Hotels vorbei, der sich an der Seite des Gebäudes befand, dann weiter durch einen Torbogen zu einem Poolbereich und dahinter in einen Garten, der zur Lagune hinabführte. Links und rechts des Weges gab es je eine große *palapa* und bei einer davon eine Bar, die gerade ihre Türen schloß – es waren nirgendwo Gäste zu sehen.

Mein Vater hatte gesagt, er würde nach einer Gebetstunde in der Baptistenkirche gegen zehn Uhr wieder im Hotel sein. Wir hatten vereinbart, uns bei einer der beiden *palapas* zu treffen, deshalb spazierte ich in dem Glauben, er habe sich verspätet, noch ein Stück weiter zur Lagune, wo ein hölzerner Pier vom Strand hineinragte. Er war mit bunten Lichtern behangen, die sich auf der ölig-glatten Wasseroberfläche spiegelten. Eine einsame Gestalt stand am Endes des Piers und blickte zur anderen Seite der Lagune hinüber, wo die Neonfarben der Hotels und Nachtclubs strahlten. Der ältere Herr war mit einer beigefarbenen Hose und einem hellgrünen, kurzärmeligen Hemd bekleidet. Dann erkannte ich, daß es mein Vater war.

Auch ohne sein Gesicht zu sehen, konnte ich feststellen, daß er gealtert war. Ich merkte es an der stärkeren Wölbung seines Rückens, wodurch er die Schultern hängen ließ und den Kopf vorschob. Es gab mir einen kurzen Stich ins Herz, weil ich sah, daß er ein alter Mann wurde.

»Dad«, sagte ich leise und trat auf den Pier. Er drehte sich um und reckte den Kopf zur Seite, eine alte Angewohnheit von ihm, wenn sich jemand näherte.

»Jessica ... wie lange das her ist, daß wir uns gesehen haben.« Selbst seine Stimme, so schien es mir jetzt, hatte ein wenig von den tieferen Registern eingebüßt. Er ging auf mich zu und stand dann einen Augenblick mit linkisch herabhängenden Armen da, offenbar den Drang unterdrückend, sie um mich zu legen. Die Lampions funkelten in seiner Brille, deshalb konnte ich keinen Ausdruck in seinen Augen lesen.

Ich drückte ihm schnell einen flüchtigen Kuß auf die Wange, um ihn aus seinem Dilemma zu befreien. Dann drehte ich mich in Richtung des Gartens um. »Können wir über den Gefallen reden, um den ich dich bitte?« sagte ich, während er mir auf den Fußweg folgte.

»Natürlich. Aber laß mich erst sagen, wie leid es uns tat, als wir von Kens Abschied aus diesem Leben hörten. Wir haben natürlich für ihn gebetet.«

»Er hätte das sicherlich zu schätzen gewußt«, murmelte ich leise.

»Allerdings sehr heidnisch, seine sterblichen Reste auf diese Weise beseitigen zu lassen.«

Ich hatte ihm zuvor am Telefon erzählt, daß Ken ohne Gottesdienst oder irgendeine Feier sofort eingeäschert worden war. Und damit hatte ich einen Ansatzpunkt, um an das Mitgefühl meines Vaters zu rühren.

»Aber genau darum geht es ja«, sagte ich und setzte mich in einen Stuhl unter eine der *palapas*. In der Bar nahe der anderen räumte der Barkeeper immer noch auf. Mein Vater nahm an dem Holztisch in der Mitte Platz und stützte die nackten Ellbogen auf. »Es war nicht sein Wille, auf diese Weise beseitigt zu werden. Wie ein Tier. Das geschah, um den wahren Grund für seinen Tod zu vertuschen.«

»Und der liegt deiner Ansicht nach in diesem verseuchten Wasser.«

»Ja.« Ich hatte ihm bereits einige Einzelheiten mitgeteilt, wobei ich insbesondere zu erwähnen vermied, daß ich mich in der Nacht, in der die Studenten massakriert wurden, in Chichen Itza aufgehalten hatte. Sanchez hatte sich an seinen Teil der Abmachung gehalten, also war die Nachricht auch von keiner der US-Zeitungen verbreitet worden.

»Warum gibst du deine Proben nicht an ein Labor hier in Cancun?« fragte er. »Sollen die eine eventuelle Toxizität feststellen und dann die zuständigen Stellen alarmieren.«

»Ausgeschlossen. Was immer da im Gange ist, es reicht in alle möglichen Organisationen hier hinein. Selbst wenn ich das Meersforschungszentrum in Cancun darum bitten würde, gäbe es bestimmt irgendein Gesetz über Staatsgeheimnisse oder dergleichen, das sie zum Schweigen verpflichtet.«

»Das heißt, wenn ich mitmache, handle ich außerhalb des Gesetzes?« Er versuchte, sich herauszuwinden.

»Komm, Dad, ich bitte dich schließlich, giftige Wasserproben auf einen Flug nach Tampa mitzunehmen. Natürlich bewegst du dich außerhalb des Gesetzes.«

»Und ich muß lügen.« Ich hatte vorgeschlagen, er solle der Fluggesellschaft erzählen, daß er Blutproben eines Missionars transportiere, um sie auf Lassafieber testen zu lassen, und daß sie getrennt vom Passagiergepäck verstaut werden müßten. »Und meinen Besuch abkürzen, meinen Rückflug umbuchen.«

Ich seufzte verärgert. Er ersparte mir nichts. »Schau, Dad, ich könnte es ja selbst machen, aber für Hin- und Rückflug würde der gesamte morgige Tag draufgehen, und ich muß zu dieser Beerdigung in Mérida. Und wenn ich es auf übermorgen verschiebe, wird ein Teil des Probenmaterials inzwischen verdorben sein.«

»Ich wollte nur darauf hinweisen, daß ich dich drei Jahre lang nicht sehe, und wenn es dann soweit ist, machst du mich zu deinem Botenjungen.«

»Und genauso kommst du nicht nach Yukatan, um mich zu sehen, sondern um dich mit deinen Konvertiten zum Beten zu treffen.«

Er kannte meine Ansicht zur protestantischen Missionierung Mexikos. Daß der Katholizismus als Religion zu den Leuten passe, weil er mit ihren alten Überzeugungen verschmolzen war, daß es aber eine hinlänglich traumatische Erfahrung gewesen sei, als man ihnen diese Religion vor fünfhundert Jahren aufgezwungen hatte, und es keiner weiteren christlichen Bekehrungswelle bedurfte. Ihre missionarischen Ziele waren zehntausend Bekehrte bei voraussichtlich einer Million Gesamtbevölkerung im Korridor Cancun-Tulum bis Ende des ersten Jahrzehnts des einundzwanzigsten Jahrhunderts.

Wir schwiegen beide verletzt.

»Ich habe dir vor etwa einem Monat einen Artikel geschickt«, sagte er schließlich.

»Ich weiß, Dad. Die Theorie des Intelligent Design. Aber

mich zu bitten, das ernstlich in Erwägung zu ziehen, ist, als würde man dich bitten, deine Missionierungspläne zu revidieren – die Missionare ihre Zelte abbrechen zu lassen und sie nach Hause zu schicken.«

»Der Vergleich ist unfair, Jessica. Denn um einige der Vorstellungen des Intelligent Design anzunehmen – einige, sage ich, nicht alle –, mußte ich meine Position bereits ändern. Mit anderen Worten, *ich* habe mich weiterentwickelt, während du stur auf deine Ansichten fixiert bleibst.«

Das war ein gutes Argument und geschickt formuliert; aber wie gern hätte ich ihn in diesem Augenblick in den schwarzen Tiefen einer Unterwasserhöhle ein kurzes Stück landeinwärts geführt, meine Taschenlampe angemacht und auf ein Geschöpf gerichtet, das sich rückwärts entwickelt hatte, indem es Körperteile abwarf statt neue zu bilden – ein farbloser Fisch mit nutzlosen Augen, dessen bunter, des Sehens fähiger Vorfahre ein paar hundert Meter entfernt im offenen Meer schwamm. Nachdem es sich in seiner Entwicklung an den maritimen Lebensraum angepaßt hatte, war das Tier in späterer Zeit in die Dunkelheit geschwommen und hatte über Bord geworfen, was es nicht zum Überleben brauchte: lichtempfindliche Organe oder einen sichtbaren Körper – ein Beispiel dafür, wie Mutation zur natürlichen Auslese von Organismen führt, die bestmöglich an ihre Umgebung angepaßt sind, ein zentraler Lehrsatz der Evolutionstheorie.

»Womit wir wieder bei unserer alten Auseinandersetzung wären«, sagte er, als ich nicht antwortete. Er nahm seine Brille ab und rieb sich die Augen. »Ich habe deiner Mutter versprochen, daß ich mich bemühen werde, nicht mit dir zu streiten. Und mein Glaube verlangt von mir, zu vergeben und zu vergessen.«

»Dann tust du es also? Du lieferst die Proben ab?«

»Das habe ich nicht gesagt.«

»Dad, tu es für mich, und ich verspreche, ich lese den Artikel über Intelligent Design. Ich schreibe dir sogar meine wohlüberlegte Meinung dazu.«

»Ich habe ihn dir geschickt, um damit zu zeigen, daß ich meine Ansicht ändern könnte. Vielleicht kannst du ebenfalls ein bißchen was abgeben.«

»Ich lese ihn, versprochen.«

»Also gut, ich mach es. Und jetzt muß ich noch ein Kreuzworträtsel beenden, bevor ich schlafen gehe.«

»Ich nehme mir für heute nacht hier ein Zimmer, damit ich am Morgen zu dieser Beerdigung gehen kann. Die Kühlbox lasse ich in deinem Zimmer, wenn ich darf. Sie ist versiegelt und an Herbie Kastner am Institut in Bayboro Harbor adressiert.«

Mein Vater schaute verwirrt.

»Das FMRI. In St. Petersburg, auf der anderen Seite der Bucht. Wo ich gearbeitet habe, weißt du noch?«

»Ah. Ja.«

Dann fiel mir ein, daß er mich nie am Institut besucht hatte, obwohl es nicht einmal eine Stunde Fahrzeit von unserem Zuhause in Tampa entfernt lag. Meine Mutter war jedesmal allein gekommen.

»Wenn Mom dich am Flughafen abholt, kann sie dich in zwanzig Minuten hinfahren.«

33

Der Friedhof in Mérida hätte überquellen müssen vor Leuten, wenn alle Teilnehmer des Trauergottesdienstes für Dr. de Valdivia mit nach draußen gegangen wären. Aber der

Ausläufer eines tropischen Sturms über dem Golf von Mexiko fegte über den Nordwesten Yukatans und sorgte mit anhaltenden Regengüssen und heftigen Winden für widrige Bedingungen im Freien.

Als ich im Morgengrauen von Cancun aufbrach, wußte ich nichts vom Wetter, das zweihundert Kilometer entfernt auf der anderen Seite der Halbinsel herrschte, aber nachdem ich ein Stück ins Landesinnere gefahren war, mußte ich in dem Halbdunkel, das sich nicht aufhellen wollte, die Scheinwerfer des Land Cruiser einschalten. Ich fand einen lokalen Radiosender und erfuhr von dem Sturm, als eben die ersten losen Teile der Urwaldvegetation über die Straße segelten und gegen die Windschutzscheibe krachten. Es gab außerdem Meldungen über die sich verschlechternden Beziehungen zwischen Mexiko und den Vereinigten Staaten, wobei der amerikanische Verteidigungsminister das hiesige Militär einer Mittäterschaft am Tod der Studenten beschuldigte.

Rund vierzig Kilometer von Chichen Itza entfernt steuerte ich auf dem Highway 180 eine Tankstelle an, als das Radio meldete, daß Inlandsflüge mit Ziel Mérida nach Campeche an der Westküste umgeleitet wurden. Ich hatte also Glück gehabt mit meiner Entscheidung zu fahren, statt zu fliegen. Ich fragte mich, ob der Flug meines Vaters nach Tampa dem Sturm ausweichen konnte. Als ich den Kassenraum betrat, sah ich auf einem Fernsehgerät oben in einer Ecke, wie der Sprecher des Wetterberichts auf eine Computeranimation deutete. Sie zeigte den Sturm, der nun quer über den Golf auf Florida zurotierte wie eine Bowlingkugel auf einen Kegel. Es war sehr gut möglich, daß der Flug meines Vaters verspätet startete oder umgeleitet wurde.

Die Tankstelle lag in der Nähe des Zenote Dzitnup, und auf dem Weg zur Toilette sah ich ein großes Schild, das für die bei Badegästen und Tauchern beliebte Attraktion warb. Doch quer über das Plakat war der Vermerk GESCHLOSSEN geklebt. Ich nahm an, wegen des Sturms.

»*El tormenta?*« fragte ich den Angestellten auf dem Rückweg und deutete auf das Schild.

Er zuckte die Achseln. »Ich glaube nicht, daß es am Wetter liegt, Señorita. Der Zenote ist schon seit über einer Woche für Besucher gesperrt.«

Ich kaufte zwei Bananen und Wasser für die Fahrt und dankte dem Mann. Mir fiel Sanchez' Reaktion wieder ein, als ich den Zenote Dzitnup in Zusammenhang mit den Touristen erwähnte, die ich angeblich im Hotel Itza getroffen hatte. Wenn ich gesagt hätte, sie seien dort zu Besuch gewesen, hätte er einen Beweis dafür gehabt, daß ich log.

Auf der Weiterfahrt, während ich herabgefallenen Ästen und Regenwassertümpeln, die sich am Straßenrand gebildet hatten, ausweichen mußte, stellte ich einige Berechnungen an. Dzitnup lag vierzig Kilometer vom Heiligen Brunnen entfernt. Es war etwa seit der Zeit geschlossen, als Ken und ich in Chichen Itza getaucht waren. War vielleicht Dzitnup der Ursprung des Problems? Wie floß das Wasser im unterirdischen System Yukatans? Zum Meer natürlich, aber von Süd nach Nord oder von West nach Ost? Oder in die Richtung, in die ich mich gerade bewegte, also von Ost nach West, zum Golf von Mexiko?

Die Messe hatte bereits angefangen, als ich in einer Seitenstraße in der Nähe der Kathedrale parkte. Ich trug Jeans und eine weiße Bluse mit einer marineblauen Jacke und einem dunkelblauen, seidenen Kopftuch. Es gab nur noch Stehplätze im hinteren Teil der Kathedrale, die Alfredo zufolge mit mehr als vierhundert Jahren der älteste Dom auf dem amerikanischen Kontinent war. Mit einer Mischung aus Stolz und Trauer erklärte er außerdem, daß sie aus den Steinen einer zerstörten Mayastadt erbaut worden war. Die hohe Gewölbedecke sah aus wie ein Waffeleisengitter aus weißem Stuck, hinter dem Hochalter war eine gewaltige Kreuzigungsszene zu sehen, die Gestalt Christi darauf in ein Tuch gehüllt, das wie ein *huipil* bestickt war. Eine weitere Mahnung an das Mayaerbe der Kirche war der süße Duft des Kopalweihrauchs, eine Andachtshilfe, die es zwar schon vor der Ankunft des Christentums gegeben hatte, die sich aber mühelos in das katholische Ritual einfügte.

Der Priester bezog sich am Ende der Messe auf den Weihrauch, als er für die Seele von Dr. de Valdivia betete und den Tod und das Weiterleben danach mit der Verwandlung des aus dem Kopalbaum gewonnenen Harzes in parfümierten Rauch verglich – die Verwandlung irdischer Substanz in die Seele des Verschiedenen. Ich dachte, ein Schmetterling wäre angemessener für Dr. de Valdivia gewesen, der ironischerweise in Chichen Itza den Tod gefunden hatte.

Als der Sarg den Gang entlanggerollt wurde, sah ich die Familie, die mit ernsten Mienen hinter ihm schritt. Seine Witwe, eine zerbrechliche Gestalt, deren Gesicht hinter einem am Hut befestigten Schleier verborgen war, wurde von zwei Frauen gestützt; die Strenge ihrer schwarzen Trauerkleidung ergänzte die eindrucksvollen kastilischen Züge. Hinter den Töchtern ging, mit seiner Ehefrau an der Seite, wie ich annahm, Bartolomé de Valdivia, unverkennbar der Sohn seines Vaters, bis in den kurzen, schon grau werdenden Bart hinein. Wiederum dahinter folgten zwei Männer und eine Schar Mädchen und Jungen im Teenageralter, die Schwiegersöhne und Enkel. Diese Gruppe der engsten Angehörigen umgab eine Atmosphäre der Traurigkeit, die über die grausamen

Umstände von Dr. de Valdivias Tod hinausging, eine tragische Unterströmung, die ich nicht recht greifen konnte.

Sie spiegelte sich auch im Gesicht des Priesters, als er vor der großen Familiengruft auf dem Friedhof noch einmal predigte. Das Meßgewand flatterte ihm um die Beine, und der Wind trug seine Worte außer Hörweite derjenigen von uns, die am Rand der Menge zwischen den Grabmonumenten im Stil Yukatans standen. An diesem grauen, stürmischen Tag lenkten die Blau- und Cremetöne, das Rosa und Hellgrün der Gräber und Grabgewölbe meine Aufmerksamkeit eine Weile ab, während die Leute um mich herum etwas anstimmten, was wohl der Rosenkranz war.

Die Gräber befanden sich alle über der Erde, wie Miniaturhäuser, mit fensterartigen Öffnungen oder Metallgittern ausgestattet, hinter denen sich Schreine, Blumen und vermutlich die Toten befanden, eingeschlossen in Räume aus Beton; manche dieser Räume waren Anbauten, genau wie bei einem Haus. Soviel ich wußte, wurden die Toten in Yukatan hauptsächlich oberirdisch bestattet; nach etwa drei, vier Jahren verlegte man die Gebeine in kleinere Behälter, um Platz für das nächste Familienmitglied zu machen, das starb. Ich bemerkte, daß viele der Bauten auf dem Friedhof von puppenhausgroßen Darstellungen der Pyramide Kukulkans in Chichen Itza gekrönt wurden, ein weiterer Beleg für die Kraft des Mayaerbes im Volk.

Dann fiel mir ein Vorgang an der Gruft der de Valdivias auf, den ich ebenfalls für einen Mayabrauch hielt. Die Leute warfen als Abschiedsgeste orangegelbe Blumen durch das Tor in die Gruft, wo nun der Sarg in einem Fach stand, das man später wahrscheinlich versiegelte.

»Totenblumen«, sagte eine Stimme hinter mir. Ich fuhr herum und sah Sanchez. Er trug einen langen blauen Regenmantel und ein schwarzes Polohemd. Widerwillig gestand ich mir einmal mehr ein, daß er ein gutaussehender Mann war, auch wenn ich ihn für heimlichtuerisch und vielleicht sogar unehrlich hielt. »Gelbe Ringelblumen. Sie gehen sehr schnell ein, sobald sie geschnitten sind.«

»Will sagen, das Leben ist kurz?« schlug ich vor.

Sanchez näherte sich, ohne mich dabei aus den Augen zu lassen. »Deshalb soll man es in vollen Zügen leben, solange man kann.«

Ich war ein wenig verblüfft; das ließ sich als Annäherungsversuch interpretieren, obwohl er doch schwerlich hier auf dem Friedhof, während einer Trauerfeier, einen solchen unternehmen würde. Für alle Fälle konnte es aber nicht schaden, seine Leidenschaft zu dämpfen. »Finden Sie Ihre nationale Begeisterung für Todessymbole nicht schrecklich makaber?«

Sanchez ließ sich leicht ablenken. »Es ist eine gesunde Erkenntnis, daß der Tod stets unter uns ist. Daß er uns ständig ansieht. In Ihrem Land gilt es dagegen als unhöflich, davon zu sprechen. Da geschieht es nur hinter der Bühne, nicht im Stück selbst.«

»Hübsch gesagt. Das wäre Dr. de Valdivias selbst würdig gewesen«, fügte ich an und setzte mich in Richtung Friedhofstor in Bewegung.

Sanchez begleitete mich. »Sie haben in der kurzen Zeit, da Sie ihn kannten, große Achtung vor Dr. de Valdivia entwikkelt.« Sanchez deutete damit seine Skepsis hinsichtlich der Gründe für meinen Besuch an.

»Eigentlich nicht.«

»Es hat Sie aber doch wohl einige Mühe gekostet, heute hierherzugelangen.«

Was meinte er damit? Wußte er Bescheid über mein Dilemma und wie ich es gelöst hatte?

Er sah, daß ich ihn fragend musterte. »Ich meine den Sturm.«

»Wie ich schon sagte, bin ich gekommen, um seine Familie ein wenig zu trösten. Damit sie wissen, daß er nicht vor Todesangst schreiend gestorben ist.«

Wir hatten das offene Tor zur Straße erreicht, wo die Leute auf der Flucht vor dem Regen zu ihren Autos rannten.

»Lassen Sie uns Bartolomé suchen, damit ich Sie vorstellen kann«, sagte Sanchez, drehte sich um und blickte sich forschend unter dem Rest der Trauergemeinde um, die sich hinter uns zerstreute. Aber ich hatte Bartolomé bereits während unseres Gesprächs vorüberhuschen sehen.

»Ich weiß, wie er aussieht, es ist also nicht nötig, uns einander vorzustellen, danke.«

»Sind Sie sicher?« Er wußte, er wurde abgewimmelt, was ihn nur um so mißtrauischer machen mußte. Aber ich genoß seinen Frust darüber, daß er nicht herausfinden konnte, welche anderen Gründe mich nach Mérida geführt hatten.

»Ja. Auf Wiedersehen, Captain Sanchez.« Zu seiner Verwunderung ging ich durch das Tor auf die Straße hinaus, während er dastand und die Gesichter der vorüberflutenden Menge absuchte.

Ich holte Bartolomé de Valdivia ein, als er sich ins Fenster einer schwarzen Limousine beugte, um mit seiner Mutter zu sprechen, die offenbar während der Beerdigung zusammen mit einer ihrer Töchter im Wagen geblieben war. Ich hielt mich im Hintergrund, während er nickte und sich seiner anderen Schwester zuwandte, die ebenfalls beim Auto eintraf; er öffnete ihr die Tür, damit sie einsteigen konnte. Bartolomés Frau war mit den beiden Jungen bereits vorausgegangen, und er stemmte sich nun gegen den Wind, um ihnen zu folgen.

»Señor de Valdivia?« Ich hob die Stimme, damit er mich bemerkte.

Er drehte sich um und sah erstaunt aus. »Ja ...?«

»Ich bin Jessica Madison.«

»Ah.« Seine Miene drückte noch immer Verwunderung aus. Dann klickte etwas. »*Ah*«, sagte er in vollkommen anderem Tonfall. »Señorita Madison. Sie haben meinen Vater gefunden.«

»Ja. Es tut mir so leid wegen seines Todes.«

»Natürlich. Aber es muß ein schreckliches Erlebnis für Sie gewesen sein ...«

Er blickte sich um, weil sein Name gerufen wurde. Er wandte sich wieder mir zu, unschlüssig, was er tun sollte.

»Ihr Vater sagte, ich solle mit Ihnen reden«, sagte ich.

Er blinzelte mich an, nunmehr aufs neue verwirrt. »Captain Sanchez erwähnte so etwas ... Ich fürchte, ich habe es in diesem Moment gar nicht registriert. Vielleicht könnten wir uns ein andermal unterhalten?«

»Ich würde es nicht wagen, Ihre Trauer zu stören, wenn Ihr Vater nicht unbedingt gewollt hätte, daß ich einige Informationen erhalte. Und Sie sind derjenige, der sie mir geben kann.«

»Welche Informationen? Über die Cruzob, oder? Ich glaube nicht, daß ich Ihnen sehr viel mehr erzählen kann als ...« Er schaute zur Seite, wo ein silberner Mercedes neben uns an den Straßenrand gefahren war.

»Ich glaube, Ihr Vater hatte Informationen über eine Krankheit, die meinen Freund und Geschäftspartner getötet hat.«

Bartolomé blickte die Straße hinauf und hinunter, dann sah er wieder mich an. »Sie kommen besser mit uns. Haben Sie einen Wagen, oder können wir Sie mitnehmen?«

Ich sah seine Frau am Lenkrad und die Kinder, die uns vom Rücksitz aus anstarrten.

»Ich folge Ihnen, wenn Sie erlauben. Warten Sie nur eine Minute.«

Ich ging mit raschen Schritten in die Seitenstraße, während Bartolomé seiner Frau und den Kindern erklärte, wer ich war. In weniger als einer Minute rollte ich hinter den Mercedes, und wir brachen im Konvoi auf.

Bald erreichten wir die grünen Vororte der alten Stadt und fuhren an den prächtigen Villen vorbei, die die *Henequen*-Händler im neunzehnten Jahrhundert errichtet hatten. Henequen oder Sisalfaser war die Hauptstütze der Wirtschaft Yukatans, bis nach dem Zweiten Weltkrieg billigere Synthetikfasern entwickelt wurden und die Industrie zusammenbrach.

Der Mercedes verlangsamte vor einem hohen, schmiedeeisernen Tor mit grünem und goldenem Maßwerk, hinter dem Stufen zu einem stuckverzierten Herrenhaus emporführten. Während sich die Torflügel automatisch öffneten, stieg Bartolomé aus und ging auf meinen Wagen zu. Ich hielt am Bordstein und ließ das Seitenfenster herunter.

»Kommen Sie herein, dann unterhalten wir uns unter vier Augen«, sagte er. »Wenn ich Sie meiner Mutter und den anderen allen vorstellen würde, müßten Sie bis morgen früh erzählen. Außerdem gibt es Dinge, die sie nicht erfahren sollen.«

»Ich halte mich durchaus für taktvoll, was die Gefühle anderer angeht«, sagte ich. »Aber ich verstehe, daß Sie sich schützend vor Ihre Familie stellen.«

»Ich wollte nicht unhöflich sein, Señorita. Bitte kommen Sie mit ins Haus.«

Ich kletterte aus dem Land Cruiser und streifte mein Kopftuch ab, da der Regen aufgehört hatte.

Als wir durch das Tor gingen, kam die Sonne heraus und reflektierte blendend vom weißen Stuck der Villa. »Hier sind Sie aufgewachsen?« fragte ich auf der Treppe, die von einem kunstvoll verzierten Eisengeländer flankiert wurde, das sich an ihrem Ende fächerförmig ausbreitete, um einen tiefen, schattigen Balkon zu umschließen.

»Wir sind nach Mérida gezogen, als ich ein kleiner Junge war. Mein Vater trat die Stelle als städtischer Leichenbeschauer an, und das Haus gehörte dazu.«

Ein adrett gekleidetes Dienstmädchen öffnete die Eingangstür, dann führte mich Bartolomé einen Flur entlang zu einem luftigen, halbrunden Raum mit hohen Fenstern, die auf einen Garten mit Sträuchern und üppigen Blumengruppen im scheinbar ungezähmten Stil der Gegend hinausblickten.

»Bitte nehmen Sie Platz. Haben Sie eine lange Fahrt hinter sich?«

Wir setzten uns auf zwei einander gegenüberstehende Ledersofas, und ich beschrieb meine Reise. Ich hatte gerade zu Ende erzählt, als das Dienstmädchen in der Tür erschien und auf Anweisungen wartete.

Ich hielt einen Moment inne. »Sie können bestimmt einen Kaffee vertragen«, sagte Bartolomé. »Und wie wär's mit einer Kleinigkeit zu essen?«

Ich war tatsächlich hungrig. »Danke, gern.«

»Eier, Schinken und Waffeln. Klingt das gut?«

Er hatte meine Gedanken gelesen. »Das klingt großartig, danke.«

Er redete in der Mayasprache mit dem Mädchen, das daraufhin wieder hinausging.

»Captain Sanchez sagte, Sie würden möglicherweise zur Beerdigung kommen. Ich dachte, Sie wollten mich nach den Cruzob fragen.«

»Und ich wollte Ihnen erzählen, wie Ihr Vater starb. Das heißt, falls Sie es wissen möchten.«

Bartolomé erhob sich und stellte sich mit dem Rücken vor den Kamin, über dem das Porträt eines Eingeborenenmädchens hing. Er hielt die Hände nervös auf dem Rücken verschränkt. »Ja, das möchte ich gerne.«

Ich berichtete im wesentlichen alles und ließ nur den Umstand aus, daß mich das Stöhnen des alten Mannes an den Schauplatz gelockt hatte. Statt dessen behauptete ich, ich hätte eine Abkürzung durch den Ballspielplatz genommen. Ich erzählte ihm, wie sein Vater versucht hatte einzugreifen, wie er noch einmal zu Bewußtsein gekommen war und daß er mehrmals das Wort *Cruzob* ausgesprochen hatte.

»Und das war alles? Mehr sagte er nicht?«

»Doch, da war noch etwas. Aber ich habe es gegenüber Sanchez nicht erwähnt, so wie ich ihm auch nicht verraten habe, daß ich dort war, um Wasserproben aus dem Heiligen Brunnen zu entnehmen.«

»Ach ja?« Bartolomé setzte sich wieder auf die Couch.

»Ich war mir nicht sicher, inwieweit die beiden zusammenarbeiteten. Deshalb wollte ich erst mit Ihnen reden.«

»Verstehe. Aber vielleicht ist diese andere Sache nicht so wichtig.«

»Es schien mir, als wüßte Ihr Vater, daß ihm nur noch wenige Worte im Leben blieben und daß jedes Gewicht haben sollte.«

»Das überrascht mich nicht. Er war ein bemerkenswerter Mann. Einer jener Menschen, die scheinbar mehrere Leben in der Spanne führen, die uns anderen dafür gewährt wird, uns durch dieses eine hindurchzuwursteln ...« Bartolomé blickte zur Tür.

Das Dienstmädchen rollte einen Servierwagen mit einer

Kaffeekanne, Teller und Besteck herein, letzteres aus massivem Silber und mit Gravuren verziert. Sie stellte den Wagen längs vor meine Couch, verbeugte sich und ging wieder hinaus.

»Lassen Sie mich ein wenig mehr über ihn erzählen, während Sie essen.« Ich nahm an, Bartolomé drängte mich nicht, zu enthüllen, was sein Vater gesagt hatte, damit ich entspannt und ruhig mein Frühstück genießen konnte. Wie höflich von ihm, dachte ich. »Vielleicht hat mein Vater das auch beabsichtigt.«

Bartolomé legte die Finger wie zum Gebet zusammen, während ich mir Kaffee eingoß und Toast butterte. Die Eier sahen ausgesprochen lecker aus, und der erste Bissen schmeckte so gut, daß ich hoffte, der junge de Valdivia würde nicht bemerken, wie ich ihn hinunterschlang. Rasch ließ ich einen zweiten folgen und spülte mit ausgezeichnetem frischem Kaffee nach. Dann lehnte ich mich mit der Tasse in der Hand zurück und wartete.

34

»Rafael de Valdivia zog 1950 in den Krieg«, begann Bartolomé. »Aber er war ursprünglich kein Mann des Militärs. Seine Feinde waren Krankheiten – vor allem Tuberkulose. Sie grassierte unter den Maya von Yukatan, besonders in Quintana Roo, wo das Volk sich bis in die dreißiger Jahre gegen Mexiko behauptet hatte und Krankenhäuser deshalb überaus rar waren. Dann brach nach dem Krieg die Sisalindustrie zusammen, und die Folgen waren Armut, Hunger und Krankheiten – es war die ärmste Region eines armen Landes, auch wenn man den Maya im Rahmen eines

Systems gemeinschaftlichen Besitzes die Hälfte des Territoriums übertragen hatte. Mein Vater, der gerade sein Medizinstudium abgeschlossen hatte, bewaffnete sich mit der neuen Arznei Streptomycin und ging als Freiwilliger zur Behandlung der Kranken in die Dörfer. Nach einem Jahr kehrte er nach Mérida zurück, heiratete meine Mutter und begann, in einem der Krankenhäuser der Stadt zu arbeiten. Aber sein Ziel, die Seuchen unter den Kleinbauern auszurotten, konnte er einfach nicht aufgeben, deshalb ließ er Mutter hier und ging wieder in den Urwald, diesmal zusammen mit weiteren Freiwilligen. Er fügte seinem Arsenal auch neue Waffen hinzu – Impfmittel gegen Pocken, Masern, Polio, Mumps und so weiter.

Nach einigen Monaten ›verwilderte‹ er, wie wir zu sagen pflegten, lebte ein paar Monate lang in einem Dorf in einer Strohhütte und zog dann weiter, wobei er kontinuierlich die Lebensweise der Maya studierte. Er besuchte auch die Ruinenstädte im Dschungel und bildete sich eine Meinung über den Untergang der Zivilisation, die diese Städte errichtet hatte. Seiner Zeit voraus, stellte er die Theorie auf, die alten Maya seien in einer ökologischen Katastrophe zugrunde gegangen – Übernutzung des Landes, das sie ernährte. Eine Lektion auch für unsere heutige Zeit, finden Sie nicht?«

Ich nickte zustimmend.

»Seine Besuche zu Hause waren spärlich in den nächsten fünf Jahren, in deren Verlauf ich zur Welt kam. Schließlich stellte ihn mein Großvater mütterlicherseits zur Rede und erinnerte ihn daran, daß er vorrangig seiner Familie verpflichtet sei. Zu diesem Zeitpunkt hatte er sich bereits mit einer Bewegung für die volle Unabhängigkeit von Mexiko eingelassen. Das Militär terrorisierte die Kleinbauern, die diese Bewegung unterstützten, deshalb hat mein Vater die Cruzob wieder zum Leben erweckt und sie bewaffnet, damit sie die Bauern verteidigen konnten.«

»Sie sagen, ›wieder zum Leben erweckt‹ – wie lange waren sie denn von der Bildfläche verschwunden?«

»Die Cruzob waren eigentlich nie ganz verschwunden, seit sie hundert Jahre zuvor nach einem schweren Krieg zwischen den Maya und Gruppen von weißen Siedlern auf der Halbinsel entstanden waren. An einem bestimmten Punkt hielten die Maya genau diese Stadt hier belagert, aber dann spazierten sie buchstäblich davon, um ihren Mais zu pflanzen. Daraufhin wurden sie von der mexikanischen Armee gnadenlos gejagt und zerstreuten sich schließlich in die Wälder von Quintana Roo. Fünfzig Jahre lang hielt man sie für nahezu ausgelöscht und dachte, ihre Bevölkerungszahl läge bei einigen Hundert. Aber sie hatten im Urwald eine geheime Stadt mit zehntausend Einwohnern errichtet und das Christentum zugunsten ihrer alten Religion aufgegeben, zu der die Verehrung des Kreuzes gehörte – nicht des christlichen Kreuzes, sondern des Kapokbaumes der alten Maya. Tatsächlich also verteidigten die Cruzob ihr Volk aktiv bis in die dreißiger Jahre, als der Vertrag unterzeichnet wurde. Als mein Vater seinen Feldzug begann, gab es immer noch einige mit militärischer Erfahrung unter ihnen. Aber sie brauchten Waffen und Ausbildung, und diesbezüglich wandten sie sich an Fidel Castro.«

»*Der* Fidel Castro?« Ich war neugierig. »Wie kam denn das?«

»Er benutzte Quintana Roo als Trainingscamp für seine eigenen Soldaten. Die Zentralregierung entdeckte dieses Lager erst nach der kubanischen Revolution, woran Sie ersehen, wie abgelegen der östliche Teil Yukatans vor der Gründung von Cancun war.«

»Und wie lange kämpfte Ihr Vater gegen das Militär?«

»Etwa zwei Jahre lang. Er hielt sich an den Grundsatz, unter keinen Umständen Zivilisten anzugreifen. Doch dann kamen ihm Berichte zu Ohren, wonach eine Guerillazelle der Cruzob die Familie eines Haziendabesitzers gefoltert und getötet hatte. Er führte eine Untersuchung durch, stellte fest, daß der Bericht der Wahrheit entsprach, und löste unverzüglich die gesamte Truppe auf.«

»Und dann kam er hierher zurück?«

»In der Stadt war die Stelle des amtlichen Leichenbeschauers frei. Er besaß zwar nicht ganz die nötige Qualifikation für den Posten, aber angesichts der Tatsache, daß er seine revolutionären Aktivitäten aufgab, sah die Regierung darüber hinweg. Ich glaube, mein Großvater spielte beim Zustandekommen des Handels eine Vermittlerrolle. Unglücklicherweise sah es für die Hardliner unter den Cruzob so aus, als hätte er sich schlicht verkauft.«

»Und was wurde aus diesen Hardlinern?«

»Manche kämpften noch eine Weile weiter. Aber die Entwicklung der Tourismusindustrie änderte alles. Sie brachte Geld und Jobs ins Land, so daß den Hardlinern die Basis wegbrach.«

»Und jetzt wollen sie den Tourismus untergraben.«

Bartolomé sah mich argwöhnisch an. »Wie kommen Sie darauf?«

»Wird das nicht das Ergebnis dieser terroristischen Aktivitäten sein, wenn sie anhalten?« Ich merkte, daß ich Sanchez' Ansichten nachplapperte.

»Hmm ...« Er dachte erneut stirnrunzelnd nach. Irgend etwas beunruhigte Bartolomé de Valdivia.

»Warum glauben Sie, ist Ihr Vater das Risiko eingegangen, bei den Terroristen zu intervenieren?«

»Vermutlich meinte er, immer noch Einfluß bei ihnen zu haben, trotz seines Rufes bei den Hardlinern. Aber in deren Augen dürfte die Tatsache, daß er bei einer Untersuchung der Regierung mitwirkte, seine Schuld nur bestätigt haben.«

»Wissen Sie, auf welche Weise er den Kontakt mit den Entführern herstellte?«

»Meine Mutter sagt, er hätte an dem Morgen, an dem die Studenten entführt wurden, etwas gemurmelt und behauptet, er wüßte, wer dahintersteckt. Er führte einige Telefongespräche, und am Nachmittag kam dann ein Wagen und holte ihn ab. Das war das letzte Mal, daß sie ihn lebend sah.«

Der Augenblick schien günstig, die letzte Äußerung seines Vaters zu enthüllen, und dieser Gedanke war auch Bartolomé gekommen. »Wir wär's, wenn Sie mir jetzt erzählten, was mein Vater noch gesagt hat?«

»Nur noch ein einziges Wort – Krater.«

Bartolomé sah mich durchdringend an, sein Blick bohrte sich in meine Augen, als wollte er so den Wahrheitsgehalt meiner Worte ausloten.

»Und das war alles?«

»Das war alles.«

Bartolomé lächelte. Er schien erleichtert zu sein. »Jetzt verstehe ich. Und Sie haben völlig recht, mein Vater hat tatsächlich etwas über die Krankheit angedeutet, die Ihren Freund getötet hat. Sie sind Meeresbiologin, soviel ich weiß?«

Ich nickte. Zweifellos wußte er das von Sanchez.

»Dann habe ich noch eine Geschichte für Sie, eine, die Sie bestimmt auch beruflich interessieren wird. Aber sie beginnt vor fünfundsechzig Millionen Jahren.«

35 Bartolomé zeigte auf den polierten Holzboden. »Wissen Sie, was genau unter uns liegt, während wir hier reden?«

Ich schüttelte den Kopf.

»Einen Kilometer unter uns liegen die Reste eines Objekts, das vor fünfundsechzig Millionen Jahren in die Erde krachte. Sie wissen, wovon ich spreche?«

Wir befanden uns im nordwestlichen Yukatan, und das bedeutete … natürlich, das war's. »Der Komet, der die Dinosaurier ausgelöscht hat?«

»Komet? Asteroid? Meteorit? Planetenbruchstück? Wer weiß. War wirklich ein Massensterben die Folge? Nicht alle Experten teilen diese Ansicht. Eines aber ist sicher, der Einschlag war das spektakulärste Ereignis im Sonnensystem seit Millionen von Jahren. Ein riesiger Feuerball, der im spitzen Winkel geflogen kam, das Meer verdampfen ließ, geschmolzenes Glas bis Wyoming spuckte, Milliarden Tonnen pulverisierten Gesteins in die Atmosphäre schleuderte, Tsunamis über die Ozeane rollen und Schwefelsäure aus den Wolken regnen ließ …« Bartolomé verströmte eine fast jungenhafte Begeisterung. »Der äußere Ring des Lochs, das durch den Aufprall entstand, hat einen Durchmesser von zweihundert Kilometern. Man nennt ihn den Chicxulub-Krater, nach einem Küstendorf, ein paar Kilometer von Mérida entfernt.«

»Und der Krater wird vom Kreideplateau bedeckt?«

»Ja, ohne augenfällige Vertiefung in der Landschaft. Als wäre nie etwas geschehen. Und die Hälfte des Kraters liegt unter der Halbinsel selbst, die andere Hälfte unter dem Golf von Mexiko.«

»Aber warum hat Ihr Vater davon gesprochen?«

Bartolomé stand erneut auf und stellte sich unter das Porträt der jungen Frau. Doch diesmal wirkten seine Gesten gelöst, sogar lebhaft.

»Kehren wir zu dem jungen Urwaldarzt in den fünfziger Jahren zurück. Während er die Kleinbauern behandelt, unterhält er sich mit ihnen, und sein Verständnis der Mayasprache wird immer besser. Er fragt sie nach ihren Arzneien aus, nach den Krankheiten, für die sie Heilmittel besaßen, bevor die Eroberung durch die Spanier eine Pandorabüchse mit neuen öffnete. Er hört ständig Hinweise auf eine tödliche Infektion namens *amhakimil,* die mit Wasser zu tun hat. Bei seiner ersten Rückkehr nach Mérida findet er eine Seuche dieses Namens in den Geschichtsbüchern der Spanier, und es heißt, sie habe im frühen sechzehnten Jahrhundert und dann noch einmal zweihundert Jahre später eine gewaltige Zahl von Menschen ausgelöscht. Die Verfasser dieser Berichte glaubten, es handle sich um Pocken, aber die Beschreibungen der älteren Dorfbewohner hörten sich nicht nach Pocken an, und sie behaupteten außerdem, die Krankheit sei bereits vor der Ankunft der Konquistadoren unter ihnen gewesen. Schließlich legen die Hinweise, die er der Reihe nach zusammenfügt, die Vermutung nahe, daß diese Ausbrüche von Amhakimil stets nach Zeiten langer Dürre aufgetreten sind. Zurück in der Wildnis von Quintana Roo, erkundigt er sich überall, wohin er kommt, nach der geheimnisvollen Infektion. Eines Tages dann erhält er ein Leporello geschenkt, und man erzählt ihm, darin sei das Fragment eines älteren Mayatextes eingenäht, das sich auf die Krankheit bezieht ...« Bartolomé sah in den Garten hinaus, wo die Sonne den Regen aufwischte, der nicht in die Erde gesickert war.

»Dieses Leporello ... woher stammte es?«

»Die Cruzob verwahren eine Reihe heiliger Texte, die *Bücher von Chilam Balam* – manchmal Jaguarprophezeiungen genannt –, die von Mayaschreibern nach der Eroberung auf spanisch geschrieben wurden.«

»Und eines davon haben sie Ihrem Vater geschenkt? Das war eine große Ehre.«

»Ja. Und die seltene Gelegenheit, ein solches Buch genau zu studieren. Aber er hatte einige Jahre lang kaum die Möglichkeit, der Sache nachzugehen, da ihn die Ereignisse einholten, die ich Ihnen beschrieben habe. Und überhaupt wurden die Hieroglyphen der Maya damals noch kaum verstanden. Als er sich jedoch wieder in Mérida niederließ, wandte er sich dem Thema zu, sooft er Zeit hatte, und er nahm uns Kinder häufig an Sonntagnachmittagen mit in den Urwald, wo wir Ruinen oder einen Zenote besuchten.

Schließlich studierte ich und wurde Mineralölgeologe. Mein Vater hatte sich nicht sehr dafür interessiert, welches Studium ich mir aussuchte, aber als ich anfing, bei Pemex zu arbeiten, war er alles andere als erfreut.«

»Pemex ... aber wieso denn nicht?« fragte ich mit gespielter Unschuld. Petroleos Mexicanos, die staatliche Monopolgesellschaft, war einer der größten Ölkonzerne der Welt. Ich fand es interessant, daß Bartolomés Vater seine Berufswahl mißbilligte, so wie es mein Vater bei mir tat. Noch mehr aber faszinierte mich, daß Bartolomé für Pemex arbeitete – genau die Organisation, gegen die ich bei meinem ersten Einsatz für Greenpeace ins Feld gezogen war.

»Er hatte eine ambivalente Einstellung zur Ausbeutung von Ölvorräten, wegen der möglichen Auswirkungen auf die Umwelt und die Menschen rund um den Golf von Mexiko. Und ich muß zugeben, es war etwas dran ...« Bartolomé hatte sich umgedreht und griff nach einer Zigarrenkiste auf dem Kaminsims hinter sich.

Mein Respekt für den Toten wuchs immer mehr, aber ich hatte auch den Eindruck, ihn nur von der besten Seite geschildert zu bekommen – es erinnerte an einen Nachruf, wie ich ihn vielleicht im *Diario del Yucatan* lesen würde. Wenn ich die Version mit allen Fehlern und Schwächen hören wollte, dann würde ich sie wohl kaum von seinem Sohn erfahren, der selbst der Mißbilligung durch seinen Vater noch Beifall zu klatschen schien.

Bartolomé öffnete den Deckel der Zigarrenkiste, während er fortfuhr. »Eines Tages fing er dann aus heiterem Himmel an, mir Fragen über die Geologie und Hydrologie des Yukatan zu stellen. Ich konnte ihm die Antworten liefern. Antworten, nach denen er offenkundig seit einiger Zeit gesucht hatte. Als Folge davon verbesserte sich seine Haltung mir gegenüber. Und um alles zu krönen, wurde ich schließlich zum Überbringer einer Nachricht, die so aufregend war, daß er völlig über meine Sünde hinwegsah.« Bartolomé nahm eine Zigarre aus der Kiste. »Es stört Sie doch nicht, wenn ich rauche, oder?«

»Bitte, nur zu.«

Er rollte die Zigarre zwischen den Fingern und blinzelte mich an, als hätte er den Faden seines Berichts verloren.

»Die Neuigkeit, die Sie für Ihren Vater hatten …« soufflierte ich.

»Ach ja. Eine Bohrungsvermessung von Pemex hatte die Existenz des Chicxulub-Kraters enthüllt. Es war eine große Entdeckung für die Paläontologen, denn die Theorie jenes Ereignisses, das zum Massensterben führte, wie die Wissenschaftler Walter und Luis Walter Alvarez 1980 vermutet hatten, ließ sich nun vielleicht bestätigen.«

»Aber warum war Ihr Vater darüber so aufgeregt?«

Bartolomé knipste mit einem silbernen Schneidegerät die

Zigarrenspitze ab. »Was ihn interessierte, war nicht das Massensterben. Sondern ein Muster, das er Jahre zuvor in der Landschaft beobachtet hatte – daß es nämlich in einem Halbkreis um Mérida herum Hunderte von Zenoten gibt. Nun hatte er eine Erklärung dafür. Sie lagen auf dem Kraterrand und folgten exakt dessen Linie.«

»Ja und?«

»Das heißt, obwohl sich das unterirdische Flußsystem des Yukatan mit seinen Verbindungen und Höhlen in der Kalksteindecke bildete, die sich lange *nach* dem Einschlag des Objekts ablagerte, besteht irgendeine Verbindung zwischen dem System und dem Krater darunter. Dies führte meinen Vater zu einer interessanten hydrologischen Theorie. Sie beruht eher auf Intuition als auf gesicherten empirischen Daten, aber sie ist nichtsdestoweniger beeindruckend.«

»Für Sie als Geologen, meinen Sie.«

»Ja. Und besonders für einen Geologen, der das Verhalten von Flüssigkeiten in Tiefengestein studiert hat – Öllagerstätten natürlich, aber auch Grundwasserreservoire ...« Er nahm ein silbernes Feuerzeug aus der Tasche und zündete die Zigarre an. »... das, was wir Wasseradern nennen.«

»Was besagte seine Theorie?«

Bartolomé stieß eine Wolke weißen Rauchs aus. »Daß in Dürrezeiten der Wasserspiegel in den Zenoten sehr lange hoch bleibt – weil aus tieferen Schichten Wasser nach oben dringt, aus einem riesigen Wasserreservoir im Krater, das jahrhundertelang ungestört bleibt, aber in geologischer Zeit wahrscheinlich viele Male zirkuliert ist.«

»Und was bedeutet das?«

»Die Geschichte der Maya war eng mit ihrer Wasserversorgung verknüpft. Dürre konnte ihr Überleben ernsthaft gefährden. Deshalb mutet ihre Entscheidung, weiter nach

Norden, in eine scheinbar wasserlose Gegend zu wandern, auf den ersten Blick sonderbar an. Es sei denn, man zieht die Theorie meines Vaters mit ins Kalkül.«

»Der zufolge die Zenoten in Dürrezeiten voll Wasser blieben.«

»Ja – aber das hatte seinen Preis.«

»Und welchen?«

»Er spekulierte, daß das Wasser, das aus dem Krater aufstieg, einen krankheitserregenden Organismus enthielt.«

»Aus dem Weltall, meinen Sie?« Ich hatte das Gefühl, wir bewegten uns am Rand von Science-fiction.

»Nicht unbedingt. Er könnte in der Erde selbst existiert haben, in Tiefengestein, das von dem Einschlag abgesprengt wurde. Dadurch kam es in Kontakt mit der Oberfläche, die ihrerseits schließlich von einer Schicht porösem Kalkstein bedeckt wurde.«

»Warum haben sich die Zenoten entlang des Kraterrandes gebildet? Warum nicht im Zentrum der Einschlagstelle?«

»Stellen Sie sich diesen Teil Yukatans wie einen Apfelkuchen vor. Das Kalksteinplateau ist der Teig, der den wasserhaltigen Fels und die Sedimente bedeckt. Und was geschieht mit einem Apfelkuchen beim Backen? Die Säfte im Innern versuchen zu entweichen, richtig? Es gibt aber nur eine Stelle, wo sie austreten können, und das ist um den Rand herum, wo der Teig an der Einfassung haftet.«

»Und so wird der Ring der Zenoten kontaminiert.«

Bartolomé nickte und blies neuen Zigarrenrauch in die Luft. »Und das gesamte unterirdische Wassernetz ist bedroht. Die Maya lernten die Gefahr schließlich kennen und versuchten, sie zu besänftigen. Meinem Vater zufolge könnten daraus sogar bestimmte Formen von Opfern entstanden sein.«

»Und konnte er irgend etwas von alldem beweisen?«

»Er war sehr nahe dran. Denn in letzter Zeit konnten zwei weitere Puzzleteile eingesetzt werden. Das erste war die Bedeutung der Hieroglyphen und Illustrationen im älteren Abschnitt des *Chilam-Balam*-Buches in seinem Besitz. Das zweite lieferte die Geologie, und wiederum konnte ich ihm die gute Nachricht überbringen – im nördlichen Yukatan genommene Bohrproben bestätigten einen zweihundertjährigen Dürrezyklus, der mit der Sonnenaktivität zusammenhängt. Alles, was er jetzt unglücklicherweise noch brauchte, war ein Ausbruch der Krankheit, was seit zweihundert Jahren nicht mehr passiert war. Dann erhielt er zu Beginn dieses Jahres, im Februar, glaube ich, einen Anruf von Sanchez. Eine Reihe mysteriöser Todesfälle in einem Dorf im Landesinnern, südlich von Mérida. Man vermutete vergiftetes Wasser aus einem Zenote und bat ihn, die Leichen zu untersuchen.«

»Und genau darauf hatte er gewartet. Aber wieso wurde Ihr Vater hinzugezogen? Er schien selbst ein bißchen verwundert darüber zu sein.«

»Das lag an seiner natürlichen Bescheidenheit. Er war nicht nur ein großartiger Pathologe, sondern hatte auch ein Buch – das einzige – über diese rätselhafte Krankheit geschrieben. Außerdem mußte die Bundespolizei den Ausbruch geheimhalten, und da sich mein Vater nicht mehr in medizinischen oder juristischen Kreisen bewegte, war er genau der richtige Mann.«

»Konnte er nachweisen, ob die Dorfbewohner an diesem … Amhakimil gestorben waren oder nicht?«

»Er war davon überzeugt. Aber die Polizei hat eine sofortige Nachrichtensperre zu dem Vorfall verhängt.«

»Aber das verstehe ich nicht. Wem war denn damit gedient, wenn man es vertuschte?«

»Der Tourismusindustrie zum Beispiel.«

Es war so widersinnig. Eine Industrie, die die geheimnisvollen Maya feierte und dann von genau dem bedroht wurde, was die Maya so geheimnisvoll gemacht hatte. Ich blickte auf den dampfenden Garten hinaus und sagte: »Aber die klimatischen Bedingungen für einen Ausbruch scheinen nicht gegeben zu sein. Es gab keine lang anhaltende Dürre, so daß Wasser aus dem Tiefenreservoir emporgezogen wurde.«

»Dem Augenschein nach nicht. Tatsächlich aber ist das Klima in diesem Teil der Welt im letzten Jahrhundert trockener geworden – ein Prozeß, den die globale Erwärmung jetzt noch beschleunigt. Addieren Sie dazu noch die neuen Entwicklungen in Industrie und Tourismus, die einen gewaltigen Bedarf an Wasser haben und den Grundwasserspiegel absenken. Können Sie sich vorstellen, was allein Cancun verbraucht? Man sollte meinen, sie hätten vom Fall Mexico City gelernt – das sackt bereits ab wegen des vielen Wassers, das sie aus der Erde unter der Stadt gesaugt haben. Und in Florida muß man Oberflächenwasser mit hohem Druck in den Untergrund pumpen, um das Tiefenreservoir wieder aufzufüllen.« Er lächelte grimmig. »Natürlich ist hier und dort noch immer Süßwasser in großen Lagerstätten in der Erde eingeschlossen, deshalb entwickelt sich Wasserbergbau zu einer bedeutenden Industrie. Aber die Vorräte sind begrenzt. Wenn Sie also die Spannungen wegen des Öls schon schlimm genug finden, dann warten Sie erst einmal auf die Wasserkriege.«

Wir dachten beide eine kleine Weile darüber nach. Bartolomé schaute auf die Uhr. Er saß bereits seit über einer Stunde mit mir zusammen.

»Ich halte Sie von Ihrer Familie fern«, sagte ich. »Tut mir leid.«

»Nein, darum geht es nicht.« Er drückte den Zigarrenstummel in einem Aschenbecher auf dem Kaminsims aus. »Sie gehen wohl gerade zum Mittagessen ins Speisezimmer, deshalb kann ich jetzt unbemerkt ins Arbeitszimmer meines Vaters.«

Als er den Raum verlassen hatte, stand ich auf und schlenderte zum Kamin, um mir das Bild anzusehen. Es war im Stil eines karibischen Ölgemäldes aus dem achtzehnten Jahrhundert gemalt, wie es in der Villa eines Gouverneurs der Kolonialmacht gehangen haben mochte, und trug den Titel *Junge Mulattin*. Allerdings war dieses Mädchen in ihrem weißen *huipil* und der roten Hibiskusblüte im Haar zweifellos eine Maya. Und ohne Frage eine Schönheit.

Ich betrachtete noch immer das Mädchen, als Bartolomé mit einem schwarzen Aktenkoffer unter dem Arm wiederkam. »Eines der antiken Gemälde meines Vaters«, sagte er und warf einen Blick auf das Bild, als er den Koffer auf einen Tisch in der Mitte des Raumes stellte.

»Sie ist sehr hübsch«, sagte ich. »Aber wissen Sie genau, daß das Bild so alt ist?« Auf der Leinwand war keine Alterspatina erkennbar, es stammte also schwerlich aus dem achtzehnten Jahrhundert.

»Hm ...?« Bartolomé sichtete Dokumente in dem Aktenkoffer und achtete kaum auf mich. »Hier drin sind Aufzeichnungen, an denen er gearbeitet hat«, sagte er, nahm einige Papiere heraus und legte sie auf den Tisch.

Eine Handglocke läutete von der Eingangshalle herauf.

»Ich habe jetzt nicht viel Zeit, sie zu ordnen. Vielleicht ein andermal.«

»Würden Sie die Papiere mir anvertrauen? Alle, meine ich? Wer weiß, was davon nützlich ist.« Das war natürlich viel verlangt, aber ich mußte versuchen, an möglichst umfangreiche Belegstücke heranzukommen.

»Hm …« Er war unschlüssig. »Sogar das Leporello?«

Ich hätte nicht gewagt, es vorzuschlagen, aber nun hieß es jetzt oder nie. »Ich verspreche, ich bringe das Buch und alle anderen Unterlagen bis Ende der Woche wieder zurück.«

»Hm … ich habe das Gefühl, ich sollte Ihnen helfen, weil Sie so freundlich gegenüber meinem Vater waren, aber …« Er war sich noch immer unsicher.

»Papa!«

Ich fuhr herum und sah ein Mädchen im Teenageralter in der Tür stehen. Es hatte nach hinten gekämmtes Haar, große, feuchte Augen und hohe Wangenknochen. Bartolomés Familie rief ihn zum Mittagessen.

»Si, si, Paloma«, sagte er mit der gequälten Duldsamkeit eines Vaters, der es gewohnt ist, von seinen Kindern herumkommandiert zu werden. »Also gut, Señorita Madison.« Er legte das Bündel Papiere in den Aktenkoffer zurück und übergab ihn mir.

Als ich mich wieder umdrehte, war Paloma verschwunden.

»Was würde ich nur anfangen, wenn meine Töchter nicht ein bißchen Ordnung in mein Leben brächten?« Bartolomé lächelte, als wir zusammen den Raum verließen.

Während wir den Flur entlanggingen, sagte ich: »Eins wüßte ich gerne – hat man Ken und mich vorsätzlich in Gefahr gebracht, als man uns bat, Goldbergs Kopf zu suchen?«

Bartolomé verstand die Frage: Hatte sein Vater gewußt, daß der Heilige Brunnen infiziert war?

»Nein«, antwortete er mit Nachdruck. »Sanchez verließ sich inzwischen auf meinen Vater, er hatte gesehen, daß er ihm trauen konnte. Und nun hatte er ein neues Problem – einen in einer Mayastätte ermordeten Amerikaner. Also rief er wieder meinen Vater hinzu. Das ist der ganze Zusammenhang.«

»Glauben Sie das wirklich? Ihr Vater schien hinterher sehr an unserem Gesundheitszustand interessiert zu sein.«

»Wahrscheinlich, nachdem er den Kopf des Toten untersucht hatte, oder?«

Das stimmte, wenn ich mir die Reihenfolge der Ereignisse ins Gedächtnis rief. »Da haben Sie wohl recht«, sagte ich.

»Also dürfen Sie ihm keine Schuld geben. Er wähnte Sie nicht in Gefahr, weil er sich in einem Punkt irrte. Er dachte, das Wasser unter dem Yukatan würde zum Golf hin fließen, vom Ort des Ausbruchs gesehen in die entgegengesetzte Richtung von Chichen Itza. Ich weiß das, weil er mich anrief, um sich zu vergewissern.«

Jetzt fiel es mir wieder ein. Als Höhlentaucherin hatte ich es vor langer Zeit einmal gelernt und wieder vergessen. »Aber das stimmt natürlich nicht, es fließt nach Osten.«

»So ist es. Zur Karibik.«

36 Auf der Rückfahrt über den Highway 180 überlegte ich, warum Bartolomé wegen der letzten Worte seines Vaters wohl so nervös gewesen war. Hatte er befürchtet, daß sie eine Enthüllung über ihn oder seine Familie enthielten? Vielleicht hatte er mich deshalb während meines Besuchs von ihr ferngehalten. Bartolomé war ein charmanter und interessanter Mann, aber seine Nervosität verriet irgendeine geheime Furcht.

Ich konnte akzeptieren, daß Dr. de Valdivia erst *nach* der Untersuchung von Goldbergs Gewebeproben den Verdacht hegte, der Heilige Brunnen könnte verseucht sein. Aus diesem Grund hatte er sich später am gleichen Tag nach unserem Befinden erkundigt. Aber da er zweifellos unter dem Druck stand, die Rückgabe von Goldbergs Leichnam nicht unnötig zu verzögern, war er nicht in der Lage gewesen, diesen Verdacht durch eine mikroskopische Analyse zu bestätigen.

Zweifellos hatte er Sanchez zu diesem Zeitpunkt seine Befürchtungen mitgeteilt, es konnte also sein, daß wir seither unter polizeilicher Beobachtung standen, ohne daß Dr. de Valdivia notwendigerweise darüber informiert war. Immerhin arbeitete bereits Dr. Flores in der Clinica Cancun für die Behörden, und der Anwalt Marrufo ebenfalls – beide hatten daran mitgewirkt, Kens wahre Todesursache geheimzuhalten.

Ich begann mich zu fragen, ob Dr. de Valdivia etwa gestorben war, weil er um den Ursprung und die Verbreitung von Amhakimil wußte, und nicht, weil er die Geiseln zu retten versucht hatte. Oder gab es zwischen beidem einen Zusammenhang?

Die Theorie, daß möglicherweise ein tödliches Gift aus den Tiefen der Erde aufgetaucht war, würde ich unbedingt an Herbie Kastner weiterleiten, sobald ich zu Hause war. Zuerst aber mußte ich nach Cancun fahren und den Land Cruiser in der Garage abstellen. Und vorher, dachte ich mir, könnte ich noch in der Clinica Cancun vorbeischauen und Dr. Flores einen Besuch abstatten, nun, da ich mit dem Nachweis bewaffnet war, daß eine durch Wasser übertragene Infektion Ken Arnold getötet hatte.

Auf einem langen, geraden Streckenabschnitt ohne Verkehr schaltete ich mein Handy ein. Es piepte einige Male in rascher Folge. Ich hatte eine Textnachricht. Die Nummer erkannte ich – es war die meines privaten Handys, die Nachricht kam also von Deirdre.

BITTE RÜCKRUF. DRINGEND!

Ich sah nach, um welche Zeit die SMS gesendet worden war. 10.23 Uhr. Um diese Zeit war ich in der Kathedrale gewesen, und seitdem hatte ich das Telefon nicht mehr eingeschaltet. Es war jetzt dreieinhalb Stunden später. Ich benutzte den automatischen Rückruf und hörte meine eigene Ansage. *Hier Jessica Madison. Ich kann Ihren Anruf im Moment nicht entgegennehmen, bitte hinterlassen Sie eine Nachricht.* Ich dachte, wie sonderbar es war, auf meinem eigenen Telefon um einen Rückruf zu bitten, dann sagte ich, wo ich war und forderte Deirdre auf, mich anzurufen.

Was wohl los war? Vielleicht hatte Herbie Kastner versucht, mich wegen der Proben zu erreichen, die ich ihm über meinen Vater geschickt hatte. Aber das war unwahrscheinlich – meine Eltern dürften jetzt erst bei ihm eintreffen, und auch das nur, wenn der Flug pünktlich gelandet war. Genausogut konnte es sein, daß der Flug umgeleitet worden war und daß meine Mutter im Tauchclub angerufen hatte, um mir Bescheid zu geben. Ich versuchte es unter der Festnetznummer des Ladens; es läutete, aber niemand ging ran. Möglicherweise war Alfredo mit einer Gruppe von Tauchern rausgefahren. Aber wo steckte Deirdre? Ich wählte Alfredos Nummer. Auch dort nur die Mailbox. Schließlich tippte ich eine Textnachricht und schickte sie an Deirdre.

AUF WEG N. CANCUN. BITTE ANTWORT.

Es hatte wenig Sinn, weiter zu spekulieren. Und überhaupt wollte ich über mein Gespräch mit Bartolomé de Valdivia nachdenken. Ich versuchte, ein Bild der unterirdischen Wasserwelt heraufzubeschwören, über die ich gerade hinwegfuhr. Bartolomés Vergleich mit dem Apfelkuchen erfüllte seinen Zweck für den Krater, aber die durchlöcherte Karstplatte, die ich im Augenblick überquerte, beschrieb er nicht angemessen. Ich wußte jedoch, daß das Bild, das mir vorschwebte, ebenfalls mit Essen zu tun hatte. Schließlich kam ich darauf. Ich war wieder im Erdkundeunterricht, umgeben von johlenden Kindern, und Miß Taylor, unsere Lehrerin, forderte mich auf, ihr etwas zu zeigen, das sich in einer Papiertüte auf meinem Pult befand. Als ich es tat, hielten sich meine Klassenkameraden die Nase zu und kicherten. Verlegen schaute ich mich auf ihren Pulten um und sah, daß auf beinahe jedem ein Badeschwamm oder einer dieser flachen, gelben Wischaufsetzer lag, mit denen man nasse Fußböden aufwischt.

Miß Taylor machte große Augen, als ich den Inhalt meiner Papiertüte enthüllte – ein Stück Gorgonzola in einer Zellophanhülle. Sie hatte uns gebeten, einen Gegenstand mitzubringen, der sich unserer Ansicht nach mit dem aktuellen Unterrichtsgegenstand vergleichen ließ, und als ich das meinem Vater erzählt hatte, war er losgegangen und hatte den Käse gekauft, im Gegensatz zu allen anderen Eltern, die wahrscheinlich als Schüler schon vor der gleichen Herausforderung gestanden hatten und wußten, daß die Lehrerin einen Badeschwamm erwartete.

Doch als Miß Taylor dann den von Schimmel übersäten Käse hochhielt und das Zellophan entfernte, begann sie positive Bemerkungen darüber zu machen. Das höhnische Gelächter verstummte, als sie mir zu meinem Querschnitt des Erduntergrunds gratulierte, mit seinen grau-blauen Adern und Gräben, die Wasserläufe darstellten, manche parallel zur Oberfläche, andere durch sie hindurchstoßend. Und als sie den Käse in zwei Hälften schnitt, kannte ihre Begeisterung keine Grenzen mehr, da Spalten, Höhlen und Kammern in allen Formen und Größen zum Vorschein kamen. Mein Gorgonzola war, von seinem Geruch abgesehen, das ideale Modell. Und was sollte er darstellen? Die Kalksteintopographie meines Heimatstaates Florida, eine Karstebene ähnlich der Halbinsel Yukatan. Ich lächelte in mich hinein, als ich überlegte, ob seither wohl eine Generation von Schulkindern Miß Taylors Klassenzimmer durchlaufen hatte und es an einem bestimmtem Tag im Jahr stets sehr reif geduftet hatte.

Ich war so in Gedanken versunken, daß mir nicht aufgefallen war, wie ich auf einer Strecke von gut zwanzig Kilometern mindestens zehn Armeefahrzeuge überholt hatte, die auf dem Seitenstreifen dahinbummelten, hauptsächlich Jeeps. Erst als ein Hubschrauber in der gleichen Richtung tief über mich hinwegknatterte, wurde ich aufmerksam, und inzwischen konnte ich auf der Schnellstraße vor mir eine Reihe grüner Militärfahrzeuge erkennen, darunter richtige Panzer. Ich hatte den Hauptteil des Konvois erreicht, der sich außerhalb eines Dorfes namens Xcan versammelte, an der Kreuzung des modernen Highways und der alten Straße nach Cancun. Einen Kilometer weiter kam eine Straßensperre, und ein Umleitungsschild zeigte auf eine Abbiegespur, die zu einer Überführung auf die andere Seite des Highways führte.

Der Verkehr staute sich zurück, da sich die Fahrer aus ihren Autos und LKWs beugten und den Polizisten hinter der Sperre Fragen stellten. Schließlich war ich an der Reihe, aber noch bevor ich die Umleitung erreichte, sah ich ein Schild, auf dem stand: KEINE DURCHFAHRT NACH CANCUN.

Und ich sah viele Fahrzeuge auf der anderen Seite des Highways in die Richtung zurückfahren, aus der sie gekommen waren. Ich würde meine Pläne ändern und zur Anlegestelle der Fähre fahren müssen.

»Playa del Carmen?« rief ich zwei Verkehrspolizisten zu, die mich auf die Abbiegespur winkten.

Sie dirigierten mich zu einer schmalen Öffnung in der Mitte der Straßensperre. »Tulum, Playa«, sagte einer von ihnen, um mir klarzumachen, daß ich Playa del Carmen von Süden her, durch das Dorf Tulum, anfahren mußte.

Als ich nach einem halben Kilometer die Abzweigung nach Tulum erreichte – eine andere Wahl hatte ich nicht –, gab es dort eine zweite Straßensperre, von Militär besetzt, mit einem Panzer und Soldaten in Tarnanzügen in den Bäumen an der Straße, die ihre schweren Maschinenpistolen auf mich richteten.

Als ich in die Nebenstraße nach Tulum einfuhr, mutmaßte ich, daß Deirdre mich wohl vor der Sperrung der Straße hatte warnen wollen. Vielleicht hatte Alfredo es in den Nachrichten gehört und ihr gesagt. Aber was war der Grund für die Sperre? Ich schaltete das Radio ein und wartete, bis auf dem Lokalsender, den ich am Morgen gehört hatte, Nachrichten kamen.

Um fünf stellte ich lauter, als ein aufgeregter Nachrichtensprecher die Kurzmeldungen mit der Behauptung der Vereinigten Staaten begann, man verfüge über Beweise dafür, daß das mexikanische Militär für die Morde an der texanischen Basketballmannschaft verantwortlich sei. In der vierten Meldung war von einem Tankwagen mit Öl die Rede, der auf dem Highway 180 zwischen Xcan und Cancun umgestürzt sei, weshalb die Strecke bis zum folgenden Morgen gesperrt bliebe. Kein Wort davon, daß man die Armee aufgeboten hatte.

Die Wettervorhersage beinhaltete nun eine Hurrikanwarnung. Der Tropensturm, der über den Golf in Richtung Florida gezogen war, machte kehrt und würde in etwa sechs

Stunden durch den Yukatan-Kanal fegen, wobei er an Geschwindigkeit noch zunahm, wenn er sich zwischen Kuba und dem Nordosten der Halbinsel hindurchzwängte. Ich würde mich darauf vorbereiten müssen, sobald ich auf Cozumel zurück war. Alfredo und Deirdre konnten inzwischen schon mal anfangen und das Zodiac-Schlauchboot ins Bootshaus heraufziehen, das an die Giebelseite des Ladens angebaut war. Aber beide Handys waren nach wie vor abgeschaltet, und im Laden ging niemand ans Telefon.

Als ich auf der Küstenstraße zwischen Tulum und Playa del Carmen nach Norden fuhr, beschloß ich, etwas auszuprobieren. In Playa angekommen, fuhr ich nicht zur Anlegestelle, sondern quer durch die Stadt und dann weiter in nördlicher Richtung auf Cancun zu, das rund einhundertzwanzig Kilometer entfernt lag. Keine fünf Minuten Fahrzeit hinter Playa sah ich rote und blaue Lichter in der Dämmerung vor mir blinken. Als ich wendete, um zum Hafen zurückzufahren, leuchteten meine Scheinwerfer die Straßensperre für einen Moment voll aus, und ich erkannte den Koloß eines Panzers im Hintergrund. Alle Landwege nach Cancun waren dicht.

Die Sechs-Uhr-Fähre war im Begriff abzulegen, als ich den Land Cruiser parkte und mir den Aktenkoffer vom Beifahrersitz schnappte. Ich hatte Angst, das könnte die letzte Überfahrt nach Cozumel sein, und wenn ich sie verpaßte, würde ich für unbestimmte Zeit auf dem Festland bleiben müssen.

Die Ticketverkäuferin in ihrem Häuschen zeigte keine Eile, während ich nach Kleingeld wühlte. Ich warf einen Blick auf den Fahrplan über ihr – alle Fahrten waren wie sonst auch ausgewiesen. Die Welt ging nicht unter. Während sie mir das Ticket ausstellte, machte ich hastig Konversation mit ihr. »*La barricada?*« sagte ich, zeigte mit dem Daumen nach Norden, in Richtung Cancun und hob dazu fragend die Augenbrauen.

»*Si ... el petrolero*«, erwiderte sie, um zu verstehen zu geben, daß sie die Nachricht von einem umgestürzten Tanklastzug aus dem Radio gehört hatte, das hinter ihr auf einem Wandbrett plärrte. Dieselbe Geschichte, die ich über das ausgelaufene Öl auf dem Highway 180 gehört hatte. Nur daß es diesmal die Küstenstraße nach Cancun betraf. Erwarteten sie ernsthaft, daß die Leute glaubten, es habe zwei identische Unfälle gegeben?

Doch während ich an Bord der Fähre ging, wurde mir klar, daß man die verschiedenen lokalen Radiosender einfach mit denselben Einzelheiten versorgt hatte, da sie ohnehin unterschiedliche Sendebereiche hatten. Die meisten Leute würden nur von einem der Unfälle erfahren. Und falls sie zufällig von einem Sendegebiet in ein anderes gerieten, würden sie glauben, sich beim ersten Mal verhört zu haben.

Hier war eine hinterlistige Medienmanipulation im Gange. Und es schien, als würde das mexikanische Militär das Kommando übernehmen.

37

Laden und Haus sahen aus, als hätte bereits ein Hurrikan in ihnen gewütet. Überall am Boden lag Tauchausrüstung verstreut, und oben im ersten Stock gab es Spuren eines Kampfes, eine Keramiklampe und verschiedene Schmuckgegenstände aus Glas lagen zerbrochen auf den Fliesen im Wohnzimmer, die Flasche aus dem Wasserspender fand sich auf dem Küchenboden wieder. Und deutlich erkennbar war Laborzubehör aus den Regalen und Küchenschränken gerissen worden. Es gab jedoch keine Anzeichen eines gewaltsamen Eindringens.

Ich rief nach Deirdre und rannte auf die Terrasse hinaus, aber dort war niemand. Über die Brüstung schaute ich in die Finsternis. Die See brach sich bereits weiß an den Felsen am Fuß der Mauer. Der Horizont wurde plötzlich von einem dreigezackten Blitz erhellt, der wie Kreide über eine Tafel fuhr.

In dieser hell erleuchteten Sekunde sah ich, daß sich das Schlauchboot nicht am Liegeplatz befand. Hatten sie es im Bootshaus verstaut? Ich lief nach unten und quer durch den Laden und bemerkte dabei, daß die Kasse neben der Theke, auf der sie normalerweise stand, auf dem Boden lag. Aber sie war noch zu.

Der Zodiac lag nicht im Bootshaus. Mir sank der Mut. Die Sache wurde mit jeder Minute ernster.

Zurück im Laden, wollte ich gerade die Polizei anrufen, hielt dann aber inne. Ich mußte erst mal in Ruhe nachdenken. Da war zunächst das fehlende Boot – dafür konnte es eine völlig harmlose Erklärung geben, die nichts mit dem Einbruch oder Deirdres Verschwinden zu tun hatte. Vielleicht war Alfredo mit einer Gruppe von Tauchern rausgefahren und hatte den Zodiac irgendwo an der Küste vertäut, als die See zu rauh wurde. Es war fürs erste einfacher, Alfredo und das Boot außer Betracht zu lassen.

Deirdres SMS vom Vormittag wies auf Schwierigkeiten hin. Aber sie hätte wohl kaum um meinen Rückruf gebeten, wenn man sie entführt hätte. Es sei denn, man hätte sie gezwungen, mich anzurufen, weil die Leute, die ins Haus gekommen waren, dort nicht fanden, was sie suchten. Nämlich die Wasserproben. Und das deutete auf Sanchez und Zedillo hin.

Zuerst mußte ich meine Eltern anrufen, um festzustellen,

ob die Proben ihr Ziel erreicht hatten. Zu meiner großen Erleichterung war mein Vater zu Hause.

»Hallo, Dad. Geht es dir gut?«

»Warum sollte es mir nicht gutgehen?«

»Egal. Hast du die Proben ins Institut gebracht?«

»Persönlich abgeliefert. Der Kerl, der sie an der Rezeption abgeholt hat, war wie ein Raumfahrer gekleidet. Was um Himmels willen ist denn in diesem Wasser?«

Ich konnte der Versuchung nicht widerstehen. »Etwas, das seit fünfundsechzig Millionen Jahren tief in der Erde lebt.« Das von der Wissenschaft angenommene geologische Zeitmaß war für meinen Vater, trotz seines jüngsten Flirts mit der Theorie des Intelligent Design, indiskutabel. Die Kreationisten behaupteten unter anderem, geologische Ereignisse könnten sich sehr schnell abspielen, und das Alter der Erde sei deshalb nicht so hoch, wie es die Anhänger der Evolutionstheorie angaben. Und Leben im Tiefengestein war für sie nicht der Beweis für das hohe Alter der Erde, sondern für das Gegenteil – für das Überleben von Arten, die während der großen Flut der Genesis in den Untergrund eingedrungen waren.

»Mach dich nur lustig«, sagte er in scharfem Tonfall. »Aber das nächste Mal soll sich gefälligst einer deiner sogenannten Wissenschaftler für dich in Gefahr begeben.« Dann knallte er den Hörer auf.

Ich schämte mich. Das war ein billiger Seitenhieb von mir gewesen. Und es stimmte, ich hatte ihn einer Gefahr ausgesetzt. Ich wußte, ich sollte eigentlich zurückrufen und mich entschuldigen, aber es würde vermutlich nur in einem Streit enden.

Genau in diesem Moment hörte ich jemanden an der Tür zur Terrasse. Meine Entschuldigung würde warten müssen.

Kathy Laverne kam mit ein paar halbwüchsigen Jungs im Schlepptau herein, Einheimische, die sie gelegentlich für Hilfsarbeiten anstellte.

»Wir helfen dir, die Läden anzubringen«, sagte sie fröhlich.

Ich starrte sie verständnislos an.

»Deinen Hurrikanschutz.« Sie sah mich mitleidig an. »Du weißt doch wohl, daß einer im Anmarsch ist, oder?«

Ich kam wieder zu mir. »Ach so, natürlich. Der Hurrikan.«

»Wo sind die Dinger, im Bootshaus?«

Ich nickte.

Kathy gab den beiden Jungen Anweisungen, und sie gingen durch die Terrassentür wieder nach draußen. »Du liebe Güte, was ist denn hier passiert«, sagte Kathy, als sie sich im Wohnzimmer umsah.

»Ein Einbruch. Aber es ist noch alles da.«

Kathy legte fragend den Kopf schief.

»Ich glaube, es hatte mit diesen Wasserproben zu tun«, erklärte ich. »Ich muß sofort einen Anruf wegen der Sache machen, wenn du mich entschuldigst.«

»Nur zu, ich helfe dir dann aufräumen, wenn wir die Läden dran haben.«

»Danke, Kathy, du bist ein Schatz.«

Kathy schaltete die Außenbeleuchtung ein und ging hinaus, um nach den Jungen zu sehen, während ich die Liste der zuletzt gewählten Nummern auf meinem Handy durchsah. Sanchez' Nummer war noch gespeichert. Ich rief ihn vom Festnetz aus an.

38 Sanchez meldete sich mit einem trägen »*Hola?*«.

Ich kam sofort zur Sache. »Sie haben heute mein Haus durchstöbert, richtig?«

»Wer ist da?«

»Wo ist meine Freundin? Sie haben nicht das Recht, sie festzuhalten.«

»Wovon reden Sie da. Señorita Madison, oder? Ich war heute nicht mal in der Nähe Ihres Hauses. Ich war nicht einmal auf Cozumel.«

»Sie müssen es nicht persönlich gewesen sein. Sie könnten es auch nur angeordnet haben. Und Sie wußten, daß ich in Mérida bei der Beerdigung war.«

»Ich habe heute keinerlei Operation auf Cozumel angeordnet. Was ist denn passiert?«

Er klang aufrichtig. Aber wie konnte ich mir sicher sein? »Zuerst einmal verraten Sie mir etwas. Was geht in Cancun vor sich?«

»Äh ... dort gibt es ein Problem.«

»Ich weiß, daß es ein Problem gibt. Worum geht es?«

»Ich darf aufgrund des Gesetzes über Staatsgeheimnisse keine Informationen –«

»Es geht um die Wasserversorgung der Stadt. Das Wasser ist verseucht, richtig?«

»Ja.«

»Wodurch?«

»Wir führen noch Untersuchungen durch –«

»Quatsch. Sie wissen genau, was es ist. Und ich werde es auch bald wissen, also stecken Sie sich ihre Staatsgeheimnisse und Ihre Lügen sonstwohin. Und wenn ich herausfinde, was Ken Arnold getötet hat, werde ich die US-Regierung informieren. Denn die Wasserproben, die Sie zu stehlen versucht haben, werden in diesem Augenblick in Florida analysiert.«

Sanchez flüsterte so gedämpft einen Fluch, daß ich ihn, selbst wenn ich gewollt hätte, nicht verstehen konnte. »Damit erreichen Sie nichts«, fuhr er fort. »Ihre Regierung und meine vertragen sich zur Zeit nicht gut.«

»Ihre Regierung? Daß ich nicht lache. Soweit ich feststellen kann, übernimmt gerade das mexikanische Militär die Macht im Land.«

»Ich kann Ihnen versichern, daß die Streitkräfte immer noch unter der Kontrolle der Regierung stehen.«

»Sie meinen dieselben Streitkräfte, die an der Grenze mit dem Säbel rasseln, die die Medien kontrollieren, um zu vertuschen, was in Cancun los ist, und die jetzt für die Ermordung der Basketballspieler verantwortlich gemacht werden? Wer, sagten Sie, hat das Kommando?«

Ich hörte Sanchez am anderen Ende schwer seufzen. »Ich gebe zu, es hat ein paar unbesonnene Aussagen und Handlungen gegeben ... Aber wer glaubt, unser Militär sei für den Tod der Studenten verantwortlich, fällt in die Propagandafalle, die darauf abzielt, offene Feindseligkeiten zwischen unseren beiden Ländern zu provozieren.«

»Was wollen Sie damit sagen?«

»Im Internet wurden Fotos veröffentlicht, die zeigen, wie die Geiseln hingerichtet und ihre Köpfe auf das Schädelgestell gepflanzt wurden.«

»Wie entsetzlich.«

»Ja, es ist grausig. Aber jetzt kommt's – die Leute, die die Greueltat verüben, sind genau zu sehen, und es sind nicht die Cruzob. Es ist unser Militär, die mexikanische Armee.

Und der befehlshabende Offizier ist auf den Bildern erkennbar.«

Lag es wirklich nicht im Bereich des Möglichen, daß das Militär die Tat verübt hatte? Auch wenn Dr. de Valdivia behauptet hatte, die Cruzob seien verantwortlich – niemand hatte die Morde gesehen, außer den Henkern selbst. »Könnte es nicht tatsächlich so gewesen sein?«

»Selbstverständlich war es nicht so, Jessica.« Es war das erste Mal, daß er mich mit Vornamen ansprach. »Es ist eine Bildmanipulation, Adobe Foto Shop. Grob, aber nicht ungeschickt. Und sie stammt von den Cruzob. Das ist der Grund, warum sie sich bisher nicht dazu bekannt haben. Sie wollten es dem Militär anhängen. Auf derselben Website erklären sie sogar Goldbergs Tod zum Resultat einer im Suff geschlossenen Wette zwischen zwei Soldaten, die wegen des Hinterhalts auf die Studenten am selben Tag eine Stinkwut hatten.«

»Aber wozu unternehmen sie solche Anstrengungen?«

»Wie ich schon sagte, um einen Krieg zwischen Ihrem und meinem Land herbeizuführen. Sie machen sich nicht viel aus ihren mexikanischen Oberherren, wie sie es sehen, deshalb sind Mexikos Schwierigkeiten ihre Chance. Und unbegreiflicherweise funktioniert es. Der mexikanische Botschafter wurde ins Weiße Haus einbestellt, man will über den sogenannten Fotobeweis mit ihm sprechen.«

»Ich bin überzeugt, Washington wird herausfinden, daß sie hereingelegt wurden, wenn die Experten die Fotos genauer prüfen.«

»Verlassen Sie sich nicht drauf. Gut möglich, daß wir den ersten vom Internet verursachten Krieg erleben werden.«

Was für ein unfaßlicher Gedanke. Falls Sanchez die Wahrheit sagte.

»Sie haben die Vertuschungsaktion wegen Cancun gar nicht erwähnt«, erinnerte ich ihn und fügte boshaft hinzu: »Wie steht der Propagandakrieg an dieser Front?«

»Dabei ist überhaupt keine List nötig«, antwortete er selbstgefällig. »Alle Flüge von und nach Cancun zum Beispiel wurden schon einmal wegen des Hurrikans gestrichen.«

»Der Sturm kam Ihnen gerade gelegen, was? Aber Sie können die Sache nicht ewig unterdrücken, vor allem nicht mehr, wenn die ersten Leute sterben.«

»Äh ... da könnten Sie recht haben.«

An seiner zögerlichen Antwort erkannte ich, daß es bereits Opfer gegeben hatte.

»Sie müssen sofort an die Öffentlichkeit gehen. Oder diktiert die Armee die Vertuschung?«

Ich hörte ihn ungeduldig seufzen. »Die Armee hat den Badeort auf die Bitte der Regierung hin abgeriegelt«, sagte er ruhig. »Die Soldaten wissen nicht, was vorgefallen ist, nur daß es sich um eine Angelegenheit der öffentlichen Gesundheit handelt.«

»Mal angenommen, ich würde allen Zeitungen eine E-Mail schicken?«

»Ich würde im Interesse Ihrer eigenen Sicherheit vorschlagen, daß Sie sich aus dieser Sache heraushalten.«

»Wollen Sie mir drohen?«

»Ich will Sie schützen, Jessica.«

»Vor wem?«

»Sie sagten, jemand ist in Ihr Haus eingebrochen. Wieso, glauben Sie, ist das passiert?«

Ich hatte das Gefühl, er wußte es bereits.

»Ich glaube, man war hinter einigen Wasserproben her, die ich genommen habe.«

»In Chichen Itza?«

»Ja. Sie haben mir meine Geschichte nicht recht geglaubt, oder?«

»Nein. Und als dann noch ein Tierarzt auf Cozumel die Gesundheitsbehörden verständigte, daß ein Tier gestorben war, weil es verseuchtes Wasser getrunken hatte, waren wir alarmiert.«

»Und Sie haben die Sache zu mir zurückverfolgt?«

»Die Besitzerin des Hundes ist eine Freundin von Ihnen, oder?« Sanchez klang wieder sehr selbstgefällig.

»Aber Sie wußten nicht, daß ich die Proben außer Landes geschmuggelt hatte.«

»Das stimmt. Wie haben Sie das angestellt?«

Jetzt wußte ich, daß man mich abgefangen hätte, wenn ich versucht hätte, Mexiko zu verlassen.

»Familiäre Kontakte«, sagte ich, um ihn weiterraten zu lassen. »Es bedeutete zumindest, daß nichts hier war, was die Einbrecher finden konnten. Aber jetzt mache ich mir Sorgen, sie könnten Deirdre entführt haben.«

»Wollte Ihre irische Freundin nicht dieser Tage wieder nach Hause reisen?«

»Ja, aber nicht, ohne sich zu verabschieden«, sagte ich. »Außerdem fehlt mein Boot. Und es gibt keine Spur von Alfredo.«

»Wann haben Sie von einem der beiden zuletzt gehört?«

Ich erzählte ihm von der SMS.

»Warum schauen Sie nicht bei Alfredo Yam zu Hause vorbei? Wenn er nicht dort ist, fragen Sie seine Mutter, wo er steckt.« Es war offenkundig, daß die Bundespolizei Alfredo überprüft hatte. »Und geben Sie mir eine Beschreibung des Boots. Ich bringe eine entsprechende Meldung heraus und lasse Zedillo ein paar Nachforschungen auf Cozumel anstellen.«

Ich beschrieb Sanchez genau das Boot, als Kathy zurückkam und Wohnzimmer und Küche aufzuräumen begann. Als ich das Gespräch beendete, hob Kathy gerade die Wasserflasche vom Boden auf, um sie wieder in den Spender einzusetzen.

»Hast du keine vollen mehr?« fragte sie, als sie feststellte, daß die Flasche leer war. Sie legte sie zu mehreren anderen neben dem Spender auf den Boden. »Keine günstige Zeit, um mit Wasser knapp zu sein.«

»Ricardo hat aus irgendeinem Grund keines geliefert.«

»Weil die Wasseraufbereitungsfirma letzte Woche wegen technischer Umrüstung geschlossen hatte. Ricardo ist herumgefahren und hat es allen seinen Kunden erzählt – damit wir einen entsprechenden Vorrat bestellen konnten, bevor sie dichtmachten.«

Mir fiel ein, daß Deirdre etwas von einer Nachricht Ricardos gesagt hatte. »Ich war wohl so mit anderen Dingen beschäftigt, daß ich nicht darauf geachtet habe.«

»Ich habe genug Vorrat«, sagte Kathy. »Schade, daß ich die Jungs schon weggeschickt habe, sie hätten es mit einem *triciclo* bringen können.« Dreirädrige Mopeds mit großen Ladeflächen auf der Vorderseite waren ein beliebtes Transportmittel auf der Insel.

»Morgen reicht auch noch«, sagte ich. »Ich breche in Kürze sowieso auf.«

Kathy schaute auf die Uhr. »Bevor du das tust, wollen wir mal nachsehen, wo der Hurrikan gerade ist.« Sie hob die Fernbedienung vom Boden auf und schaltete das Fernsehgerät in der Ecke ein. Dann zappte sie herum, bis sie einen US-Nachrichtenkanal hatte. Sie brachten gerade eine neue Vorhersage. Die Computeranimation des Hurrikans erschien als ein buntes Windrädchen, das in die karibische See wirbelte und dessen Schaufelblätter die Küste Yukatans peitschten. Ein Laufband am unteren Bildschirmrand unterstrich, was der Wettermann verkündete.

HURRIKAN DER STUFE 3 … STURMZENTRUM DERZEIT 30 KILOMETER NÖRDLICH DER HALBINSEL YUKATAN … SINTFLUTARTIGE REGENFÄLLE UND WIND MIT SPITZENGESCHWINDIGKEITEN VON BIS ZU 200 KM/H FÜR CANCUN, DIE OSTKÜSTE YUKATANS UND BELIZE VORHERGESAGT …

»Er wird uns sehr bald treffen«, sagte Kathy. »Bleib nicht zu lange weg.«

»Ich verspreche es.«

»Übrigens haben wir Läden für alle Türen und Fenster bis auf dieses hier gefunden.« Sie zeigte auf die Terrassentür.

»Dort mach ich normalerweise keine hin. Die Tür ist durch die Veranda geschützt, und vor dem Glas ist ein schmiedeeisernes Gitter.«

»Okay. Aber vergiß nicht, sie geschlossen zu lassen. Ein heftiger Windstoß ins Haus genügt, und schon fliegt dir das Dach weg.«

»Wird gemacht.«

»Wir haben die Stühle unter dem Sonnendach ebenfalls weggeräumt. Den Tisch konnten wir allerdings nicht bewegen, der ist zu schwer.«

»Danke noch mal.«

»Wenn du etwas brauchst, ruf an.«

»Mach ich. Und Kathy, ich wollte dir noch mal sagen, wie leid es mir wegen Rufus tut.«

»Ach, stimmt, das habe ich dir ja noch gar nicht gesagt. Ich habe einen neuen Welpen.«

»Sehr gut. Was für einer ist es?«

»Kein reinrassiger diesmal. Ein richtiger mexikanischer Mischling. Ein *Heinz*-Hund.«

»Heinz-Hund?«

»Ja. Er enthält mindestens siebenundfünfzig verschiedene Sorten.«

39 Kein Mensch war auf den Straßen von San Miguel, als ich mit dem Nissan zu Alfredo fuhr. Im Norden stand der Gewittersturm, die Vorhut des Hurrikans, wie eine dunkle, grollende Masse, gespickt mit Blitzen. Die Straßenlaternen an den verlassenen Gehsteigen flackerten und wurden gelegentlich schwächer, da der Sturm näher kam.

Bevor ich losfuhr, hatte ich Herbie Kastner eine E-Mail ans FMRI geschickt und ihm kurz mitgeteilt, was ich von Bartolomé de Valdivia erfahren hatte. Dem Team, das die Proben analysierte, konnte die Information möglicherweise nützlich sein. Ich fügte an, ähnlich verseuchtes Wasser sei vermutlich im Versorgungsnetz von Cancun aufgetaucht.

Ein Teenager mit langem, schwarzem Kraushaar öffnete Alfredos Haustür und sah mich aus großen Augen an. Das Mädchen trug ein leuchtendrosa Kleid, bestehend aus besticktem Oberteil und einem Rock mit zahlreichen Volants aus einer Art Chiffon.

»Alfredo?« fragte ich.

»Der ist nicht da. Er ist heute nicht nach Hause gekommen. An meinem fünfzehnten Geburtstag.«

Sie war den Tränen nahe. Der fünfzehnte Geburtstag eines mexikanischen Mädchens – sein *quinceañera* – ist ein bedeutendes Ereignis, der Tag, ab dem es als Frau gilt. Alfredo war unzuverlässig, aber nicht rücksichtslos. Und die Familie kam in seiner Kultur an erster Stelle.

»Und wegen dem *huracan* kann ich mein Fest nicht auf dem Schulhof feiern«, fügte sie unglücklich hinzu.

»Wie heißt du denn?«

»Rosa.« Sie zog eine Schnute.

»Das ist ein sehr hübsches Kleid, das du da anhast, Rosa. Bestimmt ist Alfredo vom Hurrikan aufgehalten worden. Er hat mir erzählt, wie sehr er sich darauf freut, auf deinem Fest zu tanzen.«

Rosa lächelte matt.

Hinter ihr erschien nun Señora Yam, eine kleine, sehr rundliche Frau Mitte Vierzig. »Alfredo?« fragte sie hoffnungsvoll.

Ich schüttelte den Kopf.

Señora Yam runzelte die Stirn und winkte mich ins Haus.

Rosa verschwand in einem rückwärtigen Raum, während ihre Mutter mich aufforderte, auf dem einzigen Stuhl Platz zu nehmen, den ich entdeckte; er stand an einem kleinen Tisch in einer Ecke. Vor dem Fernsehgerät war eine Hängematte quer durch das Zimmer gespannt. In einer weiteren Ecke leuchtete ein Schrein für irgendeinen männlichen Heiligen, geschmückt mit Plastikblumen und umringt von Familienfotos. Ein großer Schrank nahm einen guten Teil der hinteren Wand ein, die Fächer vollgepfropft mit Geschirr, Kleidung und allerlei Nippes.

In der vierten Ecke des Raumes suchte Señora Yam nach etwas. An einer Wand sah ich die Karte von Nord- und Mittelamerika und an der anderen Bilder von Fußballstars, aber ich erkannte an den Gesichtern, daß die Fotos aus Alfredos Teenagerjahren stammten. Das war offensichtlich seine Ehrenecke im Haus, ein Platz für den geachteten Sohn, der die Universität besucht hatte. Das einzige Möbelstück war eine kleine Kommode, auf der sich Papiere und Bücher stapelten. Señora Yam zog die Schubladen auf und zu, während sie etwas davon murmelte, daß Rosa ständig Sachen verräumte.

Als sie sich bückte, um die unterste Schublade aufzuziehen, bemerkte ich an der Wand hinter ihr eine aufgeklappte Doppelseite, die aus einer Zeitschrift gerissen worden war. Sie war zu weit weg, als daß ich Einzelheiten hätte erkennen können, deshalb stand ich auf und schlich auf Zehenspitzen hinüber, während Alfredos Mutter auf dem Boden kniete, um den Inhalt der Schublade zu untersuchen.

Das Foto sah genau wie die Nahaufnahme eines Stücks Erdreich aus, auf dem es vor winzigen Maden oder Termiten wimmelte. Es gab auch Linien in diesem Erdreich, eine Anzahl konzentrischer Quadrate, möglicherweise mit einem Stock gezogen. Bei näherer Betrachtung sah ich, daß das Bild aus dem *National Geographic* stammte, und die Bildunterschrift enthüllte, daß es sich in Wahrheit um eine Luftaufnahme der riesigen Sonnenpyramide von Teotihuacan in Zentralmexiko handelte. Die Linien waren die verschiedenen Lagen des Stufengebäudes, und die Termiten waren Touristen, weiß gekleidete New-Age-Anhänger, die sich zur Frühjahrs-Tagundnachtgleiche versammelt hatten. Ich fragte mich, ob Alfredo das Foto aufgehängt hatte, weil er die Pyramide bewunderte oder weil ihn die Touristen anwiderten, die überall darauf herumkrochen.

»*Ah, bueno*«, sagte Señora Yam, die endlich gefunden hatte, was sie suchte. Als sie wieder aufstand, blieb ich, wo ich war, denn meine Aufmerksamkeit war inzwischen von der Karte gefesselt, die einen großen Teil der anderen Wand in Alfredos Ecke einnahm.

Sie sah sonderbar aus. Die Grenzen der Vereinigten Staaten und Mexikos waren mit roter Tinte neu gezogen worden. Die USA waren beträchtlich geschrumpft, nach Osten bis zum 94. Längengrad zurückversetzt, während Mexiko sich in einen gewaltigen neuen Nordbereich ergoß, der Kalifornien, Nevada, Utah, Arizona, New Mexico und Texas umfaßte, dazu die Brocken von Colorado und Wyoming, die 1848 im Vertrag von Guadelupe Hidalgo an die USA abgetreten worden waren, wie uns Alfredo seinerzeit in Dzulha erklärt hatte. Über diesen annektierten Teil war ein Wort gestempelt: AZTLAN.

Ich hatte nie an Alfredos Engagement für ein größeres Mexiko und die Befreiung des legendären Landes Aztlan gezweifelt, und nun hatte ich vor Augen, wie das aussehen würde.

Während ich noch auf die Vision dessen blickte, wie nach Alfredos Worten diese Welt bis zum Jahr 2050 aussehen würde, stand Señora Yam neben mir.

»Señorita?« Sie streckte mir etwas entgegen. Es war Alfredos Handy. »Piep, piep«, sagte sie, das Geräusch nachahmend, das den Erhalt einer SMS meldet. »Heute morgen – Alfredo ...« Sie machte ein Schnarchgeräusch. »Ich hören piep, piep. Dann er machen Anruf. Dann er gehen, wumm.« Sie fuchtelte herum, um zu unterstreichen, daß er hastig aufgebrochen war. »Hier, schauen«, beharrte sie und drückte mir das Gerät in die Hand. Es war eingeschaltet.

Ich wählte mich zu NACHRICHTEN vor und ließ mir die einzige zeigen, die aufgelistet war:

BITTE RÜCKRUF. DRINGEND!

Deirdre hatte Alfredo dieselbe Nachricht geschickt wie mir.

40 Der Hurrikan kam um die Spitze der Halbinsel Yukatan gerast. Vom Wohnzimmer aus hörte ich den Wind über das Dach heulen und die Wellen gegen die Felsen unterhalb der Terrasse donnern. Dabei blieb San Miguel auf der geschützten Westseite der Insel die volle Wut der Winde erspart, die an Cozumel vorbei auf Zentralamerika zufegten. Ich konnte mir die gewaltigen Sturzseen vorstellen, die über die ungeschützten und größtenteils unbewohnten Strände der Ostseite hereinbrachen. Die Insel war so flach, daß das Meer bei einem Sturm bis in den Dschungel vordrang.

Ich betete, daß Deirdre und Alfredo irgendwo an Land in Sicherheit waren. Es sah aus, als seien sie beide entführt worden, als hätte Alfredo auf Deirdres Notruf reagiert, ohne die Art der Gefahr zu kennen, und sich dann einer hoffnungslosen Übermacht gegenübergesehen.

Es war schon nach elf, und ich war müde nach dem vielen Herumfahren, aber ich wußte, ich würde vor Sorge nicht schlafen können, deshalb machte ich es mir auf einer Couch im Wohnzimmer bequem, Taschenlampe, Kerze und eine Schachtel Streichhölzer auf dem Tisch neben mir, und öffnete Dr. de Valdivias Aktenkoffer. Auch mein Handy lag in Reichweite, für den Fall, daß Deirdre oder Alfredo anriefen.

Ich fand zwei schmale Publikationen, leuchtendrote Taschenbücher, beide von Dr. de Valdivia verfaßt und beide in Spanisch. Bei der einen handelte es sich um eine Monographie über die Geschichte der Mayaaufstände seit dem Ausbruch des Krieges der Kasten, jener Rebellion, bei der Mérida beinahe gefallen wäre, wie Bartolomé erzählt hatte. Die andere trug den Titel *Krankheit und der Verfall der post-*

klassischen Mayazivilisation und war ein illustrierter Bericht, der Strichzeichnungen von Hieroglyphen aus verschiedenen Ruinenstädten in den Mittelpunkt stellte. Ihm hatte Dr. de Valdivia einige gefaltete handschriftliche Seiten beigelegt, dem Anschein nach zusätzliches Material zum selben Thema.

Unter den beiden Publikationen lagen zwei prallvolle, braune Kuverts. Das eine enthielt getippte Manuskripte, handschriftliche Notizen, Reiberdrucke von Hieroglyphen und Strichzeichnungen. Bei dem anderen Umschlag schien es sich vorwiegend um Korrespondenz zu handeln, der medizinische Dokumente beigefügt waren. Zwischen den beiden Kuverts steckte eine runde Plastikscheibe, ähnlich einer Planisphäre mit einer flachen Spindel in der Mitte und drei übereinander gelagerten Rädern von abgestufter Größe, die an den Rändern jeweils Markierungen aufwiesen. Es war ein Gerät zur Entschlüsselung von Kalenderdaten der Maya.

Zuletzt fand sich noch ein Dokument in einer alten Lederhülle, die ich als Jaguarhaut erkannte, denn obwohl alle Haare wegrasiert waren, ließ sich das Fleckenmuster noch erkennen. Es war das Leporello, einer der heiligen Texte der Cruzob.

Nachdem ich es vorsichtig zur Seite gelegt hatte, blätterte ich das Buch über Krankheit und Niedergang durch. Es faßte die Geschichte der Maya seit etwa 2000 v. Chr. zusammen und erklärte, wie sie Stadtstaaten gegründet hatten, die im Lauf der Zeit blühten und vergingen, hauptsächlich im heutigen Guatemala, El Salvador und Belize, in Chiapas und dem südlichen Yukatan. Das Buch stellte die Theorie auf, daß Überbevölkerung, Anbaumethoden, die dem Land seine Nährstoffe entzogen, und lange Dürren dazu geführt hätten, daß regelmäßig Städte aufgegeben und neue gegründet wurden.

Was Dr. de Valdivia jedoch am meisten beschäftigt hatte, war die späte Blütezeit von Orten wie Chichen Itza im scheinbar wasserlosen Tiefland von Yukatan. Diese Region hatte nach dem Zerfall des Stadtstaates Tikal 800 n. Chr. aufzublühen begonnen. Aber Dr. de Valdivia zufolge erzählten spätere Schnitzereien in verschiedenen Zentren die Geschichte einer Krankheit, die auf Zeiten folgte, in denen es lange nicht geregnet hatte – dabei mußte es sich nicht notwendigerweise um Dürreperioden handeln. Denn sooft auch im restlichen Mexiko Trinkwasser und Wasser für die Felder knapp wurden – in Yukatan schien das nie der Fall zu sein. Doch wie Bartolomé erklärt hatte, war es ein faustischer Pakt, und der Preis war eine Krankheit namens Amhakimil.

Große Ausbrüche schienen sich in Intervallen von zweihundert Jahren zu ereignen, dazwischen gab es jeweils mehrere kleinere. Städte in der Region Puuc, südlich von Mérida, wurden etwa 1000 n. Chr. verlassen, nach einer Besiedlungszeit von zweihundert Jahren und einer lang anhaltenden Dürre. Danach schob sich Chichen Itza in den Vordergrund, zerfiel aber rund zweihundert Jahre später. Und das letzte große Zentrum der Mayakultur, Mayapan, fand seinen endgültigen Niedergang Anfang 1400, noch vor der Ankunft der Spanier.

Ein Ausbruch von Amhakimil, der sich 1600 ereignete, trug zur Auslöschung eines beträchtlichen Teils der bereits durch Pocken geschwächten einheimischen Bevölkerung bei. Zu dieser Zeit zeichneten die Kolonisten ihre ersten Augenzeugenschilderungen der Symptome auf. Ein Franziskanermönch namens Bernardo Diaz hatte geschrieben:

Die Krankheit war durch große Pusteln gekennzeichnet, die ihre Körper unter verderblichem Gestank faulen ließ, so daß das Fleisch in vier, fünf Tagen zerfiel ... Einige Wahnsinnige tranken zur Vorbeugung genau jenes Wasser, das ihre Nachbarn vergiftet hatte, worauf sie in eine Erstarrung verfielen, von der sich keiner mehr erholte ...

Dr. de Valdivia hatte angemerkt, daß dieser Hinweis auf die Maya, die sich augenscheinlich selbst infizierten, mit Vorsicht zu genießen sei. Mein Eindruck aber war, daß der Zeuge zumindest die Erscheinungsform der Krankheit exakt beschrieben hatte, weshalb es sich wahrscheinlich um einen zuverlässigen, wenn auch verblüffenden Bericht handelte.

Kurz nach 1800 fand ein weiterer großer Ausbruch statt, der außer unter den Maya selbst kaum registriert wurde. Die verheerenden Auswirkungen von Krankheiten aus der Alten Welt hatten die Bevölkerung zu diesem Zeitpunkt bereits stark dezimiert, aber die Siedler vermeldeten eine Dürre, nach der sie selbst sich eine durch Wasser übertragene Krankheit zuzogen, die sie als ansteckende Form der Cholera zu Protokoll gaben.

Dr. de Valdivia zufolge war Amhakimil der Grund dafür, warum der Zenote von Chichen Itza zum Auffanggefäß für Menschenopfer und wertvolle Gegenstände geworden war, da die Maya versucht hätten, die launischen Götter günstig zu stimmen, die sie zwar stets mit Wasser versorgten, dieses aber manchmal mit Gift versetzten.

Das Buch schloß mit der Mutmaßung, der rapide Niedergang der Gesellschaft, die sich auf Chichen Itza und andere nördliche Zentren stützte, sei auf einen derart verheerenden Ausbruch der Krankheit zurückzuführen, daß sie sich nicht mehr davon erholte. Die Erbauer der Mayastädte waren in den drei Jahrtausenden ihrer Geschichte immer weiter nach Norden gezogen, und diese Wanderung führte sie unausweichlich auf den Chicxulub-Krater zu, der, wie es der Zufall wollte, die Quelle für ihren Untergang enthielt.

Soweit Dr. de Valdivias Theorie, die sich schon beim raschen Überfliegen eindrucksvoll ausnahm. Ich fragte mich, wie sehr das *Chilam-Balam*-Buch diesen Eindruck verstärken würde.

Das Dokument war etwa so groß wie ein Taschenplan und mehrmals gefaltet. Nur eine Seite war beschrieben, in enger Schrift mit schwarzer Tinte. Vollständig geöffnet war das Buch etwa einen Meter breit und bestand aus drei zusammengenähten Abschnitten. Die beiden Teile vorn und hinten waren aus einem dünnen, pappkartonartigen Material, während der mittlere Abschnitt vollkommen anders war, die zerfransten und abgeschlagenen Ränder ließen ein Netz aus Fasern unter der weißgestrichenen Oberfläche sehen. Es sah aus wie ein Stück Baumrinde, und der ungleichmäßigen Form nach handelte es sich offensichtlich um ein Stück aus einem älteren und größeren Buch.

Der Text des jüngeren Dokuments auf den beiden äußeren Abschnitten war in einer spanischen Übertragung der Mayasprache verfaßt, und ich nahm an, daß es sich um einen Kommentar zum Mittelabschnitt handelte. Letzterer erinnerte mich, wie mir nun bewußt wurde, an Faksimiles, wie ich sie schon von Mayabüchern gesehen hatte, etwa an die Abbildungen im *Dresden Kodex*.

Ich sah Zeitdiagramme aus Balken und Punkten, Hieroglyphenschrift und schwarz-rote Tuschezeichnungen von drei Individuen, ob Götter oder Sterbliche, konnte ich nicht feststellen. Eines war ein Mann, den Körper von einer Art Knoten übersät, er schien sich an ihnen zu kratzen; das zweite war eine ausgezehrtere Gestalt, deren fleckige Haut sich im Gesicht schälte, so daß sie in Streifen herabhing. Er stand steif da, die Arme erhoben, als bete er um Gnade. Die dritte

Zeichnung zeigte ein Skelett, das einen Krug Wasser trug. Der Schädel war rot eingefärbt, bis auf die entblößt grinsenden Zähne und die Augäpfel, die noch in den Höhlen saßen.

Ich schaute in das Kuvert, von dem ich glaubte, daß es mit dem Fragment zusammenhängendes Material enthielt. Das war in der Tat der Fall, Dr. de Valdivia hatte die Daten ausgerechnet, die Hieroglyphen entziffert und die Figuren der Illustration identifiziert.

Das Datum nach dem Langzeitkalender der Maya auf dem Fragment entsprach dem Jahr 1007 nach dem Gregorianischen Kalender. Das allein schon hatte bei Dr. de Valdivia große Aufregung ausgelöst, denn das war fast einhundert Jahre später als das letzte bisher der Wissenschaft bekannte Datum dieses Kalenders. Und es lag außerdem nahe an einem der Scheitelpunkte in der Kurve des zweihundertjährigen Dürrezyklus.

Ich las mich durch einige seiner Anmerkungen zu den Zeichnungen hindurch und erfuhr, daß die Maya so besessen waren vom Tod und der Frage, wie er sie ereilen könnte, daß sie für jede Eventualität einen eigenen Gott hatten, von Selbstmord bis Tod auf der Reise, vom langsamen Dahinsiechen bis zur eitrigen Entzündung. Zunächst hatte Dr. de Valdivia spekuliert, die makaberen Illustrationen in dem Fragment stellten möglicherweise drei Aspekte von Nanahuatzin dar, der auch in anderen mittelamerikanischen Kulturen bekannt ist und oft als der Beulenpestgott bezeichnet wird. Wie es schien, hatte Nanahuatzin das fünfte und letzte Weltzeitalter eingeleitet, das, in dem wir leben, und dem Rindenfragment zufolge würde er am Ende der Epoche zurückkehren. Dieses Ende legte der Langzeitkalender der Maya auf den 21. Dezember 2012 fest, den Tag, an dem wieder ein Mayakönig regieren würde, wie Dr. de Valdivia Ken erklärt hatte – nicht nur ein Ende, sondern auch ein Neuanfang.

Die Fortschritte in der Inschriftenkunde der Maya gegen Ende des zwanzigsten Jahrhunderts hatten es Dr. de Valdivia jedoch ermöglicht, seine Deutung des Fragments zu revidieren. Die Namenshieroglyphen ergaben die Worte Ahaw für Herr, Am für Spinne, Ha für Wasser und Kimil für Tod. Die Gestalt war tatsächlich eine Gottheit mit drei Aspekten, aber sein Titel lautete Spinnenherr Wassertod, der Spender von Am-ha-kimil.

Und dieser Gott Amhakimil würde das die Epoche beendende Ereignis beherrschen, das für die Zeit um Weihnachten 2012 angesetzt war.

Ich warf noch einen Blick auf die Abbildung des Todesgottes in dem Leporello und rief mir eine Äußerung ins Gedächtnis, die Dr. de Valdivia auf seiner Führung durch Chichen Itza gemacht hatte, als wir an dem Tzompantli vorbeikamen: »… damals waren sie natürlich rot angemalt.« So wie die Skelettgestalt in dem alten Fragment vor mir. Und jetzt wurde mir klar, was mein Unbehagen angesichts der gemeißelten Schädel auf der Steinplattform ausgelöst hatte – die Augen saßen noch in den Höhlen, wiederum wie bei dem Skelett in dem Fragment. Die Maya hatten also in ihrem Bemühen, Gott Amhakimil günstig zu stimmen, den Schädeln der Geopferten die Haut abgezogen, damit sie den Opfern der Fäulniskrankheit ähnelten. Das war eine Entdeckung, die Archäologen und Historikern eine völlig neue Sicht auf Kunst und Rituale der Maya eröffnen würde.

Dr. de Valdivia hatte sich bescheiden als einen Amateurgelehrten bezeichnet. In Wahrheit aber war seine Arbeit der Antwort auf das berühmte »Rätsel« der Mayakultur sehr nahe gekommen.

Meiner Ansicht nach wurden jedoch zwei wichtige Fragen in seinen Schriften nicht angesprochen: Wenn Amhakimil nicht ansteckend war, warum erlagen dann bei einem großen Ausbruch so viele Leute der Krankheit, vor allem bei jenem letzten, der das Ende der Städtebauer bedeutete? Und wie konnten die Maya zu der Selbsttäuschung gelangen, daß genau das Wasser, durch das sie sich mit Amhakimil ansteckten, auch dessen Gegengift enthielt?

Die Lampe flackerte kurz. Der Sturm stellte die Stromleitungen auf die Probe.

41 Wenn man Deirdre als Geisel genommen hatte, würde ich ihre Familie benachrichtigen müssen, und das besser früher als später. Es war bereits nach Mitternacht, aber in Irland erst Abend. Ich konnte es bis morgen früh aufschieben, damit blieben rund sechs Stunden, in denen Deirdre wieder auftauchen oder ihre Entführer sich melden konnten. Gedanken an das Schicksal Goldbergs oder des Basketballteams versuchte ich zu verbannen, aber das war ohnehin nicht zu vergleichen. Die hatte man als Ziel anvisiert, um Touristen abzuschrecken und Spannungen zwischen den USA und Mexiko auszulösen. Dann fiel mir ein, daß ihr Bruder in der Tourismusbranche tätig war. Was, wenn die Kidnapper das herausfanden? Würde es Deirdres Lage erschweren?

Vielleicht sollte ich überhaupt mit Dermot Kontakt aufnehmen und ihm erzählen, was ich vermutete. Dann wäre ihre Familie zumindest eingeweiht, und Dermot würde auch wissen, wie lange es sich noch empfahl zu warten, bis man seiner Mutter und Bonnie Bescheid sagte.

Aber ich hatte keine Nummer von Dermot, es sei denn …

Auf dem Weg nach unten hörte ich die Läden an den Fenstern und Türen im Geschäft rattern. Ich schaltete das Licht an und stellte fest, daß Kathy und ihre Helfer das Chaos aufgeräumt hatten, wobei sich jetzt manche Sachen an ungewöhnlichen Plätzen befanden, so daß der Laden gespenstisch fremd auf mich wirkte.

Auf der Theke neben der Kasse lag ein ordentlicher Stapel Blätter und Zettel, die zuvor über den Boden verteilt gewesen waren. Ich klaubte sie durch und fand die Seite aus Deirdres Block, auf der sie die Telefonnummer ihres Bruders notiert hatte. Die Vorwahl war mir unbekannt, vermutlich war es eine Mobilnummer.

Dermot meldete sich sofort. »Ja?«

Daß er sich so kurz angebunden meldete, brachte mich momentan aus dem Konzept. Es klang, als hätte er einen Anruf erwartet, aber von jemand anderem.

»Ist dort Dermot O'Kelly, Deirdres Bruder?«

»Ja. Mit wem spreche ich?«

Sein Tonfall war beinahe feindselig.

»Ich bin Jessica Madison, die Freundin deiner Schwester.«

»Ach so. Du rufst sicher aus Mexiko an. Wie geht es dir, Jessica?« Er hatte seine aggressive Art rasch fallen lassen, allerdings erinnerte ich mich jetzt, daß es mir auch während unserer kurzen Begegnung in Irland schien, als wäre er genauso launisch wie Deirdre, nur ohne ihre versöhnlichen Züge.

»Mir geht es gut. Aber ich mache mir große Sorgen wegen Deirdre.«

»Ach ja?«

Ich erklärte kurz und ohne den Hintergrund auszumalen. Haus durchwühlt. Boot weg. Deirdres Nachricht.

»Hast du die Polizei benachrichtigt?«

Was sollte ich sagen? »Äh ... ich habe die Bundespolizei in Kenntnis gesetzt. So eine Art mexikanisches FBI. Hier spielen sich ein paar merkwürdige Dinge ab, auf die ich jetzt nicht eingehen kann, und es würde nur alles komplizieren, wenn ich die örtliche Polizei einschaltete.«

»Na gut, das mußt du wissen.«

»Natürlich besteht auch noch immer die Möglichkeit, daß Deirdre und ein Student namens Alfredo, der für mich arbeitet, in Cancun sind, daß sie wegen des Hurrikans nicht auf die Insel zurück können und aus demselben Grund vielleicht auch nicht anrufen konnten.« Noch als ich es sagte, kam mir zu Bewußtsein, daß Cancun im Augenblick nicht gerade der beste Aufenthaltsort war. »In diesem Fall wäre es unnötig, eure Mutter zu alarmieren. Ich schlage vor, wir warten noch bis morgen früh, bevor wir mit ihr Kontakt aufnehmen.«

»Gut. Ruf mich so oder so morgen früh an.«

»Noch etwas. Du bist doch im Tourismusgeschäft, oder?«

»Äh ... ja.«

»Hast du bei deiner Arbeit mit Yukatan zu tun?«

»Äh ... nein, überhaupt nicht. Wieso?«

»War nur so eine Frage«, sagte ich und legte auf. Ich wollte ihn nicht unnötig beunruhigen.

Auf dem Rückweg nach oben löschte ich die Lichter und fühlte mich plötzlich sehr allein und verwundbar. Selbst Dermots Stimme, so schroff sie geklungen hatte, war eine Art Gesellschaft gewesen. Aber nun hatte ich das Gefühl, isoliert, durch die Elemente vom Rest der Menschheit abgeschnitten zu sein.

Als ich das Wohnzimmer betrat, erleuchtete ein Blitz das Mattglas der Terrassentür, und augenblicklich folgte ein explosionsartiger Donnerschlag über dem Dach. Er war so gewaltig, daß ich dachte, die Decke würde herunterkrachen, aber statt dessen schien er die Windgeschwindigkeit draußen zu beschleunigen, denn als nächstes hörte ich, wie direkt neben der Tür ein schwerer Gegenstand an die Hauswand knallte. Dem Geräusch nach hatte die Bö gerade den schweren Holztisch unter dem Sonnendach hervorgeschleudert.

Mein Adrenalin hielt mich wach, als ich mich wieder niederließ, um das zweite Kuvert in Dr. de Valdivias Aktenkoffer durchzusehen, das eine Auswahl von Briefen und medizinischen Gutachten enthielt. Das Material schien größtenteils von praktischen Ärzten oder Kliniken zu stammen. Es war unverkennbar, worum es ging – Krankheitsfälle, Beschreibungen von Symptomen, Einzelheiten zu Hintergrund und Krankengeschichte von Patienten und Autopsieberichte. Vor mir lag eine Chronik des Wiederauftauchens von Amhakimil im einundzwanzigsten Jahrhundert, zweihundert Jahre nach dem letzten Auftreten der Seuche.

Doch oben auf dem Stapel fand sich eine Notiz vom September, die Dr. de Valdivia wenige Tage vor seinem Tod hingekritzelt hatte: *Beweise für neuen Ausbruch von Amhakimil … Krankheit als nicht ansteckend verifiziert … Warum sind dann bei früheren Epidemien solche Massen gestorben?* Genau die Frage, die mir auch durch den Kopf gegangen war.

Ich blätterte durch die Briefe und Bescheinigungen, bis ich zu einem offiziellen Autopsiebericht des medizinischen Zentrums von Pisté kam, der den Namen Nicholas Goldberg trug. Der Bericht war getippt, dazu gab es einen handschriftlichen und mit Initialen gezeichneten Anhang von Dr. de Valdivia. Dieser bezog sich auf den Zustand des Kopfes, den wir aus dem Zenote geborgen hatten. Das Arztgekrakel war schwer zu entziffern, aber ich erkannte zwei entscheidende Begriffe – den einen interpretierte ich als »weiches Gewebe«, der andere bedeutete »verzehrend«. Auch das Wort Amhakimil stand im Anhang, mit einer Reihe von Fragezeichen dahinter.

Unter dem Goldberg-Bericht fand sich ein zusammengehefteter Stapel von Unterlagen – die komplette Krankenakte eines Patienten über den Zeitraum von drei Tagen und dazu ein Totenschein, alle mit *Clinica Cancun* überschrieben. Die Medikation schien einzig aus Morphium bestanden zu haben, und auf jede Seite waren oben die Vermerke ISOLATION und SCHUTZKLEIDUNG IST ZU TRAGEN gestempelt. Man hatte keine Autopsie durchgeführt, doch ein nach dem Tod erstellter Bericht faßte die Symptome zusammen, unter denen der Patient gelitten hatte:

LÄHMUNG DES WIRTES DURCH ORGANISMUS ... NEKROTISCHE HAUTGESCHWÜRE, DIE SICH IN DARUNTERLIEGENDE MUSKULATUR AUSDEHNEN ... HAUT ERODIERT STARK UND FÄLLT AB ... ZERSTÖRUNG VON INNEREN ORGANEN ... HERZVERSAGEN

Auf einem weißen Papierstreifen, der an den unteren Rand der Seite geheftet war, standen getippte Anweisungen, daß der Leichnam nicht innerlich zu untersuchen, sondern sofort zu vernichten sei. Nach Ansicht des Leichenbeschauers könne aufgrund der Giftrückstände in Gewebe und Organen eine Autopsie mindestens die ersten zwei Tage nicht gefahrlos durchgeführt werden. Doch da es sich bei dem Opfer um einen Amerikaner handelte, hielt man es aus Sicherheitsgründen für zu riskant, den Leichnam so lange aufzubewahren, da dies zu unerwünschten Nachforschungen hinsichtlich der Todesursache führen könnte.

Die Anweisung war unterzeichnet von Dr. Rafael de Valdivia.

Ich hatte bereits Tränen in den Augen, bevor ich zu dem Einweisungsformular zurückblätterte und Kens Namen darauf fand.

Mir war hundeelend zumute nach dieser Neuigkeit, und ich schaltete den Fernseher ein, um mich abzulenken. Der Hurrikan war die Hauptmeldung der einheimischen Sender, sie brachten Berichte von Schäden und Überflutungen an der Küste Yukatans und Belizes. Die Einstellung aller Flüge von und nach Cancun wurde erwähnt, doch einer Meldung zufolge hatte es wegen der jüngsten Greueltat und den anhaltenden Spannungen zwischen Mexiko und den USA ohnehin bereits einen erheblichen Rückgang der Buchungszahlen in dem Ferienort gegeben. Die Terroristen verzeichneten erste Erfolge.

Während ich die Nachrichten sah, bemerkte ich, daß direkt neben dem Fernsehgerät Wasser von der Decke auf den Boden tropfte. Noch ein paar Zentimeter, und es würde in die Lüftungsschlitze auf der Rückseite des Apparats fallen. Einmal mehr staunte ich über die kollektive Verdrängung der alljährlichen schweren Regenfälle und Stürme, wenn es um den Bau von Häusern in diesem Teil Mexikos ging.

Ich stand auf und schob das Gerät rund einen Meter von der Tropfstelle weg, dann ging ich in die Küche, um einen Mop zu holen. Als ich zurückkam, leuchtete draußen ein weiterer Blitz auf. Dann versank der Raum in Dunkelheit, und das Gesicht des Wetteransagers auf dem Bildschirm wurde in ein schwarzes Loch gesaugt, während über mir ein neuer Donnerschlag ertönte. Ich wartete einige Sekunden, bis sich meine Augen an die Finsternis gewöhnt hatten, dann lehnte ich den Mop an die Wand und machte mich auf die Suche nach der Taschenlampe, wobei ich mich zum Teil tastend bis zur Couch fortbewegte, auf der ich gesessen hatte.

Eine plötzliche Windbö riß die Tür zur Terrasse auf. Ich hatte trotz Kathys Ermahnung vergessen, sie abzuschließen. Regen und Meeresgischt schwappten herein, während ich mich auf die Öffnung zutastete. Gerade als ich die Tür erreichte, blitzte es wieder, und zu meinem Entsetzen sah ich in dem kurzen hellen Moment die Gestalt eines Mannes draußen unter der *palapa* stehen. Ich schlug die Tür erschrocken zu und verriegelte sie.

Mit dem Abdruck einer Gestalt in einem langen Mantel auf der Netzhaut stolperte ich zur Couch und fand die Taschenlampe sowie Kerze und Streichhölzer. Meine Finger zitterten, als ich die Kerze anzündete und zusah, wie sie in der unruhigen Luft schwankende Schatten an die Zimmerwände zu werfen begann. Ich schaute nervös zur Tür und stellte mir alle möglichen Schrecken da draußen vor.

Doch dann wurde mein Blick von einem langbeinigen Schatten abgelenkt, der sich knapp über dem Boden an der Wand bewegte. Zuerst dachte ich, eine Krabbe würde ihn werfen, die von der tobenden See auf die Terrasse geschleudert worden war.

Dann aber sah ich das Geschöpf selbst. Es kroch unsicher über den Boden auf mich zu und hinterließ eine nasse Spur auf den Fliesen. Es war eine sehr große Spinne.

42 Womit ich im Freien ohne Zögern fertig geworden wäre, wurde nun zu einem Gegenstand von Angst und Ekel. Das Biest war völlig unerklärlicherweise ins Haus gelangt, dazu kam die Furcht, es könnte etwas mit dem Mann draußen zu tun haben.

Ich wich von der Couch zurück, mein Mund war vollkommen trocken. Dann ließ mich ein Klopfen an der Tür einen Schreckenslaut ausstoßen.

»Gehen Sie weg«, rief ich kläglich. »Ich habe die Polizei gerufen.«

»Ich *bin* die Polizei«, sagte der Mann an der Tür. »Hier ist Zedillo.«

Was hatte der hier verloren? »Was wollen Sie?« Das Spinnentier war mittlerweile irgendwo auf der anderen Seite der Couch, was es noch bedrohlicher machte.

»Sanchez bat mich vorbeizuschauen.«

»Um diese Uhrzeit? In einer solchen Nacht?«

»Es geht um Alfredo Yam.«

Ich nahm meinen Mut zusammen und rannte zur Tür, wobei ich es nicht wagte, auf den Boden zu blicken. »Wir machen einen Deal. Hier drinnen ist eine große Spinne. Sie dürfen hereinkommen, wenn Sie schwören, sie rauszuschaffen.«

»Äh ... also gut.«

Ich entriegelte die Tür und öffnete sie. Als Zedillo hereinkam, sprang ich hinaus zur Küche und rief ihm Anweisungen zu. »Auf dem Boden bei der Couch, da, wo die Kerze ist.«

»Wo? Ich sehe sie nicht. Es ist zu dunkel.«

Vielleicht neckte er mich, weil er glaubte, er hätte es mit einem dieser hysterischen Weiber zu tun, die aus Angst vor einer Maus auf den Tisch springen. Doch inzwischen beruhigte ich mich nach den beiden Schockerlebnissen schon wieder und wäre mit der Spinne wahrscheinlich allein fertig geworden.

»Schon gut«, sagte ich. »Ich mach das selbst.« Aber ich hatte es überhaupt nicht eilig, die Küche zu verlassen.

»Jetzt sehe ich sie«, sagte Zedillo. »Ein Riesenvieh. Warten Sie, ich brauche irgendwas.« Ich hörte ihn stöhnen, als er sich hinabbeugte, um die Spinne, die sich offenbar unter der Couch versteckt hatte, hervorzuziehen.

»Nehmen Sie das hier«, sagte ich, ging ins Wohnzimmer und schob den Mop mit dem Stiel voran über die Couch, vor der Zedillo kniete. »Aber tun Sie ihr nichts.«

»Noch irgendwelche Befehle?« Er griff sich den Mop.

»Ja. Packen Sie das Biest hier hinein.« Ich nahm den Aktenkoffer und stellte ihn auf die Couch.

Zedillo brummte noch ein paarmal, dann richtete er sich auf. »Sie ist im Koffer«, sagte er, rot im Gesicht vor Anstrengung, das nasse Haar derart zerzaust, daß ich beinahe lachen mußte.

»Bringen Sie sie einfach in die Küche. Hier, ich leuchte Ihnen.« Ich ließ den Strahl der Lampe über den Boden wandern, und Zedillo folgte ihm in seinem langen Ledermantel, die eingesperrte *Brachypelma* vor sich her tragend.

»Stellen Sie den Koffer hier ab.« Ich leuchtete auf das Ablaufbrett neben der Spüle. »Und halten Sie ihn noch rasch zu, bis ich ein Gewicht zum Drauflegen gefunden habe.«

»Behandeln Sie alle Ihre Gäste so?« sagte er und lächelte anzüglich.

Ich hatte einen Satz Messinggewichte auf meiner Küchenwaage und suchte das schwerste davon heraus. »Nur die achtbeinigen«, erwiderte ich und setzte das Gewicht auf den Deckel. »Ich trag sie morgen früh wieder raus.«

»Ich glaube, sie war nur vom Regen durchnäßt«, sagte Zedillo, als wir ins Wohnzimmer zurückgingen. »Wahrscheinlich ist sie aus einem überfluteten Erdloch gekrabbelt und wurde dann ins Haus geweht.«

»Wahrscheinlich. Aber weshalb waren *Sie* auf der Terrasse?«

»Der Blitz muß Ihre Türglocke außer Gefecht gesetzt haben. Also hab ich unten an die Läden geklopft, aber Sie haben mich wohl wegen dem Wind nicht gehört. Als ich dann auf der Terrasse oben war, stand ich einem Moment da und habe überlegt, ob ich einen Blick aufs Meer werfen soll.«

»Sie haben mich jedenfalls ganz schön erschreckt.« Ich setzte mich auf die Couch und war plötzlich müde.

»Es war für uns beide ein seltsamer Abend – bis jetzt.« Zedillo ließ sich durch nichts vom Flirten abbringen.

»Was gibt es denn Neues von Alfredo?«

Zedillo zog seinen Mantel aus und faltete ihn sorgfältig mit der Innenseite nach außen, bevor er ihn über einen Stuhl hängte. »Wir haben keine Spur von ihm, falls Sie darauf gehofft hatten. Es geht mehr darum, was wir über ihn erfahren haben.« Er setzte sich in einen Armsessel auf der gegenüberliegenden Seite des Tisches.

»Zum Beispiel?«

»Da wäre etwa seine radikale politische Einstellung.«

»Alfredo? Jeder weiß, daß Alfredo mexikanischer Nationalist ist. Er hat nie einen Hehl daraus gemacht.«

»Und hat er Ihnen erzählt, wo er in der Nacht war, in der Sie in Chichen Itza waren, die Nacht, in der die Studenten ermordet wurden?«

»Nein. Wieso?«

»Es könnte sein, daß er selbst dort war. Bei dem Todeskommando.«

»Das ist eine ungeheuerliche Anschuldigung. Welche Beweise haben Sie dafür?«

»Ein Foto vom Tatort. Wir haben es bei ihm zu Hause gefunden. In seinem Zimmer.«

»Dann hat er es aus dem Internet ausgedruckt, na und? Sanchez hat mir bereits von der Veröffentlichung erzählt, und junge Burschen haben einen Sinn für Makabres, das wissen wir doch alle.«

»Aber das war ein *Foto*, Señorita Madison. Hochglanz, Agfapapier. Wahrscheinlich eines der Originale von denen, die sie im Netz veröffentlicht haben.«

Ich verwarf den Gedanken immer noch. Und es gab einen Weg, mir Klarheit zu verschaffen. »Ich will es sehen.«

»Äh ... es ist aber sehr grausam.«

»Ich war dort, schon vergessen?«

»Aber was ist damit bewiesen?«

»Zeigen Sie es mir einfach.«

Er stand auf, zog einen Umschlag aus der Innentasche seines Mantels und reichte ihn mir.

Ich ließ das Foto herausgleiten und hielt es unter die Kerzenflamme. Es zeigte etwa zehn Paramilitärs, die auf dem Tzompantli standen, nachdem ihr brutales Handwerk verrichtet war. Alle trugen Masken, einige waren mit Macheten bewaffnet, andere mit Sturmgewehren. Es waren keine Gesichter zu erkennen, keine Armeeabzeichen auf den Uniformen, aber vor dem Schädelgestell mit der bizarren Trophäenreihe hatten sie ein Kreuz aufgepflanzt. Ein Cruzob-Kreuz.

An diesem Foto, das war klar, hatte niemand herumgebastelt. Es war ein Original, wie Zedillo gesagt hatte.

Ich fühlte mich, als hätte ich einen Schlag ins Gesicht erhalten. »Alfredo ...«, flüsterte ich ungläubig.

»Und auch noch stolz auf sich«, sagte Zedillo. »Ein Erinnerungsfoto von der Mannschaft, als hätten sie gerade die Meisterschaft gewonnen.«

Ich sah ihn entsetzt an. »O mein Gott, Deirdre!«

»Ja. Durchaus möglich, daß Ihr Angestellter für das Verschwinden Ihrer Freundin verantwortlich ist. Vielleicht hat sie die Wahrheit über ihn entdeckt. Vielleicht waren Kan Ek und seine Kollegen zu Besuch hier, als Sie nicht da waren, und Deirdre hat etwas mit angehört. Dann haben sie Ihre Freundin aufs Boot geschafft und Yam befohlen, sich ihrer zu entledigen.«

»Wer ist Kan Ek?«

»Der Cruzob-Kommandeur, mit dem Ihre Freundin in der Jazzkneipe gesprochen hat.«

»Und Sie glauben, er ist hierfür verantwortlich?« sagte ich und gab Zedillo das Foto zurück.

»Wir haben Grund, ihn zu verdächtigen. Er ist in letzter Zeit viel zwischen Cozumel und dem Festland gependelt. Und sein letzter Besuch hier fiel zeitlich mit dem Einbruch bei Ihnen zusammen.«

»Warum sollten die Cruzob an Proben von verseuchtem Wasser aus Chichen Itza interessiert sein?«

»Glauben Sie mir, Señorita Madison, an diesem Wasser sind viele Leute interessiert.«

Ich war inzwischen zu müde, um nach dem Grund dafür zu fragen. Von logischem Denken konnte keine Rede mehr sein, da es mich bereits enorme Anstrengung kostete, überhaupt einen Gedanken zu fassen. Und ich mußte Zedillo noch etwas mitteilen, bevor mein Denkapparat ganz dichtmachte. »Sie wissen wahrscheinlich von Captain Sanchez, daß Deirdre mir heute vormittag eine Textnachricht geschickt hat. Ich habe inzwischen herausgefunden, daß Alfredo genau die gleiche bekam, und nach Aussage seiner Mutter fuhr er daraufhin überstürzt mit seinem Fahrrad los.«

»Dann sind die Cruzob vielleicht hierhergekommen, um das Haus zu durchsuchen. Ihre Freundin kann sich irgendwo verstecken und schickt eine Nachricht an Sie und Alfredo. Yam rast mit seinem Rad hierher, ruft sie aus ihrem Versteck und lacht ihr dann ins Gesicht.«

»Ich kann einfach nicht glauben, daß Alfredo zu so etwas fähig wäre.«

»Na, wenn er auftaucht, können Sie ihm das ja vorhalten«, bemerkte Zedillo sarkastisch. »Aber ich glaube nicht, daß wir ihn in nächster Zeit zu sehen bekommen. Er steckt wahrscheinlich irgendwo tief im Urwald von Quintana Roo.«

Ich war plötzlich völlig erschöpft, in meinem Kopf drehte sich alles vor lauter schlechten Nachrichten.

»Ich fürchte, ich habe einen Energieausfall, wie das Haus hier. Hätten Sie etwas dagegen, wenn wir morgen weitermachen?«

»Kein Problem, Señorita. Ein Beamter wird in einem Zivilauto auf der anderen Straßenseite aufpassen. Ich selbst oder einer von unseren Männern. Nur für den Fall, daß Alfredo es sich anders überlegt und aus dem Dschungel zurückkehrt.«

43 Ich träumte wieder von Manfred. Er versuchte, mir etwas über den vorangegangenen Alptraum zu erzählen, ich spürte seinen eisigen Atem an meiner Wange, als er flüsterte: »Die Antwort liegt hier.« Ein Abschnitt des Alptraums wiederholte sich – der Teil, in dem ich die Tür öffne, nachdem ich den langen Flur entlanggegangen bin.

Ich wachte auf, weil mein Handy auf dem Nachttisch läutete.

»Deirdre!« sagte ich, überzeugt davon, daß sie sich endlich meldete.

»Nein, leider nicht Deirdre. Ich bin's, Herbie Kastner.«

»Oh ... Hallo, Herbie. Was gibt es?«

»Ich kann später noch einmal anrufen, Jessica.« Er hatte die Enttäuschung in meiner Stimme gehört.

»Nein, schon gut. Eine Freundin von mir wird vermißt. Ich dachte nur eben, sie sei wieder aufgetaucht.«

»Du hast wahrscheinlich erwartet, daß ich über das Festnetz anrufe. Ich hab's auch versucht, aber die Leitung scheint ausgefallen zu sein.«

»Wir hatten letzte Nacht einen Hurrikan hier. Die Telefonleitungen sind wohl tot, das ist meistens so.«

»Es geht um die Proben, die du mir geschickt hast. Ich hatte das Gefühl, ich rufe dich am besten sofort an.«

Ich war hellwach. »Ja? Was hast du herausgefunden?«

Herbie hüstelte und räusperte sich. »Ein Dinoflagellat – *glauben* wir.«

Dinoflagellaten sind mikroskopisch klein, eine der ältesten Lebensformen auf der Erde, sie werden den Algen zugerechnet. Manche Arten produzieren durch Photosynthese die Nahrung für die Korallen. Andere stellen eine unerwünschte Gefahr im Wasser dar. »Redest du etwa von Algenpest?«

»Hm ... gewissermaßen«, sagte er unsicher. Algenpest war in den letzten Jahren zu einer zunehmenden Bedrohung in Flüssen und Seen, aber auch im küstennahen Meerwasser geworden. »Denk an *Pfiesteria piscicada* ...«

»Frisch meine Erinnerung auf.«

»Erinnere dich an die Ausbrüche in den Vereinigten Staaten, über die Ende der Neunziger in allen Zeitschriften berichtet wurde. Enormes Fischsterben. Angler, die von Blackouts, Gedächtnisverlust, Hautreizungen berichteten. Wird als biologische Gefahr der Kategorie drei eingestuft – zusammen mit Tollwut und HIV.«

Ich erinnerte mich tatsächlich. Obwohl mikroskopisch klein, war *Pfiesteria piscicada* ein Geschöpf, das sich ein Biologenkongreß auf Sauftour ausgedacht haben könnte. Weder Tier noch Pflanze, kam es in wenigstens vierundzwanzig Erscheinungen vor. Sein Lebenszyklus beginnt als samenartige, gepanzerte Zyste, die jahrelang schlafend auf dem Grund eines Flusses liegen kann, und in einem bestimmten Stadium produziert es ein tödliches Gift, das sich durch das Wasser verbreitet und seine Beute tötet. Anders als rote und blaue Algenblüte, die ihre Anwesenheit kundtut, ist es jedoch unsichtbar.

»Die Proben, die du selbst aus dem Zenote entnommen hast«, fuhr Herbie fort, »enthielten ein extrem starkes Gift. Das Endprodukt im Lebenszyklus dieses Organismus, vermute ich. Aber wir hätten nicht gewußt, wo wir nach seinem Ursprung suchen müssen, wenn du uns nicht die Brühe vom Tauchgang geschickt hättest. Dort drin haben wir die Zysten gefunden – es wimmelte von ihnen. Es ist, als wäre der Zenote zu einem überdimensionalen Bottich geworden, in dem das Zeug heranreift, und du bist ihm sowohl im Früh- wie im Endstadium dieses Prozesses begegnet.«

»Hast du die E-Mail über den Chixculub-Krater gelesen, die ich dir gestern abend geschickt habe?«

»Ja. Wir hatten eine Besprechung für acht Uhr morgens angesetzt, deshalb habe ich sie an das ganze Team weitergeleitet.«

Ich schaute auf die Uhr an der Wand. Es war bereits nach neun, viel später, als ich beabsichtigt hatte aufzustehen. Noch immer kein Wort von Deirdre. Und jetzt machte der Zusammenbruch des Telefonnetzes den Kontakt mit der Außenwelt noch schwieriger.

»Unter Berücksichtigung dessen, was Dr. de Valdivia postulierte, glauben wir, daß es sich hier um ein sehr altes Lebewesen handelt, das unbestimmt lange in seiner Hülle überleben kann, bis es unter den richtigen Bedingungen aktiviert wird. Es ist kein Eindringling aus dem All. Aber das Wasser, das aus dem Tiefenreservoir nach oben sickert, rührt wahrscheinlich eine Schlammschicht auf, in der die Zysten enthalten sind, und wenn sie das unterirdische Flußsystem erreichen, dann – peng! – beginnt ihre biologische Uhr zu ticken.«

»Aber was löst sie aus?«

»Da gibt es eine Reihe von Möglichkeiten – die wahrscheinlichste sind andere Lebensformen. *Pfiesteria*, zum Beispiel, scheint seine Ernährung in letzter Zeit von Bakterien und anderen Algen auf größere Lebensformen umgestellt zu haben, einschließlich Fischen und inzwischen vielleicht sogar Menschen. Unser Freund hier könnte diesen Sprung schon vor langer Zeit gemacht haben. Vielleicht zunächst zu Fischen und Krustentieren, die in den Höhlen und Durchbrüchen leben. Und im Bemühen, ihn zu besänftigen, haben ihn dann die Maya womöglich auf den Geschmack von Menschenfleisch gebracht.« Herbie hörte sich an wie ein durchgeknallter Wissenschaftler aus einem schlechten B-Movie.

»Das kann nicht dein Ernst sein. Willst du damit sagen, sie haben den Appetit des Geißeltierchens geweckt, indem sie Ritualopfer in den Zenote warfen?«

»Ich glaube nicht, daß es auf diese Weise anfing. Vielleicht durch Schwimmer, Leute, die sich wuschen, Wasser schöpften.«

»Hm …« Eine der Figuren in dem *Chilam-Balam*-Buch trug einen Wasserkrug. Ich beschrieb Herbie das Buch und erzählte ihm, was ich sonst noch aus Dr. de Valdivias Unterlagen erfahren hatte.

»Das bestätigt, was wir hier gesehen haben. Allerdings hört es sich nicht so an, als wäre Dr. de Valdivia jemals Opfern des ausgewachsenen Giftstadiums begegnet. Oder hätte auch nur von der Existenz dieses Stadiums gewußt.«

Daran hatte ich nicht gedacht.

»Wir haben Labormäuse sowohl dem Gift als auch den Zysten ausgesetzt«, fuhr Herbie fort. »Vor die Wahl gestellt, würde ich mich lieber auf der Stelle vergiften lassen. Orale Aufnahme ist dazu nicht erforderlich, auch wenn der Hund deiner Freundin auf diese Weise gestorben ist. Das Gift kann auch durch die Haut aufgenommen oder sogar in einer Aerosolform eingeatmet werden, wie du entdeckt hast.«

»Und es wirkt ziemlich rasch, wie ich bei Rufus gesehen habe.«

»Genau. Das ist der Grund, warum ich lieber dem Gift ausgesetzt wäre als den Zysten. Die gelangen durch die Schleimhäute von Nase, Mund oder Augen in den Körper. Dann vermehrt sich der Organismus und beginnt eine niedrige Dosis des Nervengifts abzusondern, das seinen Wirt lähmt, und dazu ein Verdauungsenzym, das die weichen Gewebe auffrißt. Offene Hautwunden treten auf und werden schließlich brandig, fressen sich auch in die Muskeln – dafür sorgt wahrscheinlich ein Zellgift, das ebenfalls von dem Dinoflagellaten produziert wird. Dann bricht die Haut auf und fällt ab, und die Zerstörung des Fettgewebes und der Muskeln darunter wird sichtbar. Im Endstadium werden die inneren Organe angegriffen und versagen. Nach ein, zwei Tagen erfolgt bei kleineren Säugetieren der Tod. Beim Menschen dauert es wahrscheinlich bis zu einer Woche.«

Herbie hatte auf eine neue Weise den schrecklichen Tod beschrieben, den Ken Arnold gestorben war. Und erst jetzt fiel mir etwas auf. »Mir ist gerade klargeworden, warum die Maya die Wirkung des Organismus auf eine ganz bestimmte

Weise dargestellt haben – daß nämlich der Körper von Gott Spinnentod in Besitz genommen wird.«

»Wie bitte?«

»Sie dürften beobachtet haben, wie Spinnen ihre Beute lähmen und dann deren Inneres verflüssigen, bevor sie es aussaugen. Und daß sich bei den Opfern die Haut ablöste, werden sie mit einer Spinne assoziiert haben, die ihr Außenskelett abwirft.«

»Das ist tatsächlich ein durchaus treffendes Bild«, sagte Herbie.

»Die Frage ist, warum dieses Ding wieder auftaucht. Stimmst du mit Bartolomé de Valdivia überein, daß es am sinkenden Grundwasserspiegel liegt?«

»Höchstwahrscheinlich. Aber sein Erscheinen gehört auch zu einem Muster, das wir in letzter Zeit weltweit beobachten. Es ist, als würde Mutter Erde den ganzen Wahnsinn, den sie in ihrer Rüstkammer unter Verschluß gehalten hat, als ein letztes Mittel gegen uns loslassen. Weil wir den Regenwald abholzen, schlägt sie zum Beispiel mit Krankheiten wie Ebola zurück. Weil wir das Meer verschmutzen und jede Art herausholen, die man essen kann, bekommen wir im Gegenzug Algenpest. Und weil nun die Süßwasserreserve bedroht ist, reagiert sie mit einem Organismus, der als Parasit wie auch als Gift wirkt. Zu Lande, zu Wasser und in der Luft sehen wir, wie Krankheiten von einer Art zur anderen springen – sie tun ihnen nicht unbedingt was, sondern nutzen sie nur als Sprungbrett zum Menschen, und wenn sie bei uns sind, Junge, man hat das Gefühl, als wären sie stinksauer nach der langen Reise. Für jeden Erreger, den wir entdecken und vor dem wir warnen, taucht an anderer Stelle ein neuer auf. Und dann ist da immer noch die alte Garde, das Zeug, das wir für besiegt hielten, wie Tuberkulose und Pest. Dann die Kerlchen, die mittlerweile gegen Antibiotika resistent sind – Mann, bei meiner Schwester hat sich letztes Jahr im Krankenhaus eine postoperative Wunde in der Seite gebildet, die einfach nicht heilen wollte ... ich hätte meine Faust in das Loch stecken können – wir leben wieder im Zeitalter der Bakterien, haben es eigentlich immer getan, sie waren die erste Lebensform auf Erden, und sie werden die letzte sein ... Zu viele Leute jagen hinter einem schwindenden Nahrungsangebot her ... ha, nicht mehr lange, dann essen wir Soylent Green, verwerten unser eigenes Protein wieder ... gibt dem Wort Menschenfresser eine völlig neue Bedeutung ...«

Herbie hatte sich in Fahrt geredet. Ich mußte ihn wieder auf den Punkt bringen. »Herbie, entschuldige ... Herbie!«

»Ach so, ja ... wo waren wir gerade?«

»Was würde passieren, wenn dieses Ding in ein städtisches Wassernetz gelangen würde?«

»Was? Na ja ...« Ich konnte mir das teuflische Funkeln seiner Augen hinter der Zweistärkenbrille ausmalen, als er kurz über dieses Szenario nachdachte. »Wenn man bedenkt, daß nur eine einzige Kryptozyste in fünfhundert Liter Leitungswasser nötig wäre, um einen Gesundheitsalarm auszulösen ... Und Krypto mit diesem Organismus zu vergleichen, das ist, als würde man sagen, dein Hauskätzchen ist mit dem Säbelzahntiger verwandt ...« Herbie bezog sich auf Kryptosporidium, ein durch Wasser übertragener Parasit, der daran schuld war, daß bei einem berüchtigten Ausbruch eine halbe Million Einwohner von Milwaukee krank wurde. Der Parasit wird oft beim Schwimmen aufgenommen, es gibt keinen Impfstoff, und er ist schwer zu behandeln. Selbst das Chlorieren des Leitungswassers tötet die Zysten nicht ab. »... Ich würde sagen, dann hast du ein gewaltiges Problem.«

»Könnte der Organismus absichtlich freigesetzt werden?«

»Du meinst als Streich oder aus bösem Willen?«

»Ja.«

»Weißt du, Jessica, in den sechziger Jahren dachten wir, es wäre eine lässige Idee, LSD in die städtischen Wassernetze zu schütten, damit alle high werden. Aber das hätte natürlich nicht funktioniert, weil es nicht das passende Medium war, die chemische Substanz wäre einfach abgebaut worden. Das gleiche gilt für verschiedene Giftstoffe, die Terroristengruppen von Zeit zu Zeit in Rückhaltebecken und Pumpwerke einzuführen versuchen. Aber ein Dinoflagellat, dessen Lebenszyklus sich von Anfang an im Wasser abspielt, das sich wie eine fleischfressende Zyste verhalten oder das Wasser mit einem starken Nervengift verseuchen kann – das könnte unter bestimmten Bedingungen eine große Gefahr darstellen.«

»Und welche Bedingungen wären das?«

»Er müßte irgendwie in das Grundwasserreservoir eingeführt werden. Und wenn seine Umwelt dort annähernd der des Yukatan ähnelt, könnte er ewig darin weiterleben.«

»Das dürfte sein Gefahrenpotential einschränken. Als per Wasser übertragener Infektionsstoff, meine ich.«

»Hm ... Der Organismus selbst ist vielleicht auf bestimmte Umweltbedingungen festgelegt, aber das Gift nicht. Ein paar Liter davon in, sagen wir, die Wasserversorgung eines Hotels, und man könnte eine Menge Leute umbringen.«

»Was passiert deiner Ansicht nach in einer natürlichen Umgebung letztendlich mit dem Gift?«

»Vermutlich wird es, nachdem es nicht weiter produziert wird, im umgebenden Wasser verdünnt und schließlich ausgespült. Vielleicht nach ein, zwei Tagen, ich weiß es nicht genau.«

»Du weißt wohl nicht zufällig, woraus das Gift besteht?«

»Keine Ahnung. Vergiß nicht, wie lange es gedauert hat, die genauen chemischen Bestandteile vieler tierischer Gifte zu bestimmen, als es darum ging, Gegenseren zu entwickeln. Zwanzig Jahre bei der Trichternetzspinne, wenn ich mich recht erinnere. Wir wissen, daß Geißeltierchen nicht nur einige der bösartigsten Gifte auf diesem Planeten produzieren können, sondern auch verschiedene Typen toxischer Stoffe gleichzeitig. Weiß der Himmel also, wie komplex die chemische Zusammensetzung von diesem hier ist.«

»Hm ... Ich bin mir nicht sicher, ob es in meiner E-Mail stand, aber ich glaube, der Dinoflagellat ist in der einen oder anderen Form in die Wasserversorgung von Cancun gelangt. Außerdem ist jemand in mein Haus eingebrochen und hat nach den Proben gesucht. Ich weiß nicht, ob die beiden Vorfälle zusammenhängen, aber eins weiß ich genau: Irgendwelche Leute geben sich die größte Mühe, die Existenz dieses Dings zu verbergen, während andere anscheinend ganz wild darauf sind, es in die Hände zu bekommen. Warum, kann ich nicht sagen.«

»Vielleicht liegt es an dem Potential, das darin steckt.«

»Das Potential zu *was*, Herbie?«

»Zu seinem Einsatz als biologische Waffe.«

44 Herbie hatte meine Befürchtungen in Worte gefaßt. Es erklärte, weshalb die Bundespolizei eingeschaltet war. Warum soviel Mühe darauf verwandt wurde, die Sache geheimzuhalten. Mexiko hatte einen eigenen biologischen Kampfstoff entwickelt, und dafür würde die Internationale Gemeinschaft das Land ächten, wenn die Wahrheit ans Licht kam.

Irgend etwas war jedoch fürchterlich schiefgegangen bei dem Versuch, die Entwicklung des tödlichen Organismus im unterirdischen Wassersystem des Yukatan zu bändigen oder vorherzuberechnen. Aber warum hatten sie Cancun nicht evakuiert, sobald sie wußten, daß die Stadt in der Richtung lag, in die sich das Ding ausbreitete? Für diesen eklatanten Fehler mußten Sanchez und seine Behörde mit verantwortlich sein. Es sei denn, trotz seines Leugnens hatte das Militär das Sagen und war eher bereit, Menschenleben zu opfern, als das Geheimnis zu lüften.

»Herbie, wir müssen überlegen, was wir jetzt tun.«

»Wie wär's mit einem Artikel für *Nature*?« Er machte nur Spaß. »Als erstes muß ich das Center for Disease Control in Atlanta informieren. Dieser Fleischfresser stellt nach *Pfiesteria* eine weitere Stufe auf der Leiter dar, deshalb kommt er als biologische Gefahr der Kategorie vier in Frage, und er befindet sich nun auf amerikanischem Boden. Als einzig gute Nachricht kann ich ihnen melden, daß das Zeug nicht ansteckend ist. Als nächstes werden wir dann wohl die Panzerung der Zyste abstreifen und mit Hilfe des Elektronenmikroskops verifizieren, worum es sich genau handelt. Danach –«

Mein Handy piepte und zeigte die Warnung BATTERIE LEER auf dem Display. Ich mußte mit der restlichen Energie haushalten, für den Fall, daß ich in eine Notsituation geraten sollte. »Herbie, ich muß Schluß machen. Mein Handy gibt bald den Geist auf, und wir haben hier keinen Strom, um es aufzuladen.«

»Können wir uns noch rasch auf einen Titel für das Ding einigen?«

Die richtige Klassifizierung dieser wahrscheinlich neuen Spezies würde einige Zeit dauern und unter anderem die Veröffentlichung einer Beschreibung des Dinoflagellaten, wenn es denn einer war, in einer anerkannten wissenschaftlichen Zeitschrift wie *Nature* beinhalten, zusammen mit den lateinischen Gattungs- und Artennamen, die wir für ihn auswählten. Inzwischen war es Herbie wichtig, ein Etikett zu finden, das den Organismus in Gesprächen und Korrespondenz darüber sofort kennzeichnete.

»Wie wäre es einfach mit Amha?« sagte ich.

»Klingt ein bißchen zu gutmütig«, meinte Herbie. »Laß uns noch ein X für den Chicxulub-Krater dranhängen – und auch, um das Unbekannte zu bezeichnen: Amhax.«

»Klingt besser«, erwiderte ich.

»Dann also Amhax. Und jetzt mach's gut. Ich melde mich wieder, sobald es was Neues gibt.«

Obwohl es erst neun Uhr war, brannte die Sonne heiß, und der Morgen war schwül, deshalb wußte ich, ich würde nicht weit kommen mit Alfredos Fahrrad. Aber ich brauchte ein wenig frische Luft, und da das Telefon nicht ging, hatte ich eine weitere Ausrede für meinen Ausflug.

Es war kein Problem, hinter dem Auto vorbeizuschleichen, das auf der gegenüberliegenden Straßenseite parkte. Zedillo schob Dienst, und er schien auf jeden Fall zu schlafen. Sobald ich den Ortsrand erreicht hatte, bog ich von der Küstenstraße ab und radelte durch das Netz von Straßen hinter der Fassade von San Miguels Seeseite, hinauf zu der einzigen Straße, die durch das Buschland zur Ostseite der Insel führte. Aus den beiden Fahrspuren wurde eine, es gab immer weniger Häuser, und gerade mal ein, zwei Kilometer außerhalb von San Miguel sah man links und rechts nur noch vereinzelte Hütten oder Gehöfte. Die Straße war flach und gerade, und nur einige Mopeds oder Pick-ups waren in Richtung Stadt unterwegs.

Nach dem Hurrikan war die Fahrbahn übersät von Laub und Zweigen, und gelegentlich kam ich an einer Hütte ohne Dach vorbei, vor der eine Familie saß, die ihr Pech gut gelaunt hinnahm und mir lächelnd zuwinkte.

Die Bewegung in der feuchten Wärme ließ mich heftig schwitzen, und mir wurde klar, daß ich versäumt hatte, Wasser mitzunehmen. Der Anblick eines Nissan Pick-up, der mit Zwanzigliterflaschen *Agua Dznot Ixchel* aus durchsichtigem Plastik an mir vorbeifuhr, erhöhte mein Verlangen nach Erfrischung. Der Wagen war aus der Wasseraufbereitungsanlage gekommen, die ein kurzes Stück voraus an der Straße lag.

Ohne lange zu überlegen, bog ich in die Zufahrt des Werks und fuhr dann einen unbefestigten Weg entlang. Nach einer Biegung öffnete sich der Weg zu einem Werkshof, der von einem hohen Drahtzaun umgeben war. In der Hofmitte stand ein niedriges Gebäude mit einem Flachdach. Dort parkte ein weiterer Lieferwagen neben einem Tor, das so breit war, daß der Wagen rückwärts hineinsetzen konnte, und aus dem Gebäude drang das Geräusch von Pumpen. Die hochwandige Ladefläche des Pick-up war fast voll beladen mit Wasserflaschen. Dann bemerkte ich ein junges Mädchen im Führerhaus. Es hatte Kopfhörer auf, die Augen geschlossen und nickte mit dem Kopf zur Musik. Das Tor im Zaun war nicht versperrt, deshalb stellte ich das Fahrrad draußen ab und spazierte auf das Werksgelände.

Als ich um den Lieferwagen herumging, tauchte ein Mann mit Strohhut aus dem Tor auf, der ein Wägelchen mit einem vollen Kanister darauf schob. Er blieb verdutzt stehen, und der Behälter kippte nach vorn und fiel herunter.

»Tut mir leid!« entfuhr es mir. »*Disculpe, disculpe*«, stammelte ich und bückte mich, um ihm den Behälter aufheben zu helfen.

Wir erkannten einander im selben Moment. Es war Ricardo, der ledergesichtige Mann, der für gewöhnlich mein Trinkwasser lieferte.

»*Ah, mi Señorita sirena*«, sagte er und verzog den Mund zu einem Zahnlückenlächeln. Er bezeichnete mich gern als seine Meerjungfrau.

Ich war inzwischen äußerst durstig. »*Ricardo ... me da un poco de agua?*«

»*Si, si.*« Er lachte und machte eine ausladende Handbewegung über das ganze Gelände und den Lieferwagen voller Wasserbehälter, um anzuzeigen, daß ich schon sehr durstig sein mußte, um extra hier heraus zu kommen.

Ich lachte ebenfalls. »*Si ... sed grande*, großer Durst.«

»*Momentito.*« Ricardo schwang den Behälter auf die Schulter und lud ihn auf den Nissan. Dann ging er zum Führerhaus, streckte den Kopf hinein und rief dem Mädchen etwas zu. Als er zurückkam, reichte er mir eine eiskalte Halbliterflasche, die er in einer Kühlbox aufbewahrt hatte.

Ich war so ausgetrocknet und das Wasser ein derart köstlicher Durstlöscher, daß ich mich zusammennehmen mußte, um nicht die ganze Flasche in einem Zug in mich hineinzuschütten. Das Mädchen war inzwischen aus dem Wagen geklettert, es stand neben Ricardo und starrte mich an.

»*Muchas gracias*«, sagte ich und blickte von ihm zu dem Mädchen.

»*Francesca*«, stellte er vor, »*mi sobrina.*«

Ich nickte Ricardos Nichte zu und wollte ihm gerade eine Frage stellen, aber in diesem Augenblick rief einer seiner Kollegen aus dem Werk heraus. Ricardo machte kehrt und ließ mich mit Francesca stehen, die einen Kaugummi kaute und mit dem Rand ihrer Sandale einen Kreis in den Staub zeichnete.

Ich erkundigte mich, ob sie ihren Onkel mochte. »*Le gusta Ricardo?*«

»Er is ganz okay so«, erwiderte sie in bestem Fernsehamerikanisch.

»Er hatte ein, zwei Wochen Urlaub, oder? Ich hab ihn schon vermißt.«

»Ja, die Anlage hier war wegen Reparaturen oder so was zu. Aber er sagte, als sie heute früh zurück zur Arbeit kamen, war alles wie immer.«

In diesem Augenblick kam Ricardo wieder aus dem Gebäude, und sein Gesichtsausdruck war ernst, fast sogar ängstlich. Er murmelte Francesca etwas zu, und sie huschte zurück in den Pick-up. Ricardo setzte zu einer Erklärung an, als ein Mann in Tarnanzug und Skimaske wie aus dem Nichts im Eingang hinter ihm auftauchte. Als Ricardo ihn hörte, fuhr er herum, warf mir noch einen Blick zu und schlich mit hängenden Schultern an dem Mann vorbei in das Werk zurück.

»Adios, Ricardo«, rief ich ihm nach und ging in Richtung Tor. Der Blick des Paramilitärs bohrte sich in mich, bis ich mich aufs Fahrrad geschwungen hatte und den Weg zurückzustrampeln begann, den ich gekommen war.

Doch sobald ich um die Kurve gebogen war, stieg ich ab und schob das Rad zurück, bis das Gebäude wieder in Sicht kam. Ich überzeugte mich, daß die Männer im Innern der Anlage waren, dann radelte ich an ihr vorbei und setzte meinen Weg auf der Staubpiste fort.

45

Ich wußte, daß *Agua Dznot Ixchel* aus der Wasserader unter Cozumel gepumpt wurde, das als ein Inselfortsatz Yukatans über dasselbe Grundgestein aus Kreidekarst verfügte und ebenfalls mit Zenoten übersät war – das alles stand auf den Flaschenetiketten. Und von Ken Arnold wußte ich, daß sich an der Staubpiste hinter der Aufbereitungsanlage ein Zenote befand, von dem die Marke ihren Namen hatte: *Dznot* ist das Mayawort, aus dem Zenote abgeleitet wurde, und *Ixchel* ist die Fruchtbarkeitsgöttin der Insel, zu der früher alle Mayafrauen pilgerten.

Ken war im Jahr zuvor mit einigen Tauchern dort gewesen, und seiner Aussage nach war der Zenote nicht mehr als ein halb stehender Urwaldtümpel von der Größe eines Ententeichs. Aber er war außerdem das Fenster zu einer Höhle mit kristallklarem Wasser und beeindruckenden Unterwasserfelsformationen.

Der Weg, den ich radelte, war von Reifenspuren gefurcht, in denen das Wasser vom Guß der letzten Nacht stand. Die zunehmende Hitze ließ den Dschungel ringsum dampfen, und ein Schwarm Insekten kreiste um meinen Kopf, während ich über den unebenen Belag hüpfte und holperte.

Dann sah ich ihn. Ein ovaler Teich zwischen den Bäumen, rund zehn Meter abseits der Straße. Doch jetzt war er abgesperrt. Ein drei Meter hoher Stacheldrahtzaun umgab das Wasserloch. Ich fuhr weiter, bis zu einem verrosteten Eisentor in diesem Zaun. Ein Schild, der Touristen wegen in mehreren Sprachen gehalten, verkündete in roten Lettern: GEFAHR – TIEFES WASSER – BETRETEN VERBOTEN.

Ich lehnte das Fahrrad ans Tor und spähte durch den Zaun.

Um den Tümpel herum lag das Buschwerk flach, vereinzelt ließen gesplitterte Schößlinge ihr weißes Holz sehen, doch ob der Sturm die Ursache dafür war oder etwas anderes, war schwer zu beurteilen. Am Ufer standen die Reste einer primitiven Hebevorrichtung, ein paar starke Pfosten, die man in die Erde gerammt und am oberen Ende zusammengebunden hatte. In der Gabelung hatte vermutlich eine weitere Stange mit einem Gefäß am Ende dazu gedient, Wasser zu schöpfen.

Ich suchte mit den Augen das Ufer und das Unterholz ringsum nach dem Rest der Vorrichtung ab, als mir der Geruch von verwesendem Fleisch in die Nase stieg.

Ich senkte den Blick. Gleich innerhalb des Zauns, nicht weit von meinen Füßen, lag etwas, das wie ein aufgeblasener schwarzer Gummischlauch aussah, der in schmutzige Fetzen gehüllt war. Langsam erkannte ich es als ein verrottendes Bündel aus Haut und Haaren, aus dem sich eine Gestalt herauskristallisierte. Es war ein Pekari, ein behaartes, schweineähnliches Säugetier, das im Urwald Cozumels heimisch war. Dieses Exemplar hier war schon eine Weile tot, der Kadaver war zum Zerreißen straff aufgebläht von den Verwesungsgasen. Es sah aus, als wäre es gehäutet worden, das Fell hing in Streifen vom Muskelgewebe, und die Sonne hatte es inzwischen zu schwarzem Leder gegerbt. Als ungewöhnlich fiel weiterhin auf, daß der Kadaver noch intakt war – eigentlich hätten längst Geier die Knochen über das ganze Gelände verstreuen müssen. Und es summten keine Fliegen um ihn herum, und keine Maden krochen über ihn. Sie wußten es besser.

Unverkennbar hatte das Pekari aus dem Wasserloch getrunken und die entsprechenden Konsequenzen erlitten. Aber war der Zenote durch die unter Yukatan tätigen hydrologischen

Kräfte verseucht worden? Oder hatte man ihn vorsätzlich vergiftet?

Fünfzehn Minuten später radelte ich auf der Straße nach San Miguel zurück, als mich der Lieferwagen überholte, den Ricardo beladen hatte. Rund einen halben Kilometer weiter fuhr er an den Straßenrand. Als ich näher kam, hörte ich den Motor im Leerlauf tuckern. Argwöhnisch fuhr ich in weitem Bogen an dem Fahrzeug vorbei. Aus dem Fenster auf der Fahrerseite rief mich eine Stimme. Es war Ricardo. Ich bremste und schlug einen Bogen zurück. »Er will, daß Sie bei uns mitfahren«, schrie Francesca aus dem Führerhaus. »Laden Sie Ihr *ciclo* hinten auf. Schnell.«

Ricardo stieg aus und kletterte auf die Ladefläche. Ich hob das Fahrrad zu ihm hinauf, und er legte es flach auf die Wasserbehälter.

Wir quetschten uns auf der Sitzbank zusammen, Francesca saß in der Mitte und übersetzte.

»Mein Onkel sagt, der Mann ist einer von den Cruzob.«

Ich nickte.

»Er wurde von den Leuten, die das Werk übernommen haben, dort zurückgelassen, falls jemand kommt und Fragen stellt. Es sind auch noch ein paar andere da.«

»Wer hat das Werk übernommen?«

Ricardo erklärte, ihm und seinen Kollegen sei von der Werksleitung gesagt worden, man müsse die Anlage wegen Reparaturarbeiten und des Einbaus neuer Pumpen für zwei Wochen schließen. Dann erhielten sie vierzehn Tage bezahlten Urlaub, den sie nur zu gern annahmen. Doch bald sah er verwundert, wie die Lieferwagen voll beladen mit Wasserbehältern nach San Miguel hineinfuhren. Allerdings belieferten sie keine Haushalte, Hotels oder Restaurants. Statt dessen fuhren sie zum Yachthafen. Und am Steuer saßen Männer in weißen Overalls, was er merkwürdig fand.

»Und wohin wurden die Flaschen mit *Agua Dznot Ixchel* verfrachtet?« Ich richtete die Frage an Francesca.

Ricardo mutmaßte, sie könnten nach Cancun geliefert worden sein.

»Cancun? Wieso glaubt er das?«

»Weil sie damit aufs Meer hinausgefahren sind.«

»Per Boot?«

Francesca übersetzte. Ricardo schaute verwundert.

»Er sagt, ja. Wissen Sie das denn nicht? Er dachte, Sie könnten ihm sagen, wohin sie gefahren sind.«

»Ricardo dachte, ich könnte diese Frage beantworten? Woher sollte ich das denn wissen?« Unser Gespräch wurde immer schwieriger.

Ricardo sagte etwas.

Francesca begann zu übersetzen. »Ihr Boot, Señorita sirena –«

»Was *ist* mit meinem Boot?« unterbrach ich sie, plötzlich beunruhigt.

»Ricardo hat gesehen, wie es gestern vormittag mit einer vollen Ladung hinausgefahren ist.«

Ricardo murmelte noch etwas.

»Vielleicht zwanzig Behälter, sagt er.«

Während ich diese Mitteilung verdaute, fügte Ricardo noch etwas an, und ich wußte genau, was er sagte.

Alfredo Yam und meine Freundin, die Frau aus Irland, seien ebenfalls auf dem Boot gewesen.

46 Als ich zum Haus zurückkam, war der Strom wieder da. Ich steckte das Ladegerät für mein Handy ein und schaltete die Fernsehnachrichten an. Die fortgesetzte Streichung aller Flüge von und nach Cancun war die dritte Meldung. Vertreter des Flughafens gaben vom Hurrikan verursachte Schäden als Grund an, aber daran begannen die Reporter zu zweifeln, und sie spekulierten darüber, wieso Manöver von Heer und Marine in diesem Gebiet stattfanden. In einem Bericht, der wahrscheinlich von den Behörden selbst lanciert wurde, hieß es, es habe einen Choleraausbruch gegeben.

Ich ging auf die Terrasse hinaus und stellte jetzt erst fest, mit welcher Kraft der Hurrikan in der Nacht gewütet hatte. Der Tisch, der am Beton unter dem Sonnendach festgeschraubt gewesen war, lag an einer Wand der Veranda. Noch ein paar Zentimeter, und er wäre in die Terrassentür gesegelt, und auch wenn ihn das schmiedeeiserne Gitterwerk vielleicht aufgehalten hätte, das Türglas wäre auf jeden Fall in den Raum geprasselt. Die Terrasse selbst war übersät mit Korallenteilen und Treibholz, und der Wind hatte praktisch alle Blumen ihrer Blüten und alle Sträucher ihres Laubs entblößt. Drei der vier ebenfalls im Boden verschraubten Stühle waren heil geblieben, aber den vierten hatte der Tisch bei seinem Flug über die Terrasse zerlegt.

Ich blickte über die Mauer aufs Meer hinaus; alles schien zum Normalzustand zurückgekehrt zu sein, die Mole war noch ganz, und der einzige Hinweis auf das Zwischenspiel des Sturms war das hektische Treiben entlang des Ufers, wo Seevögel und Geier um die Fischleckerbissen stritten, die von den Wellen auf die Felsen geschleudert worden waren. Aber dann fiel mir beim Blick nach Süden entlang der Küste etwas auf – Rubens Bar mit dem Sonnensegel war nicht mehr da. Mit einem Fernglas aus dem Laden forschte ich an der Stelle, wo sich das Lokal normalerweise ins Meer hinausschob, aber da standen nur noch die hölzernen Stützpfeiler, die es getragen hatten, sie ragten aus dem Wasser wie die Rippen eines toten Seeungeheuers.

Rubens Geschäfte würden in nächster Zeit eher schleppend gehen.

Als ich das Fernglas über den Kanal zum Festland schwenkte, das dünn und flach wie eine Tortilla am Horizont lag, sah ich in der Ferne ein ansehnliches Schiff, das in nordwestlicher Richtung fuhr. Ich drehte am Zoomrad und erkannte deutlich, daß es sich um eine Fregatte der mexikanischen Marine handelte. Ein paar kleinere Fahrzeuge sprenkelten das Meer in ihrer Nähe. Sie sahen aus wie Patrouillenboote oder Barkassen der Küstenwache und zogen aufgereiht wie Perlen an einer Schnur in Richtung Cancun. Um den Ferienort wurde ein Cordon sanitaire gelegt, Cancun war auf dem Land- und Luftweg von der Außenwelt abgeschnitten und nun auch von See her nicht mehr zu erreichen.

Ich ging zurück ins Haus und rief Sanchez an. »Ich weiß, was in dem Wasser ist«, sagte ich, als er sich meldete. »Und das CDC in Atlanta weiß es auch. Sie müssen der Welt sagen, was los ist. Es ist nicht gut für Mexiko, wie Sie die Sache jetzt handhaben.«

»Danke, daß Sie die amerikanischen Behörden informiert haben«, bemerkte er sarkastisch. »Das leistet ohne Frage einen positiven Beitrag zu den heiklen Gesprächen, die zur Zeit im Gang sind.«

»Gespräche über was denn eigentlich? Man sieht nichts davon im Fernsehen.«

»Vergessen Sie das Fernsehen. Die Geschichte findet auf einer anderen Ebene statt. Die Situation, in der wir uns befinden, wurde teilweise vom Internet herbeigeführt. Dort spielt sich alles ab. Dort wird die Sache ausgefochten und vielleicht geklärt.«

Ich verlor langsam die Geduld mit Sanchez' scheinbarer Begeisterung für diplomatische Manöver.

»Ich glaube, ein Zenote auf Cozumel könnte zur Aufzucht des Organismus benutzt worden sein. Und anscheinend sind die Cruzob die Täter.«

Diese Information weckte seine Aufmerksamkeit. »Wie haben Sie das herausgefunden?«

Ich beschrieb ihm, was ich im Dschungel gesehen hatte.

»Sie haben viel riskiert, als Sie dorthin gefahren sind. Und an dem Beamten vorbeizuschleichen, der Sie beschützt, mag Ihnen zwar schlau vorkommen, aber es war eine große Dummheit.«

In diesem Moment fiel mir ein, daß ich bei meiner Rückkehr niemanden in dem Wagen gesehen hatte.

»Mag sein«, erwiderte ich, »aber ich habe mehr herausgefunden als Sie und Ihre Leute. Ich glaube außerdem, daß mein Boot dazu benutzt wurde, verseuchtes Wasser aufs Festland hinüber zu transportieren.« Ich schilderte, was ich von Ricardo erfahren hatte. »Damit wurde Deirdre also definitiv von Alfredo und seinen Kumpanen als Geisel genommen.«

»Was mich sehr um ihre Sicherheit fürchten läßt«, sagte Sanchez.

»Ja, es ist äußerst beunruhigend.«

»Allerdings glaube ich nicht, daß Cancun ihr Ziel war.«

»Wieso nicht?«

»Dafür gibt es mehrere Gründe. Zum einen waren gestern

vormittag bereits Patrouillenboote vor Ort und ließen niemanden in den Hafen einlaufen.«

»Und der andere Grund?«

»Es hatte bereits vorher einen Anschlag gegeben.«

»Sie meinen, Amhax wurde absichtlich freigesetzt?«

»Amhax?«

»Das ist ein Begriff, auf den meine Kollegen in Florida und ich uns geeinigt haben.«

»Verstehe. Die Antwort lautet jedenfalls ja. Dieses Amhax, wie Sie es nennen, ist in einer großen Hotelanlage aufgetaucht – mit verheerenden Folgen.«

»Und Sie wissen genau, daß es vorsätzlich verbreitet wurde, daß die Verseuchung nicht das Resultat eines natürlichen Prozesses war? Immerhin verläuft die Strömung des Wassers in Richtung Cancun.«

Sanchez seufzte. »Wir haben die Verbreitung des Organismus durch das unterirdische Flußsystem überwacht, so gut es ging. Es ist unmöglich, den Strömungsverlauf in so vielen Kanälen vorherzusagen, von denen die meisten nicht in Karten verzeichnet sind. Aber wir haben die Behörden in Cancun vorgewarnt, und sie ergriffen Vorsichtsmaßnahmen.«

»Welche Vorsichtsmaßnahmen?«

»Zum einen verfügt die Stadt über das größte Reinigungssystem für Leitungswasser im ganzen Land. Es basiert auf der Methode der umgekehrten Osmose, die praktisch jedes Eindringen eines Organismus in das gereinigte Produkt vereitelt. Dennoch haben wir die Anlage für alle Fälle überwacht. Zweitens reinigen die meisten Hotels ihr Wasser zum Kochen und zur Eisbereitung, so daß niemand auf diesem Weg infiziert wurde. Den ersten Hinweis darauf, daß verseuchtes Wasser aus dem unterirdischen System die Stadt erreicht hatte, erhielten wir, als eine Reihe von Opfern in den Swimmingpools und Rutschen eines Wasserparks infiziert wurden. Das Wasser dieser Einrichtungen ist chemisch behandelt, aber unserem Organismus kann Chlorieren offenbar nichts anhaben, und darauf waren wir nicht gefaßt.«

»Was schon mal nicht passiert wäre, wenn Sie ihn mit Kryptosporidium oder ähnlichem verglichen hätten.«

»Ich gebe zu, unsere fachliche Beratung ließ zu wünschen übrig.«

»Dann haben Sie also diese Wasserquelle vermutlich geschlossen, bevor das Amhax toxisch wurde?«

»Gerade noch rechtzeitig. Denn wir hatten ja bis zu Ihrem Erlebnis mit den Proben keine Ahnung, daß der Organismus eine Form von nicht gebundenem Gift erzeugt.«

»Aber die Cruzob wußten es.«

»Ja. Wir nahmen an, sie versuchten, den Parasiten als primitive biologische Waffe auszubeuten. Aber wie es aussieht, kannten sie die ganze Zeit sein wahres Potential. Und das ist wahrscheinlich der Grund, warum sie Dr. de Valdivia töteten – weil er kurz davor war, die Wahrheit über das Gift herauszufinden. Er hat vielleicht sogar von seinem Verdacht gesprochen, als sie sich trafen. Und das hat sein Schicksal besiegelt.«

»Und dieser Anschlag – wo fand er statt?«

»Haben Sie schon vom Jade-Jaguar-Hotel gehört?«

»Eine dieser Pauschalanlagen am Rand von Cancun. Ein bißchen wie ein Kreuzfahrtschiff an Land.«

»Ja, total in sich geschlossen. Liegt in einem Privatpark, mit eigenem Strand, eigenen Läden, Restaurants, Pools. Gut bewacht. Rund tausend Gäste, die das Gelände während ihres Aufenthalts kaum je verlassen. Selbstversorgt in jeder Hinsicht, einschließlich eigenen Aufbereitungssystemen für Wasser und Abwässer, mit Toiletten, in denen man Papier hinunterspülen darf, und Wasser, das man direkt aus der Leitung trinken kann. Keine idiotischen örtlichen Gepflogenheiten, die das Urlaubsvergnügen beeinträchtigen.«

»Und das hat es vermutlich zu einem leichteren Ziel gemacht.«

»Genau. Das Amhax wurde direkt in die Wasserversorgung des Hotels geschüttet. Jeder, der davon trank, sich die Zähne putzte, duschte oder auch nur die Toilettenspülung betätigte, war ihm ausgesetzt. Männer, Frauen, Kinder. Wir haben sogar Paare gefunden, die gemeinsam in ihren luxuriösen Whirlpools starben.«

»Wie viele Tote gab es bisher?«

»Das kann ich Ihnen nicht sagen. Aber es wird sich nicht wiederholen. Der Hotelbereich wird mit Wasser aus einer Entsalzungsanlage versorgt, die eigentlich erst in einigen Monaten ans Netz gehen sollte. Wir haben sie mit Hilfe der Armee betriebsbereit gemacht. Und die Hotels selbst verstärken ihre Sicherheitsdienste.«

»Was soll der Versuch, die Sache geheimzuhalten, Captain Sanchez? Das funktioniert doch nie. In Cancun befinden sich Tausende von Touristen aus aller Welt. Und alle haben sie Zugang zu Telefon, E-Mail und was weiß ich.«

»Der Hurrikan scheint alle möglichen Kommunikationssysteme lahmgelegt zu haben«, erwiderte er durchtrieben. »Aber wir haben nicht geleugnet, daß die Cholera ausgebrochen ist. Und daß eine vorläufige Isolation der Stadt wegen der Ansteckungsgefahr berechtigt ist. So etwas verstehen selbst Angehörige zu Hause.«

»Aber mir ist noch immer nicht klar, welchen Sinn es hat. Unternehmen Sie all diese Anstrengungen, nur um die Tourismusindustrie zu retten?«

»Wieder schlage ich vor, Sie schauen ins Internet. Dort findet ein Propagandakrieg statt. Es ist, als würde man während des Golfkriegs die Cruise Missiles in Bagdad vorbeifliegen sehen, nur daß es hier ausschließlich Bilder und Texte gibt.«

»Um auf Deirdre zurückzukommen – ich erwarte einen Anruf von ihrem Bruder, jetzt, da die Leitungen auf der Insel wieder funktionieren. Was soll ich ihm sagen?«

»Sagen Sie, man hat gesehen, wie sie Cozumel zusammen mit Ihrem Angestellten per Boot verließ, und daß sie aller Wahrscheinlichkeit nach Schutz vor dem Hurrikan gesucht haben – vermutlich auf der Isla Mujeres nördlich von Ihnen. Ich glaube, dort sind die Telefone noch immer tot.«

»Ja, vielleicht erzähle ich etwas in der Art. Wann kommt übrigens Zedillos Ablösung?«

»Wie meinen Sie das? Wollen Sie ihn nicht dort haben?«

»Das ist es nicht. Aber als ich zurückkam, war niemand im Auto.«

»Oh … verstehe. Ich kümmere mich darum. Sie rühren sich inzwischen nicht vom Fleck, und das meine ich ernst.«

47 Ich klickte das Internetsymbol auf dem Computerschirm an. Dann gab ich Mexiko + USA + Kontroverse in die Suchmaschine ein und erhielt sofort eine Reihe von Treffern. Ich ging zur ersten Site und las eine Stellungnahme, die das Pentagon am Vormittag veröffentlicht hatte:

Unterlagen, die sich im Besitz der Vereinigten Staaten befinden, deuten darauf hin, daß das mexikanische Militär seit einigen Monaten eine biologische Terrorwaffe testet.

Bei dem Kampfstoff handelt es sich um einen unbekannten Süßwassererreger, der in der Lage ist, sowohl ein tödliches Gift zu erzeugen als auch eine qualvolle Auszehrungskrankheit zu verursachen. Neueste Geheimdienstberichte legen die Vermutung nahe, daß die Experimente zu einem nicht geplanten Seuchenausbruch in der Stadt Cancun in Quintana Roo, Mexiko, geführt haben. Eine ungenannte Zahl von Touristen aus den USA, Europa und Japan wurde infiziert, und es gab nicht bestätigten Berichten zufolge mehr als zweihundert Tote.

Die mexikanischen Streitkräfte haben die Stadt auf dem Land-, See- und Luftweg abgeriegelt, und die Regierung hat eine Zensur sowie eingeschränkten Zugang zu Telekommunikationsmitteln verhängt.

Vertreter von Regierung und Militär leugnen weiterhin die Existenz eines Programms zur Entwicklung biologischer Waffen und geben an, eine Rebellengruppe aus Yukatan habe diese Behauptungen aufgestellt, um die Spannungen zwischen den beiden Staaten zu verschärfen. Allerdings wurden Berichte über den Ausbruch einer Seuche in Cancun nicht direkt bestritten, man gibt jedoch Cholera als den Verursacher an.

Unterdessen ereigneten sich eine Reihe von Zwischenfällen an der Grenze zu Mexiko, darunter die Erschießung eines Wachtpostens durch …

Das Telefon läutete. Ich sah auf die Uhr. Es war bereits nach Mittag, und ich hatte versprochen, Dermot O'Kelly am Vormittag anzurufen. Ich griff zum Hörer und biß die Zähne aufeinander. »Hallo?«

»Hallo, meine Liebe«, sagte Kathy. »Na, wie hast du die letzte Nacht überstanden?«

»Ach, hallo, Kathy. Du lieber Himmel, was für ein Sturm. Er hat meinen Terrassentisch herausgerissen und gegen die Veranda geschleudert. Aber ansonsten gab es keine Schäden, soweit ich sehe.«

»Du solltest auf alle Fälle genau nachsehen. Ich komme mit den Jungs in ein paar Stunden runter, und wir helfen dir mit dem Tisch. Sie können auch aufs Dach klettern und schauen, ob da oben alles in Ordnung ist.«

»Das wäre großartig. Und bring bitte was von deinem Bananenbrot mit. Ich kann heute ein bißchen Seelennahrung gebrauchen.«

»Wird gemacht. Bis dann.«

Kaum hatte ich aufgelegt, läutete es erneut.

»Irgendwelche Neuigkeiten, Jessica?« Es war Dermot.

»Äh ... keine sehr guten, fürchte ich. Deirdre wurde gestern morgen auf meinem Boot gesehen. Es fuhr aufs Meer hinaus. An Bord waren Alfredo und sie selbst. Er hält sie möglicherweise gefangen.«

»Das klingt sehr ernst. Hast du eine Ahnung, wohin sie gefahren sein könnten?«

»Ich dachte, nach Cancun. Aber wie ich erfahren habe, ist das unwahrscheinlich. Vielleicht haben sie auf der Isla Mujeres Schutz vor dem Hurrikan gesucht, das ist eine Insel nördlich von uns.«

»Dann hat diese Bundespolizei, von der du erzählt hast, also nichts Bestimmtes herausgefunden?«

»Nein.«

»Hm. Ich glaube, es wird Zeit, daß ich mich persönlich um die Sache kümmere.«

Ich kam mir plötzlich vor, als hätte ich nicht mein Möglichstes getan für meine Freundin. »Was wirst du unternehmen?« fragte ich betreten.

»Als erstes rede ich mit der PJE und der Touristenpolizei. Ich erzähle ihnen, daß das Haus durchsucht und das Boot entwendet wurde. Aber ich erzähle ihnen nichts über die Wasserproben, falls das Komplikationen für dich gäbe.«

Ich mußte heraus mit der Sprache. »Dermot ... die Proben sind inzwischen unerheblich. Die Stadt Cancun wurde unter Quarantäne gestellt, wegen eines Choleraausbruchs, behaupten die Behörden. Aber es ist nicht Cholera. Es ist das, was in meinen Proben war. Und Deirdres Verschwinden hängt damit zusammen. Möglicherweise hat Alfredo Behälter mit kontaminiertem Wasser nach Cancun oder woandershin verfrachtet und Deirdre gezwungen, mit ihm zu fahren.«

Am anderen Ende der Leitung blieb es einige Augenblicke still. Als Dermot erneut sprach, klang seine Stimme hart. »Das ist eine wirklich üble Geschichte. Ich komme auf der Stelle zu euch runter. Der Flughafen auf Cozumel ist noch offen, oder?«

»Ich glaube, ja.«

»Ruf inzwischen auf keinen Fall meine Mutter in Irland an.«

»Ähm ... ist gut.«

Im anderen Ohr hörte ich irgendwo in der Nähe ein Nebelhorn tuten.

»Bis heute abend dann«, sagte Dermot.

»Ja, bis heute abend«, wiederholte ich ohne große Begeisterung.

Als ich auflegte, dröhnte das Nebelhorn erneut los, näher diesmal. Ich nahm an, daß es von einem riesigen Kreuzfahrtschiff der P&O-Gesellschaft stammte, das ich zuvor am internationalen Pier von San Miguel hatte liegen sehen, ohne es richtig wahrzunehmen. Ich rannte auf die Terrasse hinaus, und das helle Sonnenlicht ließ mich blinzeln – keine Spur von

Dunst oder Nebel, der zum Blasen des Nebelhorns berechtigt hätte. Dann kam ein Patrouillenboot der Marine in Sicht, das gerade das Heck des einen Kilometer entfernten Kreuzfahrtschiffs passiert hatte. Es fuhr parallel zur Küste, etwa zweihundert Meter vom Land entfernt. Als es näher kam, konnte ich den Namen am Bug lesen – *P 24 Tolteca*. Dann hörte ich eine Stimme, die über Verstärker eine Ansage machte. Als das 35-Meter-Schiff an mir vorüberfuhr, wurde die Ansage wiederholt. Der Fährverkehr zwischen San Miguel und dem Playa del Carmen auf dem Festland war eingestellt. Der Kanal zwischen Cozumel und dem Festland war bis auf weiteres für alle Fracht- und Freizeitschiffe gesperrt. Das P&O-Schiff *Princess*, das am internationalen Pier lag, würde nicht wie geplant heute nachmittag abfahren. Auf jeden, der gegen dieses Embargo verstieß, würde man das Feuer eröffnen. Schlicht und schonungslos – Gründe wurden keine angegeben.

Das Patrouillenboot setzte seinen Weg nach Süden fort und ließ sein Nebelhorn ertönen, um die Tauchclubs und Yachthäfen entlang der Küste zu alarmieren.

Ich kniff die Augen zum Schutz vor der gleißenden Mittagssonne zusammen und blickte zum Festland hinüber. Wo zuvor ein Schlachtschiff am Horizont gewesen war, sah ich nun ein anderes Marinegefährt, sogar noch größer als das vorherige. Ich holte das Fernglas vom Tisch unter der *palapa*. Das eintönig graue Schiff stand ebenso hoch aus dem Wasser wie das mehrstöckige Kreuzfahrtschiff am Pier. Dann bemerkte ich, daß es, anders als die kleine Flotte zuvor, nach Süden dampfte, *fort* von Cancun. Seine gewaltige Masse ließ die Patrouillenboote, die es begleiteten, winzig klein erscheinen. Sie alle befanden sich auf einem Kurs parallel zum Festland, der sie bald auf die Höhe von Cozumel führen würde.

Ich verfolgte, wie das Schiff die Fährroute zwischen San Miguel und Playa kreuzte, und als es auf Höhe meines Aussichtsplatzes auf der Terrasse voll in Sicht kam, erkannte ich, daß sein Kurs nicht parallel verlief, sondern es näher an die Insel heranführte. Bald schätzte ich, daß es nur mehr etwa drei Kilometer entfernt war, im Süden, nahe des Riffs von Punta Tunich, wo ich häufig Tests absolvierte. Dann verlangsamte es, bis es beinahe stand, bevor es den Bug in Richtung Festland drehte. Das mächtige Halbrund des Hecks kam in Sicht, dann wieder der Bug, und ich begriff, daß es ganz kehrtmachte und dorthin zurückfuhr, wo es hergekommen war. Schließlich dämmerte mir, daß es sich bei dem Schiff wahrscheinlich um einen Truppentransporter handelte, der Tausende von Marinesoldaten befördern konnte. Was hatte dann aber dieses Manöver zu bedeuten? Es ergab nicht viel Sinn.

Wir hatten im Laden ein paar Unterwasservehikel für Taucher, die wir vermieteten, und ich nahm oft eins mit im Boot hinaus zum Rifftauchen. Torpedoförmig oder manchmal mit dem Aussehen einer gedrungenen Bombe, sind diese sogenannten Scooter eine unschätzbare Hilfe für Arbeitstaucher, und bei der Erforschung von Höhlen helfen sie den Teams, weiter in die umfangreichen Unterwassersysteme vorzudringen. Ich wählte ein Modell aus, das mir bei niedrigem Schub eine maximale Reichweite ermöglichte, dann suchte ich mir zwei volle Preßluftflaschen heraus, die am Nachmittag von Tauchern abgeholt werden sollten. Wegen des Embargos der Marine würden die Leute heute sowieso nicht zum Riff hinausfahren. Ich schleppte den Scooter, die Flaschen und meine Tauchweste zur Bootrutsche neben der Mole. Dann ging ich zurück ins Haus und legte meinen Taucheranzug an.

Während ich mich mit beiden Händen am Scooter durch das Wasser bewegte – was ein bißchen aussah, als würde man von einem großen Haarfön durchs Meer gezogen –, überprüfte ich laufend meine Berechnungen. Ich befand mich nur einen Meter unterhalb der Wasseroberfläche – tief genug, um nicht gesehen zu werden, aber so weit oben, daß der Strömungswiderstand auf ein Minimum begrenzt blieb. Bei geringem Schub reichte die Batterieleistung des Scooters für rund neunzig Minuten, etwa dieselbe Zeit, die ich von den beiden Preßluftflaschen erwarten durfte – genug, um mich an mein Ziel zu bringen, auch wenn ich dann ans Ufer zurückschwimmen mußte.

In dem Gebiet, in dem der Truppentransporter gewendet hatte, gab es sehr starke Strömungen, die durch den schmalen Kanal zwischen Cozumel und dem Festland flossen und durch eine dreitausend Meter tiefe Schlucht in die Karibik schossen. Ich tauchte irgendwann in der typisch kabbeligen See auf und sah etwa fünfhundert Meter voraus Wellen mit weißen Schaumkronen, die einander wie Stromschnellen um eine ölglatte runde Fläche im Meer jagten. Das war ein Anzeichen dafür, daß sich in der Strömung ein Trichter gebildet hatte, wie ein Whirlpool, nur breiter und tiefer – eine senkrechte Wassermasse, die sich schnell drehte.

Ich war gerade über die Riffwand hinausgefahren, die sich aus den Tiefen des Ozeans erhob, und blickte hinab in den Abgrund, als mich eine nur allzu vertraute Gestalt erschreckte, die zu meiner Rechten drohend aus dem Meer ragte. Ich duckte mich automatisch, als ein drei Meter langer Riffhai auf mich zukam, dann aber vorüberglitt, offenbar galt sein Interesse nicht mir. Er war nur ein Ausreißer in einer Prozession verschiedener Haiarten, die in senkrechten Reihen an mir vorbeifluteten. Ich wendete den Scooter und folgte ihnen.

Nach hundert Metern schwärmte der Zug fächerförmig aus, und ich erkannte, daß es sich um eine von mehreren Kolonnen der Räuber handelte, die aus verschiedenen Richtungen zusammenströmten, wie eine Vogelschar, die in mehreren Gruppen am Himmel kreist, bevor sie wie ein einziger Körper auf einem reifen Kornfeld niedergeht. Nur daß sich die Haie an den Toten gütlich taten.

Gefangen in der kreiselnden Strömung, trieben Hunderte von menschlichen Leichen, manche in weißen Leichensäcken mit Reißverschluß, andere in Folien gehüllt; das Plastik war in Fetzen gerissen, der Stoff zerfiel in Lumpen, mehrere Mäuler mit scharfen Zähnen zerrten und rissen die Leichname darin gleichzeitig in Stücke, und das geronnene Blut quoll heraus wie rote Rauch- und Aschewolken. Und die ganze Zeit sank diese Parade der Toten langsam kreiselnd hinab in den Hades, eine Szene wie ein maritimes Jüngstes Gericht.

48 Ich wendete den Scooter, um der rotierenden Strömung zu entfliehen, die sich mir näherte, ihre Ränder streiften bereits die Riffwand und drückten die weichen Korallen auf ihrem Weg platt. Gedanken, ich könnte von einem Hai gebissen werden oder mich in einem der Leichentücher verfangen, jagten mir durch den Kopf, und ich schaltete auf vollen Schub und floh über das Riff hinweg.

Als ich einen Blick zurück auf die Leichen warf, die tiefer in den Abgrund sanken, fielen mir noch einige Zeilen aus dem *Sturm* ein, aus Ariels Lied:

Fünf Faden tief liegt Vater dein:
Sein Gebein wird zu Korallen

Ich begann Shakespeares Vision dessen, was unter der tropischen See lag, zu teilen. Als ich nach unten blickte, schien sie das Aussehen eines Meeresfriedhofs anzunehmen, der seinen grausigen Inhalt zur Schau stellt – kugelförmige, gelbe Hirnkorallen, purpurne und orange Fächer, geädert wie Scheiben aufgeschnittener Lunge, rosa und lavendelfarbene Seegurken, klaffend wie durchtrennte Arterien.

Perlen sind die Augen sein

So hatte ich das Riff nie zuvor betrachtet. Und ich wußte auch, das Schauspiel, das ich soeben mit angesehen hatte, würde mich bis an mein Lebensende verfolgen.

Nymphen läuten stündlich ihm

Beinahe erwartete ich, eine mächtige Glocke durch die Tiefe schallen zu hören, die den Abstieg dieser vielen Toten in ihr nasses Grab verkündete.

Nachdem ich das Riff überquert hatte, schaltete ich auf niedrigen Schub zurück. Da mir die Strömung ihre Todesfracht entgegengetragen hatte, schätzte ich, daß nach der Begegnung noch genug Batterieleistung im Scooter verblieben war, damit ich ans Ufer gelangte. Und tatsächlich näherte ich mich bereits der Bootsrutsche unterhalb des Tauchladens, als er den Geist aufgab.

Sobald ich meine Taucherkluft abgelegt hatte, duschte ich heiß, um so das Gänsehautgefühl zu vertreiben, mit dem ich auf das Erlebnis reagierte. Dann rief ich, noch während ich mir die Haare abtrocknete, Sanchez auf seinem Handy an. »Ich habe gerade ein … Bild aus der Hölle gesehen«, sagte ich, und zu meiner eigenen Überraschung zitterte meine Stimme.

»Was ist los? Wovon reden Sie?«

»Ihre Marine führt gerade ein Massenbegräbnis der Seuchenopfer zu See durch. Läßt sie von Haien auffressen. Ich war draußen, es ist grauenhaft.«

»*Carajo!*« fluchte er verärgert. »Ich sagte doch, Sie sollen sich nicht vom Fleck rühren, Señorita! Hören Sie denn nie zu?«

»Scheren Sie sich zum Teufel, Sanchez. Ich will, daß die Welt von der Sache erfährt, auch wenn sie unglaublich klingt.«

»So unglaublich nun auch wieder nicht. Die Erdschicht in Yukatan ist zu dünn für Massengräber, und selbst wenn wir es versucht hätten, würde durch eine Beerdigung der Leichen das Trinkwasser ein zweites Mal verseucht. Die andere Möglichkeit bestand darin, sie zu verbrennen, aber Sie können darauf wetten, daß die betroffenen Familien gegen eine Massenverbrennung erst recht Einwände erhoben hätten, bei allem, was *das* heraufbeschwört. Was also tun? Die Leichname nach Hause schicken? Sie wissen, wie gefährlich dieses Zeug ist. Es könnte sogar in das Grundwasser anderer Länder sickern. Aus diesen Gründen gelang es uns, mit den betroffenen Regierungen eine Einigung hinsichtlich einer Seebestattung zu erreichen.«

Er hörte sich wieder sehr selbstgefällig an, als er mir darlegte, daß man mich ausmanövriert hatte, daß meine Empörung ohne Folgen bleiben würde. Für mich war es unfaßbar, daß mein Land etwas mit dem Schauspiel zu tun haben sollte, das ich gerade mit angesehen hatte. »Wollen Sie etwa behaupten, die Vereinigten Staaten haben zugestimmt, daß man ihre Bürger an Haie verfüttert?«

»Sie wissen selbst, daß das eine emotionale Überreaktion von Ihnen ist. Wenn die angemessenen religiösen Zeremonien vorbei sind, ist jeder Leichnam nur noch Futter für die Würmer, oder in diesem Fall eben für die Fische. Wir haben alle Gebote des Anstands beachtet.«

»Genau wie bei Ken Arnold«, gab ich zurück.

»Das ist eine Sache, die ich Ihnen schon die ganze Zeit erklären will –«

Ich nahm das Telefon kurz vom Ohr – es klopfte an der Glastür zur Terrasse. Ich streckte den Kopf vor und sah eine verschwommene Gestalt hinter dem Milchglas. Dann fiel mir ein, daß Kathy versprochen hatte vorbeizukommen, und ich mußte wohl die Tür verriegelt haben.

»Da ist jemand an der Tür«, sagte ich zu Sanchez. »Meine Freundin Kathy. Ich rufe Sie später wieder an.«

»Nein, warten Sie –«

»Was Sie mir auch zu sagen haben, es bringt Ken nicht zurück«, schnitt ich ihm das Wort ab und knallte den Hörer auf. Ich war wütend auf Sanchez, weil er an dieser Vertuschungsaktion mitwirkte und sich so blasiert gab hinsichtlich des Horrors, dessen Zeuge ich geworden war.

Der Mann vor der Tür kam mir bekannt vor.

»Bartolomé de Valdivia?« sagte er wie zur Erklärung. Nicht, daß *er* Bartolomé sei, sondern daß er in irgendeiner Weise mit ihm in Verbindung stünde.

»Ja … ich kenne Bartolomé. Worum geht es?«

»Um das *Chilam-Balam*-Buch.« Er sprach mit starkem Akzent, aber es klang nach Maya, nicht nach Mexikanisch.

Er trug eine Lederjacke, Jeans und das traditionelle Guayaberahemd.

»Ja, ich weiß, was Sie meinen. Hat er Sie geschickt, um es abzuholen?«

»Nein. Er hat mir erzählt, daß er es Ihnen gegeben hat«, erwiderte er und fügte streitlustig an: »Wozu er kein Recht hatte.«

»Wieso nicht?«

»Zunächst einmal gehörte es meinem Vater.«

»Am besten, Sie kommen herein«, sagte ich, während ich noch immer mein Haar frottierte, aber auf dem Rückweg ins Wohnzimmer erstarrte ich plötzlich, als mir wieder einfiel, daß das der Mann war, mit dem Deirdre in der Jazzkneipe gesprochen hatte.

»Mein Name ist Kan Ek«, verkündete er.

Ich bereute es nun, Sanchez aus der Leitung geworfen zu haben, bevor ich aufmachen ging, vermeintlich für Kathy. Sonst hätte er jetzt mithören können, wie sich Kan Ek vorstellte.

»Ich weiß, wer Sie sind«, sagte ich mit schneidender Stimme. »Sie sind der Cruzob-Führer, der für die Folterung und Ermordung einer Gruppe amerikanischer Studenten verantwortlich ist.«

»Warum heben Sie *die* als Amerikaner hervor? Wir sind alle Amerikaner, oder? Nord-, Süd-, Mittel*amerika*. Aber das paßt Ihrem Volk nicht, für das waren Indianer, Latinos, Hispanios, Chicanos …«

»Das ist Wortklauberei. Nichts rechtfertigt, was Sie getan haben.«

»Ich bin nicht hier, um mir einen Vortrag anzuhören. Ich will das Buch.« Er stand ungeduldig mitten im Wohnzimmer.

»Hat Ihre Organisation Deirdre O'Kelly entführt?«

Er lächelte grimmig. »Ihre Freundin entführt? Nein.«

»Aber Sie wissen Bescheid über ihr Verschwinden?«

»Ich weiß über vieles Bescheid, was auf Cozumel vor sich geht.«

»Und wo ist sie dann? Wohin hat Alfredo sie gebracht?«

»Das weiß ich nicht. Alfredo ist kein Mitglied der Cruzob.«

»Sind die Cruzob verantwortlich für das, was am Zenote Ixchel vor sich geht?«

»Nämlich?«

»Sie wissen, was ich meine.«

»Sie haben die Aufzeichnungen von Dr. de Valdivia gelesen.«

»Ja. Und ich habe mit Bartolomé gesprochen. Und außerdem die Proben analysieren lassen, nach denen Sie mein Haus durchstöbert haben.«

»Sie irren sich erneut. Aber wie gesagt bin ich nicht hier, um mit Ihnen zu diskutieren. Ich bin hier, um die Handschrift zu holen.« Kan Ek begann, sich im Raum umzusehen.

»Sie wurde mir im Vertrauen überlassen«, sagte ich. »Ich muß erst mit Bartolomé sprechen. Ich bezweifle, daß er das Buch an die Person weitergeben will, die am Tod seines Vaters schuld ist.«

Kan Ek warf mir einen haßerfüllten Blick zu. »Bartolomé de Valdivia kämpft im Augenblick mit einigen Schwierigkeiten. Aspekte im Testament seines Vaters, auf die er nicht gefaßt gewesen war, darunter das Besitzrecht an der *Chilam-Balam*-Handschrift. Ich denke nicht, daß er in der Stimmung ist, mit Ihnen zu reden.«

Ich glaubte ihm. »Nun gut. Warten Sie hier.« Nachdem ich die Spinne freigelassen hatte, hatte ich den Aktenkoffer zum Trocknen auf das Fensterbrett in meinem Schlafzimmer gestellt und den Stapel mit den Papieren einschließlich des Buchs auf mein Bett gelegt.

»Das glaube ich nicht«, sagte Kan Ek und zog eine Pistole aus dem Gürtel seiner Jeans.

»Legen Sie das Ding weg, um Himmels willen. Ich gehe nur in mein Zimmer, um das Buch zu holen.«

Kan Ek blickte finster. »Ich begleite Sie.«

Das war lächerlich. Ich gab nicht nach. »Für jemanden, der Sympathie für seine Sache gewinnen will, packen Sie es aber wirklich verkehrt an.«

»Wer will Sympathie?«

»Dann geht es also nur um Terrorismus als Selbstzweck?«

Kan Ek sah gekränkt aus, aber so wie ein Kind, das etwas ausgefressen hat und nun so tut, als fühlte es sich mißverstanden. »Setzen Sie sich«, bellte er und zeigte mit dem Pistolenlauf auf eine Couch.

»Nur, wenn Sie die Waffe wegtun.«

Er steckte die Pistole widerstrebend in den Gürtel. Ich setzte mich auf die Couch, während er wortlos auf und ab zu gehen begann. Dann drehte er sich zu mir um und sprudelte einen Sturzbach von Worten hervor. »›Mit der Ankunft des wahren Gottes, des wahren Dios, nahm unser Elend seinen Anfang.‹ So beginnt das berühmteste Chilam Balam der Maya. Als Kolumbus auf diese Seite des Ozeans kam, bedeutete das für euch eine Entdeckung – für uns eine Eroberung. Und die größte Lüge in der Geschichte dieser Eroberung ist, daß das Volk der Maya irgendwie bereits vorher verschwunden sei und rätselhafte Ruinen im Dschungel zurückgelassen hätte. Die Konquistadoren mußten diese Lüge verbreiten, um die Unterdrückung der Leute zu rechtfertigen, die sie als Bewohner des Landes vorfanden – Wilde, wenn man ihnen glaubte, aber in Wirklichkeit dieselben Maya, die seit Tausenden von Jahren dort lebten. Aus diesem Grund waren sie so fest entschlossen, unsere Bücher zu zerstören, uns unsere Sprache und Religion zu verwehren …« Kan Ek prüfte meinen Gesichtsausdruck, um zu sehen, ob ich ihm bis hierhin folgte.

»Ich stimme vielem von dem zu, was Sie sagen. Aber Sie räumen doch ein, daß Ihre Vorfahren praktisch alle Städte schon vor der Eroberung aufgegeben hatten, oder?«

»Sicher, das hatten sie. Weil sie nämlich nicht mehr unter dem Joch stehen wollten, das ihnen von ihren Anführern auferlegt wurde. Die ständigen Menschenopfer, die sicherstellen sollten, daß die Erde Früchte abwarf, daß das Wasser in den Brunnen sie nicht vergiftete, daß die Sonne am nächsten Tag wieder aufging.«

»Dann glauben Sie also nicht, daß sie von einer ökologischen Katastrophe überrascht wurden? Von einer Kombination aus Überbevölkerung und landwirtschaftlichen Methoden, die den Boden auslaugten?«

»Warum nicht Dürreperioden, denen Ausbrüche einer verheerenden, durch Wasser übertragenen Seuche folgten?« höhnte er. »Nur heraus mit Ihrer Theorie – heutzutage jagt ja eine die andere.«

»Diese letzte stammt von einem Mann, der für die Belange der Maya gekämpft hat, aber schließlich von denen zu Tode gequält wurde, die *behaupten*, die Maya zu vertreten.«

»Aha, wir sind also wieder bei Dr. de Valdivia. Einem Mann, der sich von der mexikanischen Regierung kaufen ließ, als wir kurz davor waren, einen eigenen, unabhängigen Mayastaat zu bekommen. Ein Verrat, der den Weg zum Frevel von Cancun und der Riviera Maya geebnet hat« – er spie die Worte heraus, als handelte es sich um Fliegen, die in seinem Mund gelandet waren –, »wo man unsere Kultur in den Apparat der Tourismusindustrie einspeist, um sie sterilisiert und im Paket verkaufen zu können. Einem Mann, der im Begriff war, seinen Verrat zu wiederholen, als die Mittel zur Verfügung standen, diesem ganzen Tourismus, der die Eroberung unseres Volkes vollendet, ein Ende zu machen.«

»Wenn Sie das glauben, ist es Ihre Sache, und traurig genug. Aber er hat diese Behandlung nicht verdient.«

»Drastische Situationen erfordern drastische Maßnahmen. Wenn die Mayakönige adlige Gefangene machten, unterwarfen sie diese den erniedrigendsten Foltern, um so ihre eigene Größe deutlicher hervortreten zu lassen. Dr. de Valdivia war in den Augen vieler noch immer ein großer Mann.«

»Und wer hat also um so mehr Größe bewiesen, indem er Dr. de Valdivia erniedrigte?«

»Sein Sohn.«

49 »Bartolomé?« fragte ich ungläubig.

»Rafael de Valdivia hatte zwei Söhne«, entgegnete Kan Ek. »Einer wuchs in einer Villa in Mérida auf. Der andere in einer Hütte im Dschungel von Quintana Roo.«

Ich sah ihn verdutzt an. Was offenbarte er mir hier? Dann begriff ich, daß er es bereits gesagt hatte. »Sie sind sein Sohn?« Ich blickte einem Mann in die Augen, der seinen eigenen Vater gefoltert und getötet hatte. Sein Haß mußte tief und schwarz wie Xibalba sein.

Kan Ek sah auf die Uhr. »Holen wir die *Chilam-Balam*-Handschrift«, sagte er.

Ich erhob mich mechanisch und ging zum Schlafzimmer; Kan Ek folgte mir. Ich nahm den Aktenkoffer vom Fensterbrett und schichtete die Dokumente hinein. Währenddessen trat Kan Ek ans Fenster und blickte hinaus.

»Ich weiß, daß Sie bei Bartolomé zu Besuch waren. Haben Sie dort ein Porträt an der Wand gesehen?«

»Ja, von einer sehr schönen Frau.«

»Das war meine Mutter.« Er drehte sich um, und zum ersten und letzten Mal im Laufe unserer Begegnung lächelte er.

Während ich versuchte, diese Mitteilung zu verdauen, schaute Kan Ek wieder aus dem Fenster, aber plötzlich drückte er sich flach an die Wand. Dann packte er mich an der Gurgel und hielt mir die Pistole an die Schläfe. »Gibt es hier einen zweiten Ausgang?« zischte er.

»Durch den Laden«, röchelte ich. »Aber lassen Sie mich los, Sie erwürgen mich.«

Er lockerte seinen Griff.

»Sie kommen mit.«

Er klemmte sich den Aktenkoffer unter den Arm und schob mich vor sich her, auf die Treppe zum Laden hinab. Da ich vorneweg ging, sah ich die Männer zuerst und erstarrte.

Kan Ek wußte sofort, daß sie da waren, und zerrte mich zurück nach oben in die Wohnung. »Wie tief ist es zum Ufer hinab?«

»Ungefähr vier Meter. Da unten sind Felsen.«

»Das riskiere ich«, sagte er und drängte mich auf die Terrasse hinaus. Dort hielt er inne und prüfte die Lage, bevor er mir die Pistole in die Rippen stieß und mich zur rückwärtigen Wand schob. Er blickte nach oben und nach allen Seiten, als erwarte er einen Trupp Fallschirmspringer, und eilte dann weiter zum Ende der Terrasse.

Als wir uns der Brüstung näherten, sah ich das Patrouillenboot vor ihm und machte mich auf Geschützfeuer gefaßt. Statt dessen ertönte das Knistern eines Lautsprechers von dem Gefährt, das dreißig Meter vom Ufer entfernt am Ende der Mole lag. »Lassen Sie die Frau los, werfen Sie die Waffe weg, und Ihnen wird nichts passieren.« Ich erkannte die Stimme von Sanchez.

Kan Ek ging in die Hocke und winkte mich zurück in Richtung der *palapa*. Als er sich halb umdrehte, um darauf zuzukriechen, zielte ein Polizist in einer schwarzen Kevlarjacke vom Treppenabsatz mit einem Sturmgewehr auf ihn. Kann Ek ließ den Aktenkoffer fallen, der aufsprang, packte mich am Arm und schob mich wieder vor sich.

»Schieß, und sie ist erledigt«, rief er.

Er versuchte, mich auf den Bewaffneten zumarschieren zu lassen, aber ich sackte absichtlich auf die Knie, als sei ich ohnmächtig geworden, und er konnte mein Gewicht nicht halten. Als ich seinem Griff entglitten war, ging Kan Ek weiter auf den Beamten zu, der auf der Treppe zurückzuweichen begann. Ich fragte mich, wieso er den Rückzug antrat, als eine Schußwaffe knallte und ein Stück von Kan Eks Knie seitlich wegflog. Er brach auf den Fliesen zusammen, während ein zweiter Beamter, der über den Laden durch die Wohnung vorgedrungen war, auf die Terrasse kam; er hielt die Pistole, die er gerade abgefeuert hatte, mit beiden Händen umfaßt und richtete sie weiter auf Kan Ek.

Ich fing an, mich aufzurappeln.

»Runter mit Ihnen, runter«, schrie der Polizist aufgeregt.

Ich legte mich flach. Der Bursche war gefährlich.

Ich hob den Kopf.

»Unten bleiben!« bellte er.

Ich konnte nur die Stiefel des Mannes sehen und folgte ihnen mit den Augen bis zu der Stelle, wo Kan Ek in Embryostellung lag. Er stöhnte und hielt sich das zerschmetterte Knie.

»Das ist für Zedillo«, sagte der Beamte, als er direkt vor

Kan Ek stand. Dann schoß er ihm in den Kopf. Kan Eks Körper zuckte ein paarmal und blieb schließlich still liegen.

Ein winziges Rinnsal Blut floß auf mich zu. Ich sah, wie es eine Ameisenstraße einschloß, bevor es sich über den verstreuten Inhalt des Aktenkoffers ausbreitete und in die Handschrift sickerte, die offen dalag. Sie war auf der Seite aufgeblättert, wo der Tod mit dem rotgefärbten Schädel tanzte.

50 »Das war eine glatte Hinrichtung«, sagte ich zu Sanchez, der auf Kan Eks Leiche hinabblickte. Er hatte sich an Bord des Patrouillenbootes *Tolteca* befunden, das die Polizisten an Land gebracht hatte. Er selbst aber war erst jetzt auf der Terrasse eingetroffen, auf der es vor Männern in grauen und schwarzen Kampfanzügen wimmelte.

Ich saß an dem demolierten Tisch, den einer seiner Männer an seinen Platz unter dem Sonnendach zurückgeschleppt hatte, und trank ein Glas Wasser, das mir ein anderer gebracht hatte.

Sanchez drehte sich um, bevor er antwortete. »Wenn man Timothy McVeigh bei seiner Geburt erwürgt hätte, wenn man die Kerle, die den Pan-Am-Jet über Lockerbie in die Luft sprengten, umgebracht hätte, bevor sie die Bombe legen konnten, würden Sie sich darüber jetzt beschweren?« Die Sonne, die hinter den Horizont sank, meißelte tiefe Schatten in seine Wange.

»Aus seiner Sicht war Kan Ek ein Maya, der gegen ein Unrecht kämpfte, das vor fünfhundert Jahren an seinem Volk begangen wurde«, erklärte ich.

Sanchez trat an den Tisch, seine Kiefer mahlten wütend.

»Ja. An Leuten, die gern in den abgezogenen Häuten ihrer Feinde herumtanzten. Die ihre begabtesten Kinder opferten. Die sich Rochenstachel in die eigenen Genitalien spießten. Ich bin gottverdammt froh, daß die Spanier kamen und sie erledigt haben.«

Er spuckte Galle, machte seiner angestauten Wut Luft. Ich dachte daran, was der Polizist gesagt hatte. *Das ist für Zedillo*.

»Wo ist Zedillo?«

»Sie haben Hector aus dem Wagen vor Ihrem Haus geholt. Er wußte, was ihn erwartete. Er wußte, was diese Schweinehunde den Geiseln in Chichen Itza angetan hatten. Sie brachten ihn zu der Wasseraufbereitungsanlage. Rissen ihm alle Fingernägel mit einer Zange aus – noch so eine kleine Mayaraffinesse –, dann schnitten sie ihm die Zunge ab und warfen ihn in den Zenote. Er ertrank in seinem eigenen Blut, beim Versuch, den Kopf über Wasser zu halten.«

Mir drehte sich der Magen um.

»Nur damit hatten wir es hier zu tun« – er zeigte auf den Toten –, »mit einem skrupellosen Bastard, dessen wahres Motiv Rache war. Vergessen Sie sein großartiges Geschwätz über das Volk der Maya.« Mir war klar, daß Sanchez das Wort Bastard im wörtlichen Sinn gebraucht hatte.

»Seit wann wissen Sie, daß er der Sohn von Dr. de Valdivia war?«

»Erst seit gestern abend. Bartolomé hat es uns bei seinem Geständnis enthüllt.«

»Bei seinem *Geständnis*? Was hat er denn gestanden?«

»Wie es aussieht, hat er Pemex-Einnahmen in einen Fonds für die Cruzob umgeleitet. Es begann als eine Art wohltätige Spende, endete aber damit, daß von dem Geld Waffen gekauft und Guerillatrainings finanziert wurden.«

»Wie haben sie ihn dazu gebracht?«

»Sie kamen vor ein paar Jahren zu ihm und drohten, alles über seinen Vater auszuplaudern: daß er über viele Jahre hinweg eine Mayageliebte hatte und daß Kan Ek ihr gemeinsamer Sohn war. Bartolomés Halbbruder, mit anderen Worten. Bartolomé wollte seine Familie nicht in Aufregung versetzen, vor allem seine Mutter nicht, und er wollte auch gern vertuschen, daß er einen Mayahalbbruder hatte. Also tat er, was sie verlangten. Bis gestern, als das Testament seines Vater eröffnet wurde. In einem Nachtrag, der nur für die Anwälte und Bartolomé bestimmt war, enthüllte Dr. de Valdivia Kan Eks Existenz und vermachte ihm die *Chilam-Balam*-Handschrift. Die Anwälte hatten bereits mit Kan Ek Kontakt aufgenommen, und als er bei Bartolomé erschien, erklärte ihm dieser, daß alle Abmachungen damit hinfällig seien. Bartolomés Ansicht nach war Kan Ek nunmehr der Besitzer eines unschätzbaren Artefakts, das er für seine Sache zu Geld machen konnte, wenn er es wünschte. Darüber erboste sich Kan Ek und sagte, er würde sich auf keinen Fall mit der Handschrift zufriedengeben und verlangte weiteres Geld. Die ganze Geschichte wurde sehr häßlich, Kan Ek stieß Todesdrohungen aus, die er mit der Mitteilung untermauerte, daß er es gewesen sei, der den Befehl gegeben hatte, seinen Vater zu Tode zu foltern.«

»Das muß sehr hart für Bartolomé gewesen sein.«

»Ja, weil er erkannte, daß er selbst indirekt für den Tod seines Vaters und den vieler anderer verantwortlich war. Er gab vor, seine Vereinbarungen mit den Cruzob weiter erfüllen zu wollen, und verriet Kan Ek auch, wo er die Handschrift finden konnte. Dann wandte er sich an uns. Wir ließen die Häfen überwachen, eigentlich kein Problem, da wegen der Blokkade kaum Verkehr herrschte. Dennoch gelang es Kan Ek, uns zu entwischen, und er verließ Playa del Carmen heute früh per Boot. Aber immerhin hatten wir Meldung bekommen, daß er in Playa gesehen wurde, und nahmen an, daß er nach Cozumel gefahren war.«

»Dann haben Sie also gewußt, daß er unterwegs war, und mir nichts gesagt? Vielen Dank auch.«

»Ich habe ja versucht, Sie zu warnen, bevor Sie die Tür aufmachten. Aber Sie sind eine sehr eigensinnige Frau, Jessica. Und vergessen Sie nicht, daß ich bereits Hector Zedillo hier Dienst tun ließ, für den Fall, daß Kan Ek vor uns im Tauchclub erscheinen würde. Aber er muß mit seiner Bande Kontakt aufgenommen und ihnen befohlen haben, die Lage zu sondieren, und bei der Gelegenheit haben Sie sich Hector vor Ihrer Tür geschnappt. Sie und er dürften einander begegnet sein, als Sie mit dem Rad von der Anlage zurückgefahren sind.«

Der Gedanke daran, wie Zedillo seinem brutalen Ende entgegengegangen war, ließ mich schaudern. »Gab es keine Möglichkeit, schneller hier zu sein und ihn zu retten?«

»Das Ziel des Unternehmens bestand darin, Kan Ek festzusetzen und Sie zu schützen. Aber aufgrund Ihres Hinweises über die Wasseraufbereitungsanlage setzten wir ein paar von unseren Leuten am Fährhafen ab, bevor wir hierher fuhren. Als sie an der Anlage auftauchten, kam es zu einer Schießerei. Von den Terroristen wurden die meisten getötet oder verwundet. Aber unsere Leute kamen zu spät, um Hector zu retten.«

»Sie haben ihn sehr geschätzt, oder?«

»Er machte seine Arbeit gut. Vielleicht nahm er sie nicht immer ernst, aber das war kein großer Fehler – *si, Ventura*?«

Einer der Beamten war mit der fleckigen *Chilam-Balam*-Handschrift gekommen und fragte Sanchez, was er damit tun solle. Sanchez sah mich an.

»Machen Sie es erst mal sauber«, sagte ich, »dann geben Sie es Bartolomé unter der Bedingung, daß er es kopieren läßt, bevor er es den Cruzob aushändigt.«

»Den Cruzob?« Sanchez sah mich entgeistert an.

»Sie wissen, daß Kan Eks Bande nur eine gewalttätige Splittergruppe ohne echten Rückhalt ist. Und die Cruzob werden die Geste zu schätzen wissen. Es ist eines ihrer heiligen Bücher.«

»Hm ... Sie haben wohl recht.« Sanchez gab dem Beamten Anweisungen und nahm nun endlich gegenüber von mir unter dem Sonnendach Platz.

»Dann war ich also der Köder für Kan Ek, stimmt's?« sagte ich. »Sie haben mich in Wirklichkeit gar nicht vor Alfredo Yam beschützt?«

»Wir hatten seit dem frühen Morgen guten Grund zu der Annahme, daß Alfredo nicht zurückkommen würde.«

»Und warum nicht?«

»Die Küstenwache hat Ihr Schlauchboot gefunden.«

Ich war wie vor den Kopf geschlagen. »Wo? War jemand an Bord?«

»Es trieb verlassen im Golf von Mexiko. Rund hundert Kilometer vor der Nordküste Yukatans.«

»Wie um alles in der Welt kam es denn dorthin?«

»Da bin ich überfragt. Ein Rettungshubschrauber hat es entdeckt, der zu einer in Not geratenen Yacht hinausflog, nachdem der Sturm weitergezogen war. Es hatte so viel Wasser aufgenommen, daß es fast unterging.«

»War irgendwelche Ladung an Bord?«

»Soviel ich weiß, nein. Aber vergessen Sie nicht, es war bei ziemlich rauhen Verhältnissen da draußen. Wahrscheinlich ist es ein paarmal umgekippt. Und weder Alfredo noch Ihre Freundin hatten viel Erfahrung, wie Sie selbst sagten.«

»Wo ist das Boot jetzt?«

»Die Küstenwache rief über Funk eine Marinekorvette, die in der Nähe war. Die hat es dann schließlich gefunden und mit der Winde an Bord geholt.«

»Irgendwelche Hinweise, was passiert ist?«

»Ich glaube, daß sie schlicht und einfach der Hurrikan erwischt hat.« Er mußte nicht mehr sagen.

»Ich erwarte Deirdres Bruder heute abend hier. Was soll ich ihm nur erzählen? Es kommt mir vor, als hätte ich einfach nicht genug unternommen, um sie zu retten.«

»Von wo reist er an?«

»Aus Miami. Fliegt direkt nach Cozumel.«

»Es hat nicht viel Sinn, daß er den weiten Weg macht. Rufen Sie ihn an und sagen Sie ihm, er soll einen Flug nach Mérida nehmen, und ich veranlasse, daß er von dort per Helikopter auf das Marineschiff geflogen wird. Es sucht immer noch das Meer nach Überlebenden ab – da draußen sind eine ganze Reihe Boote gekentert.«

Ich schaute auf meine Armbanduhr. Es war nach fünf. »Ich würde sagen, er sitzt jetzt gerade im Flugzeug. Sein Handy wird abgeschaltet sein.«

»Versuchen wir es. Wir können ihm immer noch eine Nachricht hinterlassen. Vielleicht hat er einen Flug gebucht, der in Mérida zwischenlandet.«

Sanchez stand neben mir, während ich vom Telefon im Wohnzimmer aus wählte. Niemand meldete sich, auch keine Mailbox. Es läutete einfach endlos weiter.

Sanchez nahm das Blatt aus dem Notizblock zur Hand, auf den Deirdre die Nummer geschrieben hatte. »Ist das die Nummer, unter der Sie ihn letztes Mal erreicht haben?«

»Ja.«

»Sie sagten, er sei in Miami.«

»Ja, er lebt seit etwa einem halben Jahr dort.«

»Aber nicht in Miami, nicht mit dieser Nummer.«

»Es ist eine Mobiltelefonnummer.«

»Nein, das ist eine normale Telefonnummer.«

»Die Vorwahl sagt mir gar nichts.«

»Wahrscheinlich, weil Sie noch nie nach Havanna telefoniert haben.«

»Havanna?« Ich sah ihn an und verstand überhaupt nichts mehr.

»Ja, Havanna. Hauptstadt von Kuba. Nur dreihundert Kilometer von Miami entfernt, zugegeben. Aber in anderer Hinsicht liegen drei Millionen Kilometer dazwischen.«

51 Das *Chilam-Balam*-Buch mit Kan Eks Blutflecken darauf stand hochkant auf der Theke zwischen Wohnzimmer und Küche. Ich hatte meine Meinung geändert, was die Entfernung des Blutes anging. Es bedeutete auf makabere Weise, daß der Text buchstäblich in eine neue Lage Geschichte getaucht worden war – Kan Eks Mischung aus Maya- und Konquistadorenblut stand sowohl für seine wie auch für seines Vaters Auffassung darüber, was am besten für das Volk der Maya sei.

Während das Leporello trocknete, saß ich auf der Couch, sortierte die verschiedenen Dokumente, die sich über die Terrasse verstreut hatten, und steckte sie in ihre jeweiligen Kuverts. Dann nahm ich Dr. de Valdivias schmale Publikation über die Mayaaufstände seit dem Krieg der Kasten zur Hand, um sie an ihren Platz zurückzulegen. Da ich überhaupt noch keinen Blick hineingeworfen hatte, blätterte ich sie kurz durch und bemerkte, daß es eine gedruckte Widmung im Frontispiz gab, die ich noch im Kopf übersetzte, während ich bereits weiterblätterte.

Aus ganzem Herzen der geheimen Blume des Waldes

Damit mußte Kan Eks Mutter, Rafael de Valdivias Geliebte, gemeint gewesen sein. Hatte Kan Ek die Widmung je gesehen? Selbst wenn, verhärtet wie sein Herz war, hätte er nie anerkennen können, daß zwischen seiner vergötterten Mutter und dem verhaßten Vater eine große Liebe bestanden hatte.

Ich blätterte bis zum Ende und dann zurück zu der kurzen Einleitung, die ich rasch überflog. In dieser Präambel zu dem Bericht über die Versuche der Maya, die verhaßten Eroberer loszuwerden, gab es einige Hinweise auf die eingeschleppten Krankheiten, die das Volk dezimiert hatten. Aber Dr. de Valdivia war ehrlich genug, auch das bereits vor der Eroberung existierende Amhakimil zu erwähnen, und er zitierte erneut den Chronisten Diaz:

Die Krankheit war durch große Pusteln gekennzeichnet, die ihre Körper unter verderblichem Gestank faulen ließ, so daß das Fleisch in vier, fünf Tagen zerfiel … einige Wahnsinnige tranken zur Vorbeugung genau jenes Wasser, das ihre Nachbarn vergiftet hatte, worauf sie in eine Erstarrung fielen, von der sich keiner mehr erholte …

Und da war es. Ich hatte es zwar zuvor schon gelesen, aber erst jetzt sah ich tatsächlich die Erklärung für das Ende einer der großen Kulturen der Erde. Dr. de Valdivia wußte, der Zyklus von Dürre und verseuchtem Wasser hatte Tod und

Krankheit gebracht, er glaubte jedoch nicht, daß ein Massensterben die Folge gewesen war. Darin hatte er recht und irrte zugleich.

Dr. de Valdivia hatte nämlich nicht an meiner Seite Hunderte Opfer, die an einem einzigen Tag gestorben waren, in den Abgrund sinken sehen. Auch hatte er nichts von der ungebundenen Form des Toxins gewußt, er kannte nur das, was der Organismus im Körper des Wirts produzierte. Und er hatte nicht gehört, wie Herbie Kastner erklärte: »Ich wäre lieber dem Gift ausgesetzt als den Zysten.«

Ich sah die Szene förmlich vor mir. Die Morgensonne ist bereits über der großen steinernen Stadt aufgegangen. Tausende von Bürgern in der umliegenden Siedlung entdecken beim Aufwachen die ersten Anzeichen der Infektion: ein jukkender Ausschlag, in manchen Fällen erscheinen bereits offene Wunden. Amhakimil hat zugeschlagen! Praktisch jeder Bürger, vom Kleinbauern bis zum Herrscher, hat am Tag zuvor vom Wasser aus dem nahen Zenote getrunken, hat darin gebadet oder ist darin geschwommen.

Alle strömen auf dem großen Platz zusammen, in der Hoffnung, daß der Herrscher und die Priester eine Antwort haben, ein Mittel, das sie von der Geißel befreit, bevor sie die ganze Stadt erfaßt oder bevor jene, die nicht infiziert sind, verdursten – denn das Wasser wird sich bald in Gift verwandeln. Doch die Adligen und Priester des Hofes haben keine Lösung, außer darum zu beten, daß Gott Amhakimil sie verschont. Sie spüren bereits die Auswirkungen der Krankheit, als sie auf den Stufen stehen, Weihrauch verbrennen und sich mit Rasierklingen aus Obsidian und Rochenstacheln selbst zur Ader lassen. Dann steigt ein großes Wehklagen aus der Menge empor, als die Alten und die kleinen Kinder als erste zusammenbrechen, gelähmt an allen Gliedern.

Eine Abordnung von Kriegern, die man zuvor mit einigen zur Opferung vorgesehenen Gefangenen zum Zenote geschickt hat, trifft vor der Pyramide ein, und ihr Hauptmann erstattet dem Hof Bericht: Die Gefangenen sind alle tot, das Wasser ist gekippt.

Der Herrscher spricht. Unter Aufbietung seiner ganzen Kraft teilt er dem Volk mit, sie hätten zumindest die Wahl, wie sie sterben wollten. Er selbst habe seine Entscheidung bereits getroffen. Es stehe ihnen frei, ihre eigene zu treffen. Aber diese Gesellschaft wird seit langem von Herrscherdynastien regiert – was der große Herr und seine Familie tun, ist von tiefer ritueller Bedeutung.

Und so ziehen irgendwann später, als sich der Tag dem Ende nähert, die Adligen und Priester in einer Prozession zum Zenote, und die Mehrheit der Bürger folgt ihnen schweigend. Gelegentlich mag ein gequälter Aufschrei zu hören sein, da sich Liebende trennen. Manche haben sich entschieden, zu bleiben, vielleicht weil sie glauben, nicht infiziert zu sein, oder weil sie hoffen, die Krankheit zu überleben.

Als sie die Lichtung um den Zenote erreichen, strömt die Menge fächerförmig auseinander. Die Krieger haben bereits Vorbereitungen getroffen und die Männer eingewiesen, die das Wasser aus dem Brunnen heraufholen, das an die Stadt verteilt werden soll. Sie gießen es aus langarmigen, hölzernen Hebezügen in große Tongefäße, denen sich die Bürger jetzt nähern, Männer, Frauen, Kinder, alle mit einem hölzernen oder irdenen Becher, den sie aus den größeren Gefäßen füllen. Und dann gehen sie ein kleines Stück in den Wald, in Familiengruppen vielleicht, und gemeinsam trinken sie das Wasser aus dem Zenote.

Solche Ereignisse mögen zu verschiedenen Zeiten in verschiedenen Städten stattgefunden haben, jeweils gefolgt von einer Abwanderung aus blühenden Zentren in halb verlassene, so daß die Gesellschaft insgesamt überlebte. Doch es bedurfte nur eines gleichzeitigen Ausbruchs von Amhakimil in einer Reihe großer Siedlungszentren, und die Erbauer der Mayastädte erlitten unausweichlich einen Schlag, von dem sie sich nicht mehr erholen konnten.

Als ich das Buch gerade weglegen wollte, muß ich eine grimmige Miene gemacht haben, denn Sanchez, der in diesem Moment von der Terrasse hereinkam, wirkte beinahe besorgt. »Sie sehen nicht so toll aus, Jessica. Warum legen Sie sich nicht eine Weile hin? Sie haben heute eine ganze Menge durchgemacht.«

»Hm ...« Ich war in einer anderen Welt, buchstäblich.

»Woran denken Sie gerade?«

»Es geht nur um das hier«, sagte ich und gab ihm das Buch. »Sehen Sie das Zitat, etwa in der Mitte der zweiten Seite der Einleitung?«

Sanchez las es. Dann sagte er: »Könnte es sein, daß einige von ihnen geheilt wurden? So nach dem Motto, den Teufel mit dem Beelzebub austreiben?«

»Nein«, erwiderte ich. »Der Chronist hat damals mißverstanden, was sie taten. Wenn er begriffen hätte, was los war, hätten wir nicht bis zu diesem Augenblick warten müssen, um herauszufinden, was mit der Zivilisation der Maya geschehen ist.«

Sanchez sah mich erstaunt an. »Was wollen Sie damit sagen?«

»Die Opfer von Amhakimil, die der Mönch Diaz beobachtet hat, wußten, daß sie bereits infiziert waren, sie versuchten also nicht, sich zu heilen oder vor Ansteckung zu schützen. Sie begingen Selbstmord.«

52 SPANNUNGEN ZWISCHEN USA UND MEXIKO ENTSCHÄRFT

Die Vereinigten Staaten haben die Garantieerklärung Mexikos akzeptiert, nach der im Staat Yukatan kein waffenfähiger biologischer Kampfstoff als Reaktion auf die jüngsten Spannungen zwischen den beiden Ländern von den Streitkräften getestet worden sei. Jedoch wurde die Besorgnis geäußert, daß toxisches Material in die Hände ethnischer Terroristen gefallen und daß dies die Quelle eines Seuchenausbruchs im Ferienort Cancun gewesen sei und nicht Cholera, wie ursprünglich vom Gouverneur des Staates Quintana Roo behauptet. Der Anschlag hatte mehr als dreihundert Menschen, größtenteils Touristen, das Leben gekostet und wurde von der internationalen Gemeinschaft verurteilt. Der Gouverneur des Staates wurde außerdem von der mexikanischen Regierung dafür kritisiert, daß er die wahre Ursache des Ausbruchs verschleiert und die Leichen der Opfer hastig hatte beseitigen lassen, bevor eine angemessene Untersuchung über das Wesen der tödlichen Krankheit in die Wege geleitet werden konnte.

Die USA haben des weiteren akzeptiert, daß die brutale Enthauptung von acht amerikanischen Studenten in Chichen Itza das Werk von Terroristen gewesen sei und daß es keine Verbindung der Täter zu den mexikanischen Streitkräften gebe. Sie haben außerdem eine gründliche Untersuchung der Umstände versprochen, die vor kurzem bei einer Protestveranstaltung zum Tod von vier mexikanischen Studenten auf amerikanischem Boden führten …

»Scheint ja in vollem Gang zu sein«, sagte ich zu Sanchez, und gab ihm den Leitartikel des folgenden Tages aus dem *Miami Herald Online,* den ich mir ausgedruckt hatte. Wir waren im Taxi unterwegs zu meiner Lieblingstaqueria in San Miguel.

»Was ist in vollem Gang?«

»Der Tanz auf dem diplomatischen Parkett, der Sie so fasziniert.«

Er lächelte selbstgefällig. »Er ist um so lohnender, wenn man selbst einer der Choreographen ist.«

»Was wollen Sie damit sagen?«

»Die US-Nachrichtendienste und unsere neue Bundespolizei haben auf Bitte unserer jeweiligen Präsidenten eng bei dieser Sache zusammengearbeitet. Das gemeinsame Ziel war, die Hitzköpfe im Militär auf beiden Seiten im Zaum zu halten und zu verhindern, daß die Terroristen die Beziehungen zwischen unseren Ländern destabilisieren.«

»Und der Ausbruch von Amhakimil – wie sind Sie in diese Sache hineingeraten?«

»Ihre Regierung hat eine fast krankhafte Angst davor, die USA könnten Ziel eines Anschlags mit biologischen Waffen werden, deshalb zahlen sie gut für Informationen, die ihnen erlauben, jede Gefahr im vorhinein zu entdecken. Es war die CIA, von der der Hinweis kam, daß eine Splittergruppe der Cruzob versuchte, einen Erreger aus dem Tiefenwasser von Yukatan nutzbar zu machen.«

»Dann haben die Vereinigten Staaten letzten Endes sich selbst beschützt?«

»Natürlich. Und obwohl die meisten Leute eine hochansteckende Krankheit für die ideale Biowaffe halten, machen sich die Sicherheitskräfte eher Sorgen wegen einer möglichen Entwicklung von biologischen Kampfstoffen, mit denen man die Zielbevölkerung auslöschen kann, ohne den Angreifer selbst einer Gefahr auszusetzen. Das ist das ideale Mittel für Terroristen. Die andere Schwierigkeit für die Umstürzler ist die Verbreitung einer biologischen Waffe – wie erreicht man ein Maximum an Wirksamkeit? Und auch in dieser Hinsicht kommt ein durch Wasser übertragener Kampfstoff ihren Bedürfnissen entgegen. Er kann auf ein Ziel gerichtet werden, das klein ist wie ein Haus oder so groß wie eine ganze Stadt.«

»Und vermutlich gibt es auch einen Drohfaktor dabei.«

»Auf jeden Fall. Wenn die Wirkung erst einmal demonstriert wurde – wie jetzt bei Amhax –, kann man eine Stadt damit erpressen.«

»Aber die Cruzob wollten nur Touristen vertreiben.«

»Zunächst ja. Danach würden sie wahrscheinlich einen unabhängigen Staat fordern. Deshalb hielten wir Dr. de Valdivia für den idealen Kandidaten, um uns bei unseren Ermittlungen zu helfen. Er kannte die Cruzob und genoß bei manchen von ihnen noch immer Respekt.«

»Und er kannte die Geschichte von Amhakimil.«

»Er war ebenfalls hoch angesehen bei Studenten, die sein Buch gelesen hatten – wie Ihr Alfredo.« Sanchez setzte wieder seine überlegene Miene auf.

»Wußten Sie, daß ...? Ja, Sie wußten es. Sie wußten, daß Alfredo in Chichen Itza mit ihm gesprochen hatte.«

Sanchez lächelte. »Alfredo hat nur seine Bewunderung für den großen Mann zum Ausdruck gebracht. Der gute Doktor hat ihn zwar nach Informationen über Aktivitäten von Studenten oder der Cruzob ausgequetscht, aber er hatte kein Glück.«

»Dann ging Dr. de Valdivia also herum und stellte Fragen. Das hat ihn bestimmt in Gefahr gebracht.«

»Das Risiko war größer, als er oder ich wußten. Es ist

jetzt klar ersichtlich, daß Kan Ek einen persönlichen Rachefeldzug gegen ihn führte. Und die Entdeckung, daß der Doktor für uns arbeitete, lieferte ihm den Vorwand, den er brauchte.«

»Er war zweifellos sehr verbittert, was seinen Vater anging. Aber mir schien, daß er durchaus Zuneigung zu seiner Mutter empfand. Lebt sie noch?«

»Bei Kan Eks Streit mit Bartolomé kamen Informationen über sie ans Licht. Offenbar starb sie im Inneren von Quintana Roo an einer Niereninfektion, etwa um die Zeit, als Cancun gebaut wurde. Eine Spritze mit Streptomycin hätte sie retten können. In Kan Eks Vorstellung war der Vater, der ihn verlassen hatte, auch für die beiden anderen Ereignisse in seinem Leben verantwortlich, die ihn zutiefst verbitterten.«

»Ein gewaltiger Groll, der sich da gegen ein Elternteil richtete.«

»Haben Sie selbst ähnliche Erfahrungen gemacht?« fragte Sanchez teilnahmsvoll.

Ich mußte es auf eine Weise gesagt haben, die meine Gefühle verriet. »Wer? Ich? Na ja ... nicht direkt. Mein Vater und ich verstehen uns nicht sehr gut, das ist alles.«

»Aber das ist normal, oder?«

»Wieso sagen Sie das?«

»Kleine Mädchen vergöttern ihre Väter. Erwachsene Frauen werden die beste Freundin ihrer Mutter.«

Ich lächelte. »Sie klingen, als wüßten Sie ein bißchen Bescheid darüber.«

»Ich habe eine Tochter. Sie ist sechseinhalb.« Er strahlte übers ganze Gesicht, als er von ihr sprach.

»Das halbe Jahr ist wichtig. Wie heißt sie?«

»Magnolia.«

»Hübscher Name. Sind Sie verheiratet?«

»Geschieden.«

»Mein Rat als Tochter lautet: Was immer sie Ihrer Meinung nach tun soll, wenn sie ein Teenager ist – verlangen Sie das Gegenteil. Sie wird sich allem widersetzen, was Sie sagen, selbst wenn sie dafür etwas tun muß, das sie haßt.«

»War das bei Ihnen so?«

»Es war weniger so, daß ich alles ablehnen *wollte*, wofür er stand, als daß er mich gewissermaßen in diese Position hineingedrängt hat. Als Biologin stehe ich hinter der Evolutionstheorie. Aber jedesmal, wenn ich einen Fernsehsprecher sagen höre: ›Wie alles Leben auf Erden gehen auch wir Menschen auf Bakterien zurück‹, sträubt sich etwas in mir – ich wünschte mir, es hätte einen Eingriff von außen gegeben, als wir auf diese Welt kamen. Und wenn ich einen Artikel über Archäologie sehe, in dem bewiesen wird, daß es eine große Überschwemmung gab, in der Noahs Arche hätte treiben können, freue ich mich irgendwie, genauso, wenn sich irgendein Übergangsfossil vom Dinosaurier zum Vogel als Fälschung herausstellt.«

»Mir scheint, Sie sollten ihm genau sagen, was Sie denken und fühlen, so wie Sie es mir gerade erzählt haben.«

Ich konnte ihm nicht widersprechen.

»Denn vergessen Sie nicht«, fügte er an. »Hasse die Sünde, aber liebe den Sünder.«

»Sehr tiefsinnig.«

Er deutete mit dem Daumen über die Schulter und lachte. »Das stand auf einem Plakat an der Kirche, an der wir gerade vorbeigefahren sind.«

»Sie Hochstapler!« rief ich in gespielter Empörung.

Das Taxi hielt halb auf dem Gehsteig vor der Taqueria. Sanchez bezahlte den Fahrer, und wir stiegen aus. Ein großer

Berg Fleisch drehte sich brutzelnd an einem Spieß vor einer tosenden Gasflamme.

»Das kann ich empfehlen«, sagte ich im Vorbeigehen. Dann suchten wir uns einen Tisch, der möglichst weit von der Hitze entfernt war, die der Gasbrenner erzeugte. »Oder aber das *chuleta fresca.*« Das war ein gebratenes Schweinesteak, in Würfel geschnitten und in einem Weizenmehl-Taco serviert.

Wir setzten uns und bestellten zwei Cola. Die kurze Speisekarte war auf eine Tafel hinter der Theke geschrieben. Die Taqueria war auch für ihren Straßenverkauf beliebt.

Sanchez schaute kurz mit zusammengekniffenen Augen auf die Tafel. »Ich nehme beides«, sagte er dann. »Viel Betrieb hier, wie ich sehe. Das Essen muß gut sein.«

»Das ist es. Und billig dazu.« Dabei fiel mir etwas ein, das ich Sanchez schon lange hatte fragen wollen. »Ach übrigens – wie war das mit dem Bruder von Ihnen, der die Konzession auf dem Gelände von Chichen Itza besitzt. Haben Sie tatsächlich versucht, die Ausgrabungsstätte geöffnet zu lassen, damit er keine geschäftlichen Einbußen hat?«

»Ich vermute, das haben Sie von Dr. de Valdivia.«

Ich nickte.

»Der hatte leicht reden. Er war ein Kind reicher Eltern.«

»Was hat das damit zu tun?«

»Schauen Sie sich den Laden hier an«, sagte Sanchez und ließ seinen Blick wandern. »So einen hatte mein Vater auch, in der Stadt Valladolid, man fährt auf dem Weg nach Chichen Itza durch. Als ich wegging, um zu studieren, übernahm mein ältester Bruder das Lokal. Er stellte bald fest, daß es kaum genug abwarf, um die Familie zu Hause zu ernähren, geschweige denn auch noch mich an der Universität in Mérida. Er hatte also die Wahl – mich bitten, auszusteigen, oder noch eine zweite Beschäftigung aufnehmen. Deshalb fing er an, in dem Kiosk in Chichen Itza zu arbeiten – um meine Ausbildung zu finanzieren. Gut, seitdem konnte er es sich leisten, eine eigene Konzession zu erwerben, aber Sie begreifen, warum mir die Sache wichtig ist. Antonio hat mir einen großen Gefallen getan. Ich schulde ihm etwas.«

»Das verstehe ich«, sagte ich.

Einer der Männer, die in der Taqueria arbeiteten, kam an den Tisch, um unsere Bestellung aufzunehmen. Ich bat um dasselbe wie Sanchez und eine Portion Nachos, damit wir etwas zu knabbern hatten, während wir warteten.

Sobald der Teller eingetroffen war, nahm sich Sanchez ein Nacho und sagte: »Und nun zu diesen anderen Geschwistern, Deirdre und Dermot. Was glauben Sie, ist da los?«

»Betrachten wir es mal im günstigsten Licht: Dermot leitet ein Reiseunternehmen, das ihn zu bestimmten Zeiten nach Kuba führt. Er hat Deirdre seine Kontaktnummer in Havanna gegeben, und sie hat mir gegenüber einfach nie erwähnt, daß er dort war.«

Sanchez zuckte die Achseln. »Eine Theorie, die so gut ist wie jede andere.«

Ich schaute auf die Uhr. »Es ist acht. Dermot müßte inzwischen eingetroffen sein.«

»Ist er nicht. Wir überwachen alle ankommenden Flüge. Man hätte mich informiert.«

»Und soviel wir wissen, hat er auch nicht bei mir im Laden angerufen.«

»Ich habe zwei Männer dort gelassen, mit dem Befehl, mich in diesem Fall zu verständigen.«

»Was unternehmen wir also als nächstes?«

»Morgen früh fahren wir beide hinaus zu der Marinekorvette und sehen uns Ihr Boot genau an. Vielleicht verrät es uns etwas. Inzwischen lasse ich durch das FBI in Miami und das Innenministerium in Havanna Nachforschungen anstellen. Früher oder später stöbern wir Dermot O'Kelly auf jeden Fall auf.«

53 Das Kap San Antonio an der Spitze Kubas zeigt aus einer Entfernung von etwas mehr als zweihundert Kilometern hinüber zur Halbinsel Yukatan. Zwischen diesen beiden Punkten ergießen sich in jeder Sekunde Millionen von Tonnen Wasser aus der Karibik in den Golf von Mexiko. Wärmebildaufnahmen von Satelliten zeigen sie als große, ockerfarbene Wolke, die einem Trichter entströmt und sich dann fächerförmig ausbreitet und in zwei Strömungen teilt; die eine kreist um den Golf, die andere fließt unterhalb Floridas in den Atlantik und erreicht schließlich das westliche Europa. Die frühen englischen Siedler an der Nordostküste Amerikas, die dachten, sie würden auf demselben Breitengrad auch ein ähnlich maritimes Klima vorfinden, waren überrascht von den extremen jahreszeitlichen Schwankungen, denn sie wußten nicht, daß das mildere Wetter ihrer europäischen Heimat von einer Meeresströmung gestaltet wird, die ihren Ursprung in den Tropen hat.

Wir waren bereits bis auf Sichtweite des Leuchtturms von San Antonio gekommen, den wir steuerbord liegen ließen, und blieben in internationalen Gewässern. Havanna war nur einige Stunden entfernt. Ich befand mich an Bord der Korvette *C. N. Sebastian Jose Holtzinger* der mexikanischen Marine, einem fünfundsiebzig Meter langen Schiff, mit einem Helikopterlandeplatz im Heck und einer Winde auf beiden

Seiten, von denen eine dazu gedient hatte, mein Zodiac-Schlauchboot aus dem Wasser zu ziehen.

Sanchez hatte dafür gesorgt, daß uns ein Hubschrauber vom Flughafen in Cozumel abholte und zu dem Schiff hinausflog, das nicht an der Blockade von Cancun beteiligt gewesen war, sondern nicht weit entfernt routinemäßigen Dienst im Golf versah. Dabei geriet die Marine ständig in Auseinandersetzungen mit Drogenschmugglern und Schleppern, die zwischen Mexiko und Florida pendelten. Die Marineoffiziere hatten angenommen, das voll Wasser gelaufene Boot sei zur Beförderung von Drogen eingesetzt gewesen, bis sie entdeckten, daß es auf die Beschreibung eines als gestohlen gemeldeten Fahrzeugs paßte.

Von dem Augenblick an, da wir das Schiff betraten, war unverkennbar, daß sich die Armada de Mexico höchst kooperativ gegenüber der neuen Bundesbehörde verhielt, vielleicht, weil sie von allen Sicherheitskräften die größte Erfahrung mit gemeinsamen Aktionen von USA und Mexiko im Kampf gegen den internationalen Drogenhandel besaß.

Sanchez hatte einen Kilometer vom Tauchclub entfernt im Hotel Presidente übernachtet, ein Name, der seinem gehobenen Rang sehr entsprach, wie er sich mehrmals anzudeuten bemühte, was ich jedoch hartnäckig ignorierte.

Im Morgengrauen waren wir per Taxi zum Flughafen von Cozumel hinausgefahren. Unterwegs bemühte ich mich, Sanchez möglichst viel über Dermot O'Kelly zu erzählen. Ich wußte allerdings nicht sehr viel mehr, als daß er und Deirdre Zwillinge waren, beide in der Familientradition als politische Aktivisten tätig, er dabei radikaler als sie. Daß nach vielen Antiglobalisierungsprotesten der Besuch der Zapatisten in Mexico City zu einem Wendepunkt in seinem Leben führte und daß er sich in Miami niedergelassen hatte, wo er mit seiner amerikanischen Ehefrau eine Agentur für Ökotourismus betrieb.

»Wie konnten er und seine Schwester es sich leisten, zu den Demonstrationen gegen die Globalisierung rund um die Welt zu reisen? Sie dürften wohl kaum einer regelmäßigen Arbeit nachgegangen sein.«

»Das Familienunternehmen«, erwiderte ich. »O'Kelly's ist ein florierendes Pub in einem Wohnvorort Dublins, dessen Bevölkerung rasch wächst. Beide haben ab und an dort gearbeitet, aber eigentlich ist es ihre Mutter, die den Laden führt – und sich um ihre Enkelin Bonnie kümmert, wenn Deirdre weg ist.«

»Und wann waren Sie zuletzt dort?«

»Zu Weihnachten, vor neun Monaten.«

»Und damals waren beide zu Hause?«

»Deirdre ja. Dermot sah ich nur einmal – beim Weihnachtsessen.« Im Rückblick fand ich es jetzt ein bißchen merkwürdig, daß die beiden Geschwister, die sich so nahestanden, während meines ganzen Aufenthalts nur bei einer einzigen Gelegenheit zusammengekommen waren.

Sanchez öffnete einen schmalen Koffer, den er bei sich trug, und den ich für ein Laptop gehalten hatte. Statt dessen entnahm er ihm einen Telefonhörer und machte einen Anruf. »Ein Satellitentelefon«, erklärte er. »Sollte jeder Agent haben.« Dann sprach er kurz auf spanisch mit jemandem, fragte, wie es gehe, und wünschte viel Glück.

»Einer Ihrer Leute, die an diesem Fall arbeiten?« fragte ich, als er aufgelegt hatte.

Sanchez lächelte. »Nein. Das war Magnolia. Ich habe sie nur geweckt, weil sie zur Schule muß.«

Als ich über die Decks des Kriegsschiffes ging, eskortiert von zwei Offizieren in Uniformen von reinstem Weiß bis hinab zu den Schuhsohlen, mußte ich lächeln bei dem Gedanken daran, wann ich das letzte Mal in der Nähe eines solchen Schiffes gewesen war. Tatsächlich hatte der Name der Korvette sofort ein Lämpchen aufleuchten lassen.

»Psst«, suchte ich Sanchez' Gehör, während wir Seite an Seite hinter den beiden Männern hermarschierten. Er neigte den Kopf, so daß ich ihm ins Ohr flüstern konnte. »Meinen Sie, ich soll ihnen erzählen, daß sie bei unserer letzten Begegnung hinter mir her waren?«

Sanchez schob seine Sonnenbrille nach unten, so daß ich seine leicht hervortretenden braunen Augen sehen konnte. »Wann war das?« fragte er besorgt.

»Vor ein paar Jahren. Ich fuhr damals auf der *Rainbow Warrior*. Sie haben uns quer durch den ganzen Golf von Mexiko verfolgt.«

Sanchez schluckte. »Ich würde es lieber nicht tun«, sagte er.

Ich lächelte in mich hinein, froh, daß ich wenigstens einmal sein selbstzufriedenes Gehabe angekratzt hatte.

Das Zodiac-Schlauchboot – vollkommen weiß bis auf einen schwarzen Streifen entlang des Schwimmkörpers – lehnte an einem graugestrichenen Schott in der Nähe der Winde, mit dem man es an Bord geholt hatte. Der V-förmige Fiberglasrumpf schien heil geblieben zu sein, wenngleich dem Schlauch ein wenig Luft fehlte. Als ich das Verdeck und die Navigationskonsole prüfte, bemerkte ich, daß der Außenbordmotor offenbar alles heil überstanden hatte, ohne Anzeichen, daß die Klemmschrauben abgerissen wären, die den Motor am Heckwerk festhielten, auch die Verkleidung wies keine Delle auf, Antriebswelle und Propeller waren intakt.

»Wenn das Boot gekentert wäre und sich dann wieder aufgerichtet hätte, wäre bestimmt der Außenborder abgerissen worden«, sagte ich. »Und es ist ohnehin sehr stabil ... vielleicht wurde es also einfach aufgegeben und hat danach so viel Wasser aufgenommen, daß es halb sank – man sieht, daß der Schlauch ein bißchen platt ist.«

»Kann sein, daß es aufgegeben wurde«, meinte Sanchez. »Aber bevor Sie fragen – es war noch genügend Treibstoff im Tank.«

»Was bedeutet, sie hatten einen Zusatztank, den sie komplett verbrauchten. Mit einer Tankfüllung wären sie von Cozumel aus niemals so weit gekommen.«

»Vielleicht haben sie irgendwo nachgetankt.«

»Wo könnte man das, wenn man erst einmal im Kanal ist? Aber Moment mal – Sie sagten, das Boot wurde rund hundert Kilometer von der Küste entfernt gefunden. Hat man Ihnen die Position verraten?« Ich blickte mich um, aber die Offiziere hatten uns allein gelassen.

»Nicht die Koordinaten, falls Sie das meinen.«

»Nein, ich meine nur ungefähr.«

»Kapitän de Tajedo sagte, es schwamm draußen im Golf – etwa hundert Kilometer von der Küste Yukatans entfernt und ungefähr die gleiche Strecke nordwestlich vom Kap San Antonio.«

»Interessant. Wenn wir annehmen, daß es vom Zeitpunkt des Hurrikans bis gestern, als es an Bord gehievt wurde, im Meer trieb, dann wurde es weiter südlich aufgegeben, vielleicht fünfzig Kilometer oder mehr.«

»Wie kommen Sie darauf?«

»Der Yukatanstrom hätte es so weit getragen. Er bewegt sich stellenweise mit sieben Kilometern pro Stunde. Und Sie sagten, es hat eine Weile gedauert, bis die Korvette das Boot fand.«

Sanchez kniff die Augen zusammen und vergegenwärtigte sich seine Geographiekenntnisse. »Das heißt, es befand sich weiter hinten im Yukatankanal, als es der Rettungshubschrauber sichtete.«

»Und, was noch wichtiger ist, näher an Kuba«, ergänzte ich.

Sanchez sah mich durch seine undurchdringliche Sonnenbrille an, während er diese Information schweigend verarbeitete.

»Wofür ist das Ding gut?« Er deutete auf einen Ring an der Seite des Verdecks, nahe des Hecks.

»Da werden die Preßluftflaschen von Tauchern aufbewahrt.«

»Keine da. Müßten welche an Bord gewesen sein? Gefüllt oder leer?«

»Ich weiß nicht. Alfredo hat normalerweise die leeren ausgeladen und nur volle an Bord genommen, wenn wir zum Tauchen rausfuhren. So wie die Dinge liegen, haben sie wahrscheinlich alles an Platz benötigt, was sie haben konnten. Aber schauen wir mal nach ...«

Das Steuerrad und die Navigationsinstrumente waren an einer schrägen Konsole befestigt, die aus dem Verdeck ragte, mit zwei verstellbaren Sitzen dahinter, die dem Piloten und dem Kopiloten des Zodiac erlaubten, im Sitzen oder Stehen zu steuern. Sie waren außerdem durch die Windschutzscheibe geschützt, die um den oberen Rand der Fiberglaskonsole verlief. Ich beugte mich vor und löste einen Haken am Fuß der Konsole, wodurch sich das gesamte Gebilde zurückkippen ließ. Darunter kam ein ansehnlicher Laderaum zum Vorschein.

»Wie raffiniert«, sagte Sanchez.

»Im Moment kann ich es nicht so ohne weiteres ganz zurückkippen, weil das Boot auf der Seite liegt. Können Sie mal in den Laderaum schauen, normalerweise bewahren wir dort zwei Reserveflaschen und Tauchausrüstung auf.«

Sanchez beugte sich hinein und kam schnell wieder heraus, er hatte wohl Angst, ich könnte die Konsole fallen lassen und ihm den Kopf einquetschen. »Nichts. Sieht leergeräumt aus.«

»Bestimmt?«

Er sah noch einmal nach. »Warten Sie mal. Und halten Sie das Ding gut fest, ja?« Er schob sich so weit wie möglich in den Frachtraum und kam mit einem in Plastik gehüllten Gegenstand wieder heraus. »Ja, was haben wir denn hier?« sagte er.

Er schüttelte ein paar Wassertropfen von dem Plastik und hielt den Gegenstand hoch, damit ich ihn sehen konnte. Es war ein Handy in einer wasserdichten Hülle.

»Das ist meins«, sagte ich. Es war das Handy, das ich Deirdre geliehen hatte. Sie hatte die Angewohnheit, es in die Tasche ihrer Shorts zu stecken, und es mußte herausgerutscht und in den Laderaum gefallen sein, als sie die Tauchausrüstung daraus hervorzogen. Es war der endgültige Beweis, falls ich noch einen gebraucht hätte, daß sie in dem Boot gewesen war.

»Mal sehen, ob es noch geladen ist«, sagte Sanchez und nahm das Telefon aus der Schutzhülle.

»Falls ja, brauchen Sie die Zugangs-PIN.«

Er drückte den Einschaltknopf, und das Handy piepte.

»Dann raus damit.«

Ich gab ihm die Nummer – Datum und Jahr meines Geburtstags.

»Hey, was mache ich da eigentlich?« sagte Sanchez. »Es ist Ihr Telefon. Sehen Sie einfach mal nach, was sich im Anrufverzeichnis befindet.«

Ich nahm das Gerät und rief die verpaßten, empfangenen und geführten Gespräche auf. Sie waren alle gelöscht.

»Die Textnachrichten?« sagte Sanchez ungeduldig.

»Ich weiß, ich weiß. Lassen Sie mich nur machen, okay?«

Ich dachte, daß ich bei den eingegangenen Nachrichten auf meinen eigenen Text stoßen würde, den ich auf dem Rückweg von Mérida gesendet hatte, aber auch dieser war gelöscht. Dann probierte ich die Ausgangsbox und fand zu meiner Überraschung eine gespeicherte Nachricht vor, die aus einem einzigen Wort bestand. Es war vielleicht empfangen und dann gespeichert worden, oder Deirdre hatte es eingegeben und gespeichert, um es später zu senden. Es gab keine ursprüngliche Nummer. Aber das Wort kam mir seltsam bekannt vor:

CRABFISH

»Was meinen Sie?« sagte ich und gab Sanchez das Telefon, mit dem Wort im Display.

»Vielleicht ein Codewort?«

»Möglich. Aber genausogut könnte es einfach der Name eines Restaurants sein.«

»Oder eines Boots.«

Dann fiel mir ein, wo ich das Wort schon einmal gesehen hatte. »Es hat auf jeden Fall etwas mit Deirdre und Dermot zu tun. Es stand nämlich schon auf dem gleichen Zettel, auf den sie seine Nummer notiert hat.«

»Dann wollen wir mal fragen, ob wir hier an Bord online gehen dürfen. Wir geben das Wort ein und schauen, was dabei herauskommt.« Sanchez war aufgekratzt.

54 Krabben – Crabfish – schienen unverzichtbarer Bestandteil einer endlosen Zahl schwedischer Restaurantangebote zu sein, ich hatte also nicht weit danebengelegen. Aber davon abgesehen, förderte unser Fischzug durch die Websites der Welt nichts Erhellendes zutage, es sei denn, man wollte mit einem Künstler Kontakt aufnehmen, der zuverlässig auf jeder neuen Seite mit Suchergebnissen auftauchte, oder seine Freunde mit der Tatsache verblüffen, daß ein unbekanntes schottisches Volkslied den Titel »Crabfish« trug.

Wir befanden uns im Kartenraum der *Holtzinger*, zwischen uns stand Leutnant Elena Guadalupe Perez, eine junge Offizierin, die uns Kapitän de Tajedo zugeteilt hatte.

Sanchez kratzte sich am Kopf. »Vielleicht verschwenden wir damit auch nur unsere Zeit. Sehen wir lieber nach, ob vom FBI in Miami etwas hereingekommen ist, wenn Sie einverstanden sind, Leutnant.«

Elena bedachte Sanchez mit einem professionellen Lächeln und begann, die E-Mails an das Schiff nachzusehen. Wie ihre männlichen Kollegen war sie ganz in Weiß gekleidet, hatte aber ihre weiblichere Version einer Offiziersmütze auf dem Kartentisch abgelegt, als sie sich an den Computer setzte. Ihr nach hinten gekämmtes Haar betonte ihre spanische Abstammung, die Art von Gesichtszügen, die ich außerhalb Cozumels häufiger sah. Selbst ihren Mund fand ich typisch kastilisch, mit den beiden Hälften der sinnlichen Oberlippe, die sich nach oben und zurück wölbten wie die Bugwelle eines Schiffes.

»Ah, *si*«, sagte sie und deutete auf den Schirm. »Da ist etwas für Sie, Captain. Soll ich es ausdrucken?«

»Ja, bitte.«

Sanchez stellte sich neben den Drucker und riß die einseitige E-Mail heraus, sobald sie sich dem Ende näherte.

»Sieht aus, als hätten wir endlich etwas über Dermot O'Kelly ...« Er begann zu lesen. »Hm ... jetzt wird mir einiges klar ...«

»Was steht da?«

Sanchez reichte mir das Blatt, begann aber nichtsdestoweniger mit einer Zusammenfassung. »Wenn man Tourismus so eng definiert, daß dabei Leute zwischen verschiedenen Ländern bewegt werden, dann ist Dermot O'Kelly, wie es aussieht, tatsächlich im Tourismusgeschäft. In Wirklichkeit befaßt er sich aber damit, illegale Einwanderer sowohl aus Mexiko als auch aus Kuba in die USA zu schmuggeln, und er verlangt zehntausend Dollar pro Person für die Überfahrt.«

»Das kann ich nicht glauben«, sagte ich, las es aber trotzdem, und die nüchternen Einzelheiten des restlichen FBI-Berichts vermittelten den Eindruck, als seien sie wahr:

Januar – O'Kelly reist illegal in die USA ein
Tritt dem Irish Committee for Fair Play for Immigrants bei
Februar – Scheinheirat mit US-Bürgerin Tracy Evans, Reiseunternehmerin und frühere Antiglobalisierungs-Aktivistin
Stellt Kontakt zu Mitgliedern mexikanischer und kubanischer Emigrantengemeinden her – wirbt mit Kontakten, die garantierte Einreise in die USA sicherstellen sollen, zu Preisen, die angeblich im Bereich von 10 000 $ liegen
Einwanderungsbehörden in Miami beharren darauf, daß O'Kellys Heirat nach US-Recht nicht gültig ist, daß ihn in

Irland ein Strafverfahren erwartet und seine Auslieferung angemessen sei
März – O'Kelly kauft Schnellboot und flieht nach Havanna. Spielt bei den Behörden die Karte des Globalisierungsgegners, auf der Flucht vor dem amerikanischen Imperialismus etc. Erhält Aufenthaltserlaubnis
April – Beginnt ernsthaft den Handel mit Einwanderern, mit Hilfe von Kontakten in Chiapas und Yukatan sowie in Havanna
Juli bis September – keine Informationen verfügbar

Sanchez spähte über die Seite, während ich las. »Klingt, als würde er sich über seine Verdienste als Radikaler verkaufen und sich dazu noch auf seine irische Herkunft berufen – historisches Mitleid mit den dichtgedrängten Massen und so fort. Aber letzten Endes verdient er Geld an Leuten, die kaum welches haben, und bringt sie in Gefahr – sie können auf See ertrinken, in Billiglohnarbeit oder gar Prostitution gezwungen werden –, und am Ende verweist man sie vielleicht trotz allem des Landes …«

»Captain Sanchez«, rief ihn Elena erneut zum Computerschirm. »Ich glaube, das hier kommt aus Havanna.«

»Drucken Sie es nicht erst aus. Ich lese es gleich hier.« Er wandte sich wieder an mich. »Vielleicht hat es sich so abgespielt: Alfredo will trotz seiner radikalen Ansichten in die Staaten. Deirdre schließt einen Handel mit ihm – er hilft ihr, das Amhax von der Insel zu schaffen, und im Gegenzug bringt ihn ihr Bruder nach Miami.«

»Dann stellt sich die Frage, wozu sie das Amhax brauchen.«

»Um es gegen Höchstgebot zu verkaufen? Um dem kubanischen Militär bei seinem Programm zur Entwicklung biologischer Waffen zu helfen?«

Ich runzelte die Stirn bei dieser letzten Vermutung.

»Es gibt entsprechende Gerüchte«, sagte er.

Während ich darüber nachdachte, ging Sanchez zum Computermonitor. Mir fiel noch eine Möglichkeit ein, wie ich mir Gewißheit verschaffen konnte, daß Dermot O'Kelly bis zum Hals in kriminelle Machenschaften verstrickt war – und Deirdre mit ihm im Bunde, wie klein ihr Beitrag auch sein mochte.

»Nachrichten aus Havanna«, sagte Sanchez triumphierend. »Es zahlt sich eben aus, wenn man gute Beziehungen zu seinen Nachbarn unterhält.«

»Worum geht es?«

»Der Knoten schürzt sich. Kan Eks Handlanger ist dort aufgetaucht. Ist dem Sicherheitsdienst in die Falle gegangen. Ich mache mich sofort auf den Weg, mal sehen, was er zu sagen hat. Wenn ich wiederkomme, bringen wir Sie zurück nach Cozumel.«

»Das hat keine Eile«, sagte ich. »Ich habe ohnehin noch ein, zwei Dinge zu erledigen. Haben Sie eine Telefonnummer von Nick Goldbergs Pressebüro?«

»Goldberg? Wieso wollen Sie mit jemand über Goldberg sprechen?«

»Es würde zu lange dauern, das zu erklären. Ich erzähle es Ihnen, wenn Sie zurück sind.«

Sanchez öffnete sein Satellitentelefon und suchte nach der Information. »Hier. Eine Loreena Nichol. Sitzt in L. A. Wollen Sie die Nummer aufschreiben?«

Es war frühmorgens in Los Angeles. Loreena würde gerade zur Arbeit kommen.

»Kann ich Ihr Telefon benutzen?«

»Ich lasse es Ihnen hier«, sagte er. »Wenn Sie versprechen, daß Sie nicht ewig über die Männer in Ihrem Leben plaudern.« Er grinste, um mir zu zeigen, daß er mich aufzog.

»Das gäbe eine sehr kurze Unterhaltung«, erwiderte ich.

Loreena Nichol erinnerte sich an Goldbergs Besuch in Irland. Im letzten Dezember. Wegen der jährlichen Sonnwendfeier in einem Ort namens Newgrange in der Grafschaft Meath. Ja, es hatte Proteste gegeben, aber die Fernsehsendung sei zustande gekommen und bilde nun das Herzstück ihrer erfolgreichsten Programmreihe, was die weltweiten Verkaufszahlen anging. Sie sei inzwischen auf Video und DVD erhältlich. Ich dankte Loreena und fragte dann Leutnant Perez, ob ich etwas im Internet nachschauen dürfe.

»Sicher. Möchten Sie einen Kaffee?«

»Liebend gern, danke.«

Sie ließ mich allein im Kartenraum zurück. Ich setzte mich an den Computer und gab meine Frage ein.

Als ich Goldbergs Besuch in Newgrange erwähnte, hatte sich Deirdre beeilt, es als ein Sommersonnwendereignis hinzustellen. Doch Goldbergs Pressefrau hatte davon gesprochen, daß es alljährlich im Dezember stattfand – zur *Winter*sonnenwende. Es war unwahrscheinlich, daß Deirdre den Termin nicht kannte – die Veranstaltung fand ja sogar in ihrer Heimatgrafschaft Meath statt.

Durch Eingabe von *ireland.com* fand ich die *Irish Times,* und dort gab ich dann das Wort *newgrange* in das Suchfeld des Archivs ein. Ich überflog die Einträge und gelangte zu einigen, die sich um den 21. Dezember des letzten Jahre ballten. Es waren hauptsächlich Artikel, die im Vorfeld des Ereignisses veröffentlicht worden waren, und Goldbergs Name tauchte in einigen von ihnen auf. Ich sprang zu einem Bericht mit Datum 22. Dezember und las ihn in voller Länge.

SCHÜSSE BEI PROTESTEN IN NEWGRANGE

Mehrere Schüsse fielen gestern vor der Grabstätte in Newgrange, Grafschaft Meath, während der alljährlichen Sonnwendveranstaltung. Demonstranten, die ein Ende der, wie sie es nannten, Kommerzialisierung alter Kulturen forderten, prallten mit der Polizei zusammen. Es gab keine Verletzten, aber mehrere Personen wurden verhaftet.

Die Aussicht, zu beobachten, wie die Strahlen der aufgehenden Sonne zwanzig Meter tief in die Mitte der alten Grabkammer vordringen, hat in den letzten Jahren eine steigende Zahl von Besuchern angelockt, obwohl die Chancen, daß viel mehr als hundert Personen das nur wenige Minuten währende Spektakel sehen können, sehr gering sind. Und auch davon kann keine Rede sein, wenn der Himmel bewölkt ist. Doch in diesem Jahr gab es Pläne, diese Beschränkungen zu umgehen, indem der amerikanische Fernsehproduzent Nick Goldberg vom Minister für Tourismus die Erlaubnis erhielt, das Ereignis für eine Sendereihe über neolithische Sonnenkultstätten zu filmen. Die Sendung sollte auch eine kostümierte Neuinszenierung der Zeremonien zeigen, die das Ereignis in prähistorischer Zeit begleitet haben könnten. Im Gegenzug erklärte sich Goldberg bereit, das Phänomen auf Videoschirme zu übertragen, die rund um die Grabstätte aufgestellt wurden. Und falls die Sonne die Veranstalter im Stich lassen sollte, so hatte Goldberg Gerüchten zufolge einen Plan in der Hinterhand, der, um mit den Worten eines einheimischen Farmers zu sprechen, »einiges Licht auf die Sache werfen würde«.

Den Tausenden von Besuchern, die sich schon vor Morgengrauen versammelt hatten, traten mehrere hundert Menschen entgegen, die Transparente mit sich führten und Protestchöre anstimmten. Ein Sprecher der Demonstranten,

Mr. Dermot O'Kelly, hielt eine kurze Rede, in der er behauptete, Goldberg würde persönlichen Gewinn aus dem nationalen Erbe Irlands ziehen, und seine hollywoodartige Darstellung altertümlicher Rituale locke unerwünschte Besuchermengen an die Stätte und zerstöre deren geschichtlichen und heiligen Charakter.
Als kurz darauf Mr. Goldberg durch ein Polizeispalier ging, wurden Schüssen aus einer halbautomatischen Waffe abgegeben. Augenzeugen berichten, die Kugeln seien über die Köpfe der Menge hinweggestrichen. Die Polizei verhaftete mehrere Demonstranten, die sie später in der Polizeistation von Drogheda wieder auf freien Fuß setzte, während Mr. O'Kelly des unerlaubten Waffenbesitzes und der vorsätzlichen Gefährdung von Menschenleben angeklagt wurde. Später kam er gegen Kaution frei und wird am 10. Januar vor Gericht erscheinen.

In den nächsten Tagen geriet die Geschichte mit Beginn der Festzeit bis Anfang des Jahres aus dem Blickfeld. Am 6. Januar, einen Tag nach meiner Abreise aus Irland, erschien dann folgender Artikel:

PROTEST HÄNGT MIT ANTIGLOBALISIERUNG ZUSAMMEN
Dermot O'Kelly, einer der Demonstranten von Newgrange, der sich morgen wegen unerlaubten Waffenbesitzes vor Gericht verantworten muß, wird mit einer Reihe von Gruppen in Verbindung gebracht, die in der Antiglobalisierungsbewegung der letzten Jahre aktiv waren. Diese offenbar führerlosen, zellenartigen Gruppierungen kommunizieren per Internet, wo sie ihre Grundsätze diskutieren und Pläne schmieden. O'Kelly wird vornehmlich in Zusammenhang mit einer tourismusfeindlichen Bewegung gebracht,

die die Plünderung der Erde und ihrer ethnischen Kulturen durch die Tourismusindustrie brandmarkt. Diese ungenannte Gruppe, die sich im Internet ›schmutziger Tricks‹ bedient, indem sie Fotos und Berichte verfälscht, um ihre Behauptungen zu rechtfertigen, wurde in letzter Zeit zunehmend aktiv, so daß bereits das Wort ›Cyberganda‹ zur Beschreibung ihrer Internetkampagnen geprägt wurde.

Und schließlich erschien in der Ausgabe vom 12. Januar der kürzeste der drei Einträge:

DEMONSTRANT O'KELLY ERSCHEINT
NICHT VOR GERICHT

Mr. Peter Highland, der Anwalt des Newgrange-Demonstranten Dermot O'Kelly, sagte, er habe keine Erklärung, warum sein Mandant gestern nicht vor Gericht erschienen sei, um sich der Anklage zu stellen. Ein Sergeant der Polizei vertrat die Ansicht, der Beklagte habe die Kaution sausenlassen und sich der Gerichtsbarkeit des Staates durch Flucht entzogen. Gegen Mr. O'Kelly wurde Haftbefehl erlassen.

Es gab keine weiteren Verweise auf den Fall.

Ich dankte Elena und verließ den Kartenraum. Draußen an Deck reflektierte die Sonne grell von jeder Oberfläche, einschließlich der See. Ich hielt die Hand über die Augen und schaute die Reling hinab auf das vorüberschäumende Wasser, aber dessen hypnotisierende Wirkung vermochte den wilden Wirbel meiner Gedanken nicht zu beruhigen.

Was hatte Deirdre mit den Aktivitäten ihres Bruders zu tun? Hatte sie mich die ganze Zeit nur benutzt? Oder bestand eine ganz vage Chance, daß sie selbst nur ein Opfer der Machenschaften ihres Bruders war?

Unverkennbar hatte sie den gewalttätigen Protest ihres Bruders gegen Goldbergs Besuch in Irland absichtlich vertuscht, weil ihr klar war, daß ich den Zusammenhang zwischen diesem Ereignis und dem Mord in Chichen Itza sehen würde. Was bedeutete, daß Dermot an letzterem beteiligt war.

Hatten sie die Ladung Amhax an sich gebracht, um sie auf einem Schwarzmarkt für Biowaffen zu verkaufen? Sie kamen mir nicht gewinnsüchtig in diesem Sinn vor, doch laut FBI-Bericht hatte Dermot seit seiner Ankunft in den Vereinigten Staaten fieberhaft Bargeld angehäuft, von dem er einiges für das Schnellboot ausgegeben haben mußte. Doch das Boot diente nur dazu, ein noch höheres Einkommen zu erzielen, weil er keine Mittelsmänner mehr bezahlen mußte.

Und was hatte schließlich die Nachricht auf dem Handy zu bedeuten? Und hatte Deirdre vergessen, daß sie das Wort gespeichert hatte, oder war es im Gerät geblieben, als sie und Alfredo von einer Welle über Bord gespült wurden?

Ich sah es mir noch einmal an:

CRABFISH

Je mehr ich darauf starrte, desto mehr nagte es an mir. Wie ein Wort, das einem auf der Zunge liegt und einfach nicht herauswill.

55 »Señorita Madison?«

Eine weibliche Stimme.

Ich schlummerte in einem Liegestuhl unter einem großen Strohhut, den ich mir von Elena geborgt hatte. Ich wollte nicht aufwachen. Manfred offenbarte mir gerade, was das alles zu bedeuten hatte. Das Codewort im Handy, alles.

»Wir überqueren gerade den Wendekreis des Krebses«, verkündete Elena fröhlich. Sie machte Siesta und hatte in einem Stuhl neben mir ein Buch gelesen, als ich das letzte Mal hinschaute.

»Aha, toll«, murmelte ich.

Der Traum verflog wie eine Seifenblase.

Elena war aufgeregt. Sie überquerte zum ersten Mal die imaginäre Linie, die den Globus auf dem nördlichen Wendekreis umspannte, und ich hatte sie gebeten, mich zu wecken, damit wir den Augenblick gemeinsam verbringen konnten.

Sie stand mit den Händen in den Hüften da und atmete in langen Zügen durch die bebenden Nasenflügel, als wäre die Luft jenseits des Kreises irgendwie anders.

So nahe an Kuba war der Wendekreis eine Art Führungsleine, die einem half, in internationalen Gewässern zu bleiben, da er über Hunderte von Kilometern fast parallel zu der langgestreckten Insel verlief. Wir fuhren also eher daran entlang, als daß wir ihn überquerten, aber um den Novizen an Bord eine Freude zu machen, verkündete Kapitän de Tajedo über Bordlautsprecher, daß er kurz die Linie überquerte.

»Gratuliere, Elena«, sagte ich. Ich wollte gerade fragen, wann sie hoffte, den Äquator zu überqueren, aber dann hatte ich das Gefühl, das würde ihre Begeisterung über das heutige

Erlebnis mindern. »Jetzt, wo Sie schon so weit nach Norden gekommen sind, müssen Sie auch einmal die Vereinigten Staaten besuchen.«

»Sie sind aus Florida, oder?«

»Ja, aus Tampa. Dort bin ich auch auf die Universität gegangen – genau auf der gegenüberliegenden Seite des Golfes von Veracruz aus gesehen.« Und schätzungsweise rund eintausendsiebenhundert Kilometer entfernt. Der Hafen war Elenas Heimatstadt, und weiter nördlich als Mexico City war sie nie gekommen.

»Ein Film, den ich sehr liebe, spielt in Florida. Der mit dem *huracan.*«

Ich überlegte rasch. Elena war Anfang Zwanzig. Es handelte sich wahrscheinlich um einen jüngeren Spezialeffektestreifen, den ich nicht gesehen hatte.

Elena strahlte, als ihr der Titel einfiel. »*Key Largo*, so hieß er.«

Ich fragte mich, ob es ein Remake davon gegeben hatte.

»Er ist in Schwarzweiß«, sagte sie.

»Sie meinen den Film mit Bogey und Bacall?«

»Natürlich.«

Es war einer der weniger romantischen Filme, die sie zusammen gedreht hatten, soweit ich mich erinnerte.

»›Meine erste Liebe war ein Boot‹«, zitierte Elena mit leicht feuchten Augen.

Aha, das erklärte die Sache.

»Da hält Edward G. Robinson, der aus Kuba gekommen ist, diese Leute in dem Hotel gefangen ...«

»Ja, jetzt weiß ich es wieder«, sagte ich.

»Und dann ist da dieser hochmütige alte Mann, dem das Hotel gehört, und Bogart, der den zynischen Exsoldaten spielt ...«

»Hmhm.«

Ich zeigte wenig Interesse, aber Elena war nicht aufzuhalten. »Es gibt so wundervolle Gespräche zwischen diesen drei Männern, die alle einen anderen Hintergrund ...«

»Alle einen anderen Hintergrund ...«, flüsterte ich. »Genau – das ist es«, fügte ich laut an, aber Elena hörte mich nicht, da sie mit ihrer Zusammenfassung der Handlung fortfuhr.

Aus irgendeinem Grund erschloß dieser Ausdruck, worauf der Traum über Manfred hingewiesen hatte. Wir drei im Bild – Deirdre, Manfred und ich. Drei Leute mit völlig verschiedenem Hintergrund. Doch was hatten wir gemeinsam? Wir waren natürlich Mitglieder von Greenpeace gewesen. Aber darüber hinaus hatten wir uns alle drei aus demselben Grund der Organisation angeschlossen – aus Empörung über die Bombardierung der *Rainbow Warrior* durch die Franzosen, als wir Teenager waren.

Was sagte mir das? Nicht viel. Ich mußte dem Faden weiter folgen.

Wo waren dieser Akt internationaler Sabotage und diese Mordtat verübt worden? In Neuseeland – auf dem Territorium eines anderen Landes. Und was hatte Deirdre über die Ökokriege der Zukunft gesagt? »Vielleicht werden kleine Gruppen die Art Sabotage verüben, die Frankreich gegen Greenpeace versucht hat ... Versenke ein Boot, und du versenkst die Bewegung ... Übernimm keine Verantwortung ... Es ist die Botschaft, die zählt, nicht die Unterschrift.«

Versenke ein Boot, und du versenkst die Bewegung. Greife etwas an, das relativ klein ist, aber von derart symbolischer Bedeutung, daß das, wofür es steht, möglicherweise irreparabel beschädigt wird.

Übernimm keine Verantwortung. Genauso hatten die Cruzob gehandelt.

Es ist die Botschaft, die zählt, nicht die Unterschrift. Wo würde man eine tödliche Biowaffe hinterlassen, damit die Aussage, die man machen will, am deutlichsten gehört wird? Das würde davon abhängen, wie die Botschaft lautet …

Ein Hubschrauber flog hoch über mir vorbei, seine Rotorblätter glitzerten wie Libellenflügel. Dann hörte ich, wie er sich dem Schiff vom anderen Ende her näherte. Sanchez war wieder da.

56 Sanchez entstieg dem grauen Marinehelikopter mit einem Lächeln im Gesicht. Elena und ich standen über die Reling des Freizeitdecks gebeugt, und während er sich unter die Rotorblätter duckte, hob er den Blick und winkte uns zu.

In weniger als einer Minute war er bei uns auf dem Deck und begann schon im Näherkommen leicht aufgeregt zu erzählen. »Uns ist ein großer Durchbruch gelungen … wir haben eine Verbindung zwischen den Cruzob und Dermot O'Kelly entdeckt …« Er stand neben mir und holte tief Luft, dann faßte er mich am Ellenbogen und führte mich in eine Ecke des Decks. Wir lehnten uns beide an die Reling, die Sonne im Rücken, den Seewind im Gesicht. Elena sammelte ihr Buch und ein paar andere Habseligkeiten ein und ging nach unten.

»Die Kubaner haben Kan Eks Stellvertreter aufgegriffen, einen Kerl namens Xiu. Wenn ich mich recht an Zedillos Bericht erinnere, war er an jenem Abend mit Kan Ek in der Jazzkneipe.«

»Da war so ein Kleiner, sehr breit, eindeutig Maya.«

»Das ist Xiu. Er ist in einem gemieteten Büro aufgetaucht,

das O'Kelly als Stützpunkt diente, und wollte ein großes Bündel Cash abholen, das Dermot den Cruzob schuldete. Aber wie es aussieht, hat der Ire Leine gezogen, auf seiner hochseetüchtigen Motoryacht – dieselbe, mit der er die illegalen Einwanderer schmuggelt. O'Kelly hatte eine Ladung Amhax zur Hälfte bezahlt, die andere Hälfte sollte bei Restlieferung bezahlt werden, und genau diese Ladung haben Alfredo und Ihre Freundin Deirdre auf hoher See abgeliefert. Xiu wußte nichts über den Bestimmungsort oder was damit geschehen sollte.«

»Und es ist sicher, daß es zu der Übergabe kam?«

»Soviel er weiß, ja.«

»Deshalb hat Dermot also soviel Geld gemacht – um das Amhax zu kaufen.«

»Und von dem hat er durch einige Mitglieder der Cruzob erfahren, zu denen er seit dem Marsch der Zapatisten auf Mexico City Kontakte hatte, diesem Ereignis, das der Wendepunkt in seinem Leben war, ja?«

Sanchez hatte nicht beabsichtigt, verletzend zu klingen, aber in diesem Moment wurde mir mit aller Schärfe bewußt, wie leichtgläubig ich gewesen war.

»Und da ist noch etwas«, fuhr er fort. »Ich habe herausgefunden, was diese Textnachricht auf dem Handy bedeutet.« Er wartete, mit jenem selbstgefälligen Gesichtsausdruck, der sein größter Makel war.

»Nun sagen Sie's schon.«

»Kein großes Geheimnis, es ist einfach das Codewort für ihr Unterfangen – Operation Crabfish.«

»Ach ja?« Ich war nicht ganz überzeugt. »Und wie kam es, daß dieser Xiu mit so vielen Informationen herausrückte?«

»Ich hatte gerade eine Flasche Trinkwasser in der Hand. Das hat mich auf die Idee gebracht.«

»Welche Idee?«

»Ich habe ihm erzählt, daß noch ein Behälter mit Amhax an Bord gewesen sei, als die Marine Ihr Boot fand, und ich hätte es in diese Flasche abgefüllt. Dann habe ich damit gedroht, es ihm in den Rachen zu schütten.«

Sanchez wirkte sehr zufrieden mit sich.

»Hm ... Wenigstens ist diesmal niemand ums Leben gekommen«, sagte ich. »Sonst noch etwas?«

»Setzen wir uns doch einen Moment dort drüben hin«, schlug er vor und zeigte auf eine Bank im Schatten des Schornsteins. »Ich glaube, die Mutter Ihrer Freundin kümmert sich schon länger um ihre Enkelin, als Sie denken. Bevor Deirdre zu Ihnen kam, war sie bereits einen Monat lang zwischen Kuba und Mexiko hin und her gereist und hatte die Verbindung zwischen den Cruzob und ihrem Bruder aufrechterhalten.«

Mir gingen die Entschuldigungen für Deirdre rapide aus. Wut und Kränkung wuchsen zu einem Knoten in meiner Brust. Ich setzte mich.

»Und wissen Sie, worüber ich lachen mußte«, sagte er in bitterem Ton. »Die O'Kellys haben bei ihren Verhandlungen mit den Maya viel Aufhebens darum gemacht, daß sie Zwillinge sind, genauso, wie sie Antiimperialisten oder Abkömmlinge der unterdrückten Iren waren, wenn es ihnen gerade in den Kram paßte.«

»Und warum sprechen die Maya auf Zwillinge an?«

»Weil eine ihrer Legenden – ihre größte eigentlich, ich mußte sie in der Schule lernen – die Geschichte von den Heldenzwillingen erzählt. Diese beiden Burschen steigen hinab in die Unterwelt Xibalba, um im Namen der Menschheit gegen die Totengötter zu kämpfen. Sie siegen, indem sie Zuflucht zu einer List nehmen.«

»Und es soll die O'Kellys glaubwürdiger gemacht haben, daß sie Zwillinge waren?« Ich war skeptisch.

»Deshalb mußte ich ja lachen. Genau dieselbe Geschichte wie bei Cortes und Quetzalcoatl. Da kommt irgendwer daherspaziert und sagt: ›Ich bin der, von dem in euren Legenden die Rede ist, und ich bin hier, um euer Schicksal zu erfüllen.‹«

»Ich bezweifle, daß es sich so abgespielt hat.«

»Nein. Aber es hat den beiden genützt, als es darum ging, das Vertrauen der Cruzob zu gewinnen.«

»Ich denke, dazu war noch etwas anderes nötig.«

»Und was war das?«

»Zum einen glaube ich, daß sie die Cruzob in Sachen Taktik beraten haben.« Ich erzählte Sanchez von Dermot O'Kellys »Cyberganda« im Internet und von Deirdres Maxime, keine Verantwortung zu übernehmen.

»Das erklärt das eine oder andere«, sagte er.

»Und sie haben außerdem in Blut bezahlt.«

»Was wollen Sie damit sagen?«

»Dermot O'Kelly hat Nick Goldberg hingerichtet. Das hat ihnen die Tür geöffnet.« Ich faßte zusammen, was ich in der *Irish Times* über den Zwischenfall in Newgrange gelesen hatte.

»Donnerwetter. Der Kerl hatte also eine Wut auf Goldberg, da muß ihm die Gelegenheit, ihn zu erledigen, gerade recht gekommen sein.«

»Und das führt uns außerdem zu einem Hinweis darauf, wohin Operation Crabfish unterwegs ist.«

Diesmal war es an Sanchez, zu warten, bis ich mit der Sprache herausrückte. »Weiter, weiter«, sagte er.

»Nach Florida.«

»Wieso Florida?«

»Weil O'Kelly einen Haß auf die dortigen Behörden hegt. Und er gehört zu der Sorte Mensch, der seine persönlichen Feindschaften in politische Gewalt kleidet. Genau wie Kan Ek.«

»Der Teufel erkennt seinesgleichen, heißt es nicht so?«

»Das könnte auf jeden Fall auch Deirdre gesagt haben.«

Offenbar hatte mir die Stimme gestockt, denn plötzlich fand ich mich in einer tröstlichen Umarmung von Sanchez wieder. »Von der besten Freundin verraten zu werden«, sagte er sanft, »ist sicher das Schlimmste, was man sich vorstellen kann.«

Ich legte den Kopf an seine Schulter, und dann kamen die Tränen. Ich würde ihm nicht erklären, daß Deirdre nie meine beste Freundin war; und so tief der Schmerz über ihren Verrat auch saß, was mich nun überwältigte, war eine unbeschreibliche Trauer über den Verlust der beiden Männer in meinem Leben, die ich geliebt hatte; und hinzu kam der Liebesentzug durch den dritten.

Wir verharrten lange so, dann aber überfiel es mich schlagartig – Sanchez war an der Vertuschung von Kens Krankheit und Todesursache beteiligt gewesen! »Was erlauben Sie sich«, fauchte ich ihn an und erhob mich von der Bank.

»Was ist los? Was habe ich getan?« Er stand ebenfalls auf und fuchtelte verwirrt mit den Armen.

»Wie können Sie es wagen, mich zu trösten, nachdem Sie Ken Arnold einen so schrecklichen Tod sterben ließen?«

»Hören Sie, Jessica, so war das nicht. Und ich habe ja versucht, mit Ihnen darüber zu reden, Ihnen zu erklären, was passiert ist.«

»Sie haben es vertuscht. Sie haben weder mich noch irgend jemand anderen verständigt, der ihn hätte besuchen können. Und als er schließlich allein und unter Gott weiß welchen

Qualen starb, haben Sie Dr. de Valdivia erlaubt, seinen Leichnam so schnell wie möglich zu beseitigen.«

»Kommen Sie, nehmen Sie doch bitte noch einen Moment Platz.«

Ich blieb mit verschränkten Armen stehen, während er sich unbeholfen auf die Bank setzte.

»Sie glauben wahrscheinlich, wir hätten Sie beide seit Ihrem Tauchgang im Zenote überwacht. Das war nicht der Fall. Nachdem Dr. de Valdivia uns seinen Verdacht mitgeteilt hatte, der Organismus könnte den Heiligen Brunnen erreicht haben, wiesen wir die Krankenhäuser in der Region darauf hin, nach ungewöhnlichen Symptomen Ausschau zu halten. Außerdem gaben wir Ihre Namen an die verschiedenen Kliniken in Cancun und Cozumel weiter und baten darum, uns zu unterrichten, falls Sie irgendwo als Patienten eingeliefert würden.«

»Warum konnten Sie uns nicht warnen?«

»Wozu Sie beunruhigen? Falls Sie infiziert waren, hätten Sie ohnehin wenig anderes tun können, als ins Krankenhaus zu gehen. Und höchstwahrscheinlich sterben. Wie sich herausstellte, unternahm Señor Arnold nichts, als die ersten Symptome auftraten, und dann war es zu spät. Wir hatten keine Ahnung, daß er gelähmt zu Hause lag. Bei seiner Einlieferung mußte er streng isoliert werden, deshalb waren die Aussichten gering, daß Sie ihn noch einmal zu Gesicht bekommen hätten. Er erhielt die bestmögliche Pflege, aber die Ärzte konnten nicht viel für ihn tun, außer seine Schmerzen zu lindern, was einschließlich Dr. Flores auch alle taten.«

»Um dann aber darüber zu lügen, was ihm zugestoßen war ...« Ich setzte mich wieder auf die Bank, ein Stück von Sanchez entfernt.

»Das war die offizielle Politik ... wir mußten es geheimhalten. Ich entschuldige es nicht. Es tut mir leid, daß es so geschehen mußte.«

»Ich wünschte nur, ich hätte ihm die Hand drücken können … ihm Lebwohl sagen.« Ich schluchzte.

Sanchez blickte mir unverwandt in die Augen. »Glauben Sie mir, Jessica, Señor Arnold hatte es nicht verdient, daß ihn irgendwer so sah.«

57 Eine Stunde nach dem Abendessen gähnten wir alle drei im Kartenraum um die Wette – Elena, Sanchez und ich. Kapitän de Tajedo, ein freundlicher Mann mit einem buschigen Schnauzer à la Zapata, hatte uns eine Mahlzeit servieren lassen, begleitet von einem ausgezeichneten chilenischen Cousiño Macul Cabernet. Er hatte bei dieser Gelegenheit außerdem verkündet, daß die *Holtzinger* vor Mitternacht umkehren und wieder Kurs auf den Golf nehmen würde.

Wir spekulierten noch immer darüber, was CRABFISH zu bedeuten hatte, allerdings kam wirklich nicht viel dabei heraus, der Wein schien unsere Denkprozesse zu hemmen. Elena brachte uns schließlich zum Lachen, als sie erzählte, sie habe das Wort im Vorbeigehen gegenüber ein paar Matrosen erwähnt, und die hätten geantwortet, es höre sich an wie eine übelriechende Geschlechtskrankheit.

Und dann sah ich es. Obwohl ich schon zuvor den Gedanken erwogen und wieder verworfen hatte, bei der Verbindung der zwei zoologischen Begriffe könnte es sich um eine Klassifizierung handeln, wie in *Cancer piscis,* hatte ich das Offensichtliche übersehen.

»Ich hab's!« rief ich aus. »Es war die ganze Zeit unter uns.«

Die beiden anderen warfen sich verwunderte Blicke zu. Ich sprang aus dem Drehstuhl vor dem Computer, in dem ich träge gelümmelt hatte, und lief zu ihnen hinüber, denn sie saßen vor einer großen Karte der Karibik, die auf einem schrägen Tisch ausgebreitet lag. Ich beugte mich über die Karte und fuhr mit dem Finger eine bestimmte Linie entlang. »Der Wendekreis des Krebses«, sagte ich triumphierend.

Weder Sanchez noch Elena schienen zu begreifen.

»Crabfish – das ist ein Koordinatenpaar«, sagte ich. »Der Längen- und Breitengrad eines Zielortes.«

Ich sah, wie die Erkenntnis auf ihren Gesichtern dämmerte.

»Crab ist der Breitengrad, der Wendekreis des Krebses, der genau wo verläuft, Elena?«

»Auf dreiundzwanzig Grad, sechsundzwanzig Minuten nördlicher Breite.«

»Jetzt müssen wir nur noch den Längengrad herausfinden«, sagte ich.

»Und was bedeutet also ›Fisch‹, oder soll es ›piscis‹ heißen?« fragte Sanchez.

»Ich weiß nicht. Vielleicht der Name einer Insel.«

»Aber die könnte dann ja überall auf der Welt entlang des Wendekreises liegen«, sagte Elena.

»Das stimmt«, erwiderte ich, »aber wir wissen, daß sie wahrscheinlich hier in diesen Gewässern zu finden ist. Sehen wir mal nach.«

»Wir können die Karten im Computer befragen, wenn Ihnen das lieber ist«, schlug Elena vor.

»Was halten Sie davon, wenn Sie das machen, und ich sehe hier nach?«

»Und ich, soll ich vielleicht den Kaffee machen?« beschwerte sich Sanchez.

»Keine schlechte Idee«, entgegnete ich. »Dabei fällt mir ein, haben Sie schon die US-Küstenwache und andere Stellen in Florida davon unterrichtet, daß eine hochgiftige Fracht zu ihnen unterwegs ist?«

»Ja, gleich nachdem ich mit Xiu gesprochen hatte. Aber soviel wir wissen, wurde das Amhax bereits an Land gebracht.«

»Das bezweifle ich. Ich glaube, diese Koordinaten deuten auf einen Treffpunkt hin.«

Sanchez runzelte die Stirn. Er verstand noch immer nicht.

»Deirdre hat vielleicht diese rätselhafte Angabe als eine Art Gedächtnisstütze im Telefon gelassen, für die Vorbereitung eines Treffens mit einem *dritten* Beteiligten.«

Mehrere Tassen Kaffee später hatte sich unsere Suche in einem dreihundert Kilometer breiten Gewirr von Riffen und Sandbänken verloren.

»Das ist wie mit der Stecknadel im Strohhaufen«, sagte Elena.

»Heuhaufen«, verbesserte ich sie.

»Strohhaufen wär auch nicht einfacher«, sagte Sanchez.

»›Fisch‹ muß die andere Koordinate sein«, beharrte ich, »der Längenmeridian. Wir müssen feststellen, was damit gemeint ist.«

Sanchez rutschte unruhig in seinem Stuhl umher. »Aber wie? Und wozu überhaupt? Die O'Kellys sind wahrscheinlich längst weg, falls sie je dort waren.«

Ich merkte ihm an, daß er müde war.

»Okay«, begann ich, »überlegen Sie sich folgendes: Deirdre hat wahrscheinlich mein Schlauchboot ein paarmal zur Versendung des Amhax zur Verfügung gestellt, ohne daß ich das Fehlen des Zodiac bemerkte. Aber das bedeutet, die Fahrten waren ziemlich kurz, weil es nach ein paar Stunden wieder zurück sein mußte. Ich vermute, Dermot ist von Kuba herübergekommen und hat sich vielleicht in der Gegend der Isla Mujeres mit ihnen getroffen. Aber für die abschließende Lieferung erklärt sich Deirdre zu einer längeren Fahrt bereit – der Zodiac wird ja ohnehin nicht zurückgebracht –, deshalb überredet sie Alfredo, ihr zu helfen, weil die anderen Männer vermutlich keine Seeleute sind. Das GPS an Bord hilft ihnen, ihr Ziel zu erreichen, und ohne den Hurrikan wäre alles wie geschmiert gelaufen. So aber hatten sie kaum genug Zeit, die Fracht auf Dermots Schnellboot zu verladen, mit dem sie dann eilig in Kuba Schutz suchen mußten. Und dort waren sie mindestens bis gestern Mittag – denn um diese Zeit habe ich mit ihm telefoniert.«

»Damit haben sie immer noch einen Tag Vorsprung.«

»Aber die Motoryacht muß schwer beladen sein, deshalb fährt sie nicht so schnell. Das erklärt auch, warum sie keine Landung in Florida versucht haben – sie hätten der Küstenwache nicht entwischen können. Und darum haben sie diese Anlaufstelle – um die Ladung in kleinere Lieferungen aufzuteilen. Und als Folge der Verzögerung mußten sie wahrscheinlich einen neuen Termin für ihr Treffen mit wem auch immer vereinbaren.«

»Wir suchen immer noch nach einer Nadel im Heuhaufen, es sei denn, Sie lösen dieses Kreuzworträtsel.«

»Ich kenne jemanden, der löst andauernd Kreuzworträtsel«, sagte ich.

»Na super, ich kenne jemanden, der fischt sehr viel. Wir sollten die beiden zusammenbringen.«

»Ich meine es ernst. Wenn jemand das Rätsel knackt, dann er. Ich muß noch einmal Ihr Satellitentelefon benutzen, Ernesto.« Nun war es an mir, *ihn* mit Vornamen anzusprechen.

Sanchez reichte mir lächelnd den Koffer. »Ich hole uns noch

Kaffee«, sagte er. Aber kaum war er zur Tür hinaus, streckte er schon wieder den Kopf herein. »Ich verspreche, daß ich diejenige von den beiden Damen, die das Rätsel löst, in Havanna zum Tanzen ausführe. Phantastische Musik – wie in *Buena Vista Social Club*.«

58 Mein Vater war gerade mit seinem Rätsel vor dem Schlafengehen beschäftigt, als ich zu ihm durchkam.

»Hallo, Dad, ich rufe von einem mexikanischen Marineschiff in der Straße von Florida an. Ich dachte, du könntest uns vielleicht bei einer kniffligen Frage helfen.«

»Bin ich vom Botenjungen zum Berater befördert worden?«

Ich stieg auf den Seitenhieb ein. »Ja. Mehr Prestige, aber schlechtere Bezahlung.«

»Okay, laß hören.«

»Für dich als Kreuzworträtselfreund – zwei Wörter, Crab und Fish. Das erste ist bereits bekannt – es steht für den Wendekreis des Krebses. Das zweite bereitet uns Schwierigkeiten, und es hilft auch nichts, wenn wir es ins Lateinische übersetzen.«

»Habt ihr es mit Griechisch versucht?«

»Nein.«

»Komisch, daß du als Ichthyologe nicht darauf gekommen bist.«

Er hatte recht. Strenggenommen war ich zwar kein Ichthyologe, aber nahe dran.

»Hmm … ich sehe aber nicht, daß ›Ichthus‹ uns viel weiterbringen würde.«

»Laß mir einen Moment Zeit.« Ich hörte förmlich, wie sein Gehirn arbeitete. Nach etwa zwanzig Sekunden sagte er: »Rufe den Herrn an.« Ich dachte, er würde mich zum Beten auffordern.

»Was?«

»Ichthus ist griechisch für Fisch. Und weil es der griechischen Schreibweise für ›Christ‹ ähnelte, haben die frühen Christen den Fisch als Symbol angenommen.«

»Okay, Dad, wir versuchen es mal damit.« Ich versprach mir nicht viel davon. »Ach, übrigens, ich habe deinen Artikel über Intelligent Design gelesen«, log ich. »Sind ein paar gute Argumente dabei, wir müssen uns mal darüber unterhalten.«

»Das wäre eine willkommene Abwechslung. Mom läßt dich grüßen.«

»Grüß zurück. Ich muß jetzt Schluß machen, ich rufe über Satellitentelefon an, teure Sache.«

Ich legte das Gerät eben in den Koffer zurück, als Sanchez mit drei Styroporbechern Kaffee wiederkam.

»Und, ist Ihrem Experten etwas eingefallen?«

»Das weiß ich noch nicht.« Ich trank einen Schluck aus meinem Becher. »Elena, wir müssen ganz von vorn anfangen. Wir suchen nach einer Insel oder einem Küstendorf mit ›Christ‹ im Namen, wie ›Christchurch‹ etwa.«

»Oder Corpus Christi«, sagte sie fröhlich.

»Oder gar St. Christopher«, schlug Sanchez vor.

In meinem Kopf begann alles zu verschwimmen.

Elena brütete ziellos über der großen Karte auf dem Tisch. »Wenn ich die Reißschiene hier im rechten Winkel zur nächsten Inselgruppe auf unserem Kurs anlege, dann zeigt sie fast auf den Ort, über den wir beide vorhin gesprochen haben, Señorita Madison.«

»Welchen meinen Sie, Elena?«

»Key Largo.«

Ich ging hinüber zur Karte und stellte mich neben Elena. Ich sah den Bogen der kleinen Inseln, der sich von Key Largo nach Key West erstreckt.

»Wußten Sie, dass sich bei Key Largo das einzige Korallenriff in den Vereinigten Staaten außerhalb Hawaiis befindet?« sagte ich. Ich war als Kind im John-Pennebank-Meerespark vor der Insel geschnorchelt. Dort, wo es die Statue auf dem Meeresgrund gab. Bei deren Erwähnung Deirdre so zusammengezuckt war, seinerzeit bei unserem Abendessen im Restaurant.

»Vater hat recht«, flüsterte ich. »Es bedeutet tatsächlich Christus.« Ich drehte mich zu Sanchez um. »Wir haben es – ›Fisch‹ steht für den Längengrad der Statue ›Christus der Tiefe‹ in Key Largo. Wenn wir feststellen, wo er den Wendekreis schneidet, haben wir ihre Position.«

»Ich fürchte, das müssen Sie mir erklären.«

»Ein andermal«, sagte ich. »Elena, gehen Sie bitte ins Netz und geben Sie ...« Ich versuchte mich an eine der Websites für Taucher zu erinnern, die ich regelmäßig konsultierte. »Ich glaube, es heißt ...« Da mir das Wort aus dem Gedächtnis nicht einfiel, griff ich zu einem Kugelschreiber und schloß die Augen. Wie ein Medium in Trance, das eine Botschaft aus dem Jenseits empfängt, kritzelte ich daraufhin *flkeysdiver.com* aufs Papier. »Sie geben die Position aller Unterwasserattraktionen rund um die Keys an.«

»Und wer hat nun den Preis errungen?« fragte Sanchez.

»Den Ausflug nach Havanna, meinen Sie den?« sagte ich.

»Ja. Mit wem darf ich in Havanna tanzen?«

»Eigentlich mit meinem Vater.«

Sanchez verzog das Gesicht.

»Er ist begeistert von diesen alten Künstlern, von denen Sie gesprochen haben«, neckte ich ihn.

»Der Buena Vista Social Club?«

»Ja. *Los Superabuelos* – die Supergroßväter, werden sie nicht so genannt?«

»Freut mich, daß Sie beide wieder miteinander sprechen«, bemerkte Sanchez knapp und fing an, in einer alten Zeitung zu lesen, die er in der Kombüse gefunden hatte.

Elena rief zu mir herüber. »Señorita Madison, ich habe die Position der Statue – sie ist achtzig Grad, siebzehn Minuten und achtzig Sekunden westlicher Länge.«

Ich schrieb die beiden Ziffernreihen nieder – 23°26' und 80°17'80". »Geben Sie das in die Datenbank Ihrer Computerkarten ein und sehen Sie nach, was herauskommt. Ich suche die Stelle hier.«

Ich beugte mich über die Karte der Karibik und zählte an den winzigen Markierungen am oberen Rand entlang. Als ich die richtige gefunden hatte, legte ich den Anschlagwinkel mit der Spitze nach unten an. Dann stellte ich fest, wo er den Wendekreis des Krebses schnitt – am südwestlichen Rand der Cay Sal Bank, einem Kreis kleiner Inseln hundert Kilometer nördlich von Kuba. Die größeren davon, die alle im Norden des Wendekreises lagen, waren eingezeichnet und benannt. Falls es dort, wo sich unsere Koordinaten trafen, eine gab, war sie zu klein für den Maßstab der Karte.

»Ich hab sie«, sagte Elena. »Sie heißt Blue Hole Cay.«

Sanchez legte seine Zeitung beiseite, und wir traten beide zu Elena vor den Computerschirm. Die Insel auf der Karte war klein, flach und hatte die Form einer Acht. Bei näherem Hinsehen entdeckte ich, daß sie von einer Lagune mit einem Riff darum umgeben war; ein Strand im Süden lag einem Bereich mit Urwaldvegetation gegenüber. Ein breiter Mangrovenstreifen säumte die nördliche Küste, und dieser obere Lappen der Acht wies in der Mitte einen kleinen blauen Punkt auf. Das war offenkundig die Unterwasserhöhle, von der die Insel ihren Namen hatte. Direkt unterhalb des Lochs, dort, wo die Insel in der Mitte schmäler wurde, legte sich ein weiteres Mangrovenwäldchen wie ein Gürtel um ihre Taille.

»Sie ist ungefähr einen Kilometer lang und maximal einen halben breit«, sagte Elena.

Ich sah Sanchez an. »Sie kann höchstens hundert Kilometer nordöstlich von hier liegen. Wir könnten bis morgen früh dort sein und die O'Kellys abfangen.«

»Ich nehme an, ›wir‹ bedeutet Sie, ich und die mexikanische Marine?«

Genauso hatte ich es mir gedacht.

»Äh ... vorgesehen ist, daß wir in ...«, er sah auf die Uhr, »... einer Stunde und fünfzehn Minuten wenden. Wir sind außerdem zwischen den Hoheitsgewässern zweier fremder Länder eingezwängt. Angesichts der jüngsten Ereignisse finde ich, daß wir den Vereinigten Staaten schon nahe genug sind, und wir wollen auch unsere guten Beziehungen zu Kuba nicht überstrapazieren. Habe ich mich deutlich ausgedrückt?«

»Dann fahre ich allein. Ich werde den Zodiac aufpumpen und volltanken.«

»Sie sind verrückt.«

»Mag sein, aber ich würde ihnen wirklich gern in die Suppe spucken.«

»Meinen Sie nicht, wir sollten einfach die US-Küstenwache alarmieren und der die Sache überlassen? Was können Sie gegen bewaffnete Terroristen ausrichten?«

»Sie beschämen vielleicht?«

Sanchez hob die Augen zum Himmel. *»Dios mio!«* rief er und stürmte davon.

59 Das erste Anzeichen für die Existenz des Blue Hole Cay war die Brandung, die gegen den Riffgürtel der Insel schlug. Das erzeugte die Illusion, das Land läge unter Meeresniveau, aber dieser Eindruck verging, als durch die von den Wellen aufgeworfene Gischt ein Strand in Sicht kam, der von Palmen und Buschwald gesäumt wurde. Der Karte nach erstreckte sich das Riff ringsum, ich mußte also nach einer Lücke in der Brandung suchen, die auf eine Durchfahrt zur Lagune hinwies.

»Ich sehe nichts«, sagte Sanchez, während er die Insel mit einem Fernglas absuchte, das er sich von Kapitän de Tajedo geborgt hatte.

Sanchez hatte den Kommandeur der *Holtzinger* überredet, bis zum einundachtzigsten Meridian entlang des Wendekreises zu fahren, sechzig Kilometer vom Blue Hole Cay entfernt. Bevor sie sich am frühen Morgen auf den Rückweg in den Golf machten, hatte die Besatzung den Zodiac für mich aufgepumpt und vollgetankt. Sie ließen ihn bereits mit der Winde über Bord, während ich eine Strickleiter hinabkletterte, als sich Sanchez über die Reling beugte und verkündete, er würde mitkommen.

»Mexiko trägt immer noch einige Verantwortung in dieser Angelegenheit«, sagte er formell, als er mir gegenüber auf dem Kasten im Bug des Schlauchboots Platz nahm.

»Wenn Sie schon mitkommen, dann können Sie auch was tun. Nehmen Sie eins von den Dingern hier« – ich zeigte auf einen Satz Ruder, die innen am Rumpf befestigt waren – »und stoßen Sie uns ab, wenn ich den Motor anlasse.« Ohne den

Zündschlüssel mußte ich den Außenborder im Heck starten und dann zurück zum Steuer klettern.

Während wir uns von dem Marineschiff entfernten, erklärte mir Sanchez, daß er noch aus einem anderen Grund mitgekommen sei. Als er nämlich der US-Küstenwache mitgeteilt hatte, auf dem Blue Hole Cay würde toxisches Material umgeschlagen, das für die Vereinigten Staaten bestimmt sei, hatten sie zu seinem Entsetzen entgegnet, das Eigentumsrecht an der Insel sei zwischen den USA und Kuba umstritten, und sie würden erst Rat einholen, ehe sie sich in ihre Nähe wagten.

»Sie wären also buchstäblich auf sich allein gestellt gewesen«, sagte er.

»Sie hätten trotzdem nicht mitkommen müssen. Aber ich weiß es zu schätzen.«

Ich bemerkte, daß er, wie immer, gut angezogen war. Er trug eines seiner weißen Guayaberahemden über weißer Hose und dazu einen weißen Panamahut. Ich selbst hatte mir damit geholfen, meine Unterwäsche zu waschen, und mir von Elena ein Paar Shorts und ein T-Shirt geborgt. Dann fiel mir auf, daß ich ebenfalls ganz in Weiß war, und da wir beide keine Reservekleidung mitgenommen hatten, waren wir offensichtlich alle zwei von der mexikanischen Marine ausstaffiert worden. Der Panamahut stammte vermutlich von Kapitän de Tajedo. Ich hatte Elenas Angebot abgelehnt, den Strohhut vom Vortag zu tragen, und mich statt dessen für eine Baseballkappe von ihr entschieden, auf der vorne in blauer Schrift *Armada de Mexico* geschrieben stand.

Ich hatte die Lagekoordinaten der Insel in das GPS eingegeben, was das Navigieren sehr leicht machte, ich brauchte nur dem unbeirrbaren Kurs folgen, der wie eine Rolle Führungsleine auf dem kleinen Display vor mir abgespult wurde.

»Was, glauben Sie, haben die O'Kellys mit dem Amhax vor?« strengte Sanchez eine Unterhaltung an, als die Korvette zu einem Punkt in der Ferne hinter uns wurde. Da er soeben eine orangerote Schwimmweste angelegt hatte, wirkte er nicht mehr ganz so wie der gewandte Abenteurer, den er noch einige Minuten zuvor abgegeben hatte.

»Davon habe ich eine ziemlich gute Vorstellung. Florida ähnelt geologisch der Halbinsel Yukatan. Ein Kalksteinplateau, das von so vielen Flüssen und Höhlen durchbohrt wird, daß es wie ein großer Blauschimmelkäse aussieht. Und das alles schwimmt auf einem riesigen Wasserreservoir, das Bartolomé de Valdivia zufolge derart erschöpft ist, daß man Oberflächenwasser dorthin zurückpumpen muß.«

»Und womit wollen sie das verseuchen, mit den Zysten?«

»Ich wette, sie wollen es versuchen. Aber das wäre eine langfristig angelegte Geschichte, deshalb vermute ich, sie haben auch noch eine unmittelbare Aktion im Sinn.«

»Zum Beispiel?«

»Stellen Sie sich Cancun als Laborexperiment vor, das Jade Jaguar Hotel als Probelauf. Florida ist Cancun hoch zehn. Eine Vielzahl von Zielen – Hotelanlagen, Themenparks, Wassersportzentren, was Sie wollen.«

»Das ideale Schlachtfeld für den Großangriff einer Antitourismusbewegung.«

»Richtig.«

»Mir ist nur eins nicht klar. In Florida leben viele von uns Hispanios, die ebenfalls darunter leiden würden. Warum sollte eine Mayagruppe eine solche Untat unter Lateinamerikanern zulassen?«

»Vielleicht waren die Cruzob über die Pläne der O'Kellys nicht im Bilde, genau wie es Xiu behauptet hat.«

Sanchez runzelte skeptisch die Stirn. »Oder sie tun es, weil die Maya keine Hispanios sind, und genau das wollen sie deutlich machen.«

»Warten Sie mal«, sagte Sanchez. »Ich sehe Hütten … irgendwelche alten Gebäude. Ein Stück oberhalb des Strands. Keine Anzeichen von Leuten.«

Ich hielt einen Kurs etwa einen Kilometer vom Riff entfernt, da ich nicht auf eine Korallenbank auflaufen wollte. »Das heißt, wir müssen in der Nähe einer Durchfahrt durch das Riff sein.« Ich steuerte den Zodiac näher an die Insel heran und sah eine Lücke in der Brandung. Sie war nur etwa zehn Meter breit. »Das muß es sein. Hoffentlich haben wir genügend Tiefe, können Sie mal ein Auge drauf haben?«

Sanchez beugte sich leicht nervös über den Bug. »Das Wasser ist klar. Ich sehe Korallen unter uns, aber wir sind ein gutes Stück drüber.«

Das Meer links und rechts nahm die Form durchscheinender Falten an, als es sich sammelte, um gegen den erhöhten Korallenkamm zu rollen, der die nun auf der anderen Seite sichtbare Lagune umgab. Ich richtete den Bug aus, mit Sanchez als vornübergebeugter Galionsfigur, und ritt auf der nächsten Welle bis zum Eingang, dann beobachtete ich, wie die Woge hindurchbrandete, um in einem sanften Kräuseln über die Lagune hinweg auszulaufen.

»Sie haben genügend Tiefe, los«, rief Sanchez.

Ich gab Gas. Wir schossen durch die Lücke in die Lagune, wo wir wie ein abgeflachter Stein übers Wasser hüpften.

»Heja!« schrie Sanchez, als wäre er aus Versehen auf ein bockendes Wildpferd geraten.

Ich verlangsamte, schaltete den Motor aus und blickte forschend in die Bäume, die jeden Blick auf die Insel jenseits des Strandes versperrten.

Sanchez kam vom Bug nach hinten, er sah ein bißchen aufgeregt und mitgenommen aus. Er legte seine Schwimmweste ab und bückte sich, um etwas unter dem Sitz des Kopiloten aufzuheben. »Was zu sehen von ihnen?« fragte er und schnallte sich einen Lederhalfter mit Pistole um die Schulter. Dann strich er Hemd und Hose glatt und richtete sich gerade auf. Er war wieder der gewandte, unerschütterliche Captain Sanchez.

»Nein, aber geben Sie mir doch mal kurz das Fernglas.« Ich stellte die stark vergrößernde Linse auf die Hütte scharf. Es handelte sich eher um einen Unterstand, der auf drei Seiten offen war, und vom Boden bis zum Dach stapelten sich Plastikbehälter und Pappkartons.

»Sie sind hier. Wir rudern das letzte Stück.«

Wir steuerten das am weitesten von der Hütte entfernte Ende des Strandes an und hatten es in weniger als zehn Minuten erreicht. Dort entdeckten wir eine kleine Bucht, die uns erlaubte, den Zodiac hinter einigen gestrüppreichen Bäumen zu verstecken.

»Wir schleichen in die Nähe der Hütte«, sagte Sanchez. »Aber bleiben Sie möglichst verdeckt zwischen den Bäumen.«

Während wir von einer Baumgruppe zur nächsten huschten – stellenweise war das Unterholz zu dicht –, sahen wir, daß der Sand von der Wasserkante bis zum Bereich um die Hütte tiefe Fußspuren aufwies. Als wir langsam näher kamen, erkannten wir den Umfang der Amhaxlieferung. Die Wasserbehälter waren in zehn mal zehn Reihen gestapelt, je vier übereinander. Und daneben standen noch einmal zehn oder mehr große Pappkartons.

»Dafür waren mehrere Fahrten nötig, nicht nur eine«, flüsterte Sanchez. »Mit dem Zeug hier könnte man Tausende von Menschen umbringen.«

»Ich will sehen, was in den Kartons ist.«

60

Wir krochen zur Hütte und schlüpften hinein. Die Kartons waren alle in rund zehn Meter Abstand von dem Amhax gestapelt, dem ich mich nicht zu nähern gedachte, bis ich entdeckte, daß sämtliche Flaschen Etiketten trugen. Ich rückte noch einmal zwei Meter näher und reckte den Hals, um etwas lesen zu können, jedoch erfolglos. Dann fühlte ich eine Hand auf der Schulter.

»Nehmen Sie das hier«, sagte Sanchez, zerrte mich zurück und gab mir das Fernglas, das er aus dem Boot mitgenommen hatte.

FLÜSSIGCHLOR
*ALGAEZID*OXIDATIONSMITTEL*
STERILISATIONSMITTEL*
geeignet zur Desinfektion von Trinkwasser
und Swimmingpools
VERBESSERTES GERUCHSFREIES PRODUKT

»Sie haben die Sache gut durchdacht«, sagte ich. »Ordentlich etikettiert, alles für den Vertrieb vorbereitet.«

Oben auf dem Stapel waren zwei Kartons nicht versiegelt. Der erste enthielt Gasmasken und Einwegoveralls aus weißem Kunststoff. Während Sanchez ihn durchwühlte, zog ich die Laschen des zweiten Kartons auf und sah, daß er Müll enthielt, der von der Motoryacht stammen mußte, hauptsächlich Einweggeschirr und -besteck, dazu ein paar Becher und Plastiktüten. Deirdres immer noch lächerlich intaktem »grünem« Empfinden hatte es offenbar widerstrebt, das Zeug über Bord zu schmeißen. Zwischen dem übrigen Müll lagen ein paar Fetzen von zerrissenem buntem Papier. Ich hob zwei davon auf und setzte sie zusammen.

WUNDERBARES ORLANDO –
HEIMAT DES ECHTEN ›WILD WET‹

Es war eine Broschüre, die für den »Wild Wet«-Wasserpark warb, einem Ausflugsort für Familien, in dem täglich Tausende von Urlaubern Zerstreuung suchten. Ich wußte das, weil ich als Kind dortgewesen war. Und ich wußte, daß Deirdre nicht vorhatte, ihre Tochter Bonnie dorthin mitzunehmen, sondern im Gegenteil Hunderte Kinder wie Bonnie zu töten.

Die Ungeheuerlichkeit ließ mich erschaudern. Sanchez sah, wie ich auf die Papierfetzen starrte, erkannte, daß ich aufgewühlt war und legte den Arm um mich. »Sie werden ihr Ziel nicht erreichen«, sagte er mit Bestimmtheit.

Ich bemerkte, daß er einen dritten Karton auf den Boden gestellt und geöffnet hatte. Es war einer der verschlossenen.

»Was ist drin?« fragte ich.

»Bin gerade dabei, das herauszufinden«, sagte er und klappte vorsichtig die Laschen zurück, von denen er das Klebeband entfernt hatte.

»Heureka!« sagte er. »Das scheint es zu sein.«

Der Karton war voller Styroporchips. Wahrscheinlich hatte Deirdre ihren Bruder angeschnauzt, weil er kein biologisch abbaubares Verpackungsmaterial benutzte.

Zwischen dem Füllmaterial fanden sich eine Reihe von Behältern, die ebenfalls aus Styropor waren und aus zwei Teilen bestanden. Sanchez nahm vorsichtig den oberen Teil von einem ab, und zum Vorschein kam eine ordentliche Reihe gut gepolsterter 100-ml-Röhrchen.

»Da müssen die Zysten drin sein«, sagte Sanchez.

»Sie überlassen nichts dem Zufall. Kurzfristige und langfristige Kontamination.« Etwas irritierte mich allerdings.

»Schnelle Schläge und ein Zermürbungskrieg«, drückte es Sanchez in seinen eigenen Worten aus.

»Aber weshalb transportieren sie das Zeug in Reagenzgläsern?«

»Zur Tarnung vielleicht.«

»Sie hätten es genausogut in Colaflaschen verschicken können. Ich glaube, wir übersehen hier etwas.«

Sanchez setzte den Styropordeckel wieder auf und strich die Chips glatt. Als er die Laschen des Kartons zuklappte, bemerkte ich auf einem davon ein Adreßetikett. »Hey, was steht denn da«, sagte ich und schaute ihm über die Schulter, als er sich gerade bückte, um den Karton hochzuheben und zurückzustellen.

Es waren Name und Adresse der Person, der die Behälter in Florida geliefert werden sollten, sorgsam in Schwarz von Deirdres Hand geschrieben:

HERBIE KASTNER
FLORIDA MARINE RESEARCH INSTITUTE
BAYBORO HARBOR
ST. PETERSBURG, FLA

Sanchez sah nicht, wie es mir hochkam, er sah mich nur mit der Hand vor dem Mund nach draußen stürzen. Ich übergab mich in ein paar Sträucher hinter dem Unterstand, dann lief ich hinab ans Meer und spritzte mir Seewasser ins Gesicht. Ich schöpfte auch welches mit der Hand und spülte mir den Mund damit aus, als könnte es mich von dem fauligen Geschmack reinigen, der mir Übelkeit verursacht hatte und der nicht nur von der Galle stammte.

Ich atmete tief, die Hände in die Hüften gestützt, als ich merkte, daß Sanchez neben mir stand.

»Meine unmaßgebliche Meinung lautet wie folgt«, sagte er. Ich beobachtete, wie er versuchte, genügend Überzeugungskraft aufzubringen. »Deirdre wußte, wer Kastner ist, weil Sie von ihm erzählt hatten. Deshalb erfanden die beiden eine perfekte Geschichte zur Tarnung, für den Fall, daß sie abgefangen würden – Wasserproben, auf dem Weg zum Institut.« Er wußte, es klang nicht sehr glaubhaft.

»Netter Versuch, Ernesto, aber diesmal springt mir die Wahrheit förmlich in die Augen, und ich kann mich nicht vor ihr verstecken. Ich war so bescheuert zu glauben, daß Herbie mit einem Fingerhut voll Schlamm und zwei Litern Wasser nicht nur diesen Organismus identifiziert hatte, sondern nach ein paar Tagen ein ganzes Schulbuch an Informationen darüber herunterrasseln konnte. In Wirklichkeit hat er ihn nicht zum ersten Mal gesehen. Als der wissenschaftliche Kopf hinter diesem mörderischen Feldzug hatte er ausreichend Zeit, ihn zu analysieren, bevor er meine Proben überhaupt bekam.«

»Aber warum hat er sich bereit erklärt, die Tests für Sie durchzuführen?«

»Das erste, worum er mich bat, war, sie für ihn zu präparieren. Er wußte genau, daß ich keinen Laminarströmungsschrank besaß und deshalb eventuell an den giftigen Dämpfen sterben würde.«

»Aber als Sie überlebten, warum hat er Sie dann hinterher nicht einfach angelogen?«

»Er konnte es sich wohl nicht leisten, mich mißtrauisch zu machen. Nachdem ich meine Proben und meinen Bericht geschickt hatte, mußte er das Spiel mitspielen. Aber sie versuchten, es zu ihrem Vorteil zu wenden, indem sie mich dazu bringen wollten, die Proben selbst abzuliefern. Damit wäre ich Deirdre ein, zwei Tage lang nicht in die Quere gekommen, während sie die letzten Lieferungen organisierte.«

»Aber die vielen Informationen, die er preisgab – wozu hat er das gemacht?«

»Er hatte nicht viel zu verlieren, wenn er es mir erzählte – aus ihrer Sicht war ich ja nur an dem Grund für Kens Tod interessiert. Und ich glaube, Herbie ist ohnehin nicht mehr ganz dicht – er war so verdammt begeistert, als er davon sprach, wie die Natur gegen die Menschheit zurückschlägt, das zeigt schon, aus welcher Ecke er kommt.«

»Dann schicken sie die Zysten also wirklich zu ihm ins Institut.«

»Und er verteilt sie an diese Pumpstationen, wo sie Grundwasser in das Tiefenreservoir pumpen. Wahrscheinlich macht er ihnen weis, das Zeug soll Bakterien in dem Wasser neutralisieren, das sie in die Tiefe jagen, damit das Reservoir nicht verseucht wird. Wie ironisch.«

»Dazu wird es nicht kommen. Sobald wir wieder beim Boot sind, rufe ich über mein Satellitentelefon das FBI an. Das wird Kastner das Handwerk legen.«

Wir marschierten zurück in die Richtung des Wäldchens.

Sanchez schlug vor, mit dem Zodiac um die Insel zu rudern und zu sehen, ob wir das Schnellboot entdeckten, das auf jeden Fall irgendwo in der Nähe ankern mußte. »Es sei denn, sie sind vorausgefahren und haben das Zeug hier zwischengelagert«, spekulierte er. »Was bräuchte man, um alles auf einmal zu befördern, einen Fischkutter vielleicht …«

Wie als Antwort hörten wir plötzlich ein lautes Motorengeräusch, das sich der Insel näherte.

»Oder einen Hubschrauber«, sagte er und begann zu laufen. »Schnell, kommen Sie.«

Ich folgte ihm zurück zur Hütte, und ich spürte den Helikopter ebenso stark, wie ich sein Geräusch hörte.

»Hört sich nach einem großen an ...«, schrie Sanchez und blickte nach oben. »Ein CH 47, ein Chinook. Schnell, unter die Bäume, er kommt auf uns zu.«

61 Aus dem Schutz des Dschungellaubwerks heraus sah ich einen rot-gelb livrierten Hubschrauber mit gewaltigen Rotoren an beiden Enden. Er setzte jedoch nicht am Strand auf, sondern knatterte über unsere Köpfe hinweg, um irgendwo hinter uns auf der Insel niederzugehen. Sanchez und ich sahen einander an, dann machten wir uns auf den Weg in die Richtung, in der der Helikopter verschwunden war. Der Pflanzenwuchs war dicht, und ohne Machete kamen wir nur langsam voran. Nach zehn Minuten hörten wir Stimmen und kauerten uns nieder. Wir bogen einige Zweige beiseite und stellten fest, daß wir uns am Rand einer ansehnlichen Lichtung befanden.

Der riesige Transporthubschrauber stand auf einer Zementfläche, auf der ein verblaßtes Logo in einem Kreis zu sehen war. *Lauderdale Divers Go Deeper*. Offenbar hatte ein Tauchcenter aus Florida den Hubschrauberlandeplatz angelegt und benutzt, bevor es zu dem Streit mit Kuba um das Eigentumsrecht an der Insel gekommen war.

Links von dem Helikopter standen ein Besatzungsmitglied und ein Mann in Khakishorts und einem Hemd mit Blumenmuster neben dem Wasserloch, von dem die Insel ihren Namen hatte. Auf der anderen Seite des Tümpels saßen ein paar Männer rauchend und im Gespräch auf einer Bank in einem kahlen Zementunterstand. Ich zählte vier, drei mit Strohhüten und einer, der jünger als die übrigen war, mit einer roten Baseballkappe, die er verkehrt herum aufhatte.

Dann sah ich eine Taucherin, sie stieg einige in die Erde gehauene Stufen am Rand des Pools empor und nahm ihre Maske ab. Es war Deirdre. Wieso war sie im Blue Hole getaucht? Ich machte Sanchez ein Zeichen, daß ich das Fernglas benutzen wollte.

Während ich scharf stellte, schnallte sich Deirdre die Sauerstoffflasche ab und begann ein Gespräch mit dem Mann von der Hubschraubercrew und der anderen Person, die ich nun als Dermot O'Kelly erkannte. Ich dachte an die Unterhaltung, die ich über blaue Höhlen in der Karibik mit ihr geführt hatte, von deren Existenz sie angeblich nichts wußte. Und nun stieg sie so selbstverständlich aus einer heraus, als wäre es ihr Swimmingpool.

Ich wollte gerade den Hubschrauber und seine Umgebung nach einem Hinweis absuchen, was als nächstes geschehen würde, als die starken Linsen ein farbiges Glitzern in der Ferne einfingen. Wenn es so etwas wie eine Erhebung auf dem Cay gab, dann standen Sanchez und ich genau darauf, und das gestattete uns den Blick auf eine halbmondförmige Scheibe der Lagune, rund einen Kilometer entfernt, am anderen Ende der Insel. Als ich die Brennweite neu eingestellt hatte, sah ich dort eine leistungsstarke blauweiße Motoryacht vor Anker liegen, schlank wie eine Pfeilspitze und etwa dreimal so lang wie der Zodiac. Ich stieß Sanchez in die Rippen, reichte ihm das Fernglas und deutete mit dem Kopf in die Richtung, in die er schauen sollte.

»Warum ankern sie dort?« flüsterte er, als er das Boot entdeckt hatte.

Ich brachte meinen Mund an sein Ohr. »Dort ist der andere

Eingang zum Blue Hole. Sie sind unter der Insel durchgetaucht und hier herausgekommen.«

Seine Lippen formten ein lautloses »Wieso?«.

Ich zuckte die Achseln. Unwahrscheinlich, daß sie sich einfach einen netten Tag machten. In der Hitze stiegen Gerüche von der Vegetation ringsum auf, vermischt mit einem schärferen Gestank. Ich bog ein paar Äste beiseite und beugte mich vor, um zu sehen, was zwischen dem flachen Damm, auf dem wir standen, und der ebenen, grasbewachsenen Umgebung des Wasserlochs lag. Dann sah ich den Grund dafür, warum sie unter Wasser von der Lagune herübergekommen waren.

»Denken Sie an die Karte«, flüsterte ich.

Er antwortete mit einem Achselzucken.

Ich griff erneut zum Fernglas, um meine Vermutung zu bestätigen.

»Mangrovensumpf«, flüsterte ich und beschrieb mit dem Finger einen Kreis, um anzuzeigen, daß sich dieser über das ganze Gebiet unterhalb von uns erstreckte. Blue Hole Cay bestand in Wirklichkeit aus zwei Inseln, voneinander getrennt durch wild wuchernden Mangrovenwald, der sich von einer Seite der Lagune zur anderen erstreckte und den Rest der Insel umgab, vor der die Motoryacht ankerte. Der einzige Strand war der, den Sanchez und ich gerade heraufgekommen waren.

Zur Zeit herrschte beinahe völlige Ebbe, was den widerlichen Geruch von freiliegendem Schlick und Wurzeln vor unserer Nase erklärte.

Als ich den Kopf zurückzog, knickte ich einen Pflanzenschößling ab, auf den ich mich gestützt hatte. Ein Pelikan flog erschrocken von einem nahen Baum auf. Ich sah, wie Deirdre umherblickte und dem Vogel nachsah, bis er sich auf einem anderen Baum niederließ. Erst dann atmete ich aus. »Sie warten, bis vollständige Ebbe ist, deshalb lungern sie hier herum.«

»Damit sie die Ladung hinübertragen können.«

»Vermutlich. Aber wie sind die Arbeiter dort hinübergekommen?«

»Da bin ich überfragt.«

»Und wo haben sie einen solchen Hubschrauber her?«

»Gemietet. Kostspielige Sache, aber sie sind zu haben.«

Um den Chinook herum entstand nun Bewegung, eine Tür an der Unterseite ging auf und senkte sich langsam auf die Zementfläche herab, bis sie eine Rampe bildete. Ein weiteres Besatzungsmitglied schritt die Rampe herab, die vier Männer standen von der Bank auf, und Dermot sprach zu ihnen und zeigte auf ein Gebiet ein kleines Stück links von unserem Versteck. Dann marschierte das Quartett unter viel gegenseitigem Necken die Rampe hinauf und kam bald darauf mit verschieden langen Holzstangen, Frachtnetzen, Seilen und Macheten wieder zum Vorschein. Einer der älteren blieb stehen, um einen Plastikbehälter vom Boden aufzuheben, von ähnlicher Größe wie die Amhaxflaschen, aber mit einem gebogenen Griff am oberen Ende. Er schien dem Gewicht nach mit Wasser gefüllt zu sein. Mit all diesen Gegenständen machten sie sich auf den Weg in unsere Richtung.

Als die vier näher kamen, sah ich, daß sie die Ausrüstung mit der Lässigkeit von Arbeitern auf einer Baustelle trugen. Der Mangrovensumpf zwischen ihnen und uns war etwa zehn Meter breit. Als sie an seinen Rand kamen, schwenkten sie nach links, vermutlich zu einer schmaleren Stelle des Kanals, die ihnen O'Kelly gezeigt hatte. Aber der jüngste von ihnen, der mit der Baseballmütze, konnte der Versuchung nicht widerstehen und probierte, ob er seinen Fuß auf die Mischung aus Sand und Schlamm unterhalb des Ufers setzen konnte. Der Untergrund hielt, deshalb versuchte er, mit einem Bein darauf zu stehen, während er den anderen Fuß auf eine Mangrovenwurzel stützte und sich mit einer Hand an einem Ast festhielt.

Er rief seinen Kollegen, die bereits ein Stück voraus waren, auf spanisch zu, sie sollten ihm zuschauen, wie er mit Hilfe der Wurzeln als waagrechter Leiter auf die andere Seite gelangte. Und in diesem Moment gab der Schlamm unter seinem Fuß nach und er sank bis zum Schritt ein. »*Mierda!*« rief er aus. Als er dann bemerkte, daß er noch tiefer sank, geriet er in Panik und schrie, die anderen sollten zurückkommen. Sie rannten zu ihm, wobei sie alles fallen ließen außer einem Seil, das sie dem jungen Mann zuwarfen, der mittlerweile bis zur Taille im Sumpf steckte. Er hielt sich mit beiden Händen an dem Tau fest, und die anderen zogen ihn unter lautem Hohngelächter heraus.

Mir kam in den Sinn, daß diese Arbeiter wahrscheinlich den hölzernen Hebezug am Rand des Zenote Ixchel auf Cozumel errichtet hatten. Und nun würden sie etwas Ähnliches am Ufer des Mangrovensumpfes bauen. Eine Art Winde, mit deren Hilfe man die Behälter über den trennenden Morast hieven konnte.

Unten am Blue Hole saßen die Geschwister O'Kelly auf der Bank im Schatten des Unterstands, während sich die Besatzung des Chinook auf Kunststoffmatratzen ausstreckte, die sie aus dem Hubschrauber geholt hatten, und in ihren T-Shirts und Boxershorts ein Sonnenbad nahm.

Es war nach Mittag, und die Sonne brannte heiß herab. Sanchez und ich mußten überlegen, was wir als nächstes unternehmen wollten. Und wir brauchten Wasser. Ich machte ihm ein Zeichen, daß wir uns zum Strand zurückziehen sollten.

Wir hatten einen Wasservorrat von der *Holtzinger* mitgenommen, und davon tranken wir nun, während wir im Schutz der Sträucher und Bäume am prallen Schlauch des Zodiac lehnten und die Möglichkeiten besprachen, die uns offenstanden.

»Die Arbeiter werden ziemlich bald hier herüberkommen. Und dann müssen wir damit rechnen, daß sie unser Boot sehen.«

»Das ist ein Grund, warum ich es wegbringen möchte. Der andere ist, daß ich an Bord der Motoryacht gelangen und sie außer Gefecht setzen will.«

»Sie werden es mit Alfredo zu tun bekommen.«

»Ich fürchte mich nicht vor ihm.«

»Und sie haben immer noch den Hubschrauber.«

»Aber es wird ihre Möglichkeiten einschränken.«

»Hmm ... vielleicht könnten wir die Arbeiter auf dieser Seite der Insel isolieren.«

»Und wie?«

»Indem wir die Konstruktion in Brand setzen, die sie bauen.«

»Ausgezeichnete Idee. Das wird außerdem die O'Kellys ablenken und mir Zeit verschaffen, noch etwas anderes zu tun.«

»Nämlich?«

»Überlassen Sie das nur mir. Womit wollen Sie das Feuer anzünden?«

»Mit ein bißchen Benzin aus dem Tank Ihres Boots und einer Schachtel Streichhölzer. Sie haben doch Streichhölzer für Notfälle an Bord, oder?«

»Ja. Und einen Erste-Hilfe-Kasten. Und Leuchtraketen.« Ich ging zu dem Kasten im Bug und wühlte eine Weile nach dem wasserdichten Beutel, in dem ich die Streichhölzer aufbewahrte. Außerdem fand ich ein kurzes Stück Sisalseil, was mich auf eine Idee brachte.

»Schade, daß wir nicht zwei Funkgeräte haben«, sagte Sanchez, als ich wieder nach hinten kletterte. »Dann könnten wir in Verbindung bleiben.«

»Aber wir haben ja zwei Telefone – mein Handy und Ihr Satellitentelefon. Sie können nur wenig Gepäck gebrauchen, deshalb gebe ich Ihnen meins und nehme Ihr Satellitending mit.« Ich gab ihm die Streichhölzer und zeigte ihm das Stück Seil.

»Könnte funktionieren. Was ist mit dem Seil?«

»Das ist eine Naturfaser. Man steckt es in den Benzintank, und es saugt den Treibstoff auf wie ein Docht. Schlau, was?« Ich öffnete den Tank und ließ das Seil in den Stutzen gleiten.

»Sie sind ein Genie, Jessica. Sagen Sie mir Bescheid, wenn Sie je daran denken, die Sache mit der Meeresbiologie aufzugeben.« Sanchez öffnete den Koffer des Satellitentelefons. »Am besten wir probieren erst mal, ob wir hier einen Kontakt herstellen können. Ich rufe Sie an, und –« Er legte den Kopf schief.

Ich hörte es ebenfalls. Der Klang von Männerstimmen drang durch die Bäume.

»*Carajo*, nichts wie weg hier.« Sanchez klappte den Koffer zu, riß das Seil aus dem Benzintank und stopfte es in den leeren wasserdichten Beutel, den ich ihm gab.

Ich stieß den Zodiac mit Hilfe eines Ruders vom Ufer ab. Sanchez sprang in das seichte Wasser und gab mir einen letzten Schub hinaus in die Lagune, bevor er den Strand hinaufrannte und zwischen den Bäumen verschwand.

62 Ich band das Schlauchboot an der Tauchplattform am Heck der Motoryacht fest und kletterte die Stahlleiter hinauf. Vom Achterdeck aus konnte ich die beiden Rotortürme des Chinook über die Baumspitzen ragen sehen. Und ich sah auch, wie dicht der Mangrovengürtel auf dieser Seite war und den Zugang zum Inselinnern erschwerte.

Gebückt schlich ich auf der ungeschützten Seite über das Deck und untersuchte die Lagune unter dem Boot. Ein paar Korallenspitzen waren sichtbar, und ein dunkler Bereich, bei dem es sich um den Seeeingang zu dem Höhlensystem unter der Insel handeln konnte.

Ich fand eine offene Tür, wagte mich hinein und fand mich in einem Salon hinter der Außenbrücke wieder, die noch einige Stufen höher lag. Auf einem Sitz lagen drei Schlafsäcke. Ich lief die Stufen hinauf und sah mich rasch um, bevor ich wieder in den Salon hinabstieg. Weitere Stufen führten vermutlich zur Kombüse und den Schlafräumen hinunter. Wo war Alfredo? Vielleicht in Havanna, wo er auf ein Beförderungsmittel nach Miami wartete – seine Belohnung dafür, daß er den Zwillingen geholfen hatte.

Ich sah mich nach einer Tauchausrüstung um, und mir wurde klar, daß ich sie am ehesten im Heck finden würde, wo sie schnell zur Hand war. Als ich den Salon gerade verlassen wollte, hörte ich ein ersticktes Stöhnen aus dem Unterdeck. Ich beugte mich über die Treppe und lauschte aufmerksam. Da ich es erneut hörte, deutlicher diesmal, stieg ich vorsichtig die Stufen zur Kombüse hinab.

Einen großen Teil der Einrichtung unter Deck hatte man herausgerissen, um Platz für Ladung zu schaffen, außer einer

Spüle, einem Wasserhahn und einer Kaffeemaschine war der Raum leer. Eine Tür führte zu den Schlafquartieren, und hinter ihr ertönte der gedämpfte Schrei wieder. Ich zog die Tür auf, und ein Schwall ofenheißer Luft traf mich. Es fand kein Luftaustausch statt – die Kammer war praktisch versiegelt.

Zu beiden Seiten eines Gangs, der zum Bug hin schmaler wurde, standen Stockbetten. Aus den zerknüllten Laken stieg der Geruch von getrocknetem Schweiß. An einem hervorstehenden Holzbalken auf Augenhöhe hing an einer der Kojen merkwürdigerweise ein wassergefülltes Röhrchen, ähnlich denen, die ich in den Transportbehältern gesehen hatte.

»Señora Madison«, krächzte eine Stimme.

Es war Alfredo.

»Jessica ... helfen Sie mir ...«

Im düsteren Licht tauchte oberhalb von mir ein Gesicht auf, das sogleich zurück auf ein Kissen sank und beinahe wieder unsichtbar wurde.

»Alfredo, was ist los?«

Ich stieg auf die Kante der unteren Koje auf der anderen Seite des Gangs und beugte mich zu ihm hinüber. Er war mit roter Nylonleine so ans Bett gefesselt, daß er nur den Kopf und einen Unterarm heben konnte – den, der dem Wasser am nächsten war. Seine Lippen waren aufgesprungen, das Gesicht fahl unter der gebräunten Haut, und noch aus einem Meter Entfernung roch ich seinen beißenden Atem. Er war am Verdursten.

»Mein Gott, was haben sie denn mit dir gemacht?«

»Nehmen Sie das Gift weg.« Er nickte schwach in Richtung des Röhrchens. Ich nahm es, rannte in die Kombüse und legte es auf dem Boden ab. Neben der Spüle fand ich einen Plastikbecher, den ich mit Wasser aus dem Hahn füllte. Dann ging ich zurück in den immer noch drückend heißen Schlafbereich und hielt Alfredo den Becher an die Lippen.

»Langsam trinken«, sagte ich, »nicht alles auf einmal.«

Er trank ein wenig und legte sich wieder zurück, deshalb machte ich mich daran, ihn loszubinden. Noch während ich arbeitete, fragte ich ihn aus, da mir bewußt war, daß wertvolle Zeit verstrich.

»Was ist passiert, Alfredo?«

»Es tut mir so leid ... glauben Sie mir, ich wollte niemanden töten.«

»Durch die Fracht, die du zur Insel gebracht hast, ist niemand getötet worden, falls du das meinst. Aber was war mit den Hinrichtungen in Chichen Itza? Mit dem Foto, das man bei dir zu Hause gefunden hat?«

Er starrte mich verdutzt an. Dann dämmerte ihm, wie übel die Sache für ihn ausgesehen haben mußte.

»So etwas könnte ich nie tun, das müssen Sie mir glauben.« Er wurde unruhig und versuchte, sich aufzusetzen.

»Ich glaube dir, Alfredo, nur die Ruhe, ich habe dich noch nicht ganz losgebunden.«

Er erklärte, Deirdre habe ihm das schauerliche Foto gegeben, als Beweis, wie verpflichtet sie und ihr Bruder der Sache des mexikanischen Nationalismus waren. Alfredo war entsetzt gewesen von dem, was er sah, aber beeindruckt von der Zusammenarbeit der beiden mit den Cruzob. Er erklärte sich zur Hilfe bereit, indem er mit dem Zodiac gelegentliche Lieferungen zur Isla Mujeres unternahm, wo die Viererbande die Behälter auf Dermots Hochgeschwindigkeitsyacht umlud. Als er dann auf Deirdres dringendes Flehen hin an jenem Tag in den Laden kam, erklärte sie ihm, die Bundespolizei habe das Haus durchsucht, und sie müßten mit einer letzten Lieferung von der Insel fliehen.

»Und was, dachtest du, hatten sie mit dem Zeug vor?« fragte ich und entfernte die letzte Fessel.

Alfredo setzte sich schwankend auf und trank noch ein wenig Wasser. »Sie sagten, sie würden es an einen Wissenschaftler in Florida schicken, irgendein Typ, den Señor Kelly bei einer Demonstration in Quebec kennengelernt hatte und der mit der mexikanischen Sache sympathisierte, weiter nichts.«

»Und das hast du ihnen abgenommen?«

»Bis ich auf die Yacht hier kam und die beiden sich betranken und davon zu reden anfingen, daß sie bei ihrem ersten Angriff zweimal so viele Leute auslöschen wollten, wie in Pearl Harbor starben – mehr als viertausend, das war ihr Ziel. Und wenn sie mit der Verseuchung der Wassernetze fertig wären, würde die Gesamtsumme höher sein als in Hiroshima und Nagasaki zusammen. Ich kann Ihnen sagen, da bekam ich es mit der Angst und wollte weg.«

»Was hast du gemacht, hast du zu fliehen versucht?«

»Es gab noch eine zweite Hütte am Strand, die haben die Männer gestern auseinandergenommen, um mit den Pfosten und anderem Gebälk eine Hebevorrichtung auf dieser Seite des Mangrovenkanals zu bauen. Heute im Morgengrauen haben wir sie dann hinübergeschwenkt, damit sie den Hubschrauberlandeplatz freilegen, der mit Ästen und Unrat aus dem Dschungel übersät war. Die Zwillinge gingen zum Boot zurück, um Frühstück zu machen, und ich sollte dort warten, bis die Männer auf der anderen Seite fertig waren. Da sah ich eine Möglichkeit, sie aufzuhalten – ich band die Pfosten los und rollte sie in den Kanal, und da gerade Flut war, trieben sie fort.«

Das erklärte, wieso die Arbeiter auf der anderen Seite waren. Sie waren dort gestrandet.

»Ich stellte es als einen Unfall hin, aber sie haben mir nicht geglaubt«, sagte er und versuchte, aus der Koje zu kommen.

»Das hast du gut gemacht, Alfredo. Du hast sie lange genug aufgehalten, damit wir hier eintreffen konnten.« Während ich ihm aus der Koje half, erzählte ich, daß Sanchez ebenfalls hier sei, und erklärte, was wir vorhatten.

»Seien Sie vorsichtig. Señor O'Kelly hat eine AK 47 bei sich. Er hätte mich heute morgen fast erschossen, als er herausfand, was ich getan hatte. Statt dessen haben sie mich aber hier im Quartier der Arbeiter festgebunden. Das vergiftete Wasser war Deirdres Idee. Señor Kelly ist ja schon skrupellos, aber sie ... sie ist eiskalt.«

Er humpelte ohne Hilfe aus dem winzigen Raum. Seine Jugend und Fitneß halfen ihm, sich schnell zu erholen.

»Okay, Alfredo, ich muß los. Wie findet man durch die Blaue Höhle?«

Alfredo füllte noch einen Becher mit Wasser und trank. »Der Eingang ist genau unter dem Heck. Sie gehen etwa drei Meter tief, dann kommt ein schmaler Durchgang, der ungefähr zehn Meter weit horizontal verläuft, danach ein senkrechter Schacht von derselben Breite. Mindestens zwanzig Meter abwärts. Dann kommt ein Labyrinth aus Durchgängen und Kammern, alles sehr verwirrend, aber es gibt eine Führungsleine bis zum Ausgang auf der Insel.«

»Sicht?«

»Das Meerwasser ist klar. Aber in der Nähe des Ausgangs ist eine Mischzone, und dort ist es sehr trüb.«

Die Mischzone, von der Alfredo sprach, war eine Stelle, an der sich Süß- und Salzwasserschichten treffen und einen seltsamen Effekt erzeugen, so als würde man durch Gaze schauen.

»Wie sieht es mit der Strömung aus?«

»Die hereinkommende Flut kann ziemlich stark sein, das hilft, wenn man hinüber will.« Er schaute auf seine Armbanduhr. »Aber sie setzt erst in einer Stunde ein. Es wird also zwanzig Minuten dauern, bis Sie drüben sind.«

»Ich brauche Tauchausrüstung.«

»Oben auf Deck ... ich zeig es Ihnen.« Wir stiegen die Treppe zum Salon hinauf, dann hinaus aufs Deck und nach hinten zum Heck, wo er einen Kasten öffnete. »Sie hatten eigene Preßluftflaschen dabei, haben Ihre Reservetanks aber ebenfalls mitgenommen. Und ich glaube, das ist eine von Ihren Masken.«

Alfredo hatte recht. Ich probierte sie an, und sie saß perfekt. Es gab keinen Tauchanzug, aber damit konnte ich leben. Mein T-Shirt und die Shorts würden mich einigermaßen vor Korallen und scharfen Vorsprüngen in den Durchgängen schützen. Es gab auch eine Weste, eine volle Preßluftflasche, eine Taucherlampe mit Batterieteil, ein Messer und ein Paar Flossen, die allerdings zu lose saßen, deshalb ließ ich sie zurück.

Alfredo half mir, die Sachen anzulegen, trotz meiner Proteste. »Du mußt raus aus dieser Hitze. Such dir einen schattigen Platz an Deck und ruh dich aus. Und hör nicht auf zu trinken.«

»Ich komm schon klar.«

Ich sah auf die Uhr. Ich war weit über der Zeit.

»Alfredo, da wäre eine Sache, die du erledigen könntest, wenn du wieder bei Kräften bist.« Ich erklärte, was ich wollte, und er nickte.

Ich war bereits unten auf der Plattform und wollte soeben mit einer Rückwärtsrolle in die Lagune tauchen, als mir die Abmachung mit dem Telefon einfiel. »Scheiße«, sagte ich laut. »Kannst du damit umgehen?« Ich langte in den Zodiac und gab Alfredo das Satellitentelefon. »Es ist ganz einfach zu bedienen.«

Alfredo nickte.

»Ruf Captain Sanchez auf meiner Handynummer an. Sag ihm, er soll das Feuerwerk in zwanzig Minuten starten.«

»Feuerwerk?«

»Sozusagen. Wir hoffen, sie ein bißchen verwirren zu können.«

Alfredo grinste. »Vielleicht kann ich dazu auch etwas beisteuern.«

63 Der Weg durch die Mischzone erinnerte mich an den Tauchgang in Chichen Itza. Es roch nach faulen Eiern, weil Vegetation, die zwischen den Schichten festsaß, von Bakterien zersetzt wurde. Die Sicht, wegen der Vermischung von Süß- und Salzwasser ohnehin bereits verschwommen, wurde noch schlechter dadurch, daß Gerbsäuren aus der Urwaldvegetation die Farbe von starkem Tee beisteuerten. Aber ich sah einen schwachen Lichthof über mir. Und plötzlich war ich unvermittelt wieder in klarem Wasser, nur zwei Meter unter der Oberfläche.

Ich hob den Kopf lautlos aus dem Wasser und versuchte, mich zu orientieren. Ich hatte erwartet, in die Richtung der Mangroven zu blicken, mit dem Hubschrauber zur Linken und dem Betonunterstand rechts von mir. Statt dessen schaute ich genau auf den Unterstand, wo Deirdre und ihr Bruder anscheinend eine Auseinandersetzung mit der Besatzung des Hubschraubers hatten; beide Männer marschierten gerade schreiend und gestikulierend auf sie zu. Ich tauchte wieder unter, schwamm zum Ufer auf der Seite des Unterstands und drehte mich um neunzig Grad. Ein Blick auf die Uhr sagte mir, daß ich den Weg durch die Kanäle und Höhlen des Blue Hole in nur fünfzehn Minuten geschafft hatte.

Ich hob erneut den Kopf, und nun sah ich den riesigen Chinook nur zwanzig Meter links von mir auf dem Landefeld stehen. Ein Stück voraus zu meiner Rechten ragte eine kreuzweise Anordnung von Pfosten wie das Gerippe eines Tipis empor, mit einer langen Stange, die oben in der Gabelung ruhte. An beiden Ende dieser Querstange hing je ein Frachtnetz, das eine davon fest um einen Wasserbehälter geschlungen, den die Männer vom Rand des Wasserlochs geholt hatten und der als Gegengewicht diente. Neben den gekreuzten Pfosten erhob sich eine kleine Holzplattform, auf ihr sollte vermutlich jemand stehen, der mit Hilfe der Querstange die Behälter über den sumpfigen Kanal schwenkte.

Offenbar hatten sie zwei der Männer auf der anderen Seite abgesetzt, damit sie die Behälter holten, während zwei auf dieser geblieben waren und sie zum Hubschrauber trugen. Ich sah zu, wie sich diese beiden letzteren mit je einem Behälter auf der Schulter hintereinander dem Helikopter näherten. Sie trugen die weißen Einwegoveralls und Schutzmasken.

Als die Hubschrauberbesatzung den Unterstand erreichte, konnte ich mithören, worum der Streit zwischen ihnen und den Zwillingen ging.

»Es war nicht die Rede davon, daß wir irgendwelche gefährliche Ladung fliegen«, sagte einer. »Was sollen die Masken und der ganze Mist?«

Nun fiel der andere mit ein. »Ich hab keine Lust, bis Miami mit einer Tonne von diesem Scheißzeug im Cockpit zu sitzen.«

»Wir haben es doch schon erklärt«, sagte Dermot O'Kelly.

»Das ist nur Chlor, ein neues, geruchsneutrales Produkt, das wir versuchsweise aus Kuba importieren.«

»Wir beachten nur die üblichen Vorsichtsmaßnahmen, wie bei allen Chemikalien«, ergänzte Deirdre.

»Wir haben bereits ein hohes Risiko auf uns genommen, als wir fast bis in den kubanischen Luftraum geflogen sind. Und ich rede jetzt auch nicht davon, wie legal oder nicht legal die Einfuhr dieser Fracht ist, ich will nur nicht, daß wir gefährdet werden durch –« Er drehte sich zu den beiden Arbeitern um, die ihre Behälter fallen gelassen hatten und zu schreien anfingen.

Ich sah Rauch aufsteigen, dort, wo der hölzerne Schwenkarm stand. Dann begann sich eine lodernde Flamme an dem Frachtnetz hinaufzufressen. Sanchez mußte das benzingetränkte Seil mitten im Netz plaziert haben.

»Was zum Teufel ist da los?« rief Dermot und lief hinter den Arbeitern her in Richtung des Feuers.

»Kommt mit«, sagte Deirdre zu der Helikoptercrew und rannte hinter ihrem Bruder her. Die beiden folgten ihr halbherzig ein Stück, aber dann blieben sie stehen und besprachen sich.

Ich mußte rasch an Bord des Hubschraubers gelangen. Ich schwamm zur untersten Stufe, legte mein Tauchzeug ab und rannte über die Rampe in den Bauch des Chinook. Aus dem Fenster sah ich die Versammlung beim Schwenkarm. Einer der Männer hatte den Gegengewichtbehälter geöffnet und leerte dessen Inhalt über das brennende Frachtnetz.

Die beiden Flieger standen immer noch vor der Maschine und diskutierten die Sache, aber sie sahen aus, als wollten sie jeden Augenblick an Bord kommen. Mir blieb nur sehr wenig Zeit, den Hubschrauber funktionsuntüchtig zu machen. Mein Plan bestand schlicht darin, mit dem Tauchmesser alle Kabel zu durchtrennen, die irgendwie wichtig aussahen.

Plötzlich erfüllte ein gewaltiges Zischen die Luft, und draußen duckte sich die Hubschrauberbesatzung, als würde sie angegriffen. Ich sah ein leuchtend rotes Licht über den Himmel ziehen. Jemand hatte ein Notsignal abgefeuert. Dann grinste ich, als mir klar wurde, daß das Alfredos Beitrag war, mit dem er Verwirrung stiften wollte. Ein echtes Feuerwerk. Und es brachte mich auf eine bessere Idee.

Ich holte tief Luft, dann schritt ich die Rampe hinab und rief der Hubschrauberbesatzung zu: »Okay, Leute. Central Intelligence Agency, das hier ist ein Manöver zur Abwehr biologischer Kampfstoffe. Wir wissen, ihr seid nur die Packesel, also fliegt euer Baby raus hier – aber plötzlich.«

Den beiden klappte simultan der Kiefer nach unten. Da stand eine Person an Bord ihres Hubschraubers, die aussah, als wäre sie soeben einem Wet-T-Shirt-Contest entsprungen, und behauptete, sie gehöre zur CIA.

Einen Moment lang wollten sie es nicht glauben. Aber ich wußte, sie waren ohnehin drauf und dran, lieber zu verschwinden. Ich wollte gerade noch etwas sagen, als Alfredo eine zweite Leuchtrakete abfeuerte. Ihre Flugbahn war tiefer als die der ersten, und sie erstrahlte unweit des vorderen Rotorturms des Chinook zu voller Helligkeit.

»Scheiße!« schrien die beiden unisono und rannten an mir vorbei die Rampe hinauf. »Wir sind schon weg, Madam.«

Unter Zurschaustellung größter Selbstsicherheit schritt ich barfuß die Rampe hinab und spähte dann in Richtung des Mangrovengürtels. Die O'Kellys und die Arbeiter erhoben sich gerade wieder, nachdem sie sich geduckt hatten, als das Leuchtsignal über ihren Köpfen aufgetaucht war. Ich wußte nicht, ob sie mich gesehen hatten, aber ich hatte nicht vor, zu warten, bis ich es herausfand.

Ich setzte mich auf die unterste Stufe des Einstiegs zum Blue

Hole und legte meine Tauchausrüstung an, als sich die Rotoren des Chinook zu drehen begannen. Wenigstens tat sich noch etwas, das sie von mir ablenkte.

Als erste erreichten die beiden Arbeiter den Landeplatz, sie hatten ihre Schutzkleidung ausgezogen, um das Feuer zu bekämpfen. Die Rampe befand sich inzwischen in horizontaler Stellung etwa anderthalb Meter über dem Boden. Die Männer schwangen sich ohne Zögern hinauf und kletterten in die Maschine. Auch die O'Kellys waren angekommen, blieben aber zurück, unsicher, ob die beiden den Abflug des Hubschraubers verhindern wollten oder per Anhalter in die Staaten flogen.

Dann begann der Helikopter abzuheben, und ich sah, wie Dermot den Kopf schüttelte. Er wußte, sie hatten diese Runde verloren. Er stand resigniert da, während Deirdre vor Wut kochte und hilflos die Fäuste ballte. Der Motor dröhnte nun mit Vollgas, und ich glitt ins Wasser und schwamm hinaus in die Mitte der Wasserlochs. Sekunden später war nur noch der ferne Lärm der Zwillingsrotoren zu hören. Dann Stille.

»Was zum Teufel machen wir jetzt?« schrie Deirdre.

»Alfredo töten. Ich hätte den Scheißkerl schon heute morgen erschießen sollen.«

»Und du meinst, er wartet einfach, bis wir zurückkommen, oder was?«

»Das Boot ist noch da. Zündschloßsperre. Ohne den hier kann er es nicht starten.« Er hielt den Zündschlüssel in die Höhe. »Und wo soll er sich verstecken? Auf der Insel? Er würde höchstens einen Tag überleben.«

»Aber wenn er das Boot nicht starten konnte, wer hat dann den Schwenkarm in Brand gesteckt?«

»Woher soll ich das wissen. Vielleicht ist einem der Arbeiter ein Streichholz in das Frachtnetz gefallen.«

»Und wo stecken die beiden anderen eigentlich, weil wir gerade dabei sind?«

»Hör auf, mir auf die Nerven zu gehen. Los, zurück zum Boot.«

Ich hatte das Gefühl, es war an der Zeit, ihnen die Augen zu öffnen.

»Hallo, Deirdre«, rief ich und trat dabei Wasser. »Vielleicht kann ich ein paar von deinen Fragen beantworten.«

64 Die O'Kellys rissen die Köpfe herum wie Marionetten. Ich konnte die Ähnlichkeit zwischen den beiden nun deutlich sehen.

»Aber nur, wenn du zuerst mir ein paar Antworten gibst«, rief ich hinterher.

»Das ist deine Freundin, die blöde Schlampe«, sagte Dermot gehässig.

»Vielleicht hättest du mich umbringen sollen wie Goldberg, was, Dermot? Ist doch toll, wenn man jemanden, den man nicht ausstehen kann, unter dem Deckmantel, den Planeten zu retten, loswerden kann.«

Er antwortete nicht, sondern ging zu dem Unterstand, in dem die beiden ihre Tauchausrüstung abgelegt hatten. Deirdre näherte sich dem Wasserloch so vorsichtig, als könnte ich verschwinden, falls sie eine plötzliche Bewegung machte. Sie planten etwas, womöglich mit Hilfe des telepathischen Rudelinstinkts gleichaltriger Wesen, aber ich würde ihnen zuvorkommen.

»Und was hat dir am meisten Befriedigung verschafft, Deirdre? Unschuldige Studenten zu foltern und hinzurichten oder eine Freundin zu verraten, die dir mehr vertraut hat als irgendwem sonst auf der Welt?«

»Du hast den Kampf aufgegeben, Jessica«, entgegnete sie. »Du zählst nicht mehr.« Sie klang keine Spur zorniger oder bedrohlicher als bei anderen Gelegenheiten, bei denen sie mich zusammengestaucht hatte. Mir wurde klar, daß nicht ich es war, der es an Phantasie mangelte, sondern Deirdre. Sie erkannte den moralischen Unterschied nicht mehr zwischen einem Dschingis Khan und jemandem, der auf der Straße ein Bonbonpapier fallen ließ.

»Sieht so die Welt aus, in der Bonnie aufwachsen soll?« fragte ich und behielt gleichzeitig Dermot im Auge. »Eine Welt, in der Freunde ausgenutzt und weggeworfen werden? Wo der Idealismus von Leuten wie Alfredo mißbraucht wird? Wo man ohne Reue lügt, betrügt und mordet? Wo der Tod Tausender Menschen, darunter Kinder wie deine Tochter, keine Rolle spielt?«

»Wenn wir es nicht tun, wird keine Welt mehr übrig sein, in der Bonnie aufwachsen könnte.« Deirdre war in ihr einschmeichelndes Säuseln verfallen. »Sag, wie hast du uns gefunden?«

»Sagen wir mal, göttliche Eingebung.« Aus dem Augenwinkel sah ich, wie Dermot etwas aus einem Plastikbeutel zog. Ich hatte angenommen, er würde seine Tauchausrüstung anlegen. Aber da lag ich falsch. Alfredo hatte mich gewarnt. »Wer als letzter beim Boot ist, zahlt eine Runde«, rief ich, bevor ich das Mundstück zwischen die Zähne steckte und untertauchte.

Die Kugeln schwirrten neben mir durchs Wasser wie kleine Kondensstreifen. Ich tauchte senkrecht durch die trübe Mischzone, bis ich in das klare Meerwasser darunter kam. Im Eingang zu dem Durchbruch, der hinaus in die Lagune führte, pausierte ich mehr als eine Minute und ließ Ströme von Luftblasen entweichen. Dann schaltete ich meine Taucherlampe aus und schwamm wieder hinauf in die Düsterkeit der Mischzone. Die Sonne stand nicht mehr direkt über mir, und es war dunkler als zuvor. Nach wenigen Sekunden sah ich zwei verschwommene Strahlen durch die bräunliche Finsternis leuchten. Ich hielt den Atem an, während die beiden Taucher nur wenige Meter an mir vorbeischwammen und der Spur meines verbrauchten Sauerstoffs in die Blaue Höhle folgten.

Sobald ich aus dem Wasser gestiegen war, legte ich meine Taucherausrüstung ab und machte mich auf den Weg zum Mangrovengürtel.

Das Frachtnetz war nur mehr eine harte Kugel aus zusammengeschmolzenen Synthetikfasern und die Stange, an der es hing, ein verkohltes Gerippe.

Sie hatten die Vorrichtung an der schmalsten Stelle des Mangrovenbachs aufgebaut, wo er nur etwa vier Meter breit war. Ich bemerkte, daß die Flut kam, sie bedeckte bereits die Wurzeln der Mangrovenbäume.

»Sanchez!« rief ich, in der Hoffnung, daß er sich in Hörweite aufhielt.

Ich sprang auf die Plattform, um eine erhöhte Position zu erreichen, und stieß versehentlich gegen das Ende der Querstange. Sofort fiel ihr oberer Teil in einem Wirbel aus Asche und Funken in sich zusammen. Ich blickte an den Pfosten hinab, die im Boden staken, und sah, daß um ihren unteren Teil inzwischen die Flut schäumte. Das würde ihren sicheren Halt am Ufer zweifellos untergraben.

Nach vielem Stöhnen und Keuchen war es mir lediglich gelungen, den Schwenkarm ein paar Zentimeter zu bewegen. Dann kippte die ganze Konstruktion zur Seite. Einer der Stützpfosten steckte in einem Uferstück, das zu versinken begann; so etwas gehörte zu dem natürlichen Kreislauf von

Erosion und Neuaufbau, der sich in Mangrovengebieten täglich abspielt. Ein heftiger Fußtritt gegen das Gebilde führte dazu, daß es ein Stück weiter über den Bach ragte, aber noch nicht weit genug.

»Jessica!«

Im ersten Moment erstarrte ich. Aber es war eine Stimme, die ich gerne hörte.

65 Sanchez stand lächelnd am anderen Ufer.

Ich lächelte zurück. »Hey, es hat funktioniert«, sagte ich. »Aber was ist aus den beiden Typen auf Ihrer Seite geworden?«

»Die sitzen am Strand und haben die Hände am Hinterkopf. Und Alfredo richtet die Pistole auf sie. Er kam in Ihrem Boot daher, als ich gerade daran dachte, die beiden laufen zu lassen und mich auf die Suche nach Ihnen zu machen.«

»Unsere irischen Freunde müßten in etwa zehn Minuten in der Lagune auftauchen. Vorausgesetzt, sie schaffen es bis dorthin.«

»Was sollte sie daran hindern?«

»Zum einen arbeitet die Flut gegen sie. Und außerdem habe ich ihnen eine böse Überraschung bereitet.« Ich klopfte auf das Tauchmesser, das ich noch immer an den Arm geschnallt trug. »Ich habe die Führungsleine gekappt.«

Sanchez pfiff durch die Zähne. »Sie können hart sein, wenn es drauf ankommt, Señorita Madison.«

»Im Augenblick möchte ich nur raus hier. Wenn es mir gelingt, dieses Ding hier ganz auf die andere Seite zu schieben, kann ich es als Brücke benutzen.« Ich schaute mich um und entdeckte eine Rolle Tau, das die Arbeiter liegengelassen hatten. Ich machte eine Schlaufe, stieg wieder auf die Plattform und schlang sie um das obere Ende der Kreuzstangen, dann warf ich das Seil zu Sanchez hinüber, als befände ich mich auf einem Boot, das zur Anlegestelle kommt.

»Ich ziehe jetzt, eins, zwei, drei …« Sanchez zerrte an dem Seil, während ich gegen die Stange drückte. Einige Sekunden lang geschah nichts, dann gab die ganze Konstruktion nach, der Balken, auf dem ich stand, kippte um, und ich lief auf ihm entlang, während er ins Wasser stürzte. Ich mußte einen Sprung wagen und krachte so hart gegen das andere Ufer, daß mir die Luft wegblieb. Dann rutschte ich langsam in den Schlamm hinab.

Sanchez hatte noch immer das Seil in der Hand, das sich am anderen Ende von den Pfosten gelöst hatte, als diese unter ihrem eigenen Gewicht zusammengebrochen waren. Er warf es mir zu, und ich hielt mich fest. Dann begann er mit aller Kraft zu ziehen. Der Schlamm gab mich mit einem Geräusch frei, als hätte ich ihm Verdauungsstörungen verursacht.

Ich krabbelte das Ufer hinauf und blieb flach ausgestreckt liegen, schwitzend, in schleimigen, stinkenden Schlamm gepackt. Ein Schwarm Insekten surrte um mich herum. »Von der Miss Wet-T-Shirt zur Königin der Schlammcatcherinnen an einem Nachmittag«, sagte ich lachend.

»Hmm …« Sanchez wußte nicht genau, wovon ich sprach. »Wir sollten lieber zu Alfredo zurückgehen.«

»Und wir müssen dem FBI noch wegen Herbie Kastner Bescheid sagen.«

»Schon erledigt«, sagte Sanchez. »Mir ist alles mögliche eingefallen, um mir die Zeit zu vertreiben.«

Ich folgte ihm auf einem Pfad, den die Arbeiter mit ihren

Macheten geschlagen hatten. In weniger als fünf Minuten waren wir am Strand, wo Alfredo noch immer die beiden Männer bewachte. Sie saßen in der Nähe des Schlauchboots, das so ziemlich an derselben Stelle wie zuvor am Ufer lag. Alfredo wirkte aufgeregt.

»Sehen Sie«, sagte er und deutete aufs Meer hinaus. Ich sah die Motoryacht ein kurzes Stück innerhalb der Einfahrt zur Lagune. Die O'Kellys waren trotz der Flut bereits wieder aus dem Blue Hole aufgetaucht. Ich hatte länger zurück zum Strand gebraucht als berechnet.

»Hat es nicht funktioniert?« fragte ich Alfredo. Ich hatte ihn angewiesen, die Treibstoffleitung durchzuschneiden, wobei noch ein wenig Benzin im Vergaser bleiben sollte, damit das Boot einwandfrei ansprang; nach kurzer Fahrt würde der Motor dann ausgehen.

»Doch, Señorita, es hat funktioniert.«

Ich sah noch einmal hin. Die Yacht schien auf das Riff zuzutreiben.

»Ich habe Señor O'Kelly kurz an Deck gesehen. Dann ist er verschwunden. Ich habe Angst, er könnte an Land gekommen sein.«

»War von Deirdre was zu sehen?«

»Nein.«

Neben meinem Fuß schlug etwas in den Sand ein, und gleichzeitig hörten wir den Schuß. O'Kelly feuerte auf uns.

Sanchez handelte schnell, er entriß Alfredo die Pistole und winkte uns hinunter zum Ufer. »Versteckt euch hinter dem Zodiac im Wasser. Er schießt von höherem Gelände.« Er gab einen Schuß in Richtung der Hütte ab.

Die beiden Arbeiter, die im Sand hockten, hatten panische Angst; sie wußten, daß sie in der Schußlinie saßen. Sanchez scheuchte sie den Strand entlang, fort von O'Kelly, so daß sie keine Hilfe für ihn waren. »Haut ab. Wir holen euch später. Wen ich vorher sehe, der ist ein toter Mann.«

Ein Kugelhagel peitschte das Wasser, als wir hineinwateten.

»Er ist mit Sicherheit irgendwo bei der Hütte«, sagte Sanchez und hielt sich am Schlauchboot fest. Er stand beinahe schon hüfttief im Wasser.

»Vielleicht auf ihr«, sagte ich.

»Alfredo, haben Sie noch Leuchtraketen von der Yacht mitgenommen?« fragte Sanchez.

Alfredo schüttelte den Kopf. »Das waren alle, die ich gefunden habe.«

»Im Bootskasten sind noch welche«, sagte ich. »Geben Sie mir Deckung.«

Ich zog mich aus dem Wasser und rollte über die Schlauchwand ins Boot, während Sanchez erneut auf die Hütte feuerte. Dann öffnete ich den Kasten und nahm die Schachtel mit den zwölf Raketen und dem Raketenwerfer, der wie eine Spielzeugpistole aus orangefarbenem Plastik aussah.

Als ich versuchte, wieder ins Wasser zu gelangen, ging ein Kugelhagel auf den Zodiac nieder.

»Ich glaube, ich sitze hier fest.«

»Wir machen folgendes«, sagte Sanchez. »Ich sprinte zu den Bäumen hinüber. Sobald ich losrenne, feuern Sie eine Leuchtrakete direkt in die Hütte. Müßte einen mächtigen Knall geben. Vielleicht betäubt es ihn sogar.«

»Okay, lassen Sie mich nur erst den Werfer laden.« Ich schob die Patrone ein und dachte an die strengen Ermahnungen hinsichtlich der Sicherheitsvorkehrungen an Bord beim Abfeuern von Notsignalen. Wobei mich immer am meisten die Tatsache beunruhigt hatte, daß das Magnesium bei einer Temperatur von zwölfhundert Grad Celsius verbrannte. »Fertig.«

Sanchez watete um die abgewandte Seite des Bootes herum und wartete auf mein Signal.

»Los!« Ich hob den Kopf, zielte und drückte ab.

Sanchez rannte im Zickzack zu den Bäumen hinüber, während das rote Signalfeuer auf den Unterstand zuraste und funkenstiebend in ihn einschlug.

Ich hörte das Knattern von O'Kellys AK 47 und sah Sanchez etwa zehn Meter von der Hütte entfernt ins Unterholz hechten.

Ich duckte mich wieder und lud nach. Als ich den Kopf hob, sah ich Rauchschwaden rings um die Hütte ziehen, ehe eine Brise vom Meer sie vertrieb.

Eine merkwürdige Stille hatte sich herabgesenkt. Man hörte nur das leise Flüstern der Brandung am Strand. Ich sah Kopf und Schultern von Sanchez aus dem Unterholz ragen.

»Señorita ...« Alfredo kam ums Heck des Bootes. »Ich kann ihn sehen ... Ich glaube, er ist tot.«

Der Rauch hatte sich aufgelöst. Dermot O'Kelly lag zusammengesunken über den Amhaxbehältern.

Alfredo und ich gingen den Strand hinauf, während sich Sanchez vorsichtig der Hütte näherte, die Waffe auf die hingestreckte Gestalt gerichtet.

Dann erkannte ich die Gefahr.

»Sanchez, gehen Sie nicht da rein!« rief ich.

Die Leuchtrakete hatte einen der Behälter aufgerissen, und sein Inhalt ergoß sich aus einem schwarzrandigen Loch, das sich ins Plastik gebrannt hatte. O'Kelly, der dahinter Schutz gesucht hatte, war von den giftigen Dämpfen übermannt worden.

»Was?« Sanchez sah mich verwirrt an, als ich auf ihn zulief.

»Da drinnen ist Amhax ausgelaufen ... Wir können es nicht riskieren hineinzugehen.«

Von hinten ertönte ein Warnruf Alfredos.

O'Kelly bewegte sich, er hob die Waffe.

Sanchez reagierte sofort.

O'Kelly rutschte an den Behältern herab; die Kugeln, die sein Leben beendet hatten, hatten auch die Behälter durchschlagen, und die Flüssigkeit, die sich aus den Einschußlöchern ergoß, wusch jetzt die Blutspur des Toten vom Plastik.

66 Von Deirdre war noch immer nichts zu sehen. Vor mehr als einer halben Stunde war sie in die Blaue Höhle getaucht, und gerade hatte ich zehn Meter tiefer etwas auf dem Boden der großen Kammer entdeckt, in die Alfredo und ich geschwommen waren.

Wir hatten eine Führungsleine abgerollt, während wir der ursprünglichen Route unter der Insel hindurch zum Wasserloch gefolgt waren, soweit wir sie in Erinnerung hatten. Etwa auf halbem Weg, in einer Höhle, in der sich mehrere Durchgänge auf verschiedenen Höhenebenen schnitten, schaltete ich meine Taucherlampe aus und bedeutete Alfredo per Handzeichen, das gleiche zu tun.

Nun hätte eigentlich totale Finsternis herrschen müssen, doch aus dem Schlick unterhalb von uns drang ein schwaches Glimmen. Alfredo schwamm hinab und kam mit einer Taucherlampe zurück, die noch brannte, allerdings bereits schwächer wurde. Wir hoben beide den Blick zur Gesteinsdecke über uns, einer riesigen Kuppel, die so hoch war, daß unsere Lichtstrahlen, die wir an den Höhlenwänden entlang schwenkten, nicht bis zu der Stelle reichten, wo sich die Wände in der Mitte treffen mußten.

Wir tauschten Blicke und schwammen hinauf in die Kammer, wobei wir unsere Lampen auf den Punkt gerichtet hielten, an dem die Mittellinie der Decke auftauchen sollte. Aber genau dort, wo sich die Wände hätten treffen müssen, gab es einen Schacht, einen Kamin, der noch höher in das Dach der Kammer eindrang. Und im Eingang zu diesem Kamin war Deirdre eingeklemmt.

Ich schwamm zu ihr, in der Annahme, daß sie tot war, obwohl sie die Arme steif von sich streckte, wie ein Krebs, der sich mit seinen Scheren verteidigt. Dann bemerkte ich, daß Blut von ihren Fingern floß und wie Seidenbänder in die wassergefüllte Kammer hinausschwebte. Als ich näher kam, sah ich, daß sie die Augen weit geöffnet hatte und noch immer atmete, flach und hastig, in äußerster Angst.

Ihre Fingerkuppen waren aufgerissen, an manchen schien der Knochen durch. Ihre Preßluftflasche war fest in den Spalt eingeklemmt, zu dem sich der Schacht im Höhlendach nach rund einem Meter verengte. Es war nicht zu übersehen, daß sie versucht hatte, sich freizukämpfen. Und sie mußte auch daran gedacht haben, sich aus der Apparatur zu schälen, sie hätte dann immer noch atmen können, während sie versucht hatte, die Flasche loszubekommen. Aber von dem Moment an, da ihr die Lampe aus der Hand gefallen war, hatte völlige Dunkelheit rings um sie geherrscht. Wohin hätte sie sich also wenden sollen in der nassen Finsternis, selbst wenn es ihr gelungen wäre, sich zu befreien?

All diese Gedanken mußten ihr durch den Kopf gegangen sein. Und ihr Schicksal vor Augen, war sie in eine Art panische Lähmung verfallen.

In ihrer Flasche war immer noch Luft – sie würde allerdings nicht für den Weg nach draußen reichen, selbst wenn wir sie freibekommen würden. Aber wir konnten Deirdre mitnehmen, indem wir die Schnallen ihres Tauchgeschirrs lösten und unsere Luft mit ihr teilten. Falls wir die Verschlüsse nicht aufbekamen, wollte ich versuchen, das Geschirr mit meinem Tauchmesser zu zerschneiden.

Ich machte ihr mittels Zeichensprache klar, was wir vorhatten, und ließ Alfredo, der Flossen trug und sich besser stabilisieren konnte, mit dem Reservelungenautomat zu ihr schwimmen. Er war einen Meter von ihr entfernt, als sie ausholte und ihm die Maske vom Gesicht riß.

Es gelang ihm, sie wieder an sich zu bringen, und er schwamm fort von Deirdre. An seinen Augen war deutlich abzulesen, daß er sich nicht noch einmal in ihre Reichweite begeben würde. Jeder weitere Versuch, sich ihr zu nähern, hätte uns nun selbst in äußerste Gefahr gebracht, an einem Ort, der für sich genommen schon gefährlich genug war. Und ihr mit einem offenen Messer nahe zu kommen, wäre Selbstmord gewesen. Da unsere eigene Luft zu Ende ging, mußten Alfredo und ich rasch eine Entscheidung treffen.

Wir ließen Deirdre dort unten zurück. Es würde nur noch wenige Minuten dauern, bis die letzten Luftreste in ihren Lungen unter Tausenden Tonnen Gestein und Wasser implodierten. Ich hoffte nur, daß ihr panisches Atmen den Kohlendioxidgehalt in ihrem Blut so stark ansteigen ließ, daß sie gnädigerweise das Bewußtsein verlor, bevor sie ihren letzten bewußten Atemzug tat.

Ich dachte, wie tragisch es sich fügte, daß die O'Kellys, die keltischen Heldenzwillinge, diese Welt genauso verließen, wie sie in sie gekommen waren, einer kurz nach dem anderen, in einer Flut aus Blut und Wasser.

»He, Alfredo, deine Schwester Rosa ist sehr enttäuscht von dir«, sagte ich, als wir am Strand saßen und auf ein Schiff der kubanischen Küstenwache warteten, das uns abholen sollte. Sanchez hatte sein Satellitentelefon und seine Kontakte zu unserem Vorteil zu nutzen gewußt.

Alfredo sah verlegen aus.

»Aber wäre es nicht phantastisch, wenn du ihr eine Überraschung bereiten würdest?«

»Was für eine, zum Beispiel?«

»Ach, ich denke, heute abend mit einem Hubschrauber bei ihr im Schulhof zu landen, dürfte den Zweck erfüllen.«

»Ach ja? Und wie soll ich das anstellen?«

Ich sah Sanchez an.

»Sie erwarten doch nicht etwa ...«, platzte er heraus, bevor er begriff. »Natürlich, das kann ich veranlassen.«

»Wirklich?« Alfredo strahlte. »Und was machen Sie beide?«

Sanchez wedelte hilflos mit den Armen, als hätte er keine Ahnung.

»Heute abend«, sagte ich, sprang auf und schnippte mit den Fingern, während ich einen Salsa in den Sand legte, »heute abend möchte ich mit jemandem tanzen ...« Ich fing Sanchez' Blick auf. »In Havanna.«

Ein Geheimnis, das die Welt für immer verändern wird.

544 Seiten. ISBN 978-3-442-37864-7

Ex-Geheimagent Cotton Malone wird jäh aus seinem friedlichen Leben gerissen, als ihn ein Video erreicht, auf dem seine Bekannte Cassiopeia Vitt gefoltert wird. Als Lösegeld fordern die Entführer eine antike Öllampe. Sie beweist die gefährliche Theorie eines russischen Wissenschaftlers über die Ölreserven der Erde – und liegt tief verborgen in den Grabkammern des ersten chinesischen Kaisers. Die Suche danach wird für Malone zum tödlichen Wettlauf gegen die Entsandten der Mächtigsten der Welt …

»Ein spannendes, packendes und lehrreiches Lesevergnügen!«

Bild am Sonntag

816 Seiten. ISBN 978-3-442-37962-0

»Ich bin ein Verräter, und ich habe Angst«, schreibt ein Mönch der Inquisition während einer grausamen Belagerung. In einer blutigen Chronik bezeugt er der Nachwelt unvorstellbares Unrecht. Jahrhunderte später gelangt diese in die Hände mächtiger Verschwörer, die dafür endlich Rache üben wollen. Ihr erster Anschlag stellt jedoch klar, dass sie auch hochaktuelle Ziele verfolgen – und eine internationale Gefahr darstellen. Für die europäische Antiterroreinheit beginnt ein Lauf gegen die Zeit …